复旦百年经典文库

《浮士德》研究
席勒

董问樵 著
魏育青 编

复旦大学出版社

董问樵先生（1908—1993）

译浮士德炽烈剧百戏
怨歌译罢自沉吟
万二千行寓意深
牛鬼蛇神俱比喻
人间天上证衷情
至豪哲理诸贤立
形象思维如写生
留得名言应记取
自强不息免沉沦

董问樵先生手迹

凡 例

一、"复旦百年经典文库"旨在收录复旦大学建校以来长期任教于此、在其各自专业领域有精深学问并蜚声学界的学人所撰著的经典学术著作,以彰显作为百年名校的复旦精神,以及复旦人在一个多世纪岁月长河中的学术追求。入选的著作以具有代表性的专著为主,并酌情选录论文名篇。

二、所收著作和论文,均约请相关领域的专家整理编订并撰写导读,另附著者小传及学术年表等,系统介绍著者的学术成就及该著作的成书背景、主要内容和学术价值。

三、所收著作,均选取版本优良的足本、精本为底本,并尽可能参考著者手稿及校订本,正其讹误。

四、所收著作,一般采取简体横排;凡较多牵涉古典文献征引及考证者,则采用繁体横排。

五、考虑到文库收录著述的时间跨度较大,对于著者在一定时代背景下的用语风格、文字习惯、注释体例及写作时的通用说法,一般予以保留,不强求统一。对于确系作者笔误及原书排印讹误之处,则予以径改。对于异体字、古体字等,一般改为通行的正体字。原作中缺少标点或仅有旧式标点者,统一补改新式标点,专名号从略。

六、各书卷首,酌选著者照片、手迹,以更好展现前辈学人的风采。

总　目

《浮士德》研究 …………………………………………………………… 1

席勒 ……………………………………………………………………… 203

附录 ……………………………………………………………………… 345

　　魏玛的东方知音——董问樵 ………………………………… 魏育青　347

　　董问樵先生学术年表 ………………………………………… 魏育青　358

《浮士德》研究

目 录

前言 4

上篇　从翻译到研究

歌德与《浮士德》 9
关于《浮士德》的翻译和解说 20
浮士德精神 32
从《浮士德》看歌德的文艺思想和世界观（一） 46
从《浮士德》看歌德的文艺思想和世界观（二） 52
《浮士德》诗剧中的诗歌品赏 65
歌德论《浮士德》 98

下篇　西方的《浮士德》研究

浮士德题材历史的考察 113
浮士德人物形象 134
靡非斯陀形象 145
葛丽卿、瓦格纳、海伦 153
《浮士德》戏剧的性质 161
《浮士德》剧本的统一性问题 167
《浮士德》戏剧的舞台史 175

结束语 185
附录 189

前　言

歌德(1749—1832)生活在18世纪中叶到19世纪30年代，横跨了两个世纪。在他漫长的一生中，欧洲的政治、经济、社会和文化不断发生变化，重大事件接踵而来，这些变化和事件给予歌德的生活、思想和创作以决定性的影响。歌德于1824年2月25日对他的秘书艾克曼说：

"我的得天独厚之处，就是我生长在这样的时代，一些极其伟大的世界性事件在这个时期发生了，而且在我漫长的一生当中没有中断过。例如'七年战争'、美国脱离英国而独立、后来的法国大革命以及最后整个拿破仑时代，直到这位英雄之死和接踵而来的事件，我都是活生生的证人。我由此得出完全不同的结论和观点，这是所有现在出生而必须从难懂的书本上去领会那些巨大事变的人所办不到的。"

歌德深信人类不断进步，认为人要不断追求，不断斗争，不断作出有益于社会的实践。他的一生就是自强不息、精进不懈、不断努力进取的一生。他的代表作《浮士德》中有如下两句名言：

"这是智慧的最后结论：
人必须每天每日去争取生活与自由，
才配有自由与生活的享受。"

弗朗茨·梅林认为："在德国文化领域中，没有比歌德更真实、更伟大、更不朽的人了。别的民族和时代可能有过或将有更伟大的诗人，但歌德对于德国文化，好比太阳对于大地。尽管天狼星具有比太阳更多的光和热，然而照熟大地上葡萄的是太阳，而不是天狼星。"[①]

[①] 梅林：《歌德和现代》，梅林文集第十卷，柏林迪茨出版社1961年版，第89—90页(德文)。

歌德是西方最早提出"世界文学"这个概念的人。他曾说,民族文学在今天没有多大意义,今天该是世界文学的时期了。他毕生的代表作《浮士德》诗剧就是世界文学中的一个典范。歌德也是德国文学家中最早注意到中国文学的人,他自由仿作《中德四季晨昏杂咏》十四首,通过欣赏中国的景色抒发出个人的感情。我于本世纪20年代末到30年代中留学德国时,曾有机会目睹电影《浮士德》,虽然只是第一部,而且对原著改动甚大,但剧中人物形象一直萦绕我的脑际,数十年来不能淡忘。我自1951年来复旦大学任教时起,为了教学需要,陆陆续续译过一些《浮士德》剧中的片断,然而屡作屡辍,未竟全功。在所谓"文化大革命"的十年动乱中,我被迫退休两年,此时所谓"知识无用论"喧嚣一时,在遭受压制和迫害的重重苦难中的我,不免激起内心的反抗:不,不是"知识无用论",而是"知识有用论",浮士德一生所追求的不就是知识和真理吗?我决心将已译出的《浮士德》中的片断联缀起来,加以整理和补充,使其成为一部完全的译本,当时并未计及出版与否。后来"四人帮"被打倒,全国展开四化建设,我重回学校,在双百方针的鼓舞下,抽暇将旧稿重加整理。1980年秋,应德意志联邦共和国学术交流中心的邀请,进行为期三月的考察访问,收集了一些有关《浮士德》的资料,回来后对初译稿作了一些加工。为了纪念歌德逝世一百五十周年,我将译稿送复旦大学出版社审阅,获得采用,使我对于中德人民之间的文化交流,略有贡献,并聊以自勉。

在翻译《浮士德》的前后,我陆续发表过一些文章,这本书是作为研究《浮士德》的一种尝试,把已经发表过的和新写的文章汇集成册。其中最早的一篇,是我于1961年10月18日在上海《文汇报》上发表的《从〈浮士德〉看歌德的文艺思想和世界观》(一);《歌德与〈浮士德〉》,根据译本序稍作改动;《浮士德精神》及《歌德与中德人民的文化交流》先后在上海《文艺论丛》第十三期和第十六期上发表过,现在也作了一些改正和补充。这些文章约占本书四分之一的篇幅,其余绝大部分还是参考联邦德国和民主德国的最近资料新写出来的。我对《浮士德》的翻译和研究,从酝酿到写出,已有数十年的历史了。我想,这项工作对于增进中德两国人民相互间的了解及文化交流,是有一定意义的。德国有位研究歌德的专家季尔鲁斯说:18和19世纪德意志民族的精神与道德的潜能浓缩在歌德的身上。要认识德国人民的民族特性,就要在较为深刻的程度上揭示它的最伟大的天才诗人歌德的秘密。我们还可以补充一句:要揭示伟大诗人歌德的秘密,就要在较为深刻的程度上揭示出他的毕生代表作《浮士德》的秘密。现在就让本书作为揭秘的引玉之砖吧！

董问樵
1987 年 9 月于上海

上篇
从翻译到研究

歌德与《浮士德》

（一）作者的生平和著作

歌德(Johann Wolfgang von Goethe，1749—1832)是德国的大诗人、剧作家和思想家。他一生所经历的从18世纪后期到19世纪初叶，是西方资本主义上升和发展时期，而资产阶级的启蒙运动，正是为这种上升和发展，为向封建阶级夺取政权、逐步确立资产阶级的统治作好思想准备。歌德的文学活动是紧密结合这个时期的重大历史事变的。特别是他的《浮士德悲剧》就是以德国民族文学的形式对西欧启蒙运动的发生、发展和终结加以艺术概括，并从19世纪初期资本主义的发展来展望人类社会的将来。

他出生在美茵河畔法兰克福的一个富裕市民家庭，1765—1768年在莱比锡大学，1770—1771年在斯特拉斯堡大学学习法律，旁及科学和艺术。在哲学上以及文学理论上，他深受斯宾诺莎、狄德罗、卢梭、赫尔德尔等人的影响。青年时期，他是所谓"狂飙运动"即德国资产阶级早期文学运动的旗手，著有重要剧本《葛兹·封·贝利欣根》，表现一个没落骑士对现存社会制度的悲剧性反抗。书简体小说有《青年维特的苦恼》[①]，反映一个市民阶层的知识青年对等级偏见、封建习俗等鄙陋状态不满，走上自杀的道路，成了所谓"叛逆"的受害者。

1775年，歌德应魏玛公国的邀请，担任枢密顾问。他原想在这小小的疆域内实现他的政治抱负，于是裁减军队，整理财政，恢复矿山，修筑道路等，结果失败了。1786—1788年，他游历意大利，对古典艺术发生兴趣，同时研究自然科学。他完成的重要剧本有《在陶里斯的伊菲格妮》和《艾格蒙特》。前者宣扬古典的人道主义思想，后者反映了尼德兰市民对异族统治的憎恨，但美化了剧中的主角——实际上是一位机会主义者。稍后还有他的剧本《托夸陀·塔索》是写文艺

[①] 我国译本通常采用译名《少年维特的烦恼》。

复兴时期意大利诗人塔索虽然获得公爵费拉拉的赏识,但在现实的宫廷生活中却感到苦闷,实际上是歌德藉以反映出自己在魏玛宫廷中所感到的矛盾。自1794年起,他与席勒合作,两人互相砥砺,取长补短,奠立了德国资产阶级古典文学的基础。他们合力写批判当时社会的《警句》,写《叙事谣曲》,并各自完成了重要作品。1829年3月24日,歌德对他的秘书艾克曼说:"我和席勒订交,好像鬼使神差似的,本来可以早一些或晚一些被引在一起,但是我们正巧聚合在这个时候,我是从意大利旅行回来,他也开始倦于哲学的思考,这是很有意义的,对于两人都有极大的好处。"(艾克曼著《歌德对话录》,柏林建设出版社德文版)

长篇小说《威廉·麦斯特的学习年代》是歌德从中年时期转入晚年时期的一部重要作品,主要描写一个市民阶级的知识青年个人奋斗的道路,有重视实践的教育意义。

晚期的重要作品有自传《诗与真》、《西东诗集》、《威廉·麦斯特的漫游年代》等。歌德的抒情诗、叙事诗及哲理诗在德国人民中广泛流传。贯串歌德一生的代表作,则是他的诗剧《浮士德》,直到1832年,即歌德逝世前一年才最后完成。

当时德国处在封建割据的分裂状态,资本主义的发展大大落后于英国和法国,资产阶级的力量与封建势力相比,还非常薄弱。歌德受到时代、环境和阶级的局限,所以在世界观上产生一些矛盾。然而他的进步、伟大和天才横溢,实占居主导方面。歌德原与席勒并称,但自席勒早逝以后,歌德即代表德国资产阶级古典文学的高峰,因为他得享高龄,所以贡献特别大。

费朗茨·梅林曾高度评价歌德。他认为别的国家固然有伟大的文学家,但歌德对于德国文化,好比太阳对于大地。尽管天狼星具有比太阳更多的光和热,然而照熟大地上葡萄的是太阳,而不是天狼星。

(二)《浮士德》写作经过和剧情概要

《浮士德悲剧》是歌德毕生的代表作。1832年,歌德在写给威廉·封·洪堡的信里说:"我对《浮士德》的构思已超过六十年之久。青年时期已了然于胸,不过对于情节先后秩序的安排未详予规定。"现在先概括这一剧作的经过历史于下:

初稿浮士德(Urfaust),1768—1775年。

浮士德片断(Fragment),1788—1790年。

浮士德悲剧第一部(Faust Ⅰ),1797—1808年。

浮士德悲剧第二部(Faust Ⅱ)，1825—1832年。

由此看来，"初稿浮士德"是歌德二十五岁时的作品；"浮士德片断"的发表在他四十岁左右；"浮士德第一部"的完成在他五十岁左右；而"浮士德第二部"则是在他七十五到八十二岁之间最后完稿的。

浮士德是德国16世纪民间传说中一个神秘性人物。据说他用自己的血和魔鬼订约，出卖灵魂给魔鬼，以换取世间的权力、知识和享受。歌德童年时候就通过傀儡戏接触到浮士德的故事。1587年，施皮斯(J. Spiess)在美茵河畔法兰克福出版《约翰·浮士德博士的生平》，而作者姓名不传。1599年，维德曼(G. Widmann)在汉堡出版浮士德的故事书。1674年，普非策尔(N. Pfitzer)将这本书加以改编，歌德在写"天上序幕"时，曾在魏玛图书馆借阅过。英国剧作家马洛以德国民间故事为蓝本，于1588年写出《浮士德博士的悲剧故事》。这是第一部浮士德剧本，剧中已承认浮士德为"阿波罗的骄傲的参天桂树"。德国启蒙作家莱辛试图把浮士德传说改写为市民阶级的戏剧。剧本草稿中的浮士德是个深思而孤独的、全心追求知识和真理的青年。最后天使向魔鬼申斥："你们别高唱凯歌，你们并没有战胜人类和科学；神明赋给人以最高贵的本能，不是为了使他永远遭受不幸；你们所看见而现在认为据为己有的不过是一个幻影。"马洛的剧本可能为歌德所知悉，莱辛的草稿如何则不得而知。德国狂飙运动的一位知名作家克令格尔(F. M. Klinger)，于1791年写有《浮士德的生平、事业及下地狱》的长篇小说。书中的浮士德同魔鬼订约，是为了藉助超人的魔力以控制或铲除世界上不公平的现象。

歌德经过六十余年的惨淡经营，而最后完成《浮士德悲剧》，不仅有历史资料的依据，有先驱作家的启发，并经过种种过渡阶段，更重要的是他总结了西方启蒙运动以来的事变以及他个人长期的经验和体会，而把这一切都集中和概括在艺术作品中。

《浮士德悲剧》是用多种诗体的韵文写的。结构形式如下：第一部以前有"献词"，是歌德决定将中断的工作重新拾起、继续写作时抒怀之作。"舞台序剧"是藉经理、剧作家和丑角的对话，唤起台下与台上的思想交流。"天上序幕"是全剧的总纲，定下了整个剧情发展的基调。经过这三道"关口"以后，才进入正剧。第一部不分幕，包括二十五场。第二部分为五幕：第一幕包括七场；第二幕七场；第三幕三场；第四幕三场；第五幕七场。

第一部中的"天上序幕"是采用《旧约》中"约伯记"的旧形式，但注入资产阶级启蒙思想的新内容。上帝代表"善"本身,魔鬼则代表"恶"本身。他们谈到世人——浮士德,魔鬼和上帝打赌:他认为浮士德无限追求,永不满足,他可以引诱浮士德走上魔路。上帝认为人在努力追求的时候总是难免迷误,但好人在黑暗中终会找到光明大道。上帝接受魔鬼的打赌:他认为人的精神容易萎靡,贪求安逸,魔鬼能起刺激作用,而这一赌赛,魔鬼终会失败服输。

悲剧第一部开始时,年逾半百的浮士德困坐在中世纪的书斋里,他对旧的书本知识十分厌倦,同时感到大自然和人生在向他召唤。他怀疑,他绝望,企图自杀未果。魔鬼靡非斯陀匪勒司[①]乘虚而入,他和浮士德订约:他充任浮士德的仆人,尽量满足后者的一切需要,但是,在浮士德表示满足的一瞬间,奴役便解除,浮士德的灵魂便永为魔鬼所有。

订约以后,浮士德被引入地下酒店,一度参与无聊的吃喝;接着在巫厨里喝了返老还童的药汁,恢复青春。浮士德在街头遇见一个小市民家的少女葛丽卿,由于魔鬼的帮助,获得了她的爱情。结果使得这个天真而美丽的少女,因用安眠药过重毒害了自己的母亲。她的哥哥为了阻止幽会而死在浮士德的剑下。她神经错乱,溺毙了自己的婴儿,而被关进死囚牢。浮士德虽然偷进狱去想劫走她,但她拒绝,甘愿领受死刑。狱中的对话在作者笔下确是回肠荡气之作。悲剧第一部到此结束。

悲剧第二部第一幕开始时,浮士德卧倒在风景幽美之区。落花缤纷,精灵载歌载舞,使他忘记过去的罪恶。一觉醒来,获得新生,目睹瀑布的虹彩,领悟出"人生就在于体现出虹彩缤纷"。魔鬼把他带到一个皇帝的宫廷里,这时封建朝廷正感到财政困难,惶惶不安,浮士德和靡非斯陀建议发行纸币,暂时渡过难关。皇帝知道浮士德擅长魔术,要他召唤希腊美人海伦出现,供大家欣赏。浮士德藉助魔法召来巴黎斯和海伦的灵魂,当这对美男美女相互爱恋时,浮士德情不自禁,用魔术钥匙触到巴黎斯身上,于是精灵爆炸,化为烟雾,浮士德也晕倒在地。

第二幕转回浮士德从前的书斋。靡非斯陀把他背了回来。浮士德从前的助教瓦格纳制造出一个人造人"霍蒙苦鲁斯"。这个装在玻璃瓶里的小人儿,看出浮士德在昏迷中所梦想的是希腊美女,于是带领浮士德和魔鬼飞到古希腊的神话世界。浮士德得巫女曼陀之助,感动地狱女主人,使海伦复回阳世。

第三幕是浮士德已成为一个城堡主人,海伦惧为其夫梅纳劳斯所牺牲而去

[①] 简称靡非斯陀。

投奔他。于是浮士德与海伦结合,生子欧福良。欧福良生下不久,就无限制地去追求高飞而陨逝。随着儿子的消失,母亲海伦也回到阴司。她只留下衣裳,化为云气,托着浮士德回到北方。

第四幕是浮士德立在高山之顶,俯瞰海滨潮汐涨落,顿起雄图,想围海砌堤,填平海滩荒地,为千百万人开疆辟土。这时正值封建帝国发生内战,浮士德藉助魔鬼的魔术,帮助皇帝打败对方,赢得战争,获得海边封地。

第五幕是浮士德填海有了成就,想在这儿建立乌托邦式的人间乐园。因一对老夫妇的小屋妨碍浮士德的视线,他想用新的田产和他们交换,他们不愿,结果被迫害致死。魔鬼又利用战争、海盗和贸易三位一体的方法,也即是早期资本主义的原始积累方法发财致富,浮士德对此却悄然不乐。这时浮士德已活到一百岁的高龄,忧愁袭来,双目失明。为了实现他的宏规巨划,他吩咐靡非斯陀多多招募工人,用各种方法,如"报酬、引诱甚而强迫"。他听到铁锹和铁铲的声音,以为在开挖壕沟,实际上是魔鬼在为他掘墓。他领悟到智慧的最后结论是:"人要每天每日去争取生活与自由,才配有自由与生活的享受。"他憧憬着"自由人民生活在自由的土地上",怀着幸福的预感,在这一瞬间不禁失声叫道:"你真美呀,请你停留!"于是他倒地而死,靡非斯陀根据契约,正要攫取浮士德的灵魂,但天界仙使飞来,撒下玫瑰花,化为火焰,驱走魔鬼,而将浮士德的灵魂拯救上天。

(三)政治观点和哲学思想

资产阶级启蒙运动的进步作用首先表现在反封建反教会方面。德国当时分裂为三百多个封建国家,连年内战,民不聊生,关税重重,暴政累累,大大阻碍了资本主义的发展。《浮士德》第二部第一幕"皇城"那一场中,首相、陆军大臣、财政大臣、宫内大臣都在向皇帝诉苦,正暴露出当时德国的实况。陆军大臣说:

"现在世界扰扰纷纷!
不是你死我活,便是我夺你争,
对于命令是充耳不闻。
市民躲进城濠,
骑士盘踞碉堡,
誓要抗拒官军,
把自己的势力保牢。

>佣兵急不可待,
>闹着要求发饷,
>你若是扫数发清,
>他们就逃得不知去向。
>你若是把众人要求禁掉,
>就好比去捅蜂巢;
>他们本应当保卫帝国,
>却任其受到抢劫骚扰。
>只好眼睁睁地看匪徒到处横行,
>一半天下已弄得民不聊生;
>各邦虽然也有国君,
>可是认为这不关本身的事情。"

教会贪得无厌,愚弄人民,而且上层教士往往掌握大权,是宗教贵族,与世俗贵族竞相压迫和剥削人民。《浮士德》第一部"散步"那场中,靡非斯陀讽刺教士诈骗财物的丑态:

>母亲请来一位教士,
>教士还没有把话听毕,
>一见宝物便满心欢喜。
>他说:"这种想法真是不错!
>谁能克制,才能收获,
>教堂的胃口很强,
>虽然吃遍了十方,
>从不曾因过量而患食伤;
>信女们功德无量,
>能消化不义之财的只有教堂。"

《浮士德》第二部第四幕"敌方皇帝的帐幕"那场,描写大主教兼任首相,用宗教作烟幕以达到物质贪欲。当皇帝在"论功行赏"时他一再要求、勒索,得到的封赠最多。

歌德的个性是完全入世的。他不像席勒那样逃到康德的理想中去躲避鄙陋的现状。他特别重视现实,带有唯物的思想成分。在悲剧第二部中,浮士德在临死以前对自己的一生作了总结,其中说:

"我已经熟识这攘攘人寰,
要离尘弃俗决无办法;
是痴人才眨眼望着上天,
幻想云雾中有自己的同伴。
人要立定脚跟,向四周环顾!
这世界对于有为者并非默然无语。"

歌德于1805年译了狄德罗的《拉摩的侄儿》,尤其是通过他自己对自然科学的研究,接受辩证思想。他在1805年10月2日一篇物理学讲稿中,把现象的二元性看作是对立的:

我们与对象,
光明与黑暗,
肉体与灵魂,
两个灵魂,
精神与世界,
思想与范围,
理想的与现实的,
感性与理智,
存在与憧憬……

全部《浮士德》贯穿着辩证的精神。浮士德与靡非斯陀是贯串全剧的两个主要形象。在作者的心目中,实际上这是人的一分为二,所以两者是二而一,浮士德是人的积极的或肯定的一面,靡非斯陀是人的消极的和否定的一面。这一人一魔,一主一仆,相生相克,相反相成,如影随形,如呼与吸,如问与答。靡非斯陀说:

"我是经常否定的精神!
原本合理:一切事物有成
就终归有毁;
所以倒不如一事无成。
因此你们叫作罪孽、毁灭等一切,
简单说,这个'恶'字
便是我的本质。"

作为资产阶级启蒙思想的代表浮士德,具有不断追求,不断进取,永不满足现状的精神,正与上升和发展时期资本主义要求生产不断扩大、市场不断扩张是相适应的。浮士德和魔鬼打赌时说:

"倘使我悠然地躺在逍遥榻上偷安,
那我的一切便已算完!
你可用种种巧语花言,
使我欣然自满,
你可用享乐将我欺骗,
那就是我最后的一天!
我敢和你打赌这点!"

下面又说:

"假如我对某一瞬间说:
请停留一下,你真美呀!
那你尽可以将我枷锁,
我甘愿把自己销毁!"

浮士德敢于和魔鬼打赌,因为生活经验告诉他,每种欲望满足之后,又会产生新的欲望;每种希求达成之后,又会唤起新的希求。浮士德也看透生活享受的辩证法,有快乐就必有痛苦,即使在感性快愉的陶醉之中,也会不断产生新的痛苦。剧情的发展逐步证实了这一点。在靡非斯陀的引诱和帮助下,浮士德经历了不同的感性享受和事业享受的阶段,均未得到满足。他和葛丽卿的爱情,结果造成了惨痛的悲剧;他为腐败的宫廷服务,并未有积极的建设,只被封建皇帝当作可供玩弄的魔术师;他神游古典艺术世界,与海伦结合,结果海伦母子消逝,他只得到海伦留下的一套衣裳;最后,他在海滨砌堤,想从海水中夺取耕地,这是一种幻想的、在当时不可能实现的计划。浮士德双目已盲,看不见真实情景,他在幻想的预感中第一次得到满足,但是誓言应验,他倒地死了。眼看浮士德失败,靡非斯陀胜利了,但是天使飞来,超度了浮士德的灵魂,靡非斯陀转为失败,而浮士德又转为胜利了。引诱与反引诱,快乐与痛苦,胜利与失败,互相转化,互相移位,是《浮士德悲剧》的辩证法。

（四）剧中的人道主义问题

启蒙运动的中心问题是人道主义。它有很大的进步性,但也有一定的局限性。它继承了16世纪文艺复兴时期的人道主义(或称人文主义)思想,给以更多的科学根据。歌德研究了植物和动物的形态变化,发现人有颚间骨。达尔文承认歌德是他的先驱者。歌德认为人是自然的最高发展,即由动物发展而来,从低级到高级,人愈是向前发展,就愈进步,也愈全面。他特别重视实践教育,并肯定文艺的教育作用。

在艺术形象上,歌德的浮士德是莎士比亚的汉姆雷特的发展,两者有一脉相承的关系。浮士德在人道主义的深度和广度上,发展了汉姆雷特,但时间经过了二百多年!汉姆雷特只肯定了人的价值:"人类是多么了不起的杰作,多么高贵的理性,多么伟大的力量……宇宙的精华,万物的灵长!……"[①]但对丁人生的意义,人的作用,只是用怀疑哲学的方式,提出"存在与不存在"是一个值得考虑的问题,而未予以解决。

浮士德则肯定人的作用,认为人生的目的在于行动,在于作出有益于社会的实践。所以浮士德开始就明白说出"原始有为","为"即是实践,通过实践而不断追求真理,最后领悟到人生的真谛,或如剧中所说"智慧的最后结论"是:"人必须每天每日去争取生活与自由,才配有自由与生活的享受。"

《浮士德悲剧》中的人道主义所表现出来的进步性,是摆脱封建束缚和神权桎梏的思想,追求个性的自由解放。但是它也有其不可避免的局限性。西方启

---

① 朱生豪译《莎士比亚戏剧集》,第四卷,人民文学出版社1959年版,第187页。

蒙时期的人道主义是和资产阶级个人主义不可分的。浮士德虽然反对封建压迫和束缚,不信神,反对教会的虚伪和禁欲主义,不断追求享受,从"感性的享受"到"事业的享受",从所谓"小世界"进入"大世界",尽量探索宇宙的奥秘,体验人生的广度和深度,以至于驰骋幻想,上天入地,然而究极说来,不过是自我的扩张。如果走到极端,就容易导致利己的权利思想。

其次,剧中特别强调"爱",包括两性之爱、泛爱及人神之爱。在作者笔下,爱的力量在人类社会中的作用,有如万有引力在宇宙中的作用。这是值得进一步分析研究的问题。

德国资本主义发展的迟缓,决定了德国资产阶级的力量软弱,使它不得不对强大的封建势力屈服。所以浮士德在帝国内战中,不是投身到人民起义中去,只是帮助皇帝打败对方,削平内乱,说明他本身不是个革命者。至于他沿海砌堤,开辟荒地,幻想将来有"自由的人民生活在自由的土地上",是类似空想社会主义的理想。这计划没有实现,也不可能实现。这说明天才焕发、目光犀利的诗人如歌德,也不能超越时代、环境和阶级的局限。

(五) 艺术形式的特点

资产阶级的古典文学也有其继承和发展。在《浮士德悲剧》中,我们可以看到荷马的《伊利亚特》和《奥德赛》,但丁的《神曲》,莎士比亚的《乐府》以及弥尔顿的《失乐园》等,都给予了深刻的影响。

歌德运用了现实主义与浪漫主义相结合的方法,概括了当时德国内外的重大事变及本身的经验和体会。《浮士德悲剧》第一部与第二部的完成相隔了二十四年,这并非偶然。在第一部中还表现出青年歌德狂飙运动的精神,在第二部中则注入中年和晚年歌德的体会和经验;例如他在魏玛宫廷服务,游历意大利,研究古典艺术和自然科学,注意威尼斯和荷兰填海的努力及美国开凿运河的计划等。所以有人说,浮士德从传说中的形象逐渐成为歌德式的形象。当然,这只有在一定限度内的正确性,即作者的艺术概括和典型塑造,难免不渗入本身的成分进去。

由于歌德的思想具有辩证的和唯物的因素,这就形成他的现实主义的美学原则和创作方法的基础。歌德区别科学为"概念真理",艺术为"形象真理"(Wahrheit im Bild)。因此可以说,形象思维这个美学原则和方法实来源于歌德。这在《浮士德悲剧》中得到充分的实现。歌德运用其文学、哲学、神话、历史以及自然科学等方面的广博知识,惨淡经营,匠心独运,背景从天上地下到人间,场面变幻莫测,形象光怪陆离,象征和比喻层见叠出,使人有迷离惝恍,目不暇接之感。剧中的语言,也各尽其妙。有颂扬,也有批判;有明喻,也有影射;有辛辣的嘲笑,也有无情的揭露;有感情真挚的民歌,也有义理精微的格言。令人击节叹赏,抚掌称快不止。我国唐代杜牧评李贺的诗歌有几句赞词,可以移用到这儿:

"云烟绵联,不足为其态也;水之迢迢,不足为其情也;春之盎盎,不足为其和也;秋之明洁;不足为其格也;风樯阵马,不足为其勇也;瓦棺篆鼎,不足为其古也;时花美女,不足为其色也;荒园陊殿,梗莽邱垄,不足为其怨恨悲愁也;鲸吸鳌掷,牛鬼蛇神,不足为其虚荒诞幻也。"

《浮士德悲剧》是一部诗剧,它运用了各种诗体。开头是自由韵体,后来逐渐转到牧歌体和抑扬格。作者应用韵律的变换来配合情节的进展和反映情绪的变化。例如海伦出场时,使用古希腊悲剧的三音格诗,随从人员使用古典的合唱,浮士德使用北欧古典的长短格五脚无韵诗。到了两人接近,海伦改用德国有韵诗。随着欧福良的出现,运用浪漫主义式的短行诗。到海伦消逝,又还用三音格诗,宫女侍从们都在八行诗中烟消雾散。歌德还努力使本剧成为音乐剧。第一部天上序幕,要用圣乐开始。第二部精灵的歌唱,要用竖琴伴奏。从欧福良诞生起,要用全体乐队伴奏,到挽歌以后,音乐才随着歌唱而完全停止。但在埋葬浮士德的一场中,又要有相应的音乐来伴奏天人之群的歌唱的声音。

歌德是最早提出"世界文学"这个口号的人。他要求各民族进行文化交流,互相了解。他说:"固然谈不上要各个民族都思想一致,只是要他们互相知道,互相理解,纵然他们彼此不愿互爱,至少他们要学会互相容忍。"他的《浮士德悲剧》正是世界文学中一部具有永恒魅力的作品。

关于《浮士德》的翻译和解说

翻 译 经 过

今天看来,翻译已成为国际交往的重要工具、沟通文化交流的必要桥梁。它可以帮助各民族之间取得相互了解,在平等互利的基础上相互合作,从而达到保卫世界和平、促进人类共同事业进步的目的。歌德当时就非常重视翻译,他把翻译家比作精神交流的中介人,比作每个民族自己的先知。他自己也译过不少古代和同时代的外国文学作品,特别是伏尔泰著的《穆罕默德》和狄德罗著的《拉摩的侄子》,均引起西方文学界的极大注意,尤其是后者的德译本比法文原本早问世,至今读之,尤觉文字流畅,明白清新,几疑为原著。

歌德的《浮士德》作为一部世界名著,在英、美、法、俄、日等国均有多种译本,而且新译迭出,历久不衰。我国对于《浮士德》的翻译,当以郭沫若的译本为代表,同时也有周学普的译本,但影响之大,周译远不及郭译。我本人接触《浮士德》已有数十年的历史,而从酝酿到翻译也经历了漫长的曲折道路:

我于1928年至1935年留学德国,偶有机会,看了一次当时在德国上映的《浮士德》电影。时光流逝,数十年光阴过去了。现在回忆起来,已多半模糊,只能记其大概,电影内容大约只限于悲剧第一部的故事情节,而且改动很大。大意是浮士德经靡非斯陀的撮合,与少女葛丽卿相爱,葛无辜受罚,被判死刑,浮士德不顾靡非斯陀的阻拦,奋不顾身,前去相救,并掷碎了使他恢复青春的魔镜,还原为龙钟老人。这时葛丽卿已被置在燃烧的柴堆上,浮士德赶到柴堆旁边,奋身投入熊熊烈火中去,与葛同被焚死。从旁观者看来,浮士德是须发皓然的老翁,但在葛丽卿的眼中,他仍旧是英俊的青年。情节虽然紧张,但与原著内容不符,而且也和后来的《浮士德》电影差异甚大。

1949年之后,我在大学教授德国语言和文学课,旧时记忆,常常萦绕我的脑际,"飘摇的形象"也时时浮现在我眼前。我翻读歌德原著,产生了许多疑问,也得到了一些启发。我对这部剧作的认识逐渐深入,兴趣也逐渐增加。有时结合上课的需要,信手译出一些片断,也是屡作屡辍,并无全译的打算。在所谓"文化大革命"的十年动乱中,我那些残稿连同书籍一起被抄走了,我自身尚且不保,续译的念头自然打消得一干二净了。后来在"四人帮"余党的压力下,我退休了两年。等到"四人帮"被彻底打倒以后,我的书籍连同部分残稿幸蒙发还。我在没有其他工作的情况下,把译出的残稿补缀起来,使其成篇。为了对曾经喧嚣一时的所谓"知识无用论"表示抗议,决定将此书译完。因为浮士德正是一个西方典型的知识分子,一生不断追求知识和真理,活到一百岁的高龄。我于1980年访问德国时,曾在美茵河畔的法兰克福城去访问歌德的重新修复的旧居,在小园中瞻仰诗人的铜像,参观了他旧居中的种种遗物和纪念品,留连徘徊,久不忍去。我得到友好学者的帮助,从国家图书馆和大学图书馆中,获睹不少第二次世界大战以后《浮士德》的新版本及资料索引。然而要购置这么多的典籍,实非个人所敢奢望办到的了。

回国以后,我对旧译重新补充修改,整理加工,使其完成。我认为翻译《浮士德》的主要困难在于它既是一部文学作品,也是一部哲学作品。作为一部哲学作品看,它是一部乐观主义的悲剧,体现出歌德的进步思想,剧中闪烁着唯物的和辩证的思想火花,全剧贯串着浮士德这个人物自强不息、不断努力进取的精神。这是在译书过程中要牢牢把握的。作为一部文学作品看,它是一部融汇各种诗体的诗剧,韵律优美,词汇丰富,象征比喻,绚丽多彩,而且歌德还独创了许多新词,如在"瓦卜吉司之夜"那场。这就要求译者既要掌握剧本的主题精神和思想内涵,又要求译者用对等的或等值的中文表达方式来翻译原著,使中国读者读译本也像德国读者读原著一样,获得一种艺术享受。翻译的结果,不重在形似,而重在神似。因为德诗有其独特的韵律和风格,如头韵、抱韵、裙韵等,正如汉诗也有独特的韵律和风格,如格律诗中的平仄、对仗等,有的是无法翻译,也不必翻译的。

我为了向这个方向努力,译文严格遵守诗行,但采用具有一定中国风格而为人们喜闻乐见的韵律。此外,我还加入了题解和脚注,以帮助了解,并作为对译文的解说。

题　　解

首先来谈谈题解:在悲剧的"献词"、"舞台序剧"、"天上序幕"里,都分别加入题解。在第一部二十五场中有八场加入题解。在第二部的五幕中,每幕均有题解,而第一幕的第一场也加入题解。第一部中加入题解的八场是:

"夜"、"城门前"、"地下酒店"、"巫厨"、"井旁"、"瓦卜吉司之夜"、"瓦卜吉司之夜的梦"、"阴暗的日子"、"囚牢"等。

题解在于提纲挈领,指出本场或本幕的中心思想,以及它与其他各场幕之间的联系脉络。以下举例说明:

"献词"一般是为献给别人如至亲好友之类而作,而这里的献词则是作者歌德自己抒怀之作。题解:"一部反映时代精神的巨著,屡作屡辍,经过六十余年,作者在将已辍的工作重新拾起、决定继续完成时,不禁回忆过去,面对现在,展望将来,心潮起伏难平,故藉'献词'以抒怀,而且采用八行诗,更证明其意味深长。"

"舞台序剧"为歌德摹仿迦梨陀娑的剧本《沙恭达罗》而作。题解:"在'舞台序剧'中,通过剧作家(或称剧场诗人)与丑角之口,表现理想与现实的对立,或所谓'阳春白雪'与'下里巴人'的对立,而经理则从营业的立场,试图将两者的对立统一起来。"现在还可以补充说:序剧同时在于唤醒观众:这是在演戏,打破舞台上制造的幻觉,这对后来布莱希特创建的戏剧理论,不无影响。

"天上序幕"虽未放在第一部剧本正文中,以与第二部的末场相呼应,但仍然可以看出它与正文是有机的联系。题解:"天上序幕应当作全部悲剧的一个总纲看。从太阳到大地,到风雨雷电,再到人,思想进程不断向前推移。先是天使的歌唱,后是天帝与魔鬼的对话。"现在还可补充:"序幕"定下了以后剧情发展的乐观主义结局的基调。

在第一部"夜"这场中,浮士德发表长段独白,如无题解,读者不仅莫名其妙,还会觉得冗长乏味。题解:"浮士德作为启蒙思想的代表,必然要和旧的生活、旧的习惯、旧的思想决裂,所以他竭力摆脱中世纪式的书斋,追求新的生活、新的认识、新的思想。他不惜钻研魔术,在绝望时甚而企图自杀。本出的长段独白,即表明他要和过去决裂的痛苦过程。"这长段开场白,是剧中主角表明自己在作思想斗争,每行诗都是作者从内心深处挖掘出来,誉为呕心沥血之作,亦非过分。

"城门前"这场,是瓦格纳邀请浮士德变换一下狭隘的书斋环境,出城游春,到大自然中去。题解:"作者用天女散花手法,表现出形形色色的人物动态和群众场面,各种形象无不绘声绘影,惟妙惟肖。主要是让浮士德跨出寂寞的书斋,来到人民群众当中,获得新的生机。"

"奥尔巴赫地下酒店"这场,是浮士德与魔鬼订约后,跨入新生活的第一步。

题解:"地下酒店是当时大学生们聚饮的地方。喧嚣、闹嚷、酗酒、打架,是家常便饭。魔鬼引浮士德来这里,是使他领略吃喝玩乐的官能享受。"官能享受是浮士德进入所谓"小世界"所上的第一课。

"巫厨"这场本来显得荒诞离奇,所以题解说明:"因为地下酒室里的庸俗吃喝非但不能满足浮士德,反而使他感到厌恶,于是魔鬼把他引到巫厨,喝下药汁,恢复青春,再进一步用女色来引诱他。"

"井旁"这场诗行不多,然而是剧情的转折点。题解:"关于浮士德与葛丽卿的爱情关系,用侧写而不用直写,这就省却了许多笔墨。以下情节一步紧一步,悲剧气氛愈来愈强。"

"瓦卜吉司之夜的梦"这场,一般都认为难懂,所以加入题解:"这段插曲是戏中之戏,梦中之梦。主要出现的是作者同时代人物的各种类型,有作家、哲学家及政治人物,一一暴露原形;同时也通过精灵爱丽儿的出现,预示悲剧第二部开始的剧情。"

"阴暗的日子"这场可看作是浮士德的忏悔。题解:"这场是作者用散文写的;悲愤的情绪,沉痛的语言!浮士德对魔鬼的痛骂,也是对自己的谴责。"

"囚牢"是悲剧第一部的末场,题解说明:"这场是悲剧第一部的收场,也是剧情的大转折。囚牢的阴森气氛扑面而来,令人不寒而栗!世界文学中悲剧甚多,而达到这种程度的极少。"这是剧中以前出现的天真无邪、美丽多姣的少女葛丽卿的悲剧性收场。

悲剧第二部中的题解是在每幕前加入的。第一幕"风景幽美的地区"这场,有如下的题解:"由于葛丽卿的惨死,使浮士德精神上受到莫大的创伤:他需要休息,需要治疗这一创伤。因为浮士德是入世的,不是出世的,他目睹缤纷的虹彩,领悟出自己须向人世追求更多更高的东西。在靡非斯陀看来,酒色既不能满足浮士德,于是再以荣誉、权力和财富等来引诱他,使他进入所谓'大世界'。这时浮士德从阴森的死囚牢,转到风光如画、繁花似锦的地方:不再是诅咒、悲泣和哀号,而是缥缈的仙乐和柔和的歌声传入耳膜,沁人心脾,确可以收到起死回生、脱胎换骨之效。经过这场过渡,以下如皇城、正殿、御花园等诸场即接踵而来了。同时也为后来四幕打下基础。"题解点明这场的过渡性质,同时也预示所谓"大世界"的未来生活在向浮士德招手了。

"皇城"这场的题解:"皇城不仅是帝国的缩影和中心,同时也是一般政治生活的缩影和中心。这里的帝国是影射'德意志民族的神圣罗马帝国'(962—

1804),实际上它徒有空名,各邦独立。"这指明幕中各场并非凭空虚构,无的放矢。

第二幕是以"哥特式的居室"这场开头,这幕的题解是:"宫廷生活,即所谓'大世界',并未使浮士德得到满足。实际上,皇帝并不重视浮士德,只把他看作魔术师,而靡非斯陀则充当弄臣,两者都不过供皇帝玩弄。倒是为了娱乐目的而召唤鬼魂,给浮士德开辟了生活历程的新的希望,这就是追求希腊的古典美——海伦。靡非斯陀要给浮士德打通这条道路,先得把失去知觉的浮士德背回书斋,然后借助人造人霍蒙苦鲁斯的指点,共同飞去东南欧,游历古希腊世界。以下诸场则展开纵横南北欧、上下数千年的神话历史画卷。"题解是为整个第二幕而作,不仅仅是针对开头这一场。幕中的"古典的瓦卜吉司之夜",包括彭纳渥斯流域及爱琴海的岩湾在内,与第一部中"瓦卜吉司之夜"不同:那里是群魔乱舞,百怪齐鸣,乌烟瘴气,一片混沌;这里展示出的神怪形象,则井然有序,从低级到高级,从鸟兽到半人半兽,到完全人像的神,直到象征平静海洋的美丽女神迦拉特出现,成了下幕海伦出场的前奏曲。

第三幕原由歌德在完成《浮士德》第二部以前,提前写出,冠以"古典主义和浪漫主义的幻想曲"的名称,所以它有相对的独立性。这幕的题解如下:"这幕的场面有巨大变化:地方从帖撒利转到南方伯罗奔尼撒地区;时间不再是半明半暗的月夜,而是在光天化日之下;出场角色不是上古时代光怪陆离的神话形象,而是一目了然的人,至少是从历史上假藉来的人;情节也不是多条线索,错综复杂,而是一条一竿到底的直线,这就是浮士德与海伦的结合,靡非斯陀用计促成。这样就超越了空间和时间的距离,把中世纪末期的德国与史前期的希腊,把浪漫主义与古典主义结合起来。浮士德与海伦的结合,只能当作理想的美的享受看,与他和葛丽卿的结合不同,那是现实的爱情经历。"这幕似梦似幻,亦假亦真,名之为幻想曲是恰当不过的。

第四幕"高山"那场中概括全幕的题解如下:"这幕包括三场,表现主角生活历程上的大转折。浮士德虽然乍离开古希腊的艺术世界,但不久前的体验还活跃在胸,所以从他目中看去,浮云变幻,化成古希腊的美人。但葛丽卿的倩影一出,则压倒众美,证明他青年时代的爱情超越一切。以下则转入正题:他登高山,望远海,起雄图,看见海滨潮汐涨落,计划开辟荒地,为千百万人谋福利,这是他提高和向上的发展。这时正值帝国内乱,他借助魔鬼的魔法,帮助皇帝打败对方,从而得到海边封地以实现其计划。"

第五幕"旷野"那场中概括全幕即最后一幕的题解如下:"浮士德以前的追求,不是指向事业,而是指向享受(个人的),他在'小世界'和'大世界'中,都不是主动创造的人,而是居于被动地位,处处要借助魔鬼的魔法。但是在这一幕中,他才成为从事公益事业的人,居于主动地位;既是决定者和实践者,也是计划者和组织者。从一对老夫妇口中说出浮士德经营海滨取得成就,由于当时历史条件的限制,他采用的是早期资本主义原始积累的方法。不过他的目的是要使'自由的人民生活在自由的土地上'。他领悟出'人要每天每日去争取生活与自由,才配享受自由与生活'。由于这种不断努力进取的精神,使他终于得到拯救。同时这也象征着人类的不断发展,不断前进和提高。"

脚 注

译本所采用的脚注分为两类:一类是注明人名、地名或事物的来源和意义,比较简单;另一类则是阐发剧文的题外之意,弦外之音,偶尔也作中德的比较,或从今天的知识水平来补充说明,以启发读者的联想,也增加某种程度上的欣赏趣味。后一类条目较多,不能一一列举,只能选择一些较为重要的条目,作为说明的例证。这只是本人的一种大胆尝试,错误在所难免,至于誉我者称为画龙点睛,毁我者诋为画蛇添足,也在所不计了。

在悲剧第一部"夜"这场中,主角浮士德想要认识维系或统一宇宙的核心,想要观察一切活力和种原。我加了如下一条脚注:

"德语 Samen 可译作种原或种子,原为中世纪炼金术上的用语,后为 16 和 17 世纪神秘的自然哲学所采用,这与现代科学的概念和辩证认识是不相同的。现代科学对物质和物质运动的分析,已由分子原子的层次,到原子核和基本粒子的层次,又再到层子的层次……总之,客观现实世界的变化运动永远没有完结,人们在实践中对于真理的认识也永远没有完结。"

在"天上序幕"开头,天使拉斐尔颂歌的第一句是:"太阳运行躔度。"我加了如下的脚注:"德语 Brudersphaeren 可译作'兄弟星球',也可译作'星辰领域'。歌德在这里显然是采用古希腊哲学家毕达哥拉斯(公元前582—前507年)的看法,即:太阳、月亮、大地等均为兄弟星球,它们在相似的轨道上环绕一团中央火焰旋转。中国古代天文志称:日月星辰在天球上运行的度数为'躔度',与领域一词大致相合。现代天文学则证实太阳环绕银河系中距离约为三万光年的一个中心而转动。"

在"夜"这场中,关于地灵,脚注解释如下:"地灵可看作是尘世生活的全体性的象征,是世界和行为的精神。浮士德抛弃大宇宙符记而转向地灵,即表示他不满足于沉思冥想而转向实践。"

在"城门前"这场中,浮士德置身在群众当中时说:"这儿我是人,我可以当之无愧!"脚注加以补充:"浮士德在人民群众当中才感到自己是人,不愧为进步思想的代表。同时也显示出这部剧本的现实进步意义。"

在"书斋"这场中,浮士德推敲《圣经》中的一句名言,最后译为"原始有为"。脚注解释如下:"原始有为即认识来源于实践,含有辩证唯物主义思想的因素:通过实践而发现真理,又通过实践而证实真理和发展真理。"

在"书斋"这场中,浮士德与魔鬼打赌时说:"只要我一旦躺在逍遥榻上偷安,那我的一切便已算完!"脚注予以说明:"浮士德洞悉生活享受的辩证法:快乐必然同时包括痛苦。一种欲望得到满足后,必然又唤起新的欲望。他和魔鬼打赌时,已觉得胜利在握。"

在同一场中,浮士德说:"将全人类的苦乐堆集在我心上,于是小我便扩展成全人类的大我,最后我也和全人类一起消亡。"脚注加以说明和提问:"资产阶级在上升和发展时期,具有不断向外发展、向前进取的积极精神,反映在他的思想代表——浮士德身上,便是将全人类的苦乐堆集在自己方寸之间,使小我扩展为全人类的大我。究竟是理想还是幻想?是自豪还是夸张?或者兼而有之?"

在"巫厨"这场中,魔鬼让浮士德喝下女巫熬的药汁。脚注发抒感叹:"长生不老方,返老还童药,古今中外,多少帝王将相,达官贵人在对此寻觅和追求,而一个寒酸士人浮士德竟侥幸得之,安能不堕入魔鬼的彀中!"

在"傍晚"这场中,葛丽卿就寝时唱"图勒王"谣曲。脚注揣摩她的心情:"藉用谣曲形式,抒发少女闺情,葛丽卿的心田中,不再是波澜不起了。"

在"花园"这场中,葛丽卿向浮士德说:"只要您想念我片时,我想念您就没有尽期。"脚注引中国诗作比较:"'妾谊比丝柔,郎情似酒热,酒热有时寒,丝柔无断绝。'与此意同"。

在同场中,葛丽卿用花占卜,口念:"他爱我,不爱我……"脚注引用中国诗:"此即所谓'呢呢儿女语,恩怨相尔汝'。"

在"葛丽卿的居室"这场中,葛丽卿坐在纺车旁唱怀念浮士德的相思调。脚注予以赞叹:"明白的语言,真挚的情感,至今读之,犹觉青春热力喷射而出,反嫌织锦回文为矫揉造作。"

在"瓦卜吉司之夜"这场中,脚注对哈茨山上的群魔夜会作了描写:"鬼火荧荧,枭声碌碌,山风怒号,枝叶横飞,崖石嶙峋,山路崎岖,怪状奇形,不可名状,多么阴森恐怖的环境!"

在"囚牢"这场中,葛丽卿怀着恐怖心情等待处决。脚注发抒感叹:"温柔乡换成死囚牢,多情的少女成了待决的死囚,这是多么惨痛的剧变!"

在同场中,葛丽卿向浮士德诀别,并吩咐埋葬的后事。脚注对这段说白,深表同情:"悲剧的高潮,情节的顶点,一字一泪,抒哀感缠绵之音,极回肠荡气之致,令人几回掩卷,不忍卒读!"

在第二部第一幕"风景幽美的地区"这场中,浮士德最后说出:"人生就在于体现出虹彩缤纷。"脚注予以补充:"浮士德体会出'人生就在于体现出虹彩缤纷',于是便从'小世界'转入'大世界',从'官能的享受'转入'事业的享受'。"

在"御花园"这场中,帝国发行纸币。脚注就当时的帝国情况,作了如下说明:"浮、靡建议发行纸币,使摇摇欲坠的帝国暂时渡过难关,但不是从根本上促进生产,解决困难,其结果必然招致通货膨胀,加剧帝国的危机。"

在"骑士堂"这场中,浮士德召来巴黎斯和海伦的幽灵,使观众起哄,而浮士德亦晕倒在地。脚注予以讥评:"在西方传说中海伦为绝世美女,巴黎斯为绝世美男,二人之幻象出现,男女众生颠倒矣!浮士德一见海伦而销魂,保持清醒者大约仅一魔鬼靡非斯陀而已!"

对"古典的瓦卜吉司之夜"这场,脚注解释如下:"这场如梦如幻,惝恍迷离,百怪出没,如读屈原的"远游"篇,亦可作神游古希腊解。"

在"彭纳渥斯河上游"这场里,靡非斯陀迷恋妖女拉弥爱。脚注批评如下:"靡非斯陀见海伦而无动于衷,遇妖女而神魂颠倒,非独臭味相投,也是美丑的对立。"

在同场中,靡非斯陀变形为奇丑的福基亚斯。脚注指出:"浮士德追求'美'的化身海伦,靡非斯陀则变作'丑'的化身福基亚斯,对照鲜明。"

在"爱琴海的岩湾"这场,海上盛会到来。脚注称赞:"海上盛会的伟大场景逐渐展开,波臣水族,百灵齐降,琦玮谲诡,几使人目不暇接。"

在同场中,纳雷斯描述爱女迦拉特女神乘坐贝车率领与会队伍渐渐远去,音容若隐若现,依然在目。脚注予以发挥:"不亚于湘灵鼓瑟,余音袅袅,有'曲终人不见,江上数峰青'的韵味。"

在第三幕"斯巴达梅纳劳斯的宫前"这场里,福基亚斯与合唱诸女展开舌战。

脚注评为："据认为这是世界文学中极其罕见的骂人文学。"

在"城堡中的内院"这场里，海伦与浮士德相爱时说："我觉得相隔很远而又分明很近。"脚注解释如下："海伦与浮士德相隔千年以上，一个在南方，一个在北方，所以说相隔很远，两者的结合是人为地克服了时间和空间的距离，所以说又相隔很近。"

在"树木荫蔽的林苑"这场中，儿童欧福良是浮士德与海伦结合所生，他不断高飞而陨逝，歌德用以影射英国诗人拜伦。脚注予以解释："歌德看来，当时诗歌中的浪漫主义有过分充沛的精神，但缺乏自我克制，所以终于炸裂生存必需的形式。这是欧福良，也即是拜伦。"

在同场中，海伦痛心爱子欧福良的陨逝，也与浮士德诀别，返回冥界。她留下衣裳和面纱，化为云彩，载运浮士德飞回北方。译注解释两点：(1)"两个不同世界的代表的结合，只能是暂时的。浮士德与葛丽卿之爱不同于浮士德与海伦之爱，前者是真，后者是幻，前者是实事，后者是比喻。"(2)"海伦的衣服和面纱化为云彩，托起浮士德返回故乡，这说明古希腊的形式美对于当时德意志的精神实质具有运载能力。"

在第四幕"高山"这场中，浮士德计划开辟海滩荒地，向靡非斯陀说："我要振作精神，大展雄图，与海斗争，将水制服。"译注加上如下的解释："浮士德认为自己比魔鬼优越，可以强迫魔鬼为自己服务，达到与大海争夺土地的目的，所以不但把这种思想告诉魔鬼，而且以后还交付他去执行。"

在"前山上面"这场中，浮士德帮助皇帝作战。译注予以批评："浮士德不去组织群众，高举义旗，而介入双方争权之战，即保卫皇帝，挽救摇摇欲坠的帝国，以抵抗敌对皇帝，这说明浮士德不是一个革命者，亦由于作者受当时德国的历史、环境和本身阶级的局限所致。"

在第五幕"子夜"这场中，译注对浮士德的长段独白指出："这是浮士德也是歌德对自己生活历程的概括。包括：青年（狂飙时期）、中年（魏玛时期）及晚年时期。"对于独白中立足现实的精粹语句，译注指出："作者的进步唯物思想至今还闪耀着不可磨灭的光辉。"对于"随时随刻都不满足"这句话，译注阐释如下："唯物主义的积极精神，应当要求不断总结经验，有所发现、发明、创造和前进，清除停止、悲观、无所作为和骄傲自满的思想。"

在同场中，百岁老人浮士德被"忧愁"吹瞎双目以后，说："黑暗似乎越来越深沉，但内心中闪耀着灿烂的光明。"译注解释如下："'内心的光明'实即启蒙主义者所称的'理性',而魔鬼把这叫作'天光'。"

在"宫中宽广的前庭"这场里,浮士德对于开荒工作及展望未来,作了总结性的自白。译注阐释了三点:(1)"浮士德从为宫廷服务,陶醉在古典美的世界中,转到向大海争地,开辟荒滩,为千百万人的安居乐业而奋斗,这确是一个非常巨大的跃进。"(2)至于"人必须每天每日去争取生活与自由,才配有自由与生活的享受。"这是"浮士德的,也是歌德的生活经验总结,表现出一定的战斗唯物主义的精神。"(3)"自由的人民生活在自由的土地上,这在资本主义的社会是不可能实现的,只可以看作是莫尔的'乌托邦',康帕内拉的'太阳城',或者傅立叶的'法郎吉'。"现在应补充说:浮士德在这里是对未来的憧憬,是对人类发展前途的乐观主义的展望。

在"山谷,森林,岩石,荒野"这场中,天使们举着浮士德的灵魂,在高空中飘浮,说出两句重要的话:"不断努力进取者,吾人均能拯救之。"译注作了解释:"歌德曾在1831年6月6日对艾克曼说:'在这诗句里,包含着浮士德得救的关键。浮士德从事越来越崇高,越来越纯洁的活动,直到最后,永恒之爱从上面拯救他。这和我们的宗教观念完全一致。按照这种观念,我们不光是靠本身的力量,还要加上神的慈悲才能得到幸福。'我们把这当作比喻看,则寓意显然。中国古代寓言:愚公下决心移山,感动天帝,派神下凡把大山背走了。浮士德填海有似愚公移山,其自强不息、精进不懈的精神,终于得到天使的拯救。"

在同场中,结尾的"神秘的合唱",是对全剧的总结。最后两句是:"永恒女性自如常,接引我们向上。"我对"永恒女性"作了不同于一般《浮士德》研究者的解释,而解释其为科学文化。这在下面的《从'浮士德'看歌德的文艺思想和世界观》(二)中有详细的阐述,这里就省略了。

以下再介绍一些西方学者对《浮士德》的解说,虽然不一定获得我们的赞同,但可以给我们以一些启发,以供批判研究之用。

《浮士德》解说的方法问题

西方的《浮士德》研究在解说方面,众说纷纭,各持己见。有的在作品本身以外寻求解说的根据;有的强调历史溯源,有的重在象征解说。科布里克(H. Koblik)氏[①]认为,近数十年的浮士德研究表明:歌德从一切可能支配的历史和

[①] 科布里克著《理解浮士德戏剧的基础》Ⅱ,法兰克福1977年版,第140—152页(德文)。

文化领域汲取材料,而把这自由加工在《浮士德》诗剧中。因此,在解说这部剧作时,除了注意剧本中所直接提到和引用的资料而外,还要考虑到远方的精神力量和思想领域所赋予此剧的重要影响。老一辈的学者如里克特(H. Rickert),指出浮士德剧本与德国唯心主义的关系;卢卡契也把歌德的《浮士德》与黑格尔的《精神现象学》相提并论。其实,我们在剧中所看到占较大比重的,是歌德的辩证和唯物的思想因素,而不是唯心主义或形而上学的东西。固然,歌德还不是一个彻底的辩证唯物主义者,但是他从自然科学的研究中,自然而然地形成了对事物的某些辩证的和唯物的看法。

布尔达赫(K. Burdach)指出《浮士德》受到罗马古典文学,特别是维吉尔和贺拉斯的许多影响;泽尔(O. Seel)指出此剧与凯撒的历史著作的关系;戈尔维策(G. Gollwitzer)指出它受瑞典人斯威登堡的影响;莫姆森(K. Mommsen)说明《一千零一夜》的叙述形式给了它深刻影响;吕迪格尔(H. Rüdiger)考证《海伦》那幕的剧情受到多种多样世界文学的影响。

以上都是从局部问题或点滴问题,而不是从全剧着眼。歌德作为伟大的诗人和思想家,自然要广征博引,继承藉鉴。他自己也一再对此直言不讳。如果强调他的继承和藉鉴,则古希腊的荷马,文艺复兴时期的莎士比亚,更是他的良师益友。《浮士德》剧中有不少情节和人物形象,都是直接从荷马的《伊利亚特》和莎士比亚的《仲夏夜之梦》及《暴风雨》等剧中藉用过来。

此外,还有"历史溯源法"、"象征解说法"及"心理分析法",值得一提。历史溯源法的代表是布尔达赫,他认为《浮士德》诗剧各部分之间互相矛盾,难以获得对全剧明确一致的解说。因此,为了理解剧本题材的本质和意义,只有追溯其历史根源,换句话说,诗剧题材的来源,必须在诗人的传记及其历史的文化领域中去寻找。这种方法舍弃剧本本身不顾,容易陷入繁琐考据的泥淖中去而不能自拔。象征解说法的代表是埃姆里希(W. Emrich),他在所著《浮士德第二部的象征手法》[①]一书中予以充分发挥。他认为历史溯源法在方法上是有欠缺的,忽视了诗剧创作本身即是一种历史形成和产生的进程。他的象征解说法则认识到,歌德晚年的作品一般都是藉用象征来作表达的手段。它所表达的对象,是若隐若现,亦假亦真。这就要求广泛地掌握歌德自己对作品所表达的意见,除全部作品而外,还要把他在日记、谈话录、往来通信以及原始手稿和补遗中有关的资料

[①] 波恩1957年第2版(德文)。

收集起来，加以利用。这当然是繁重而又细致的工作。例如迪内尔（G. Diener）就运用这种方法，对《浮》剧第二部中的"古典的瓦卜吉司之夜"进行解说。不过这种方法容易流于穿凿附会，徒劳无功。最后，关于心理分析法可以丹克尔特（W. Danckert）为代表，但他的心理分析不是针对剧中的人物形象，而是针对诗人歌德本身。他把诗剧中的象征解释为从地方性原始宗教上升到作家意识中来的原型。我们认为不从诗人所处的历史条件和社会环境去探索剧本，就容易犯钻牛角尖的毛病，而忽视了重大的本质性问题。

浮士德精神

问题的提出

自《浮士德》诗剧问世以后,一百五十余年来,对这部著作的研究,包括评价、考证、诠释以及争论等,德文资料十分浩繁,还有不少种其他文字的研究资料,所谓"浮学"曾经盛行一时。其中当然有正确的,也有错误的理解。我先举一个反面的例子:赫尔韦格在1839年所撰的《三个民族中的浮士德》一文中,批评法国女作家乔治·桑对歌德及其《浮士德》的误解。桑认为歌德是为艺术而艺术的艺术家,算不得诗人,纵然算是诗人,也是一位没有理想的诗人,因为据她看来,歌德只塑造了人,用她的话来说:"他只表现了现实的人,而不是理想的人。"此外,她还闹了一个笑话,她以为浮士德应将"原始有为"这一句《圣经》译文,改为"原始有爱"。由于桑根本不了解歌德的世界观和创作方法,并且没有见到《浮士德》第二部,所以轻率地下了错误的论断。另外,我再举一个正面的例子。最早看出这部诗剧的特殊意义的人是海涅,他认为诗剧是对德国的命运,即对新的德意志人的预感。他在1832年所写的《浪漫主义派》一文中说:"德国人民本身就是那位知识丰富的浮士德博士,就是那位理想主义者,他凭藉精神,终于理解到精神的不足,而要求物质的享受,恢复肉体的固有权利……不过要等待一些时间,那些在诗剧中所深刻地预言出来的东西,才在德国人民中间得到实现,德国人民才通过精神理解到精神的篡夺①,从而要求物质的权利,这样就发生革命,即宗教改革的伟大女儿。"

从海涅这段话中可以看出:德国要经过革命,才能实现诗剧第二部最后一幕中所预言的"自由的人民生活在自由的土地上"那种社会,而浮士德就是德国人民,就是新的德意志人。这在一百四十余年以前是多么深刻而明察的见解!

---

① 指篡夺物质或肉体的权利。

由此在"浮学"的研究中,出现所谓"浮士德式人物"或"浮士德精神"的问题。勒施在所著《德国文学的基础、风格和形象》中,指出"浮士德精神"(他使用"浮士德思想")如何被滥用和曲解的历史:自从1871年德意志帝国建立以后,德国资产阶级吹捧浮士德为德国的民族英雄;后来希特勒法西斯利用浮士德形象来搞迷信,硬说浮士德真正代表日耳曼的伟大。这都是出于反动的政治意图。至于施彭格勒在其《西方的没落》一书中,称西方国家的文化是正在走向末路的浮士德文化,这是悲观主义的唯心观点,而且把资本主义上升时期的人物精神和文化,与资本主义没落时期即帝国主义时期的精神和文化等同起来,也不符合历史发展的客观事实。

所谓"浮士德精神",是指浮士德这种人物的精神,而不是指《浮士德》这部书的精神,后者的范围要广泛得多。好比说,孙悟空的精神并不等于《西游记》的精神。不过"浮士德精神"必须从《浮士德》悲剧中去理解,所以本文先综合地叙述《浮士德》一书的内容概要,以此为依据,再分析浮士德这个人物精神的主要特征,最后作出适当的结论。

《浮士德》悲剧的思想内涵

歌德是德国的大诗人,也是大思想家。17世纪后期到19世纪初叶,是西方资本主义上升和发展时期,资产阶级的启蒙运动,就在于反对封建的压迫和教会的桎梏,要求个性解放,宣扬人道主义,为推翻封建制度,确立资本主义制度,换言之,就是为资产阶级革命作好思想准备。歌德的文学活动紧密地结合了这个时期重大的历史事变,特别是他的悲剧《浮士德》就是通过浮士德这个人的体验、追求和发展,对西欧启蒙运动的发生、发展和终结,在德国的民族形式中加以艺术概括,并根据19世纪初期资本主义的发展,展望人类社会的将来。

《浮士德》悲剧是歌德以毕生精力创造出来的代表作。歌德取材于德国中世纪的民间传说,并根据他所处的时代背景、德国的社会状况和他个人长期的生活经验,前后经过六十余年的惨淡经营,才完成这部巨著。它是用多种诗体的韵文写的,共一万二千一百一十一行。全剧通过浮士德这个人物的发展,表现出资产阶级启蒙运动以来的基本思想和一贯精神。照歌德自己的说法,在第一部中,浮士德还处在"小世界"中,追求"官能的"或"感性的"个人生活享受;在第二部中,浮士德进入"大世界",追求"事业的"享受。

第一部中的"天上序幕"可视作全剧的一个总纲。这是采用《旧约》中"约伯记"的旧形式,但注入了资产阶级启蒙思想的新内容。上帝本身是代表"善",魔鬼本身则代表"恶"。上帝认为人类是不断从低级到高级发展,达到更完美、更和谐的生活,持的是乐观主义的看法;魔鬼则认为人的一切活动毫无意义,人类发展的道路结果是导致虚无,持的是悲观主义的看法。双方谈到世人——浮士德,把他作为人类的代表提出来。魔鬼便和上帝打赌:他认为浮士德无限追求,永不满足,他可以引诱浮士德走上魔路。上帝认为人在努力追求的时候总是难免迷误,但好人在黑暗中终会找到光明大道,因此便接受了魔鬼的打赌。在上帝看来,人的精神容易萎靡,贪求安逸,魔鬼能起刺激作用,而这一赌赛,魔鬼最终将会失败服输。这就定下了全部剧情发展的基调。

悲剧第一部开始时,年逾半百的浮士德困坐在中世纪的书斋里,他对旧式大学的神学、哲学、医学和法律的知识,均感到不满和厌倦,于是转而钻研魔术。他观察大宇宙符记,发现"万物交织一体混同,万籁和鸣响彻太空",但是他对此不能把握,就认为这只是一场幻景。其实,所谓"大宇宙"或"无限的自然"即是绝对真理,个人是没法认识的。中国唐代具有唯物思想的文学家柳宗元(733—819)在他著的《天对》中就说过:"无中无旁,乌际乎天则!"换言之,即宇宙是无限的,没有中央和边缘,因而是不可穷极的。浮士德见不及此,转而改求地灵,可是不理解地灵的活动,认为自己和地灵近似。地灵就说,你近似的是你理解的神,而不是我,意思是说,你只能在一定条件下认识相对真理。浮士德仍未醒悟,所以他怀疑,他绝望,企图自杀未果。魔鬼靡非斯陀乘虚而入,他和浮士德订约:自愿充任浮士德的仆人,尽量满足后者的一切需要,但是在浮士德满足现状的一瞬间,奴役便解除,浮士德的灵魂便永远为魔鬼所有。

订约以后,浮士德被引入地下酒店,一度参与无聊的吃喝;接着在巫厨里喝了返老还童的药汁,恢复青春。浮士德在街头遇见了一个小市民家的少女葛丽卿,由于魔鬼的帮助,获得了她的爱情。后来这个天真美丽的少女,因用安眠药过重毒害了自己的母亲;她的哥哥为了阻止幽会而死在浮士德的剑下;她神经错乱,溺死了自己的婴儿,而被关进死囚牢;浮士德虽然偷进狱去想劫走她,但她拒绝,甘愿领受死刑,这表示葛丽卿人格上的升华,所以声自上来:她得到了拯救。悲剧的第一部到此结束。狱中对话在作者笔下确是回肠荡气之作。

葛丽卿之死,使浮士德良心上受到莫大的创伤,他为了今后继续活动,而且是从"小世界"进入"大世界",必须有一个精神上的复苏过程。所以悲剧第二部开始时,浮士德卧倒在风景幽美的地方,即投入大自然的怀抱,落花缤纷,精灵载歌载舞，使他忘记了过去的罪恶。一觉醒来，获得新生，目睹瀑布的虹彩，领悟出"人生就在于体现出虹彩缤纷"。这里一方面显示出大自然的力量，同时也意味着整个人类的命运是非悲剧性的，这浓缩表现在浮士德个人身上。至于浮士德想要体现虹彩缤纷般的生活，则他已不再满足于葛丽卿那种小天地中的生活了。魔鬼把他带到一个皇帝的宫廷里，这代表德意志民族的神圣罗马帝国，浮士德原以为大有作为，可是这时封建朝廷正感到财政困难，惶惶不安，于是浮士德和靡非斯陀只好建议发行纸币，暂时渡过难关。皇帝和大臣们不懂得利用机会发展生产，从根本上改善经济状况，只借此通货膨胀，大肆挥霍，无异饮鸩止渴。这非浮士德的本心，却是魔鬼的狡计。皇帝知道浮士德擅长魔术，继狂欢节的化装游行之后，要他召唤希腊美人海伦出现，供大家欣赏。浮士德藉助魔法召来巴黎斯和海伦的灵魂，当这对美男美女互相爱恋时，浮士德情不自禁，用魔术钥匙触到巴黎斯身上，于是精灵爆炸，化为烟雾，浮士德也晕倒在地。靡非斯陀把昏迷的浮士德背回到从前的书斋，这时浮士德的助教瓦格纳制造出一个人造人"霍蒙苦鲁斯"。这个装在玻璃瓶里的小人儿，看出浮士德在昏迷中所梦想的是希腊美女，于是带领浮士德和魔鬼飞到古希腊的神话世界。浮士德得到巫女曼陀的帮助，感动地狱女主人，使海伦复回阳世。

在这段时间里，浮士德已成为一个城堡主人。海伦惧为其夫梅纳劳斯所牺牲，乃投奔浮士德。浮士德与海伦相爱，生子欧福良。欧福良生下不久，就漫无限制地去追求解放，飞向高空而陨逝。随着儿子的消失，母亲海伦也回到阴司。她只留下衣裳，化为云气，托着浮士德回到北方。海伦是古希腊的美人，是美的化身，而对于美的理想的探求正适合早期资产阶级的意识形态。歌德和席勒都重视审美教育，歌德曾说，美是秘密的自然规律的显示。浮士德与海伦的一度结合，象征北欧现实的内容与希腊古典形式的统一。

浮士德离开古希腊，驾云回转北欧，降落在高山之顶，他俯瞰海滨潮汐的涨落，顿起雄图，想围海砌堤，填平海滩荒地，为千百万人开疆辟土。这时正值封建帝国发生内战，浮士德为皇帝效力，藉助魔鬼的魔术打败对方，赢得战争，获得海边封地。

浮士德填海有了成就，想在这儿建立乌托邦式的人间乐园。魔鬼利用战争、海盗和贸易三位一体的方法，也即是早期资本主义的原始积累方法发财致富，浮士德对此却悄然不乐。这时浮士德已活到一百岁的高龄，忧愁袭来，双目失明。为了实现他的宏伟计划，他吩咐靡非斯陀多多招募工人，用各种方法，如"报酬、引诱甚而强迫"。他听到铁锹和铁铲的声音,以为在开挖壕沟,实际上是魔鬼在为他掘墓。他领悟到智慧的最后结论是:"人必须每天每日去争取生活与自由,才配有自由与生活的享受。"他憧憬着"自由人民生活在自由的土地上",怀着幸福的预感,对于这一瞬间不禁失声叫道:"你真美呀,请你停留。"于是他倒地而死,靡非斯陀根据契约,正要攫取浮士德的灵魂,但天界仙使飞来,撒下玫瑰花,化为火焰,驱走魔鬼,而将浮士德的灵魂拯救上天。这与第一部"天上序幕"相呼应。

以上是《浮士德》悲剧的剧情发展梗概。剧中主角浮士德经过旧式书斋生活和追求对绝对真理的认识、官能享受、为宫廷服务、古典美的享受及事业的享受等阶段。全剧贯串着辩证的精神。它表现在浮士德与靡非斯陀的两极对立上。剧中除了浮士德本人外,只有第一部中的葛丽卿是完美的人物形象,瓦格纳不过起对比的作用。其余的都是神、鬼,或作为某一类的代表,带有插曲性,转瞬即逝,而始终贯串全剧的一人一魔,一主一仆,如影随形,如呼与吸,如问与答,相反相成,相生相克,正是辩证法的正与反,肯定与否定的基本原则的体现。浮士德向往光明,肯定事业,在群众当中才感到自己真正是个人,他不断追求美好崇高的东西,时时刻刻感到"有大事情在吸引我"。靡非斯陀是个虚无主义者,他鄙视人,把人叫作"长足蝗虫",以鄙夷不屑的态度对待人的理性,认为理性"把人类变得比畜牲还要畜牲"。他对自己的本质,曾在"书斋"一幕中向浮士德说明:"我是经常否定的精神!原本合理:一切事物有成,就终归有毁;所以倒不如一事无成。因此你们叫作罪孽、毁灭等一切,简单说,这个'恶'字便是我的本质。"

靡非斯陀通过魔镜中的美人影子,引诱浮士德走上官能享受的道路,但是当浮士德转入爱情时,他就把浮士德从葛丽卿手里夺去,带浮士德去赴放情纵欲的瓦卜吉司之夜。结果枉然!浮士德在迷雾中仍然看出葛丽卿的影子,冒一切危险去营救她,他达到新的更高的立场,使靡非斯陀的阻挠失效。靡非斯陀第二步所下的钓饵,是在为封建统治阶级服务。但是宫廷里那种腐化生活,一开头就使人感到无聊,所以他不得不赶快帮助浮士德另外寻找一个更迷人的对象,召唤古希腊美女海伦的灵魂出现。可是浮士德虽然进入"美的世界",并没有沉迷下去而不能自拔,他不久就越过艺术上的满足,而在更深刻的意义上重新和社会生活取得联系。在最后阶段,靡非斯陀引诱浮士德取得经济控制力量以后,派遣"忧愁"去麻痹浮士德的决心,使他双目失明,不能亲眼看见自己全心全意所努力经营的崇高事业,而终于陷入绝望的境地。结果又是枉然!浮士德对于客观事业的追求,已大大超过他主观上本能的满足,"内心的光明"代替了他的视力:"黑暗似乎越来越深沉,但内心中闪耀着灿烂的光明。"于是浮士德又达到了更高的立场,从根本上承认集体性生产活动是人类继续发展的基础。

浮士德精神的发展过程,就是这样不断向前,不断向上,不断提高的运动。这是实践的过程,也是认识的过程,是不断追求真理的过程,也是不断受教育的过程。从根本上说来,浮士德和靡非斯陀是人的一分为二,是人的两种精神,是发展过程的两个方面。所以浮士德最初说:"在我的胸中盘踞着两种精神,这一个想和那一个分离!一个沉溺在强烈的爱欲当中,以七情六欲固执着凡尘;一个硬要脱离尘世,飞向崇高的先人的灵境。"由于有两种精神,所以浮士德充满着矛盾,而且在矛盾和冲突中不断发展;不过在两者当中,向上的精神仍然处于主导地位。因此我们要进一步探索"浮士德精神",它不仅是联系悲剧第一部和第二部的思想线索,而且也是全剧的中心问题。

所谓"浮士德精神"

我们在讨论这个问题以前,先要澄清几种错误的论点:

赫特涅在他的《18世纪德国文学史》中论《浮士德》说:"如果第一部的神奇的力量和深度在于浮士德是一个完全明显的、可信的人物,而同时又是进取的人的精神和普遍人类观念的象征代表,那末,在第二部中则人类观念本身成了主角。这儿人类发展的主要方向史取代了浮士德的历史;一部用诗歌写的哲学史取代了悲剧。"

赫特涅把《浮士德》悲剧第一部和第二部的思想统一性和艺术完整性割裂了,他不了解浮士德这个人物是不断发展、不断向上和不断提高的,换言之,也就是根本上没有正确理解"浮士德精神"。

卢卡契在他的《浮士德研究》中称《浮士德》是人类的戏剧。他使用具有生物学意义的"人的种类"这个词,而不使用具有社会学意义的"人类"这个词。这样一来,就抹杀了《浮士德》悲剧的社会历史意义和作用。卢卡契设想有一种"人的核心"或"人道的核心"在历史过程中始终不变,个别的人不过是这种不变核心的具体实现。他硬说:"《浮士德》本身剧情的对象就是为人的内在核心而斗争……这种斗争集中在浮士德与靡非斯陀的决斗中。"

卢卡契无视人总是一定的社会历史条件的人这一事实,而想象有一种不变的人的内在核心。这是形而上学。悲剧的末尾倒是出现了天使与魔鬼之间为了争取浮士德的灵魂而展开的一场决斗,但这不过是诗人的比喻手法,而灵魂也决不等于精神,尤其不是贯串全剧的精神。

柯尔夫在他的《歌德时代的精神》中,认为在《浮士德》诗剧的背后有一种宗教存在。不过浮士德式的宗教与基督教的宗教不同:"基督教的宗教完全强调信仰。它教导人相信神和神的宽恕。它是从人的软弱性出发。浮士德式的宗教完全强调永远的进取。它鼓励人相信自己。它指靠着人的坚强性……基督徒的最重要的道德是忍耐,就是坚定地忍受痛苦。浮士德式人物的道德则是用加倍的努力来答复任何失望。……基督徒实际上尽量避开魔鬼,而浮士德式的人物甚至不怕和魔鬼订约。"所以前者主要地具有消极的特征,后者则主要地具有积极的特征。

柯尔夫虽然指出了浮士德精神的一些积极的方面,然而他错误地提出了"浮士德式的宗教",而且用来和基督教相比,这是唯心主义的。《浮士德》悲剧中展现出泛神论思想,认为神与大自然是一体,把神融化在大自然中,便否定了超自然的本源而成为无神论,这是早期的唯物主义的自然观。因此,与其说浮士德是有神论者,不如说他是无神论者,不应当提出"浮士德宗教",而应当提出"浮士德精神",才能得出合理的科学的解释。

浮士德是西方资本主义上升和发展时期的知识分子的代表,或者说,是西方启蒙运动时期人道主义的知识分子的典型。然而浮士德是个德国人,德国当时虽然接受到启蒙运动的先进思想,但它在政治上和经济上落后于英国和法国,封建势力过分强大,资产阶级的力量还非常薄弱。这种先进思想与落后现实的矛盾,也反映在浮士德身上,表现为充满矛盾的精神:有进步的方面,也有局限的方面,而前者是主要的。正如海涅所说:"随着浮士德的出现,中世纪的信仰时期结束,现代批判的科学时期开始了。"因为"知识化为语言,语言化为行动,我们有生之年还可以在这个世界上幸福生活。"

为了避免种种穿凿附会,我们直接根据《浮士德》悲剧中角色的表白和剧情发展,来分析"浮士德精神"的几个主要方面:

(一)**永不满足现状** 在悲剧第一部"天上序幕"里,魔鬼靡非斯陀同天帝的对话中对浮士德作了初步的描叙:

不错,这傻瓜为你服务的方式特别两样,

尘世的饮食他不爱沾尝，
他野心勃勃，老是驰骛远方，
也一半明白自己的狂妄；
他要索取天上最美丽的星辰，
又要求地上极端的放浪，
不管是人间或天上，
总不能满足他深深激动的心肠。

魔鬼从相反的方面来否定浮士德，实际上是肯定了浮士德。所谓"要索取天上最美丽的星辰"，就是要探索宇宙的奥秘，"要求地上极端的放浪"，就是要体验人生的广度和深度。浮士德不论在对大自然的探索或人类社会的体验中，总是不断前进，永不停止在一点上，所以说"总不能满足他深深激动的心肠"了。

我们再看看浮士德自己的表白。在悲剧第一部"书斋"那场中，魔鬼与浮士德打赌，浮士德说：

"只要我一旦躺在逍遥榻上偷安，
那我的一切便已算完！
你可以用种种巧语花言，
使我欣然自满，
你可以用享受将我欺骗——
那就是我最后的一天！
我敢和你打赌这点！"

接下去又说：

"假如我对某一瞬间说：
请停留一下，你真美呀！
那你尽可以将我枷锁，
我甘愿将自己销毁！
那时我的丧钟响了，
你的服务便一笔勾销；

> 时钟停止,指针落掉,
> 我在世的时间便算完了。"

浮士德洞悉生活的辩证法:快乐必然同时包含痛苦;一种欲望得到满足以后,必然又唤起新的欲望;一种要求达到后,必然又产生新的要求。他自己永不满足于现状,要不断地追求和探索。

从上面剧情概要,可以看出浮士德不断追求和探索的历程:浮士德厌弃了中世纪的知识,去追求现实生活中的官能享受。但是地下酒室的吃喝引起了他的憎恶;与葛丽卿相恋成了悲剧;这都没有使他得到满足。于是浮士德转而追求事业的享受。但是他为宫廷服务,并未受到皇帝的重用,只被看作俳优一类的魔术师;他去追求古希腊的美,结果只得到古典美的形式——海伦的衣裳;这也没有使他得到满足。最后,他抛弃个人享受,企图为集体谋求福利。这在他不断追求和探索的历程上,不能不说是一个飞跃式的进步。所以歌德曾对艾克曼说:"浮士德本身的活动,越来越崇高,越来越纯洁,一直到死为止。"

(二)不断追求真理 浮士德精神的另一方面是不断追求真理,即对于大自然和人类社会的正确认识。在悲剧第一部开场时,浮士德对于中世纪的知识,感到怀疑和不满,甚而感到绝望。所以他不惜通过钻研魔术来追求知识:

> 所以我才把魔术钻研,
> 看是不是通过神力和神口,
> 将一些神秘揭穿;
> 使我不用再流酸汗,
> 把自己不知道的东西对人瞎谈;
> 使我对于统一宇宙的核心,
> 有所分辨,
> 使我能观察一切活力和种原,
> 不再凭口舌卖弄虚玄。

要认识"统一宇宙的核心"及"活力和种原",这是中世纪的文化水平所达不到的。当然魔术更是办不到的。现代科学对物质和物质运动的分析,已由分子原子的层次,到原子核和基本粒子的层次,再到层子的层次……客观物质世界的变化运动永远没有完结,人们对客观真理的认识也永远不会完结。浮士德的上述自白,只表明他对客观真理的不断追求。

浮士德还想尽量体验人类社会的广度和深度,在悲剧的第一部"书斋"那场中,浮士德对魔鬼说:

"你听着,值不得再把快乐提起。
我要委身于最痛苦的享受,委身于陶醉沉迷,
委身于恋爱的憎恨,委身于爽心的厌弃。
我的胸中已解脱了对求知的渴望,
将来再不把任何苦痛斥出门墙,
凡是赋予整个人类的一切,
我都要在我内心中体味参详,
我的精神要抓着至高和至深的东西不放,
将全人类的苦乐堆集在我心上,
于是小我便扩展成全人类的大我,
最后我也和全人类一起消亡。"

资产阶级在上升和发展时期,具有不断向外发展,向前进取的积极精神,反映在它的思想代表浮士德身上,便是将全人类的苦乐堆集在自己方寸之间,使小我扩展为全人类的大我。这是哲学的理想,也是幻想,是自豪,也是诗意的夸张。

浮士德经过漫长的生活历程,从为宫廷服务,陶醉在古典美的世界中,转到向大海争地,开辟荒滩,为千百万人的安居乐业而奋斗,终于达到智慧的最后结论,即认识到人生的真理。在悲剧的第二部第五幕"宫中宽广的前庭"那场中有一段较长的自白:

有一片泥沼延展在山麓,
使所有的成就蒙垢受污;
目前再排泄这块污潴,
将是最终和最高的任务。
我为千百万人开疆辟土,

> 虽然还不安定,却可以自由活动而居住。
> 原野青葱,土壤膏腴,
> 人畜立即在崭新的土地上各得其趣。
> 勇敢勤劳的人筑成那座丘陵,
> 向旁边移植就可以接壤比邻!
> 这里是一片人间乐园,
> 外边纵有海涛冲击陆地的边缘,
> 并不断侵蚀和毁坏堤岸,
> 只要人民同心协力就可以把缺口填满。
> 不错!我对这种思想拳拳服膺,
> 这是智慧的最后结论:
> 人必须每天每日去争取生活与自由,
> 才配有自由与生活的享受!
> 所以在这儿不断出现危险,
> 使少、壮、老都过着有为之年。
> 我愿看见人群熙来攘往,
> 自由的人民生活在自由的土地上!
> 我对这一瞬间可以说:
> 你真美呀,请你暂停!
> 我有生之年留下的痕迹,
> 将历千百载而不致湮没无闻——
> 现在我怀着崇高幸福的预感,
> 享受这至高无上的瞬间。

浮士德认识到人生的真理,就是:人必须每天每日去争取生活与自由,才配享受自由与生活。这表现出一定的战斗唯物主义的精神。同时他肯定集体生产劳动的意义,憧憬着自由的人民生活在自由的土地上,已接近空想社会主义。

(三)重视实践和现实 总结和检验真理只有通过实践,而实践不能脱离现实,所以浮士德特别重视实践和现实。启蒙运动的人道主义,继承和发展了文艺复兴时期的人道主义(亦称人文主义)。在莎士比亚的剧中,汉姆雷特只肯定了人的价值:"人类是多么了不起的杰作,多么高贵的理性,多么伟大的力量……宇宙的精华,万物的灵长!……"①但对于人生的意义,人的作用,只是用怀疑哲学的方式,提出"存在与不存在"是一个值得考虑的问题,而未予以解决。浮士德则肯定人的作用,肯定人生的目的在于行动,在于作出有益于社会的实践。在悲剧第一部第三场"书斋"中,浮士德翻译《圣经》,把"原始有名"改译为"原始有为",而"为"即是实践。通过实践而不断追求真理,最后领悟到人生的真谛如上文所述,是每天每时去争取生活与自由。

浮士德重视现实,在悲剧第一部第四场"书斋"里,从魔鬼与浮士德的对话中可以看出。

靡 非 斯 陀

在这儿②我甘愿做你的仆人,
听凭指使,一刻也不停;
可是我们在那边相见,
你就得给我做同样的事情。

浮 士 德

什么那边不那边,我并不放在心上;
你先得把这个世界打破,
另一个世界才会产生。
我的欢乐是从这个地上涌进,
我的烦恼是被这个太阳照临;
等到我一旦和它们离分,
就不管变成什么情形。
我也不愿再听,
将来人们是相爱还是相憎;
将来在那种境界,
是否还有上下和君臣。

---

① 朱生豪译《莎士比亚戏剧集》,第四卷,人民文学出版社 1959 年版,第 187 页。
② "这儿"指阳世,"那边"指阴间。

以上是浮士德精神的三个主要方面，或三个组成部分。三者是不可分割，互相制约的。人要通过实践和把握现实去追求真理，而客观现实是不断发展的，对于真理的认识和追求，也是不断发展的，决不能满足于现状，而停止在固定的水平上。或者也可以这样说：人要永不满足于现状，才能产生动力，促使人向前进取，而不断追求真理又才能指明进取的方向，然而进取和追求必须在现实的基础上，并不断通过实践来检验真理，才不至于迷误，才不至于落空，才能克服各种障碍和困难而不断前进。总括说来，所谓"浮士德精神"就是不断努力进取的精神，也可以称为自强不息，精进不懈的精神。在悲剧第二部第五幕"子夜"一场中，浮士德有一段总结自己一生的自白：

  我只是匆匆地周游世界一趟；
  劈头抓牢了每种欲望，
  不满意的，我抛掷一旁，
  滑脱我手的，我听其长往。
  我不断追求，不断促其实现，
  然后又重新希望，尽力在生活中掀起波澜：
  开始是规模宏伟而气魄磅礴，
  可是如今则行动明智而谨慎思索。
  我已经熟识这攘攘人寰，
  要离尘弃俗决无法办；
  是痴人才眨眼望着上天，
  幻想那云雾中有自己的同伴。
  人要立定脚跟，向四周环顾！
  这世界对于有为者并非默然无语。
  他何必向那永恒之中驰骛？
  凡是认识到的东西就不妨把握。
  就这样把尘世光阴度过；
  纵有妖魔出现，也不改变道路。
  在前进中他会遇到痛苦和幸福，
  可是他呀！随时随刻都不满足。

这段自我总结明白而彻底地表达出了"浮士德精神",即不断努力进取的精神。在从封建社会过渡到资本主义社会中,浮士德精神反对封建压迫和教会桎梏,破除神权迷信,要求个性解放,相信近代科学,促进社会向前发展,起了积极的进步作用。另一方面,浮士德精神也有历史的局限性。它一贯是以自我为中心的个人奋斗,这是和资产阶级个人主义不可分的,也是西方启蒙时期人道主义的特点之一。在悲剧第二部第五幕最后两场中,描写浮士德在海边开辟荒地,幻想在封建资本主义的条件下,建设非资本主义的或超资本主义的人间乐园,所以遭到失败,成为悲剧。然而浮士德毕竟是资本主义上升和发展时期的人物,他的目光是向前看的。诗人用比喻的手法,描述浮士德憧憬未来,怀着幸福的预感,说出:"你真美呀,请你停留!"便倒地而死。魔鬼根据誓约正要攫取浮士德的灵魂时,上界天使们飞来,把浮士德的灵魂超度上天。他们说出两句重要的话:

> 不断努力进取者,
> 吾人均能拯救之。

这样看来,浮士德的灵魂不是下地狱,而是上天堂。因此《浮士德》悲剧不是绝望的,而是乐观的悲剧。正像中国古代寓言"愚公移山"所说:天帝为愚公的决心和毅力所感动,派遣大力神下凡把两座大山背走了。

艾克曼在《歌德对话录》中,曾把歌德的作品比作一块晶莹的宝石,认为从各方面反复地看,它都发射出奇辉异彩。这句话特别适用于《浮士德》。不过我们应当作如下的补充:我们要从不同的时代,不同的立场和不同的观点,而从其中得出不同的结论。

普希金当时称《浮士德》是现代生活中的一部《伊利亚特》,即史诗[①],普希金虽然比歌德年轻五十岁,但他与歌德的后半生同时,所以他强调浮士德的现实意义。郭沫若称《浮士德》是一部灵魂的发展史,一部时代精神的发展史[②],因为这是在歌德逝世一个多世纪以后对《浮士德》的评价,所以强调它的历史意义。伟大的文艺作品常被人视为具有"永恒的魅力"。这意味着它不仅以艺术性,而且也以思想性为后代所不断藉鉴。

---

① 苏联大百科全书选译《歌德》,人民文学出版社1954年版。
② 郭沫若著《浮士德简论》,附在郭译《浮士德》第一部中,人民文学出版社1978年版。

从《浮士德》看歌德的文艺思想和世界观(一)

歌德是德国的大诗人和思想家,他的著作不仅代表德国资产阶级文学的顶峰,而且也是广义的西欧启蒙文学的一个重点。《浮士德》是歌德的代表作,他根据16世纪德国的民间传说,前后构思了六十年,才写成这部诗体剧(分为两部分,共一万二千一百一十一行)。可是这部辉煌的古典文学名著常常令人难解,不仅译文如此,就连德文原文也引起过许多误会和曲解。有人甚至把它比作一部神秘的"天书",或者比作一个万花筒,随你左右转侧,上下颠倒,只看见一片缤纷五彩,迷离惝恍,不可名状。据德国布赫瓦特的引证,截至1912年止,解释和研究这部作品的文献,已有两千种左右[①]。从1912年到现在,又不知道增加了多少倍。但是有不少《浮士德》研究家和学者却离开了正题,穿凿附会而走入邪路,从研究浮士德而变成研究靡非斯陀了。

我们先来谈谈《浮士德》的主题思想究竟是什么?在艾克曼的《歌德对话录》中,歌德这样说:

"德国人到这儿来问我,究竟我在《浮士德》里想把什么观念具体化。好像我自己明白而能说得出来似的!从天堂经过人间而到地狱——这勉强可算是有点意义吧;但这不是观念,而是情节活动的进程。其次,魔鬼打赌失败,一个人从重大的迷误当中,不断向上努力而能得到解救,这固然是有效的、能说明一些事理的好思想,但不是成为全部作品以及各个场景所特别依据的观念。倘使我把在《浮士德》里所表现出来的那样丰富、繁杂和多样的人生,用一条贯通全体的观念的细线贯穿起来,或许真的成了一部很好的作品也未可知!就大体而论……作为诗人而想把什么抽象的东西具体化,这不是我的性格。我在内心里感受了印象,而且是活泼的想象力所供给我那种感性的、生意盎然的、愉快的、多种多样的

[①] 赖因哈特·布赫瓦特:《歌德著〈浮士德〉研究指南》,魏玛人民出版社1957年版,第406—408页(德文)。

印象;我本着诗人的身份,只不过是把这样的直观和印象在心里从艺术角度加以琢磨而使其完成,用生动的描写表现出来,使得别人在听或读我描写的东西时,也获得同样印象。"①

初读这段谈话,似乎歌德否认《浮士德》有什么主题思想,其实不然。歌德在这儿除了说明他的创作方法主要是现实主义的而外,也透露了概括《浮士德》的主题思想的线索。歌德出生于1749年,逝世于1832年,横跨了两个世纪,经历了一系列具有世界历史意义的事件,如:普奥七年战争、美洲独立、法国革命、拿破仑的兴起和没落等。他在文艺发展史上,继承了以莱辛为代表的德国启蒙运动传统,通过"狂飙运动"达到了"魏玛古典主义"和"浪漫主义"。因此,我们可以这样说:《浮士德》是歌德对西欧启蒙运动的发生、发展和终结过程用德国民族形式加以艺术概括,并根据西欧19世纪初期资本主义社会的发展,展望到人类社会的将来。《浮士德》包括的范围是很广泛的,它综合地反映出了西欧启蒙运动的各个方面,即:反封建的、反教会的、人道主义的、教育的、哲学的、自然科学的、文艺理论的等方面。这些方面都是彼此互相联系,密切结合的。

启蒙运动的首要问题是人道主义。它有很大的进步性,但也有明显的局限性。它继承了文艺复兴时期的人道主义(或称人文主义)思想,给以更多的科学根据。歌德研究了植物和动物的形态变化,发现人有颚间骨,因此达尔文承认歌德是他的先驱者。歌德认为人是自然的最高发展,即由动物发展而来,从低级到高级,人愈向前发展,就愈全面,愈接近人道主义。他特别重视实践教育,并确定了文艺的教育作用。在艺术形象方面,歌德的浮士德是莎士比亚的汉姆雷特的发展,两者有一脉相承的关系。浮士德在人道主义思想的深度和广度上,发展了汉姆雷特这一形象,但时间经过了二百多年! 汉姆雷特只肯定了人的价值:"人类是多么了不起的杰作,多么高贵的理性,多么伟大的力量……宇宙的精华,万物的灵长!……"②但对于人生的意义,人的作用,只是用怀疑哲学的方式,提出"存在与不存在"是一个值得考虑的问题,而未予以解决。浮士德则肯定说,人的作用和人生的目的在于行动,在于作出有益于社会的实践。所以浮士德开始就说出"原始有为",通过实践而不断追求真理,最后领悟到人生的真谛是:"人必须每天每日去争取生活和自由,才配有自由与生活的享受。"

---

① 艾克曼著《歌德对话录》,柏林建设出版社1955年版,第330—331页(德文)。
② 朱生豪译《莎士比亚戏剧集》,第四卷,人民文学出版社1959年版,第187页。

浮士德作为启蒙时期，即资产阶级上升时期的思想代表人物，必然是反封建、反教会的。他脱离了中世纪的书斋，即表示自己与封建和教会的意识形态决裂。作者对于当时德国的封建割据和腐败状态，予以彻底暴露和批判。在第二部"皇城"那场中，藉各大臣之口说了出来。首相先说："谁要是从这崇高庙堂向全国瞭望，就好比做了噩梦一场，处处奇形怪状，非法行为穿上合法伪装，一个颠倒的世界在跋扈飞扬。"接下去兵部大臣说得更具体些："当今乱世扰扰纷纷，不是你死我活，便是我夺你争，对命令是充耳不闻。市民躲进城濠，骑士盘踞碉堡，誓死抗拒官军，把自己的势力保牢。佣兵急不可待，闹着要求发饷，你若是扫数发清，他们统统逃得不知去向。你若是把大伙儿的要求革掉，就好比去捅蜂巢；士兵本应当保卫帝国，却任其遭受抢劫和骚扰……"佣兵闹饷自然也说明帝国的财政困难，同时也说出联邦成员国各保自身，不顾帝国的存亡，所以财政大臣诉苦说："谁还能指望联邦成员！连承认下的贡赋都不肯交献，就好比水管断了水源……财源的大门已经堵上，人人都在搜括、聚敛和储藏，而国库却已耗得精光。"国库空虚，而宫廷却仍然挥霍无度，因此宫内大臣说："……我们天天都想节约，可是开支却天天膨胀……弄得年年都闹亏空……床上的被褥早当光了，餐桌上吃的是赊欠来的面包。"这是对封建帝国活生生的写照。

作者痛恨教会贪得无厌，藉靡非斯陀的口，揭露教士吞没葛丽卿的首饰时的丑态：教士说："教堂的胃口很强，它虽然吃遍了十方，从不曾因过量而患食伤；信女们功德无量，能够消化这不义之财的只有教堂。"这使人想起马克思说的话：教士宁愿牺牲十诫中的几诫，也不愿牺牲十一税的一分一厘。

浮士德的人道主义的局限性，是由他的时代和阶级所决定的。他经历了书本知识、官能上的享受、为统治阶级服务、古典艺术的享受、经济上的控制等阶段，最后到改造大自然，才感到满足，而且愿意看见"在自由的土地上生活着自由的人民"，这说明他的实践从旧的学术活动、个人生活享受、政治、艺术、经济等活动，提高到了生产性劳动；从个人提高到了人民；从个人主义提高到了集体主义；然而这已不是资本主义社会所能实现的了。所以浮士德只能在"预感"中觉得幸福，随即倒地死了。不过浮士德究竟是向前看，而不是向后看，虽然他的理想先于现实而造成了悲剧，但他鼓舞了后代，所以演成了一出乐观主义的悲剧。

人道主义思想是歌德世界观的一个方面。歌德的世界观是矛盾的。正如恩格斯指出："歌德有时候是伟大的、有时候是渺小的；他有时候是反抗的、嘲笑的、蔑视世界的天才,有时候是拘谨的、满足于一切的、狭隘的小市民。"①在歌德的世界观中,有唯物的与唯心的,有辩证的与形而上学的因素,但是唯物和辩证的因素占居主导地位,因而歌德在德国成了马克思、恩格斯以前最接近辩证唯物主义的人。

歌德在18世纪70年代,特别是在《普罗米修斯》一诗中,已达到了唯物主义的观念,这种观念由于80年代对斯宾诺莎哲学的研究,及自然科学的研究而更加深化。《浮士德》中表现出来的泛神论思想,认为神与大自然是一体的,把神融化在大自然中,便通过否定超自然的本源而达到无神论的思想,这就是早期唯物主义的自然观。书中有各式各样的神:有基督教的神,也有古希腊罗马的神,有东方埃及的神,也有北欧古代的神,然而这些神只具有象征、隐喻或概念的性质。

歌德肯定存在决定意识。他在《浮士德》中,赋予存在以第一性。通过靡非斯陀的口说出:灰色的理论到处都有,人生的金树四季常青。人类的生命是不可毁灭的,所以靡非斯陀又说:"我使用洪水、暴风、地震、烈火各种灾殃,到头来海与陆依然无恙!而人类和兽类这些该死的一伙,我对它们简直是莫可奈何。我已经埋葬了千千万万,总有新鲜的血液不断循环。"

歌德赋予了现实以第一性。通过浮士德的口说出:"什么那边不那边,我并不放在心上;你先得把这个世界打破,另一个世界才会产生。我的欢乐是从这个大地涌进,我的烦恼是被这颗太阳照临;"后来浮士德总结自己的一生时,说:"是痴人才眨眼望着上天,幻想那云雾中有自己的同伴;人要立定脚跟,向四周环顾,这世界对于有为者并非默然无语。"

歌德赋予了实践以第一性。浮士德除了体会出"原始有为"而外,他还说:"我要投入时代的激流,我要追逐事变的旋转!苦痛与欢乐,失败与成功,尽量互相轮换,只有自强不息,才算得个堂堂男子汉。……我的精神抓着至高和至深的东西不放,将全人类的苦乐堆积在我心上,于是小我便扩展成全人类的大我,最后我也和全人类一起消亡。"

《浮士德》贯串着辩证的精神。书中除了浮士德本人而外,只有第一部中的葛丽卿是完美的人的形象,瓦格纳不过起对比的作用。其余多是神、鬼,或作为某一类人的代表,带有插曲性,转瞬即逝,而始终贯串全书的是一人一魔,即浮士德与靡非斯陀。这一人一魔,一主一仆,如影随形,如呼与吸,如问与答,相反相

---

① 《马恩列斯论文艺》,人民文学出版社1953年版,第40页。

成,相生相克,正是辩证发展的正与反、肯定与否定的基本原则的体现。浮士德向往光明,肯定事业,在群众当中才感到自己真正是个人,他不断追求美好崇高的事物,时时感到"有件大事在吸引我"。靡非斯陀是个虚无主义者,他鄙视人,把人叫作"长足蝗虫",以鄙夷不屑的态度对待人的理性,认为理性"把人类变得比畜牲还要畜牲"。他对自己的本质,曾在"书斋"一幕中向浮士德说明:"我是经常否定的精神!原本合理:一切事物有成,就终归有毁;所以倒不如一事无成。因此你们叫作罪孽、毁灭等一切,简单说,这个'恶'字,便是我的本质。"

靡非斯陀通过魔镜中的美人影子,引诱浮士德走上官能享受的道路,但是当浮士德转入爱情时,他就把浮士德从葛丽卿手里夺去,带浮士德去赴放情纵欲的瓦卜吉司之夜。结果枉然!浮士德在迷雾中仍然看出葛丽卿的影子,冒一切危险去营救她,他达到新的、更高的立场,使靡非斯陀的一切阻挠失效。靡非斯陀第二步所下的钓饵,是在为统治阶级服务。但是宫廷里面那种腐化生活,一开头就使人感到无聊,所以他不得不赶快帮助浮士德另外寻找一个更迷人的对象,召唤古希腊美女海伦的灵魂出现。可是浮士德虽然进入"美的世界",并没有沉迷下去而不能自拔,他不久就越过艺术上的满足,而在更深的意义上重新和社会生活取得联系。在最后的阶段上,靡非斯陀引诱浮士德取得经济控制力量以后,派遣"忧愁"去麻痹浮士德的决心,使他双目失明,不能亲眼看见自己全心全意所努力的崇高事业,而终于陷入绝望的境地。结果又是枉然!浮士德对于客观事业的追求,已大大超过他主观上本能的满足,"内心的光明"代替了他的视力:"黑暗似乎越来越深沉,但内心中闪耀着灿烂的光明。"于是浮士德又达到了更高的立场,从根本上承认集体性生产活动是人类继续发展的基础。

浮士德的性格发展过程,就是这样不断向前、不断向上和不断提高的运动。这是实践的过程,也是认识的过程,是不断追求真理的过程,也是不断受教育的过程。从根本上说来,浮士德和靡非斯陀是二是一,是人的两种精神,是发展过程的两个方面。所以浮士德最初说:"在我的心中啊,盘踞着两种精神,这个想和那一个离分!一个沉溺在强烈的爱欲当中,以固执的官能贴紧凡尘,一个则强要脱离尘世,飞向崇高的先人的灵境。"如果作者不塑造出靡非斯陀这个形象,那末,全书就只有用浮士德个人的独白来表达,这当然是不可能的。

不过歌德毕竟还不是一个历史唯物主义者。他对自然的看法是唯物的,但对社会的看法是唯心的。他对法国革命特别是雅各宾专政采取了否定态度,在《浮士德》中也表现出浮士德不帮助人民革命的态度,这正反映出作者本身不是一个革命者,也反映出当时德国资产阶级力量的软弱。

辩证和唯物的因素在歌德的世界观中占居主导地位,构成他的现实主义美学原则和创作方法的基础。歌德区分科学为"概念真理",艺术为"形象真理",又认为艺术创作和艺术准则的客观规律性在于内容与形式的统一,而内容决定形式[1]。因为《浮士德》有一贯的精神和广阔的思想面,这就决定了它的内容结构的统一性和表现手法的多样性。第一部包括他性格发展的两个阶段,第二部包括四个阶段,从第一部到第二部,是统一发展的过程,即主人公从"小天地"转入"大天地"。歌德在1800年写过一个提纲,规定第一部是寻求生活享受,第二部是寻求事业享受[2]。书中各种人物均有不同的语言:有渊雅的学者语言,有质朴的人民语言,有侍从的讥嘲谩骂,也有堂皇的宫廷官腔。本书是一部诗剧,它运用了各种诗体。开头是自由韵体,后来逐渐转到牧歌体和抑扬格。作者应用韵律的变换来配合情节的进展和反映情绪的变化。例如海伦出场时,使用古希腊悲剧的三音格诗,随从人员使用古典的合唱。浮士德使用北欧古典的长短格五脚无韵诗。到了两人接近,海伦改用德国有韵诗。随着欧福良的出现,运用浪漫主义式的短行诗。到海伦消逝,又还用三音格诗,宫女侍从们都在八行诗中烟消云散。歌德还努力使本剧成为音乐剧。第一部天上序幕,要照圣乐开始。第二部里精灵的歌唱,要用竖琴伴奏。从欧福良诞生起,要用全体乐队伴奏,直到挽歌以后,音乐才随着歌唱而完全停止。但在埋葬浮士德的一场中,又要有相应的音乐来伴奏天人之群的歌唱的声音。

歌德运用了现实主义与浪漫主义相结合的方法。书中有赞美,也有批判;有譬喻,也有影射;有辛辣的嘲笑,也有无情的揭露;有感情真挚的民歌,也有义理精微的格言;并且还表达出了相对真理与绝对真理的概念。《浮士德》不仅反映出歌德的一生,在具体而微的程度上,也反映出西欧一百五十年的启蒙运动。本书就以它深刻的思想内容和优秀的艺术形式,成为西欧的古典名著,与荷马的《伊利亚特》,但丁的《神曲》和莎士比亚的《乐府》并列,而具有永久的魅力。

---

[1] 季尔奴斯:《歌德论艺术与文学》,柏林建设出版社1953年版,第43—53页(德文)。
[2] 歌德十卷集中的德文本《浮士德》,魏玛人民出版社1958年版,第十卷。

从《浮士德》看歌德的文艺思想和世界观(二)

现实主义与浪漫主义相结合。歌德虽然曾说:古典主义是健康的,浪漫主义是病态的,但这主要是指浪漫主义作为流派,而且特别是指消极的浪漫主义而言。歌德并不排斥浪漫主义作为创作方法,《浮士德》诗剧就是典型的现实主义与积极浪漫主义相结合的作品。或者用歌德的术语来说,即古典主义与积极浪漫主义相结合的作品。歌德在没有完成《浮士德》第二部以前,曾将其中有关海伦的第三幕提前写出,名为:《古典主义—浪漫主义的幻想曲》。

弗利特纳[①]指出《浮士德》的全剧结构如下:

舞台序剧
对框架情节的说明:天上序幕;
对内部情节的说明:悲剧第一部,到与靡非斯陀的赌赛结束;
内部情节的展开:
Ⅰ. 浮士德出游到小世界——到第一部结束;声音自上来;
Ⅱ. 浮士德出游到大世界——悲剧第二部到斐莱孟——鲍栖丝——悲剧;
内部情节结束:深夜、子夜、宫中宽广的前庭各场;
框架情节结束:埋葬、山谷等场。

弗氏说:"神秘剧的框架与内部情节不可分割地属于一个整体;由于超尘世事件像宝石一样地镶嵌在尘世事件内而使其闪闪发光。"神秘剧框架与内部情节,尘世事件与超尘世事件之不可分,正说明现实主义与浪漫主义的结合。其实在内部情节中如"巫厨","瓦卜吉司之夜","古典的瓦卜吉司之夜"等,又何尝不

---

① 弗利特纳:《晚期作品中的歌德》,汉堡,1947年版,第261页后。

是神秘的呢?

1829年12月16日,歌德与艾克曼谈话中在谈到《浮士德》第二部时曾经表示:"您也许会发现,在以前的场幕中,就已常常出现古典主义与浪漫主义的情调,而且用语言表达出来,不断上升,直到海伦的出现,这时两种创作方法明确地显示出来,而寻得一种协调。"接下去歌德又说:"法国人现在也开始对这种情形正确理解了。他们说,'古典主义也好,浪漫主义也好,横竖都一样,问题在于人要凭理智采用这两种方式,而且要有杰出的表现。否则两种都搞不好,这种与那种同样不中用。'我认为,这话是明智的,说得不错,可以使我们安心一会儿了。"①

以上可以证实歌德有意识地运用古典主义即现实主义与积极浪漫主义相结合的方法。

泛神论思想。 歌德在自传《诗与真》中承认自己在青年时就受到斯宾诺莎的影响。在第16卷中写道:"我还记得很清楚,从前自己翻阅那位奇特人物的遗著时,我的精神感到怎样一种宁静和澄彻。它的影响,我虽然无法一一列举,但仍然很明确。我连忙把他的书再拿起来读。从前我已受益不浅,现在开卷,即感到阵阵和风向我吹拂,我聚精会神地把这书读下去,同时省察自己的内心,我觉得世界了然于我的胸中,为从前所未有。"②当然,歌德不是完全接受和同意斯宾诺莎的理论,不过斯氏的泛神论思想无疑给予他以影响。根据泛神论的观点,神不是超出自然之上,而是存在于自然之中,和自然等同的,所有自然物都具有神性,而神性则弥漫于所有自然物的身上。泛神论把神降低到自然的地位,实则是一种早期唯物主义的自然观。

这种思想也在《浮士德》中表达出来了。我们看《浮士德》第一部"玛尔特的花园"那场中,有玛嘉丽特和浮士德的如下一段对话:③

玛 嘉 丽 特

这样不行,人必须信神!

---

① 艾克曼:《歌德谈话录》,柏林建设出版社1955年版(德文)。
② 参看《歌德集》第2卷,魏玛人民出版社1958年德文版,第242页,及刘思慕译《歌德自传》(下),1983年,人民文学出版社,第717—718页。
③ 参看董问樵译《浮士德》,复旦大学出版社1983年版,第198—201页。

浮 士 德

我的爱人,谁个敢说:
我是信神!
尽管去问牧师或哲人,
他们的回答,
似乎只在讥讽你的提问。

玛 嘉 丽 特

那末,你不信神?

浮 士 德

好人儿,切莫误听!
谁敢将他命名?
谁敢自认:
我信神?
谁又感觉到
而胆敢声称:
我不信神?
这个包罗万象者,
这个化育万类者,
难道不包罗和化育
你,我和他自身?
天不是在上形成穹顶?
地不是在下浑厚坚凝?
永恒的星辰
不是和蔼地闪灼而上升?
我不是用眼睛看着你的眼睛?
万物不是逼近
你的头脑和胸心?
它们不是在永恒的神秘中
有形无形地在你身旁纷纭?

> 不论你的心胸多么广大也可充盈，
> 如果你在这种感觉中完全欣幸，
> 那你就可以随意将它命名，
> 叫它是幸福！是心！是爱！是神！
> 我对此却无名可命！
> 感情便是一切；
> 名称只是虚声，
> 好比笼罩日光的烟云。

这是从文学的立场，用诗句淋漓尽致地发挥了泛神论思想。这种思想有利于文学的构思和创作。在《浮士德》这部诗剧中出现了各式各样的神：有基督教的神，如上帝、圣母、天使等；有古埃及神话中的神；更多的是古希腊神话中的神，用此作为象征和比喻的修辞手段。

歌德晚年在和艾克曼的谈话中，把神与自然、泛爱和永恒之爱联系起来。1831年5月29日，艾克曼因为有人给他带来一窝篱雀的雏儿和用粘竿捕来的一只老雀。老雀不仅在室内不停地哺养小雀，而且当它被人从窗口放出去以后，仍然回到小雀这儿来。艾氏说，这种不顾危险和被捕获的父母之爱使我深深受到感动，今天我向歌德表示了我对这件事的惊讶。

"你真傻啊！"歌德意味深长地微笑着说，"你如果相信上帝，就不会惊讶了。

> 在内部把世界鼓荡，
> 身内包藏自然，又把自身在自然内包藏，
> 这于上帝是适宜妥当；
> 凡是在上帝之中生活、活动和存在的东西，
> 决不会迷失他的精神和力量。

如果上帝不用这种对待雏雀的极大慈爱本能鼓舞老雀，如果同样的情形不普及于全自然界的一切生物，那末，世界就不可能成立了。可是，神的力量是到处分布着的，永恒之爱是到处活动着的。"

这是把泛神与泛爱，神与爱合而为一了。

收缩与扩张交替的原则。　　收缩与扩张是歌德辩证思想的基本范畴之一。这是他从有机的自然界汲取来的,后者的生命节奏即体现在收缩与扩张之中。歌德不仅把这作为理解其本身生活及一般人类生活的基础,而且也把这作为文艺创作的原则。他在他的《论颜色学》的第一卷里写有如下的话句:"吸是以呼为前提,反之,呼也以吸为前提。呼与吸相互交替。这是生命的永恒公式,它也在这儿表现出来。"在《浮士德》里,主角的生活和精神状态一直处在不断的收缩与扩张之中。大体上说来,在第一部中,浮士德生活在小世界里是收缩,在第二部中,他进入大世界活动是扩张。然而相对地说来,在两部中也各有收缩与扩张。例如在第一部中,浮士德困守书斋是收缩,他出城踏青,到人民群众中去是扩张;他到地下酒店,与葛丽卿街头相遇,园中定情是扩张,而躲到森林与洞窟里去反省则是收缩。在第二部中,浮士德来到帝国的皇宫,解救财政困难,参加化装舞会,召唤海伦与巴黎斯的鬼魂出现是扩张,而他晕倒后重返书斋是收缩;他神游古希腊世界,寻求海伦是扩张,他终于与海伦结合,得到美满幸福的生活也是扩张,但海伦随子欧福良的陨逝而重返阴司,只留下衣裳一袭,化为云彩载浮士德回转北方则是收缩。浮士德帮助皇帝打败敌方军队,削平内乱,获得海滨封地,围海砌堤开垦荒地,为千百万人谋福利是扩张。但忧愁袭来,使他双目失明,他听到铁锹铁铲为他掘墓的声音,幻想是在掘壕沟则是收缩;而浮士德死后的灵魂得到天使拯救,不断圣化和上升,则又是扩张。

　　有的德国学者如特隆茨(Trunz)认为收缩与扩张与人的有我化与无我化是相适应的。所谓有我化,就是回到"我"的自身上来,所谓无我化,就是把自身融合在宇宙之中而归入无穷[①]。歌德早在他的自传《诗与真》第九卷中曾用比喻的口吻说:"用物质的形态集中整个创造物是卢济弗(即魔鬼之王)的工作,而天使则赋给无限的存在以扩张的能力。"其实,收缩与扩张(或集中与扩张),有我与无我,是不可分的,是辩证的关系,即对立的统一。

　　魔术。　　歌德曾经多年从事魔术题材和神秘哲学的研究,特别是斯威登堡、诺特尔大牟士及帕拉塞尔苏斯等人的著作。这无疑对《浮士德》的写作产生很大影响。剧中主角浮士德对于旧式的哲、医、法、神四科感到厌倦,转而钻研魔术或魔法。在第一部第一场"夜"中,他说:

---

①　参看《浮士德》,汉堡1972年版,第468页注释(德文)。

"我既无财产和金钱,
又无尘世盛名和威权;
就是狗也不愿意苟延残喘!
所以我才把魔术钻研,
看是不是通过神力和神口,
将一些神秘揭穿;
使我不用再流酸汗,
把自己不知道的东西对人瞎谈;
使我对于统一宇宙的核心,
有所分辨,
使我能观察一切活力和种原,
不再凭口卖弄虚玄。"①

魔术在《浮士德》第一部中首先表现为驱神遣鬼的力量。魔术师役使神鬼,提高自己进入超自然境界的能力,同时藉助魔术可以限制自然的与超自然的东西的力量,并击退其对人的袭击。神灵世界对于魔术师是畅通无阻的。例如浮士德作为魔术师召来地灵,想藉后者的帮助获得对宇宙整体的认识。他用魔术咒语对付不断膨胀的魔鬼幻化的卷毛狗,击退它的威胁并迫使其就范。从小瓶中吸饮毒酒也是一种魔术活动,因为它可以扩展生存的界限,"在新的途程上穿过太虚,前往自由自在的境地。"在巫厨里喝返老还童的药汁,更是明显的魔术活动。如果说,魔术活动在诗剧第一部中目的在于延长人的生命时间,那末,在诗剧第二部中,浮士德利用魔术获得了跨过以往的漫长历史时期和将未来移向前来的能力。这样一来,魔术就成为虚构的能力而与诗歌相近了。

封·维塞认为:魔术在诗剧第二部中扩展为超魔鬼的对存在的克服,歌德运用母亲们、古典的瓦卜吉司之夜,以及浮士德—海伦—欧福良的结合等情节,创造出自己的神话。这种超越时空的魔术已不是本来意义的魔术,而是魔性东西之神秘的显示,是一种追求不可能事物的精神所具有的魔性生活要素。魔术成为精神的更高经验的器官,魔鬼在这些经验中愈来愈降为单纯的媒介者②。

---

① 董译《浮士德》第22页。
② 封·维塞:《从莱辛到赫伯尔的德国悲剧》,汉堡1958年版,第165页后(德文)。

同时魔术也是超自然的技术能力。这在诗剧第一部"囚牢"那场中,从浮士德企图解救葛丽卿时已初步显露出来,在第二部最后一幕的填海垦荒中更充分发展了。

浮士德的魔术助手是靡非斯陀,靡非斯陀是魔鬼,他在浮士德从小世界到大世界的生活旅程中搭上"魔桥",然而起决定作用的还是浮士德这个人自己。例如靡非斯陀引诱浮士德与葛丽卿结合,然而他不能挽救葛丽卿的厄运。当浮士德命令他领自己到囚牢去解救葛丽卿时,他说:"你且听着,我能办到的是什么!难道我把天上地下的一切权力都掌握在手吗?我只能使禁子昏迷,你便去夺取钥匙,用你人的手把她引出来!我在外边巡风,备好魔马等待,我把你们送走。我办得到的就是这个。"(第一部中"阴暗的日子"那场)靡非斯陀虽然握有到"母亲们"那儿去的钥匙,然而他自己不能去,只能让浮士德去;靡非斯陀促成浮士德与海伦结合,而浮士德却成了城堡的主人,他只扮演女总管;靡非斯陀动员鬼怪精灵的队伍帮助皇帝战败对方,而挂帅的却是浮士德;浮士德登高山,望大海,起宏图,想围海砌堤,开垦荒滩,在实行计划的过程中,靡非斯陀更是降为帮手和监工,而浮士德则是组织者和指挥者。尽管靡非斯陀用各种魔术手段想使浮士德陷入毁灭,而自强不息、精进不懈的浮士德精神却不断获得提高。

不过浮士德在追求中也不能离开魔术,是魔术使他解决了物质上的困难,当他企图摆脱魔术时说:

> "我迄今尚未在自由状态中斗争,
> 但愿魔术离开我的生命途程,
> 并把咒语忘得一干二净,
> 哪怕在大自然面前是只身孤影,
> 也值得作一个顶天立地的人"
> 　　　　　(第二部"子夜")①

这时"忧愁"袭来,吹瞎浮士德的双目。他固然在理性上获得了胜利,觉得"黑暗似乎越来越深沉,但内心中闪耀着灿烂的光明"。

---

① 董译《浮士德》第 658 页。

在《浮士德》诗剧中,魔术以不同的形式出现,分属于不同的历史时期。魔术作为驱神役鬼的手段,还是文艺复兴晚期的事情。这时魔术不是带来权力,而是带来知识,促成与神怪结合,是要它们揭示"统一宇宙的核心"。魔术作为对世界的诗情塑造,则透露出18世纪浪漫派的文艺思潮;魔术作为经济上和技术上对世界的控制,则标志19世纪资本主义向上和向外发展的精神。

象征、比喻和影射。 由于歌德采用现实主义与浪漫主义相结合的手法,自觉地运用形象思维的原则,所以在《浮士德》里广泛运用象征、比喻和影射。例如金钱(包括黄金和首饰)一方面象征极强大的力量,另一方面又象征邪恶,这出现在第一部浮士德利用魔鬼勾引葛丽卿的一些场面及第二部"皇城"那幕中有关掘宝、发钞及在化装舞会中普鲁图斯的出场等。月亮是象征清明纯洁的大自然,与陷入迷误和混乱状况中的人相对立,它的阴晴圆缺反映出主角浮士德各个时候不同的心理状态。至于在第一部的"瓦卜吉司之夜"及第二部的"古典的瓦卜吉司之夜"里出现的各种神鬼魔怪,无不具有象征的意义。海伦是古典美的象征,而福基亚斯则是丑的象征。

象征、比喻和影射往往是相通的。在第一部"天上序幕"中,天帝提到浮士德时说:

"他虽然这时为我服务还昏昏沉沉,
我不久将使他神志清醒。
园丁瞧见树芽青青,
就知道有花果点缀来春。"

天帝在这里自比为园丁,显然寓有化育万物的意思。

在《书斋》第一场中,靡非斯陀为了催眠浮士德,召来大批害虫,他命令道:

"大鼠、小鼠、苍蝇,
青蛙、臭虫、跳蚤,
我是你们的主人……"

靡非斯陀自称为"害虫们的主人",这显然也是一种比喻。

瓦格纳制造的小人儿霍蒙苦鲁斯具有非凡的智慧，能详出浮士德的梦境，在靡非斯陀束手无策时，他能带领浮士德和魔鬼飞往古希腊地区，所以靡非斯陀说："天下事实再离奇，到头来我们还是依靠自己制造的东西。"当然，霍蒙苦鲁斯还比不上今天的电脑和机器人，然而我们可以把他看作早期实验科学成果的比喻。

"纺织"这个词儿在剧中多次出现。浮士德在"书斋"那场中，观察大宇宙符记时说："万物交织一体浑同。"地灵出现后说："经纬的交织，火热的生机：我转动呼啸的时辰机杼，给神性编织生动之衣。"纺织比喻大自然的运动，也比喻人的创造性活动或艺术作品的创作。

最大的比喻是浮士德的结局，浮士德不是被魔鬼带进地狱，而是被天使引渡上天。中国寓言《愚公移山》说：九十多岁的愚公下决心移山，不顾智叟的嘲笑，老妻的阻拦，率领儿孙去掘土移山，终于感动天帝派大力神下凡把两座大山背走了。年已百岁的浮士德为千百万人谋福利而填海垦荒，其自强不息、精进不懈的精神，与愚公相似，所以终于得到天使的拯救，驱走魔鬼，使他的灵魂净化上升天界。"神秘的合唱"是全剧的总结，所以其中说："一切无常事物，无非譬喻一场。"

至于影射，在第一部"瓦卜吉司之夜"中出现许多概念的拟人化，显然影射作者同时代的人物及当时的世态。在第二部第三幕中的天才儿欧福良，则是影射英国诗人拜伦。歌德认为诗歌中的浪漫主义有过分充沛的精神，但缺乏自我克制，所以终于炸裂生存必需的形式。欧福良的陨逝，即影射拜伦的早夭。

以上只是举其大概，其余可由读者自己去参详体会，但不必胶柱鼓瑟，逐一强求解答。

所谓"瞬间"。　在《浮士德》剧中，浮士德在一头一尾两处使用"瞬间"这个词儿：首先是在第一部第四场"书斋"中，浮士德与魔鬼打赌时说：

"假如我对某一瞬间说，
　请停留一下，你真美呀！
　那你尽可以将我枷锁！
　我甘愿把自己销毁！
　那时我的丧钟响了，
　你的服务便一笔勾销；
　时钟停止，指针落掉，

我在世的时间便算完了。"①

其次是在第二部第五幕"宫中宽广的前庭"那场中,浮士德在临死前的自白中说:

"我愿看见人群熙来攘往,
自由的人民生活在自由的土地上!
我对这一瞬间可以说:
你真美呀,请你暂停!
我有生之年留下的痕迹,
将历千百载而不致湮没无闻——
现在我怀着崇高幸福的预感,
享受这至高无上的瞬间。"②

靡非斯陀接下去却相反地说:

"没有快乐使他称心,没有幸福使他满足,
他不断追求变换不停的东西;
连这晦气而又空虚的最后瞬间,
这个可怜人也想紧握在手里。"③

首先,由于浮士德已有了化小我为大我的思想:"我的精神抓着至高和至深的东西不放,将全人类的苦乐堆集在我心上,于是小我便扩展成全人类的大我,最后我也和全人类一起消亡。"(第二部第四场"书斋")其次,由于他围海砌堤,开辟荒滩,为千百万人谋福利,而憧憬着"自由的人民生活在自由的土地上"(第二部第五幕第五场),所以他才能领悟和表达出"美的瞬间",才能怀着幸福的预感,享受"至高无上的瞬间"。在这里,瞬间不是转瞬之间,即一眨眼的时间概念,而是包括过去、现在和未来,换句话说,就是永恒的浓缩。

---

① 董译《浮士德》第 87—88 页。
② 同上书,第 667—668 页。
③ 同上书,第 668 页。

相反，魔鬼靡非斯陀从虚无主义的立场出发，却只看出晦气的、空虚的瞬间，这属于"永恒的空虚"，没有意义，没有内容，只产生无聊。虚无主义者把世界上的一切事物，都看成是同样的重复，翻来覆去，兜着圈子，不断把创造之物投进虚无。自然界和尘世事物之空虚的、无目的的兜圈子，就不容许有满足的瞬间。这是一种机械论的、只承认偶然事件的宇宙观，靡非斯陀从而得出他对瞬间的理解，认为世界上的事件纯粹是由一个个串联起来的空洞瞬间构成的。

西方一些《浮士德》研究者，对"瞬间"的解说，多半带有唯心的或形而上学的色彩。例如有人认为至高的瞬间媒介宗教性质的崇高幸福；有人认为浮士德在对葛丽卿的热恋中，在对海伦——希腊古典美的享受上，在围海砌堤的垦荒事业中，都享受着至高的瞬间，而忽视浮士德化小我为大我的不断提高过程，即如何从美的瞬间最后达到至高无上的瞬间。苏东坡在他的《赤壁赋》中说："自其变者而观之，则天地曾不能以一瞬；自其不变者而观之，则万物与我皆无尽藏也。"所谓自其变者而观之，就是从小我的相对的立场上看，自其不变者而观之，则是从大我的或人类的绝对立场上看，相对与绝对，一瞬与无穷，应作辩证的理解，并不具有宗教神秘性质。

"具有目的活动的单子"说。 歌德在1827年3月19日写给泽尔特的信上说："具有目的活动的单子只有在不停止的活动中得以保持，如果它对其他的生物是不停止的活动，那末，它在永恒中就不缺乏事作了。"什么是具有目的活动的单子呢？原来这是由两个概念合并而成：

"具有目的的活动"这个概念是亚里士多德引入哲学中来的。根据他的看法，存在的事物或可能存在的事物是向着一定目的活动的东西。"具有目的的活动"这个概念作为存在事物的本质，表示在指向一定目的，一种完成；存在的事物每次总是处在指向目的活动的某一阶段中。

"单子"这个概念是来自莱布尼茨。在他的哲学体系中，单子是一种精神的个体实质，它在原则上不受其他单子的影响（除神而外）。它在预定的和谐范围内按照本身规律而活动和发展。

歌德把以上两个概念合并为一，不过有时他也单独使用一个概念。1828年3月11日，他在同艾克曼的谈话中说："每个'具有目的的活动'都是永恒的一部分，它在与尘世肉体结合的一些年月中，不会衰老。如果这种'具有目的的活动'是低级的，那末，它在被肉体幽闭的期间就不大可能行使主权，而是肉体占居优势,当肉体衰老时,它既不能予以保持也不能加以阻止。但是'具有目的的活动'如果是强盛的,如同一切天才人物的情形那样,那末,它渗透肉体而赋予生气,不仅对肉体发生强化和净化作用,而且由于其精神上的优势,必将持续地表现出永久青春的特权。由于这个缘故,所以我们看见富有天才的人,就是在老年也还常有生产力特别旺盛的时候;他们身上似乎一再出现返老还童的暂时现象,这就是我想称为重复的青春期。"①

赫茨在他的《歌德在〈浮士德〉中的自然哲学》一书(柏林,1913)中,第一次把浮士德解释为"具有目的的行动"。自此以后,《浮士德》的西方研究者,更不断加强和补充这种说法。科布里克概括各种说法,大意如下:

"根据歌德的看法,自然界是按照对立和提高的原则不断继续发展和提高的,人作为自然界的顶点,即作为具有目的活动的单子,也是不断提高的。如果是重要的单子,对其他生物显示为不停止的活动,那末,我们就不能否认它在永恒中有继续存在的可能。单子在不断努力进取中,跨越种种世界,如浮士德所作的那样,当它跨过一个世界而加以充分利用以后,又跨入另一个新的世界,这里又从头开始,同时把已有的世界经验记在心里。在尘世和物质领域内,单子必须和物质结合成为'灵肉复合体',而受物质世界的有限性和局限性的制约,不可避免地被卷入迷误和过失之中。这时他只能昏昏沉沉地为上帝服务,而清明的'花果'作为追求、发展的目的,只能在它死后的非尘世存在中才能得到。所谓目的不是道德上的完善和善良,而是'纯洁的'活动,即本着完全明确的意识,通过有限的物质世界来完成,这时它再也不可能被卷入错误和过失了。这就是浮士德的存在作为人生的意义,它作为自然界的精神顶点,是在最高尚意识和最纯洁活动的阶段上完成其本质的,因而也才获得神的慈悲使其继续存在下去(这就是继续追求,继续活动)。"②

从今天的科学文化水平来看,所谓"具有目的活动的单子"说,是带有神秘色彩的自然哲学观,我们不能用以对浮士德这个人物,更不能对《浮士德》诗剧作出合理的解释。在拙著《浮士德精神简析》一文中,指出贯串《浮士德》全剧的是浮士德精神,不是什么单子,所谓浮士德精神,总的说来,就是不断努力进取的精神,它是不朽的。德国有,其他国家也有;古代有,今天也有。中国古代曾有过愚

---

① 艾克曼:《歌德谈话录》,柏林建设出版社 1955 年版,第 389 页(德文)。
② 科布里克:《理解〈浮士德〉戏剧的基础》。

公移山的精神,至今还鼓舞着人们,战胜困难,努力前进。

"永恒的女性"。《浮士德》全剧的结尾是一首"神秘的合唱",译文如下:

> 一切无常事物,
> 无非譬喻一场;
> 不如意事常八九,
> 而今如愿以偿;
> 奇幻难形笔楮,
> 焕然竟成文章;
> 永恒女性自如常,
> 接引我们向上。

所谓"永恒的女性",在《浮士德》研究中有各种不同的解释:有人认为这是指葛丽卿,因为葛丽卿向圣母请求超度浮士德的灵魂:"请允许我将他指导,他还目眩于新的天光。"光明圣母说:"来吧,升向更高的境界!他觉察到你,会从后面跟来";有人认为这是指光明圣母,因为只有圣母才当得起永恒的称谓;有人认为这是指包括葛丽卿、海伦、光明圣母在内的宽恕、慈悲和爱的象征;又有人认为永恒的女性即剧中另一处所说的"永恒之爱",两者实质上是一物而异名。作者在译书中作了如下的解释:

"按照旧的解释,认为'永恒的女性'象征宽恕、慈悲和爱,而接引向上,指难以达到和不可名状的境界,这是神秘的看法。合理的解释应指人类历代积累而又促进人类发展的科学文化。人类通过实践,总结经验,不断认识和掌握外界自然,进而控制和驾驭外界自然,于是就不断从必然王国向自由王国发展,这个过程永远不会完结。好比永恒女性不断哺育后代,使其成长、孳生、繁殖、发展和提高。"

歌德是进化论者,他认为自然界是不断从低级向高级发展的,他曾撰有《植物的变形》、《动物的变形》,而《浮士德》则可看作"人的变形",所谓变形即是进化,歌德认为人类愈是向前发展,人就愈全面化,也愈接近人道主义。人类的发展不是靠蒙昧、无知和迷信,而是靠合理的知识,用今天的话来说,就是科学文化知识。据说,今天人类的知识每五年翻一番,那末,我们对"永恒女性自如常,接引我们向上",就有更深入的参详体会的必要了。

《浮士德》诗剧中的诗歌品赏

就艺术形式来看,《浮士德》是用各种诗体写成的一部诗剧:有自由韵体,有牧歌体和抑扬格,有古希腊悲剧的三音格诗,有北欧古典的长短格五脚无韵诗,以及浪漫主义式的短行诗等。然而更重要的是就其性质和思想内涵来分类,则有:

1. 赞美诗或颂歌
2. 哲理诗
3. 抒情诗
4. 讽刺诗
5. 比喻诗
6. 挽歌
7. 思想抒情诗

我认为德国诗歌有其特有的韵律,正如我们中国诗歌有自己特有的韵律一样。译诗应忠实于原诗的思想内涵,但不必为原诗的韵律所拘束,应力求神似,而不求形似。如果中国读者读来,也获得一定程度的艺术享受,这就勉强符合"对等翻译"或"等值翻译"的要求了。

以下从译书中所举各类诗歌,虽然不能概括歌德的诗歌全部,但是它们却集中表现出歌德在青年时期、中年时期和晚年时期诗歌创作的独特风格,读者仔细品赏和玩味,自不难举一反三。

赞美诗或颂歌。 《浮士德》中的赞美诗,首先要数"天上序幕"中三位大天使对太阳、大地和风雨雷电的赞美,这是对大自然的颂歌:

拉 斐 尔

太阳运行踵度,
依旧唱和竞赛的歌声,
以雷霆的步伐,
完成预定的引程。
阳光激励天使,
神秘不可名状;
巍巍造化之功,
和开辟那天一样辉煌。

加 普 列

壮丽的大地
不可思议地神速旋转:
极乐光明的白昼,
与阴森恐怖的黑夜轮换;
大海洪涛喷沫,
傍着千寻岩底飞溅,
而岩石和大海
永随天体的迅转而回旋。

米 歇 尔

狂飙竞相怒号,
从海洋到大陆,从大陆到海洋,
遍四周连锁般地咆哮猖狂,
发出无坚不摧的影响。
在雷霆袭击之前,
掣动毁灭性的电光。
可是主啊!你的使徒们
都把你每日的潜移默化赞扬。

三　天　使

天光激励天使，
神秘不可名状；
巍巍造化之功，
和开辟那天一样辉煌。

赞美的歌声雄伟壮丽，辉煌崇高，从太阳开始，到大地，再到风雨雷电，最后才从大自然转到人，引起天帝与魔鬼的对话。

其次，是对美女的赞叹：

丽达是海伦的生母，国王丁达洛斯之妻。据希腊神话：天神宙斯化为天鹅与她交媾而生海伦。赞美丽达即以烘托出海伦之美。在第二部第二幕"哥特式的居室"那场中，霍蒙苦鲁斯为昏迷的浮士德详梦，看出他在梦想森林、泉水和美人。

霍 蒙 苦 鲁 斯

环境多幽美！茂林中一派澄彻的泉水！
众美姝，千娇百媚，在水边脱衣！
愈看愈令人神驰不已。
其中有一人亭亭玉立；
她是伟大英雄的后代，也许是神的苗裔。
她已把脚伸入透明的水里，
娇躯中的生命火焰徐徐吐露，
漫润在柔软的水晶一般的涟漪——
可是鼓翼的嚣声何其迅疾？
蓬蓬扑扑，扰乱水面，不再是一平如砥。
少女们都畏怯而纷纷逃避，
只有女王从容自如，俯首含睇，
怀着矜持的女性欢娱，
瞧着天鹅之王亲狎地在她膝间偎依，
它似乎对此十分熟悉——
蓦然间有一阵雾气升起，

好似纱幕罗帷一般厚密,
遮掩了那最扣人心弦的一出。

在"彭纳渥斯河下游"那场中,浮士德对此有更进一步的着色描绘:

浮 士 德

穿过稠密而颤动的树丛中间,
新绿中泻出一派流泉,
听不出琮琮潺潺;
泉源来自四方八面,
汇合成宜浴的浅浅清渊,
水光儿明澈可鉴。
壮健的妙龄女性,
玉体在水镜中俯仰横陈,
加倍地耀得人双目难睁!
她们载嬉载游,三三两两,
泅水奋进,涉水惶惶,
终于娇声高呼,水战一场。
我本当对众美欣赏,
在这儿尽情把眼福饱尝;
可是我的心神不断前闯。
目光犀利地透过重障:
在那葱茏的绿荫深处,
绰约地隐藏着崇高的女王。

奇妙呀!天鹅也结队成群,
以庄严纯洁的姿态,
从港湾向这儿游泳,
但又有自豪而自得的神情,
看那头和喙摇摆不定!——
其中有一只超群出众,

仿佛在夸示自己的英勇，
迅速离开鹅群而破浪乘风；
它浑身的翎毛竖立蓬蓬，
在水上搅得波翻浪涌，
直向那神圣的所在猛冲——
余鹅则浮来浮去，
舒徐地闪灼着霜毛玉羽，
一会儿又引吭吵闹不已，
以转移那些娇怯女郎的注意，
使她们只顾到自身的安全，
而忘了对女王的效忠服役。

海上宴会是《浮士德》第二部第二幕中"爱琴海的岩湾"那场的特写。盛会的伟大场景逐渐展开，波臣水族，百灵齐降，琦玮谲诡，几使人目不暇接。海洋老人纳雷斯召来他的女儿们，"海之仙子，多莉丝的苗裔"，其中以迦拉特为众美中的翘楚。她是除美神维娜丝以外最美的女神，同时象征光明如镜的平静海洋。

纳雷斯向"水成论"的代表泰勒斯说：

"奥林普和你们的北方国土，
都不曾见过这样玲珑的美姝。
她们以妩媚的姿势，
从水龙背上跃乘纳普东的马匹，
海水与她们浑然融为一体，
连浪花儿也似乎能浮起娇躯。
维娜丝的贝车发出五彩光华，
载来了迦拉特这个最美的娇娃，
自从基卜利斯人把我们背弃，
她便在巴福斯被奉为神祇。
这位和惠的女神继承了维娜丝，
长年以来占有神舆和庙市。"

以下有赛伦们对迦拉特及其一行仙女的专门赞美:

> 步履轻盈,不疾不徐。
> 花团锦簇,环绕贝车,
> 一霎时行列参差,
> 蜿蜒如长蛇阵势,
> 健壮的纳雷斯族妇女,
> 快上前作好准备,
> 迎接多莉丝的温婉女儿。
> 迦拉特酷肖她的母氏:
> 庄严不减天上仙子,
> 足以流芳百世,
> 绰约媲美人间淑女,
> 尤怜妩媚多姿。

以上两段使人如读《洛神赋》:"翩若惊鸿,婉若游龙,仿佛兮若轻云之蔽月,飘摇兮若流风之回雪",与此有异曲同工之妙。

盛会结束,与会仙女的队伍飘然远去,引起纳雷斯的依恋和赞叹:

> 她们飘然渐去渐远,
> 再也不能够对面相看。
> 无数人群蜿蜒,
> 轮舞蝉联不断,
> 显示出盛会后的凯旋。
> 但迦拉特的贝车,
> 我还不时望见:
> 它像一颗明星闪闪,
> 穿透出人群之间;
> 可爱的音容若隐若现,
> 虽然相隔已远,
> 而散光浮彩一片,

依然如在目前。

这段不亚于湘灵鼓瑟,余音袅袅,有"曲终人不见,江上数峰青"的韵味。

还有对于人本身天赋视力的赞美,充满乐观主义精神,是第二部第五幕《深夜》那场中守望人林奎斯的唱词:

> 为观看而诞生,
> 为瞭望而尽责,
> 把守城楼岗位,
> 世界使我欣悦。
> 我向这方纵目,
> 我向近处凝眸,
> 仰观月亮星辰,
> 俯察森林麋鹿。
> 四周森罗万象,
> 壮观永恒不替,
> 万物使我神怡,
> 我也爱我自己。
> 幸福的眸子啊,
> 随你睇眄所及,
> 无论南北东西,
> 靡不辉煌典丽!

圣母是慈悲、宽恕和爱的象征,在第二部第五幕"山谷,森林,岩石,荒野"那场中,有崇奉玛利亚的博士唱出的《圣母颂》。

> 这儿自由眺望,
> 精神无比昂扬。
> 有美人兮结成行,
> 飘摇飞往上方,

中有庄严圣体,
　　星冠璀璨辉煌,
　　我向光辉瞻仰,
　　天后万寿无疆!
　（狂　喜）
　　世界上最崇高的女帝!
　　让我在蔚蓝的
　　寥廓天宇下,
　　瞻仰你的神秘!
　　请你容许,侠气与温情
　　激荡着男子的心胸,
　　并以圣洁的爱之乐趣
　　向你呈奉。
　　你一旦严格命令,
　　我们的勇气便不可战胜;
　　你只要稍加安抚,
　　突然间我们又矜释躁平。
　　最纯洁的处女,
　　最崇敬的圣母,
　　为万民而选出的女王,
　　位与诸神相伴。

　　对新生的赞美,或称"新生颂",是《浮士德》第二部第一幕"风景幽美的地区"那场,原著韵文优美,寓意深刻,一直脍炙人口。

　　由于葛丽卿的惨死,使浮士德精神上受到莫大的创伤:他需要休息,需要治疗这一创伤。因为浮士德是入世的,不是出世的,他目睹缤纷的虹彩,领悟出自己须向人世上追求更多更高的东西。在靡非斯陀看来,酒色既不能满足浮士德,于是再以荣誉、权力和财富等来引诱他,使他进入所谓"大世界"。这时浮士德从阴森的死因牢,转到风光如画,繁花似锦的地方;不再是诅咒、悲泣和哀号,而是缥缈的仙乐和柔和的歌声传入耳膜,沁人心脾,确可以收到起死回生、脱胎换骨之效。

爱丽儿①唱（由竖琴伴奏）

春花如雨，

纷纷飘洒人间，

田野绿遍，

喜看万类争妍，

小小精灵多肝胆，

急人难，恐后争先；

怜悯不幸者，

圣与恶，一例看。

你们在这人的头上飞舞盘旋，

施展出精灵的高超手段！

平息他心中的无边愤懑，

拔去那非难他的燃烧毒箭，

解除他精神上对往事的恐惧纠缠。

在傍晚、夜半、子夜和黎明这四段时间，

毫不犹豫地使他酣眠。

先使他的头倒在清凉的枕垫，

然后再让他沐浴在遗忘之川②！

等到他天明时安然醒转，

他那麻木的肢体又已矫健。

精灵们最美好的义务庆告圆满，

再把他交还给神圣的白天。

合　唱（单独、两人和多人，轮流和汇合）

习习和风吹，

苍苍横四围，

黄昏幽香发，

---

① 空中缥缈的精灵，见莎士比亚《暴风雨》剧。
② 遗忘之川：或称迷魂川。根据希腊神话，死者的魂饮此水后，即忘其生前的种种。

雾幕天际垂。
低声唱平安，
诱心入摇篮，
朦胧倦眼前，
白昼之门关。

夜色已深沉，
联珠络繁星，
煜煜复耿耿，
远近判光明；
湖水漾清光，
澄宇垂文章：
清福深庆幸，
皓月吐光芒。

时辰已消失，
忧乐俱已矣；
信赖新天光，
健康可预期！
丘陵突兀涧谷清，
草木茂盛蔚成荫，
喜看禾穗翻银浪，
颗粒累累待收成。

希望属无穷，
瞻仰旭光红！
抛弃睡眠如脱壳！
它只轻轻将汝裹。
庸众做事多逡巡，
汝须自励以猛进；
英雄成就一切事，

贵在知之而即行。

轰隆的响声宣告太阳来临。

爱 丽 儿
听呀！听那时辰的风暴声！
只有仙灵的耳朵才听得分明，
新的白昼已经诞生。
嘎嘎地敞开了岩洞的大门，
隆隆地滚来了日神的车轮，
日光发出多么宏伟的声音！
喇叭高奏，铜管长鸣，
令人目眩而耳惊，
闻所未闻者不能听。
快躲进花萼中去，
深深地潜踪匿迹，
躲进岩隙和叶底，
以免震尔成聋子！

浮 士 德
生命的脉搏在新鲜活泼地鼓荡，
欢迎这柔和的朦胧曙光；
大地呀，你昨宵也未曾闲旷，
而今在我的脚下重新呼吸舒畅。
你开始用快乐来将我包围，
鼓舞我下决心绝不后悔，
不断向崇高的存在奋起直追——
世界已在晨光中豁然开朗，
森林中传出来千百种鼓乐笙簧，
雾带在溪谷内外荡漾，
天光向千寻幽壑中下降，
树木酣眠在谷底芬芳的土壤，

觉醒后的枝条蓬勃茁壮;
遍地展开了嫣红姹紫,鸭绿鹅黄,
更有珍珠般的露珠儿颤动在花叶上,
环顾周遭不啻是一座天堂①。

向上望去!——山岳的峥嵘峰顶,
已在宣告壮丽无比的时刻来临;
山峰先浴着永恒的光明,
然后阳光向下普照我们众生。
这时阿尔卑斯山坳的绿色牧场,
承受着新的丽天辉光,
而且分层逐段地下降——
红日升空了!——可惜耀目难当,
双眼刺痛,我只好转向另外一方。

这好比朝夕祈祷的希望,
一旦达到最高的理想,
实现之门已洞然开敞;
可是从那永恒光源发出过量光芒,
却使我们瞠目结舌,无比惊惶:
我们诚然要把生命的火炬点燃,
而包围我们的却是茫茫火海无边!
是爱?是恨?环烧在我们身畔,
亦苦,亦乐,交替着不可言传,
于是我们又只好回顾尘寰,
隐身在这蒙蒙晨雾中间。

让太阳在我背后停顿!
我转向崖隙迸出的瀑布奔腾,

---

① 立阿尔卑斯山上,大自然的壮丽景色纷呈眼前。

凝眸处顿使我的意趣横生。
但见迂回曲折汹涌前趋，
化成数千条水流奔注不止，
泡沫喷空，洒无数珠玑，
风涛激荡，有彩虹拱起，
缤纷变幻不停，多么壮丽，
时而清晰如画，时而向空消失，
向四周扩散清香的凉意。
这反映出人世的努力经营。
你仔细玩味，就体会更深：
人生就在于体现出虹彩缤纷。

浮士德一觉醒来，获得新生，而且目睹彩虹拱起，体会出"人生就在于体现出虹彩缤纷"，于是便从"小世界"进入"大世界"，从"官能的享受"转入"事业的享受"。

哲理诗。《浮士德》是文学而兼哲学的作品，可以说，它的字里行间无不富有哲理，这里我们只选择最突出而最富有代表性的两首于下：

浮士德观察大宇宙符记

万物交织一体浑同，
此物活动和生活在彼物当中！
天力上升不降，
互相传送金桶！
将赐福芬香之翼鼓动，
从天上直透地下，
万籁和鸣响彻太空！

浮士德虽然观察到万物交织，浑然一体，互相依存，互相影响，而且也意识到大自然的神奇的和谐，但是他立即感觉到个人认识的限制，不能突破现象世界的外部范围，所以他感慨地说：

> "洋洋大观！唉！不过是一场幻景！
> 我从何处把握你，无限的自然？
> 从何处得你哺乳？你一切生命之源，
> 天地之根，
> 我焦渴的胸怀所追奔——
> 你澎湃，你浸润，而我的渴慕竟自枉然？"

其实，无限的自然及一切生命之源，天地之根，即是绝对真理，作为个人的浮士德是永远也不能认识到的。所以浮士德只好转向地灵。

地灵的独白

在生命的浪潮中，在行动的风暴里，
上涨复下落，
倏来又忽去！
生生和死死，
永恒的潮汐，
经纬的交织，
火热的生机：
我转动呼啸的时辰机杼，
给神性编织生动之衣。

地灵可看作是尘世生活的全体性象征，是世界和行动的精神。浮士德抛弃大宇宙符记而转向地灵，即表示他不满足于沉思冥想，而转向实践。地灵道出世界上的盛与衰，得与失，生与死，不断转化的辩证思想，由于浮士德未看出地灵活动的目的性和创造性，所以不能了解它，自以为与其相似，故而遭受驳斥。

抒情诗。　抒情诗不限于抒发男女之爱，例如歌德在《浮士德》开头所写的"献词"即是一首抒情诗。因为《浮士德》这部反映时代精神的巨著，屡作屡辍，经过六十余年，歌德在将已辍的工作重新拾起，决定继续完成时，不禁回忆过去，面对现在，展望将来，心潮起伏难平，故借"献词"以抒怀，而且采用八行式诗，更证明其意味深长。

献　　词

飘摇的形象，你们又渐渐走近，
从前曾经在我模糊的眼前现形。
这回我可是要将你们牢牢握紧？
难道我的心儿还向往昔时的梦境？
好吧，你们要来就尽管向前逼近！
从烟雾升起在我周围飞行；
环绕你们行列的灵风阵阵，
使我心胸感到青春一般震荡难平。

你们带来了欢乐时日的形景，
好些可爱的影儿向上飘升；
同来的有初恋和友情，
这好似一段古老的传说半已销声；
苦痛更新，哀叹又生，
叹人生处处是歧路迷津，
屈指算善良的人们已先我逝尽，
他们在美好的时分受尽了命运的欺凌。

听我唱过前部歌词的人们，
再也听不到后部的歌咏；
友谊的聚首已四散离分，
最初的反响啊，也一并消沉。
我的苦痛传向陌生的人群，
他们的赞美十足使我心惊。
往昔欣赏我歌词的人们，
纵然活着，在世上也如飘蓬断梗。

蓦然间有种忘却已久的心情，

> 令我向往那肃穆庄严的灵境。
> 我微语般的歌词像是竖琴上的哀音,
> 一声声摇曳不定。
> 我浑身战栗,泪珠儿流个不停,
> 铁石的心肠也觉得温柔和平;
> 我眼前的所有已遥遥退隐,
> 渺茫的往事却一一现形。

歌德大约于1797年写出这首献词,而于1808年付印,即这部中断了的诗剧再由作者决定继续写作的时候,故献词只表示歌德四十八岁时的心情。这时《初稿浮士德》及《浮士德片断》均已脱稿,而《悲剧第一部》亦于九年后完成。所谓"飘摇的形象"指《浮士德》剧中的人物形象。歌德屡作屡辍,但始终不能忘怀于这些形象。"这回我可是要将你们牢牢握紧,"即这时决定继续加以塑造和定型,而完成这一剧作。"同来的有初恋和友情"这句中的"初恋",可能指青年时代与女友弗利德莉克,或者绿蒂和莉莉的关系,至于"友情"应指与克罗卜史托克、赫尔德尔、席勒及克林格尔等的交情,特别是席勒与歌德合作十年,对《浮士德》的创作颇多鼓励。"屈指算善良的人们已先我逝尽",应包括至亲和好友,歌德的爱妹不幸早夭,而克罗卜史托克和赫尔德尔均于1803年病逝,席勒亦于1805年病逝,如果"献词"于1808年才最后定稿,亦应包括席勒在内。赫尔德尔和席勒均受命运的折磨而死,只有克林格尔活至1831年。

葛丽卿与浮士德在街头邂逅后,她的心田中已掀起微澜,于是藉用谣曲"图勒王"以抒发少女闺情。

> 古时图勒有国王,
> 至死真情终不渝,
> 堪怜爱妃永诀日,
> 留赠黄金杯一只。
>
> 王爱金杯胜一切,
> 宴饮必倾杯中液;

每从杯中饮酒时,
珠泪盈眶难自制。

国王晏驾期已近,
历数国内各名城,
一切都付与嗣君,
唯有金杯不肯赠。

王设御宴宴百官,
桓桓骑士禁卫严,
座列上代高堂上,
宫邻汪洋大海边。

老年酒客①徐起立,
生命余沥拼一吸,
饮罢乃将此圣杯,
投入万丈洪涛底。

王见杯翻逐浪游,
深深沉入海水流,
王眼也随波纹阖,
从此不饮一滴酒。

葛丽卿对浮士德的爱恋已深,可谓"一日不见,如三月兮"。纺车旁之歌,寄托其相思之苦。第一部中"葛丽卿的居室"那场,葛丽卿独坐纺车旁边唱:

我坐卧不宁,
我心儿烦闷;
再也不得安静

---

① 指国王。

永远也不能。

当我离开了他,
好比葬身坟墓。
这整个世界呀,
只是叫我厌恶。

我可怜的头儿,
快要变成疯癫,
我可怜的心情,
已经粉碎零乱。

我坐卧不宁,
我心儿烦闷;
再也不得安静,
永远也不能。

只是为了寻他,
我才眺望窗外,
只是为了接他,
我才走出屋外。

他英武的步伐,
他高贵的姿态,
他口角的微笑,
他眼中的神采,

他口若悬河,
说来娓娓动听
难忘他的握手,

啊,更难忘他的接吻!

我坐卧不宁,
我心儿烦闷,
再也不得安静,
永远也不能。

我的胸脯吃紧,
急欲将他追寻:
唉,若是找着了他,
赶快将他抱定。

让我和他接吻,
千遍万遍不停,
只要和他接吻,
纵死我也甘心!

明白的语言,真挚的情感,至今读之,犹觉青春热力喷射而出,反嫌织锦回文为矫揉造作。只有李白的《乌夜啼》可与比较:"黄云城边乌欲栖,归飞哑哑枝上啼。机中织锦秦川女,碧纱如烟隔窗语。停梭怅然忆远人,独宿空房泪如雨!"低徊含缊,语浅意深。同在纺织,又同在怀人,然而东西方的女性各有其表达感情的特色。

讽刺诗。 剧中最有名的讽刺是《鼠之歌》和《跳蚤歌》,前者为大学生们唱,后者为靡非斯陀唱。在第一部中"莱比锡城的奥尔巴赫地下酒店"那场,大学生们酗酒唱歌,靡非斯陀领浮士德到来,使他领略吃喝玩乐的享受。

布兰德尔唱《鼠之歌》
老鼠窝藏在地窖,
奶油脂肪作食料,
肚儿吃得肥又壮,

路德博士一个样。
厨娘给它毒药吞,
世上从此不安宁,
好像相思病缠身!

合　唱(欢叫)
好像相思病缠身!

布 兰 德 尔
来回蹦,四处跳,
到处污水都喝够了,
满屋乱抓又乱咬,
终究治不好心烦躁,
跳上跳下干拼命,
这可怜的畜生活不成,
好像相思病缠身!

合　唱
好像相思病缠身!

布 兰 德 尔
它跑来跑去心发慌,
青天白日进厨房,
倒在灶旁干抽搐,
可怜就要断呼吸。
放毒女人笑盈盈:
"哈哈!它在发出绝命声,
好像相思病缠身!"

合　唱
好像相思病缠身!

西 贝 尔
无聊的孩子多开心！
给可怜的老鼠毒药吞。
我看真是大本领！

布 兰 德 尔
老鼠似乎很承你照应？

阿 特 迈 尔
他便便大腹又秃顶！
被厄运压得不敢哼；
他看见老鼠腹彭亨，
恰好是他的活写真。

这是一首社会讽刺歌，特别是针对骗取人民供养和财物的教士，他们吃得大肚秃顶，和路德博士一个样子。

靡非斯陀唱《跳蚤歌》
从前有位国王爷，
养着一只大跳蚤，
国王百般疼爱它，
当作是亲生宝宝。
国王爷召唤裁缝，
裁缝师应命来到：
"替王子量裁衣裳，
连裤子一并裁好！"

布 兰 德 尔
别忘记向裁缝叮咛，
尺寸要量得极准，
要是他爱护脑袋，

裤子上就别搞出皱纹!

靡 非 斯 陀
天鹅绒衣和缎袍,
跳蚤现在穿上身,
衣襟上面垂飘带,
十字勋章亮晶晶,
而且立即作大臣,
国王颁赐大宝星。
他的兄弟姐妹们,
也作大官到朝廷。

朝廷绅士和淑女,
都被跳蚤所苦恼,
王后妃嫔和宫娥,
受它刺来受它咬,
而且不敢掐伤它,
身上发痒也不搔。
若有跳蚤咬咱们,
立即掐死不轻饶。

合　唱(欢叫)
若有跳蚤咬咱们,
立即掐死不轻饶。

这是对封建王朝的绝妙讽刺画,至今仍盛行于世界歌坛。

比喻诗。　比喻诗富有教育意义,以司命女神和"忧愁"的歌为范例。在第二部第一幕"皇城"那场中,司命三女神登场,分别歌唱。

缫丝女神（娅特罗波丝）
我本司命最长女，
今被邀请来缫丝：
三番五次细思量，
生命丝儿多纤细。

我拣麻丝最上乘，
此丝于汝柔而韧；
敢夸十指理丝巧，
光滑细长又均匀。

当汝狂欢纵舞日，
须知乐极必生悲，
莫忘丝儿容易断，
小心爱护未断时！

剪丝女神（克罗多）
近来诸位都知悉，
剪刀轮到我手里，
阿姐作风太疏忽。
惹得处处怨声起。

她把废丝浪延长，
曝晒空气与阳光，
无端剪断金丝缕，
葬送人间好希望。

我也年轻太浮躁，
千回百次欠思考；
今天不再动剪刀，
宁把剪刀插入鞘。

自动克制我心甘，
和气迎人到此间；
自由时刻君莫失，
尽可留连而忘返。

纺丝女神（拉赫西丝）
通情达理独数侬，
常在井然有序中；
纺纱车儿不停转，
从未过急太匆匆。

线儿不停来又往，
条条引到线路上，
决不纺错一根纱，
循序旋转自妥当。

我若一时稍松懈，
即将担忧这世界；
屈指计时又计年，
织工取线频相催。

命运三女神的表白，通情达理，十分可爱，而芸芸众生无不默祷："生命丝缕细，金刀慎剪裁！"织工喻神，频催取线，意谓不得徇情。

百岁高龄的浮士德老人，终于被幽灵"忧愁"所袭，双目失明，"忧愁"幻化为灰色女人，是概念的拟人化。

忧　　愁
我纵然不入人的耳官，
却震动人的心弦；
我能变幻形状，

发挥可怕的力量。
无论你走马行船,
我总是惶惶不安的伴当,
不速之客不待寻求,
受人恭维也受人诅咒——
难道你从来不识忧愁?

谁一旦被我占据,
全世界一无是处,
永恒的朦胧降临,
太阳不升不没。
外部的官能健全,
内心却一片黑暗,
纵有奇珍异宝,
他也不会掌管。
吉凶一样忧郁,
富有却怕饿死,
不管欢乐困苦,
一概推到明日,
只是期待将来,
永远不会如意。

究竟是来还是去?
辗转拿不定主意。
在康庄大道上摸索,
跨半步也要犹豫。
勇气愈来愈低,
万事尽不顺遂,
既苦人而又苦己,
不住喘气和窒息;
未断气已无生命,

不绝望其心不死。
似这样翻来覆去，
舍去心疼，做来没趣，
时而解脱，时而抑郁，
朦胧不醒，难得快愉，
使得他寸步难移，
只好准备送他进地狱。

挽歌。 欧福良原是希腊神话所传海伦与阿希尔结合所生之子的名称，歌德把这作为不受个人限制的诗情的譬喻，同时也作为英国积极浪漫主义诗人拜伦的象征。拜伦于1824年为了参加希腊反抗土耳其的自由战争，而在旅行中突然逝世。歌德既推崇其卓越的诗才，更惋惜其早夭的命运，故借用挽歌以表纪念。在第二部第三幕"树木荫蔽的林苑"那场中，欧福良高飞陨逝，合唱队唱出挽歌。

合唱队（挽歌）

无论你在何处，都不会举目无亲！
我们相信，天下无人不识君；
唉，你虽然脱离尘世，
没有人舍得和你分心。
我们几乎忘却哀挽，
而是怀着羡慕歌颂你的命运：
不管凄凉之夜，还是欢乐之辰，
你的诗歌和胆识都以美丽和伟大著称。

唉，人间幸福备于你一身，
魄力宏伟，出身名门，
可惜你辞世何其太早，
青春花蕊竟遭狂风的横扫！
目光犀利，洞察世情，
意气慷慨，扶危济困，

绝色佳人无不对你倾心，
诗歌卓绝而不群。

可是你热情奔放，
任意陷入纵情的罗网；
你愤然不顾一切，
与旧俗陈规彻底决裂；
最后你那崇高的思想，
赋给纯洁的胆识以力量，
方将鹏搏万里，
可惜未能如愿以偿。

问谁如愿以偿——实在无聊，
造化弄人，常使众生颠倒。
在这空前不幸的日子，
万民泣血哀思。
却有新的诗歌苏醒，
莫再垂头丧气：
大地不断产生诗词，
如万物孳生不息。

歌德认为，当时诗歌中的浪漫主义有过分充沛的精神，但缺乏自我克制，所以终于炸裂生存必需的形式。这是欧福良，也是拜伦。

思想抒情诗。 这种诗体集抒情、叙事、写景和哲理于一身，第一部"夜"那场中浮士德的开场独白即属此类。浮士德作为启蒙思想的代表人物，必然要和旧的生活、旧的习惯、旧的思想决裂，所以他竭力摆脱中世纪式的书斋，追求新的生活、新的认识、新的思想。他不惜钻研魔术，在绝望时甚而企图自杀。以下的独白，即表明他要和过去决裂的痛苦过程。

浮 士 德

唉,我到而今已把哲学,
医学和法律,
可惜还有神学,
都彻底地发奋攻读。
到头来还是个可怜的愚人!
不见得比从前聪明进步。
……
这简直叫我内心如焚,
我虽然比一切纨绔子弟,
博士、硕士、文人和僧侣较为聪敏;
没有犹豫和疑惑使我苦闷,
我对地狱和魔鬼也不心惊——
然而因此我的一切欢娱都被剥夺干净,
别妄想有什么真知灼见,
别妄想有什么可以教人,
使人们幡然改邪归正。
我既无财产和金钱,
又无尘世盛名和威权;
就是狗也不愿这样苟延残喘!
……
哦,团栾的月光,
但愿你瞧见我的痛苦是最后一遍,
我多少次中宵不寐,
生候你在这书案前。
幽郁的朋友,
然后我见你照临着断简残篇!
唉!我但愿能在你的清辉中
漫步山巅,
伴着精灵在山隈飞舞,
凭借幽光在草地上盘旋。

涤除一切知识的浊雾浓烟，
沐浴在你的清露中而身心康健！

唉！我还要在这监牢里坐待？
可咒诅的幽暗墙穴，
连可爱的天光透过有色玻璃
也暗无光彩！
更有这重重叠叠的书堆，
尘封虫蠹已败坏，
一直高齐到屋顶，
用烟熏的旧纸遮盖；
周围瓶罐满排，
充斥着器械，
还有祖传的家具堵塞内外——
这便是你的世界！这也算是一个世界！

但是浮士德应助手瓦格纳的请求，出城郊游，来到光天化日之下，置身人民群众之中，而且春光满眼，红男绿女，一片欢乐的海洋，这就与上说的情况迥然不同了。在"城门前"那场中，浮士德发出愉快的讴吟：

和煦而使人苏醒的春光
使河水和溪流解冻，
欣欣向荣的气象点缀得山谷青葱；
老迈衰弱的残冬
已向荒山野岭匿迹潜踪。
可是它在逃亡当中，
还从那儿把冰粒化为无力的阵雨播送，
一阵阵洒向绿野芳丛。
但阳光不容许冰雪放纵，
到处鼓舞着造化施工，
把万物粉饰得异彩重重；

可是城区中还缺少鲜花供奉，
它就代以盛装的女绿男红。
试从这高处转身，
再向城市一瞬！
从那黑洞洞的城门，
涌出来喧嚣杂沓的人群。
人人都乐意在今日游春。
他们庆祝基督的复活良辰，
因为他们自己也获得新生。
他们来自陋室低房，
来自工商行帮，
来自压榨人的屋顶山墙，
来自肩摩踵接的小街陋巷，
来自阴气森森的黑暗教堂，
大家都来接近这晴暖的阳光。
快瞧呀！熙熙攘攘的人群，
分散在园圃郊坰，
还有前后纵横的河津，
让那些快乐的船儿浮泳，
直到最后一只小艇，
满载得快要倾覆时才离去水滨。
就是从遥远的山间小径，
也有耀眼的服饰缤纷。
我已听到村落的喧阗，
这儿是人民的真正世界，
男女老幼都高呼称快：
这儿我是人，我可以当之无愧。

浮士德不仅陶醉明媚春光中，而且在人民群众当中才感到自己是真正的人，这是进步的思想，他当然不愿再困守书斋，与世隔绝了。

至于概括自己本身生活的历程、总结个人思想发展的诗，也属于思想抒情诗的范围,如浮士德在第二部最后一幕中的两段较长的独白。作者曾在《浮士德精神》中引用过,那是从论证浮士德精神的角度出发,这儿重引一次,则是从诗歌品赏和诗体比较的角度出发。

《浮士德》第二部第五幕"子夜"那场中,百岁高龄的浮士德作了总结一生的独白:

> 我只是匆匆地周游世界一趟;
> 劈头抓牢了每种欲望,
> 不满我意的,我抛掷一旁,
> 滑脱我手的,我听其长往。
> 我不断追求,不断促其实现,
> 然后又重新希望,尽力在生活中掀起波澜:
> 开始是规模宏伟而气魄磅礴,
> 可是如今则行动明智而谨慎思索。
> 我已经熟识这攘攘人寰,
> 要离尘弃俗决无法办;
> 是痴人才眨眼望着上天,
> 幻想那云雾中有自己的同伴。
> 人要立定脚跟,向四周环顾!
> 这世界对于有为者并非默然无语。
> 他何必向那永恒之中驰骛?
> 凡是认识到的东西就不妨把握。
> 就这样把尘世光阴度过;
> 纵有妖魔出现,也不改变道路。
> 在前进中他会遇到痛苦和幸福,
> 可是他呀!随时随刻都不满足。

这是浮士德也是歌德对自己生活历程的概括,包括:青年——狂飙时期,中年——魏玛时期,以及晚年时期。

"是痴人才眨眼望着上天,幻想那云雾中有自己的同伴",这是对悲观厌世,逃避现实以求神求仙的出世思想痛下针砭!"人要立定脚跟,向四周环顾!这世界对于有为者并非默然无语",表现出浮士德也就是诗人自己的进步唯物思想。唯物主义的积极精神,应当要求在生活实践中不断总结经验,有所发现、发明、创造和前进,消除停止、悲观、无所作为和骄傲自满的思想,所以要"随时随刻都不满足"。

在"宫中宽广的前庭"那场,浮士德临死以前作了如下的自白:

> 有一片泥沼延展在山麓,
> 使所有的成就蒙垢受污;
> 目前再排泄这块污潴,
> 将是最终和最高的任务。
> 我为千百万人开疆辟土,
> 虽然还不安定,却可以自由活动而居住。
> 原野青葱,土壤膏腴!
> 人畜立即在崭新的土地上各得其趣。
> 勇敢勤劳的人筑成那座丘陵,
> 向旁边移植就可以接壤比邻!
> 这里边是一片人间乐园,
> 外边纵有海涛冲击陆地的边缘,
> 并不断侵蚀和毁坏堤岸,
> 只要人民同心协力即可把缺口填满。
> 不错! 我对这种思想拳拳服膺,
> 这是智慧的最后结论:
> 人必须每天每日去争取生活与自由,
> 才配有自由与生活的享受!
> 所以在这儿不断出现危险,
> 使少壮老都过着有为之年。
> 我愿看见人群熙来攘往,
> 自由的人民生活在自由的土地上!
> 我对这一瞬可以说:
> 你真美呀,请你暂停!

我有生之年留下的痕迹，
将历千百载而不致湮没无闻——
现在我怀着崇尚幸福的预感，
享受这至高无上的瞬间。

浮士德从为宫廷服务,陶醉在古典美的世界中,转到向大海争地,开辟荒滩,为千百万人的安居乐业而奋斗,这确是一个非常巨大的跃进。智慧的最后结论是:"人必须每天每日去争取生活与自由,才配有自由与生活的享受",这是浮士德的,也是歌德的生活经验的总结,表现出一定的战斗唯物主义的精神。至于"自由的人民生活在自由的土地上",这在资本主义社会是不可能实现的。因为自由要作广义的解释,不仅包括物质生活,也包括精神生活,只有不受压迫和剥削、全面发展的人才能达到这种境界。现今缺乏土地的沿海国家如荷兰,岛国如日本,围海砌堤,开辟荒地,在技术上已在这方面达到一些成就,然而还说不上自由的人民生活在自由的土地上。至于浮士德那个时候,更只能是乌托邦式的幻想了。

歌德论《浮士德》
——通信、谈话和补遗——

歌德自己关于《浮士德》诗剧的言论,散见于他的《自传》《通信》《日记》及《谈话录》中,这里选译一些对理解这部作品比较重要的部分,不严格依照时间的顺序,只添加一些小标题。

关于《浮士德》的写作经过

由于好友威廉·洪堡询问歌德创作《浮士德》的阶段和分期,歌德在1832年3月17日给洪堡的信中详细回答:

"我计划写作《浮士德》迄今已有六十年之久,当我年轻时候,全部构思已了然于胸,尽管场幕安排的顺序还不够详细和清楚。我把这一写作意图一直小心翼翼地藏在心里,只把随时最使我感兴趣的部分分别写下来,以致在第二部里留下许多缺漏的地方,这需要用同样匀称的有趣情节来加以填补,使其与剧本的其他部分衔接起来。这自然产生很大的困难,因为要借助于决心和意志去写那些本应自然而然顺势写成的东西。要是度过如此漫长思考的一生还办不到这点,那就糟糕了。我倒不害怕读者能够区别旧的和新的、先写的和后写的东西,我们把这一切都传给未来的读者,但愿能得到他们善意的理解。

毫无疑问,如果我能在生前把件严肃认真的傻事办妥,奉献给我衷心感谢的各地亲朋好友,让他们与我共享这一作品,并听取他们的反应,这对我将是无比的快慰!当今的时代真是荒唐而又混乱,我相信,我在这桩奇异工作上所付出的多年如一日的诚实努力,将得不到良好的报酬。它会像破船一样被抛在岸边,成为一堆碎片,终于被时间的沉沙所湮没。现在指导糊涂行动的糊涂学说支配着世界。我所做的最迫切的事情,莫过于把我所有保存下来的东西尽可能加以提高,借以磨砺我的个性,正如您,亲爱的朋友,在您自己的城堡里所作的那样。"

歌德的《浮士德》第一部的完成,得到席勒的鼓励和启发,而第二部的完成则受到艾克曼的敦促,因此,歌德和席勒的通信及艾克曼所著《歌德谈话录》中,多有涉及这部剧作的地方。

当时席勒大约只读到歌德的《浮士德片断》的原稿,而《浮士德第一部》是在席勒去世三年以后才告完成。然而席勒从《片断》中已看出这部巨著的轮廓,并预言它既是一部文学作品,也是一部哲学作品,这对歌德显然是有鼓励和启发的。

1794 年 11 月 29 日席勒致歌德的信

"……然而我将怀着同样的渴望,读您尚未印出的《浮士德》片断;我要向您承认,我觉得从这片断所读到的东西,显然是赫尔库勒斯的躯干。在这些场面中充满了力量和丰富的天才,明白无误地显示出最优秀的大师,我将密切注视包含在剧中的伟大而果敢的性质。"

1797 年 6 月 22 日歌德致席勒的信

"在我目前这种不宁静的处境中,极端需要作点事情,于是我下决心从事我的《浮士德》写作,即使不能完成,至少向前还进一大步,我把已经印出的部分重新分解,使其和已经完成或已经发现的部分融合成一体,从而更详细地准备实现我那本来只是一种思想的计划。现在我又接上这种思想,把它表现出来,内心中差不多已没有问题了。但是我要劳您的驾,希望您在不眠之夜把这件工作彻底考虑一番,把您对全剧的要求完全提出来,作为真正的预言者,给我讲述和解释我的梦想吧。因为这部诗剧的各个部分可以随着不同的情绪而作不同的处理,只要它们从属于整体的精神和气氛就行了,除此而外,由于全部作品都是主观的,我可以在个别情况下为此写作,甚而现在我也能搞出一点名堂来。"

1797 年 6 月 23 日席勒回歌德的信

"您决心从事《浮士德》的写作,真使我大吃一惊,特别是现在,您已作好意大利旅行的准备。不过我已永远放弃用通常的逻辑来衡量您了,因而我事先就确信,您的天才完全会在这件工作上发挥美好作用。——至于您的要求,要我把我的期待和愿望告诉您,这是不容易办到的。然而我要尽力之及,寻找您的思想线索,纵然不行,我会产生错觉,认为是我偶然发现《浮士德》的片断，而要把它完成。我在这儿要说的只是这样一点：《浮士德》(即片断)尽管具有种种诗歌的特性，然而它不能完全排斥对象征的重要性的要求，也许这也正是您本人的思想吧。人类天性的双重性，以及把神性的东西和肉体的东西结合于人一身的不幸努力，这是我们不可忽视的；因为故事的发展是而且不得不是刺目而无定形的，所以我们不能停止在题材上，而是从题材导致理想。简单说来，对《浮士德》的要求，既是哲学的，也是文学的，不管您怎么说吧，题材的性质要求您作哲学的处理，而想象力又不得不乐于为一种理性观念服务。——不过我以此很难向您表达出什么新的东西，因为您在现有的作品中已开始高度满足这种要求了。"

1800 年 9 月 16 日歌德致席勒的信

"来函给我以安慰：即把纯洁的部分与冒险的部分结合起来，可能产生一种并非完全可以鄙弃的诗意巨作，这点已在我身上通过经验获得证实了。从这种融合中出现一些奇特现象，连我自己也感到相当满意。"

1800 年 9 月 23 日席勒致歌德的信

(席勒于 9 月 21 日在耶拿拜访歌德，歌德向他朗诵自己已经完成的《海伦》部分[①])

"您新近的朗诵，给我以巨大而又高尚的印象，古代悲剧那种美好、崇高的精神，从独白中向人迎面扑来，使他在内心深处产生安静而又强烈的激动。纵然您从耶拿没有带回其他任何诗歌作品，单凭这点已决定悲剧部分的继续进程，也不枉您在耶拿逗留一番了。我毫不怀疑，如果您成功地把高贵的部分和野蛮的部分综合起来，那末，全部其余部分的关键也就找到了，您以后写作就不会再有困难，而是从这点出发，有分析地规定和分配其余部分的思想和精神。因为这个顶峰——如您自己所称呼的那样——必须为全剧的各个方面所看见，它也必须照顾到全剧的各个方面。"

---

① 歌德曾把《浮士德》第二部中有关海伦的第三幕提前写出，名为《古典主义—浪漫主义的幻想曲》。

由于艾克曼不断敦促歌德完成《浮士德》第二部,并目睹其写作过程,所以他著的《歌德谈话录》中有多处涉及《浮士德》。同时艾氏是歌德去世以后出版《浮士德》第二部的人,他著的《谈话录》,一部分是歌德去世以后多年根据笔记、书信以及回忆写成的,因此关于《浮士德》的谈话记录,一方面固然可帮助读者对该书的理解,同时也应仔细注意其是否完全正确地表达出歌德的原意。以下摘录《谈话录》中有关《浮士德》的段落,小标题为笔者所加:

《浮士德》不是把某种观念具体化

1827 年 5 月 6 日

"德国人确是一些古怪的人儿!他们到处寻求深奥的思想和观念,而把它们塞进事物中去,因此把生活搞得不必要的繁重。唉,你们还是拿出勇气来信任自己的印象,让自己欣赏,让自己感动,让自己振奋起来,接受教益,为某种伟大事业而欢欣鼓舞吧;不要老是认为凡是不涉及某种抽象思想和观念的一切,都是空虚的!

他们跑来问我,究竟我在《浮士德》里想要体现什么观念,仿佛以为我自己知道而且能够说得出来似的!从天堂经过世界而到地狱,这勉强可算得有点意义吧,但这不是观念,而是情节的进程。此外,魔鬼赌输了,而一个一直在艰苦的迷误中不断向更完善境界努力前进的人终于得救,这诚然是个有效的,能说明许多事理的好思想,但这不是全剧尤其是各个场幕所依据的观念。如果我把在《浮士德》里所表现出来的那末丰富多彩、五光十色的生活,能用贯串始终的观念这样一条唯一的细线串在一起,倒真是一件绝妙的玩意儿哩!"

歌德继续说:"总而言之,作为诗人,我的作风不是企图要体现某种抽象的东西。我把一些印象接受到心里,而这些印象是感性的、生动的、可爱的、千姿百态的,正如一种活跃的想象力所提供给我的那样;作为诗人,我所作的事不过是用艺术方式把这样的直观和印象在心里融会贯通起来,加以提高,然后用生动的描写表现出来,使别人听到或读到我描写的东西时获得与我同样的印象。"

歌德在晚年才完成《浮士德》第二部的好处

1829 年 12 月 6 日

今天饭后,歌德向我朗诵了《浮士德》第二部第一场,给我的印象是够伟大的,在我的内心里产生了高度的幸福感。……歌德说:"因为腹稿已经很久了,我五十年来一直在对此思索,使得心里的材料积累很多,现在的困难在于删削和剔除。第二部整个构思是和我所说的那样久,而我把它留到现在,也就是当我对世间事物比较清楚得多以后,才提笔来写,这是对于创作有益的。这就像一个人在年轻时候积蓄了许多银币和铜币,在生活的历程中不断换进更贵重的东西,到了最后,发现他青年时代的财产变成纯粹的金货了。"

《浮士德》是无法用同一标准来比较的

1930年1月3日

……歌德接着说:"《浮士德》却是无法用同一标准来比较的东西,凡是单凭智力去理解它的一切企图,都是徒劳的。我们也得考虑到,第一部是从个人的某种朦胧状态中产生的。然而正是这种朦胧吸引人,人还是不辞劳苦,用心去了解它,就像对待一切不可解决的问题那样。"

《浮士德》第一部与第二部内容的比较

1831年2月17日

"……'在这第二部里'我说,'展现出比在第一部里丰富得多的世界。'"

歌德说:"我也是这样想。第一部几乎完全是主观的;一切都是由偏狭的、热情的个人发生的,这种人的半朦胧状态也许为人们所喜爱。但是在第二部里几乎完全没有主观的成分,所呈现出来的是一种更高尚、更广阔、更明朗、更少热情的世界。谁要是没有四面探索过,没有一些人生经验,他对第二部就无法理解。"

《浮士德》第二部结尾藉助宗教观念的理由

1831年6月6日

……歌德又说:"按我的本意,浮士德在第五幕中出现时,应该是整整一百岁了,我还拿不定主意,是不是在某个地方点明一下比较好些。"

接下去我们谈到全剧的结尾部分,歌德要我注意以下的诗行:

灵界高贵的成员,
已从恶魔手救出:

> 不断努力进取者,
> 吾人均能拯救之。
> 更有爱从天降,
> 慈光庇护其身,
> 极乐之群与相遇,
> 衷心表示欢迎。①

"在这些诗行里包含着浮士德得救的关键:浮士德从事越来越崇高、越来越纯洁的活动,直到最后,永恒之爱从上面来拯救他。这和我们的宗教观念完全一致,按照这种观念,我们不光是靠本身的力量,还要加上神的慈悲才能得到幸福。

此外,你会承认,得救的灵魂升天这个结局是很难处理的。碰上这种超自然的、难以想象的事情,我只好藉助于基督教教会的一些轮廓鲜明的形象和意象,使我的诗意获得适当而有限制的形式和稳固性,不然,我就很容易陷入一片迷茫中去了。"

译本的脚注加上这样几句:"把这当作比喻看,则寓意显然。中国古代寓言:愚公下决心移山,感动大帝,派神下来把大山背走了。浮士德填海有似愚公移山,其自强不息、精进不懈的精神,终于得到天使的拯救。"

歌德到了晚年,即完成《浮士德》全剧以后,思想认识上更有提高;他认为伟大人物的卓越成就不是靠个人的天才,而是靠集体。

1832 年 2 月 17 日②

"……根本上说来,我们全都是些集体性人物,不管我们愿意把自己摆在什么地位。因为我们可以看成自己所特有的东西是微乎其微的,正如我们个人是微乎其微一样!我们全都要从前辈和同辈接受和学习一些东西。就连最大的天才,如果想单从他自己的内部取得一切,也不会有多大成就。可是有许多本来很好的人却不懂得这个道理,他们醉心于独创性这种空想,在模糊中摸索,虚掷了半生的光阴。我认得一些艺术家,他们自夸没有跟随

---

① 董译《浮士德》,第 685—686 页及脚注。
② 根据艾克曼《歌德谈话录》,柏林建设出版社 1955 年版(德文),第 713—714 页改编的《索雷的歌德谈话录》(德文)。

过任何大师,一切都归功于自己的天才。真是傻瓜啊!好像世上竟有这种可能似的!好像世界不是每一步都推动着他们,不管他们多么愚蠢,还是把他们造成这样或那样的人物!不错,我敢断言,这样的艺术家如果巡视这间屋子的墙壁,浏览一下我挂在墙上的几位大师的素描,只要他真有一点天才的话,当他离开这间屋子时必然成了另外一个人,一个较高明的人。

一般说来,我们身上究竟有什么长处呢?无非是把外界资料吸收过来、为自己的高尚目的服务的能力和爱好罢了。我不妨谈谈自己,而谦虚地把自己的体会说出来。我在漫长的一生中确实做了不少工作,获得了我可以自豪的成就。但是说句老实话,我有什么真正要归功于自己的呢?我只不过是有一种能力和爱好,去看去听,去区别和选择,而把看到和听到的东西,用自己的精神赋予生气,然后以适当的技巧再现出来,如此而已。我不应当把我的作品全都归功我自己的智慧,还要归功于我以外向我提供素材的成千上万的事情和人物。这当中有蠢人,也有聪明人,有胸襟开阔的人,也有心地狭隘的人,有儿童,有青少年,也有成年人,他们都把他们的感觉和思想、怎样生活和怎样工作以及他们所积累的经验告诉了我,我要做的事,不过是伸手去收割旁人替我播种的庄稼罢了。

如果要追问某种成就是得力于自己还是得力于旁人,他是凭自己去工作还是利用旁人来工作,这实在是愚蠢的问题。关键在于一个人要有伟大的意志及贯彻这种意志的技能和恒心,其余一切都是无关紧要的。……"

以下是歌德在《浮士德》诗剧的创作过程中所拟过的提纲公式及收场诗等,当作附录,以供参考。

补　遗[①]

全部诗剧的手稿公式(1800 年 4 月 11 日)

对整个自然界中发生作用和感受的理想上的追求。

精神表现为世界的和行动的创造精神。

形式与无形式之争。

无形式的内容优先于空洞的形式。

[①] 根据德文版《歌德集》第十卷附录,1958 年,魏玛人民出版社。

内容带来形式；
形式决不可以没有内容。
这些矛盾要分别处理，而不是把它们结合起来。
清醒的、冷静的科学追求：瓦格纳；
模糊的、热心的科学追求：学生。
从外寻求人的生活享受：模糊中的热情：第一部。
向外的事业享受和有意识的享受，美：第二部。
从内的创造享受。在到地狱之路去的混沌中的收场白。

这个公式不尽符合后来写成的《浮士德》,第二部的收场不是浮士德下地狱，而是升天堂。有人认为到地狱之路去是指靡非斯陀。

收 场 诗

在金色的春阳时刻
我躺下来
蒙着我的脸；
在官能的美妙的模糊中
我固然可以开始这场梦，
但不能完成。

通 知

把这部剧介绍给最优秀的人物！
德国人明智地充当裁判。
我们倒是乐意重说一遍，
不过博得赞扬才显得重要可观。
也许还会有更好的东西出现。——
人生正是一首类似的诗：
有开头也有结尾，
但不是一个整体。
先生们，请你们赏光鼓掌吧！

告　　别

现在我到达悲剧的结尾，
在完成过程中总是忧心忡忡，
这时不再受杂沓人群的逼迫，
也不为黑暗势力所触动。
一个人既然踏上明朗的道路，
谁还愿意描写感情的混乱？
那好比用魔法把自己
禁锢在野蛮的狭窄圈圈！

把身后所有善良的影儿驱逐，
连同恶魔一起，
我早看出它是朋友也是敌人，
青春之梦常和它结合不分。
向我们埋葬掉的一切告别吧，
把确定的目光转向东方。
缪斯赞助任何努力，
而生活重视爱情和友谊至上！

我常常站在你们一边，
朋友们，因为你们在生活中与我结伴；
你们同我一起感觉到什么是团结的正解，
这是从小团体里创造出世界中的世界。
我们不必在顽固的争论中追问：
这人责骂的是什么，什么才使那人高兴，
我们愉快地常常以同等的心情，
对古代和任何新的善良事物表示尊敬。

幸福啊，和平中的美妙艺术，
每个春天吸引人到新的田野中去！
满足于神给他安排的东西吧，

世界向他展示出本身精神的痕迹。
没有阻碍足以使他疲劳,
他阔步前进,正如大自然所需要。
好比荒野的猎师在登高狂叫,
发出时代精神的强劲而大胆的呼号。

关于《浮士德》的具体写作和完成时期以及各部分之间的内容变动,歌德生前没有明确指出,只能由后代学者通过种种考证来完成。

《浮士德》写作年代表及第一部
与《初稿》和《片断》的内容比较[①]

I

年　代	内　　容
1768—1775	第一写作阶段
1768(后)	初次提到浮士德博士。
1768—1772	对剧本的各种想法逐渐成形,有了明确的印象。个别题材、象征及冲突的结合和浓缩。
1772 1月	可能用散文写下《浮士德初稿》的一些场幕,如《浮士德·靡非斯陀》(=阴暗的日子,旷野)和囚牢。
1772—1773冬	把许多分散部分凝结为以下各场,至少是完成的腹稿,例如:《开场自白,地灵,浮士德——瓦格纳,靡非斯陀——学生》。
1773夏秋	大约至迟已经完成学者的悲剧,诗行354—597及602—605。
1772—1775	《浮士德初稿》
1788—1790	第二写作阶段
1788 3月1日	意大利:《浮士德》计划。
1788(后)	巫厨,森林和洞窟,奥尔巴赫地下酒店。(诗行)
1790	《浮士德片断》

[①] 资料来源:弗里德里希与沙伊特豪尔合著《歌德的〈浮士德〉注释》,斯图加特1980年版,第81—88页(德文)。

续 表

年　代	内　　　容
1797—1801	第三写作阶段
1797 6月22日	致信席勒:"我已决定继续写作我的《浮士德》"。
1797 6月23日	写出《浮士德》更详细的方案。
1797 6月24日	献词。
1797—1801	舞台序剧,天上序幕,夜(602及后面诗行),城门前,书斋,瓦卜吉司之夜,夜(瓦伦亭之死,3660及后面诗行),囚牢(诗行)。第二部中第五幕的个别场面。
1800	中古时代的海伦。羊人剧。浮士德插曲(＝浮士德第二部第三幕,诗行8489—8802)。有缺漏和异文。
1806	准备出版。
1808	《浮士德·悲剧第一部》
1816	第二部计划,起草《诗与真》(自传)。
1825—1831	第四写作阶段
1825 2月25日	"对1775年,特别是对《浮士德》的自我观察。"
1825 春	决定完成第二部,以便出版计划好的全集。
1825—1826	写下第二部第四幕的浮士德手稿(2)(简称VH2)
1826 春	拟定宫中宽广的前庭那场(在VH2中)。第二幕计划。
1825—1831	第五幕。
1825(后)	第三幕(海伦)
1827	《海伦,古典主义—浪漫主义的幻想曲,浮士德插曲》(＝第三幕)
1827—1830	第一和第三幕。
1828	《浮士德·第二部》(＝第一幕到第五幕,诗行6036)有待续写。
1831	第四幕。第五幕的场次,例如斐莱孟和鲍栖丝以及收场的个别部分。
1831 7月22日	主要业务已告完成
1832 1月24日	"对'浮士德'产生新的激情,为了完成著作,我顾及更多地阐述主题,尽量写得十分简洁。"
1832	《浮士德·悲剧第二部分五幕》(1831年夏完成)。

II

内容	浮士德初稿 (U.1775)	浮士德片断 (F$_r$.1790)	浮士德第Ⅰ部 (FI.1808)
献词	—	—	1—32(诗行,下同)
舞台序剧	—	—	33—242
天上序幕	—	—	243—353
悲剧第一部			
夜	354—597	同初稿	同片断,加上 598—601,606—807
	602—605	同初稿	
城门前	—	—	808—1177
书斋Ⅰ	—	—	1178—1529
书斋Ⅱ			
a) 订约	—	1770—1850	1530—1850
b) 靡自白	—	1851—1867	同片断
c) 靡同学生	1868—2050	同初稿	同初稿
d) 靡与浮	—	2051—2072	同片断
奥尔巴赫酒店	散文	2073—2336	同片断
巫厨	—	2337—2604	同片断
市街	2605—2677	同初稿	同初稿
傍晚	2678—2804	同初稿	同初稿
散步	2805—2864	同初稿	同初稿
邻妇家	2865—3024	同初稿	同初稿
市街	3025—3072	同初稿	同初稿
花园	3073—3148	同初稿	同初稿
	—	—	3149—3152
	3153—3204	同初稿	同初稿
园亭	3205—3216	同初稿	同初稿
森林和洞窟			
1788(在片断中置于 井旁之后)	—	3217—3373	同片断

续 表

内 容	浮士德初稿 （U. 1775）	浮士德片断 （Fr. 1790）	浮士德第Ⅰ部 （FI. 1808）
葛丽卿的居室	3374—3413	同初稿	同初稿
玛尔特的花园	3414—3543	同初稿	同初稿
井旁	3544—3586	同初稿	同初稿
城廓	3587—3619	同初稿	同初稿
夜(在初稿中置于大教堂之后)			
a）瓦伦亭自白	3620—3645	—	同初稿。—3649
b）浮与靡	3650—3659	—	初稿和 3660—3697
c）瓦伦亭之死	—	—	3698—3775
大教堂	3776—3834	同初稿	同初稿
瓦卜吉司之夜	—	—	3835—4398
阴暗的日子	散文	—	同初稿
夜，旷野	4399—4404	—	同初稿
囚牢	散文	—	4405—4612

从表Ⅰ可以看出：《浮士德》的创作分四个阶段，前后经过六十余年。歌德在第一阶段中，完成《浮士德初稿》，在第二阶段中，完成《浮士德片断》，在第三阶段中，完成《浮士德第Ⅰ部》，在第四阶段中，完成《浮士德第Ⅱ部》。在第四阶段完成第Ⅱ部的过程中，各幕的腹稿虽已早就，而写出的顺序却有颠倒，大约第三幕最早完成。

从表Ⅱ可以看出：《浮士德初稿》、《浮士德片断》与《浮士德第Ⅰ部》比起来，少掉"献词"、"舞台序剧"、"天上序幕"及"瓦卜吉司之夜"等场幕。实际上，因为歌德在写《初稿》和《片断》时，还处在狂飙运动及其过渡时期，而自 1794 年与席勒合作进入古典时期以后，才完成《浮士德第Ⅰ部》。在西方的浮士德研究者中，有人特别强调《浮士德》创作阶段的历史性，认为第Ⅰ部与第Ⅱ部属于不同的时代[1]。

---

[1] 海因茨·哈姆：《歌德的〈浮士德〉》，柏林人民出版社 1981 年版，第 13—14 页(德文)。

下篇
西方的《浮士德》研究

浮士德题材历史的考察
——歌德以前、与歌德同时及歌德以后有关浮士德的传说和著作——

A. 歌德以前有关浮士德的传说和著作[①]

a. 历史传说中的浮士德

关于德国历史传说中的浮士德,并无连贯的生活传记可以查考,只能从那些与他同时代人的谈话中获得一鳞半爪,而这里面浮夸的传说与真实的历史混淆在一起。

首先,他的真名实姓就难以确定。历史上比较可靠的是格奥尔格·浮士德(Georg Faust)这个名称。至于约翰(Johann)这个名字可能是指来自锡默恩的同姓堂兄,他于1505年1月15日在海德堡大学取得学士学位。1497年,出生于布列吞的梅南希通(Melanchton),于1509年1月1日也在那里注册入学,他显然把约翰内斯和格奥尔格当成一个人,而浮士德于1530年左右在维滕贝格遇见他。梅南希通是最早传述马丁·路德确定的浮士德故事书文学传统的人,这些故事书把全部有关约翰内斯这个名字的故事联系起来。内容梗概如下:浮士德出生于1480年,大约是在维滕贝格的一个名叫克尼特林根的小城。可是后来根据因戈尔施塔特的市议会记录,他自称是海德堡的耶尔格(Jörg)博士。他大概在克拉科夫研究过魔术,是否在大学注册,无从证实。历史上比较确定的是他的流浪生涯。他自封了许多头衔以广招徕,如:容克贵族、召魂者、星象家、赐福的魔法师、手相术者、气象占卜人、火灾占卜人、治病的泌尿检查者等。他在格尔恩豪森时自夸,如果柏拉图和亚里士多德著述的文字一旦失去,他能更好地把它们

[①] 资料来源参看:弗里德里希,赛特豪尔合著《歌德的浮士德注释》,斯图加特,1980年版,第13—24页(德文)。

恢复过来;他在维尔茨堡自告奋勇再现耶稣基督的奇迹。次年,他在克罗依茨纳赫又吹嘘自己能满足人的任何愿望,并且超过炼金术家的本事。弗朗茨·西金根也钻研魔术,同这个扮作教师的浮士德一起搞一种试验,结果证明浮士德是男童的诱惑者。他趁机逃走,才免遭惩罚。

1513年,据人文主义者康拉德·穆特的报告,浮士德寄住在埃尔富特的封·邓施泰特贵族家。他在那里给大学生们讲关于荷马的课程,并让史诗中的英雄人物亲身出现。他又宣称能把古罗马作家普劳图斯和特伦茨的喜剧弄来,抄下副本。弗朗西斯派教士康拉德·克林格试图劝化他别搞渎神的勾当,他借故拒绝,说自己用血同魔鬼订约,魔鬼诚实地履行了诺言,他自己也得同样诚实地给魔鬼尽责。他从埃尔富特被驱逐以后,就销声匿踪了。直到1520年,班贝克的侯爵主教格奥尔格三世让浮士德给他解说自己出生的星象,付以十个古尔登(金币)的高价。梅南希通在维滕贝格听到浮士德说,是他用魔法帮助皇帝赢得意大利战争的胜利,并在威尼斯作过神奇的飞行。比较可靠的是他在选帝侯约翰统治下从维滕贝格逃亡。1528年,他从因戈尔施塔特被驱走,1532年又从纽伦堡被驱走。有人在莱比锡编的浮士德回忆录是以后来的传说为根据。

1534年,他向维尔塞商号派到委内瑞拉旅行的代理人菲利普·胡滕预言一些事情,胡氏声称后来都应验了。1536年,语言学家卡默拉纽斯听浮士德预言查理五世与法国弗朗茨一世之间战争的结果,深信不疑。1539年,沃尔姆斯的市医把浮士德归入骗人的江湖医生一类,尽管索价高昂,却毫无成就,而且到处负债。这么一来,浮士德到头来穷困潦倒,是完全可能的。他于1540—1541年之间,自杀在布莱斯高的一个小村里,已届高龄了。以上是根据封·齐默尔恩伯爵于1564—1566年所写的编年史。

b. 民间故事书

巴塞尔的教士加斯特于1548年就已经宣称,浮士德的尸体被人发现扑在地上,是给魔鬼攫走了。数年以后,一部编年史指出,布莱斯高的斯陶芬是浮士德的死地。1556年后,埃尔富特的浮士德故事在大学圈子里被人记录下来。1570年左右,纽伦堡的教师罗斯希尔特曾在维滕贝格上过大学,他把马丁·路德在宴会上所讲的种种关于浮士德的传说收集和抄写下来。大约同时从维滕贝格流传出浮士德的传说集,最初是用拉丁文,后来才改用德文写的。不过直到1587年,约翰·施皮斯才在美茵河畔的法兰克福予以付印。

故事书包括 69 章,开头有两篇序言,一篇是致两位有名望的官吏,另一篇是致基督教的读者的。编者声称手稿是从一位好朋友那里得来,获得同意予以发表的。本书的根据是有关浮士德的记录及他本人的自白,再本着马丁·路德的观点,用形形色色的科学教导和神学警告予以扩充。

根据书中叙述:浮士德是魏玛附近罗达地方一个农民的儿子。一位富有的堂兄让他在维滕贝格攻读神学,可是他却成了占星术者、算教学者和医生。他在维滕贝格附近的施佩斯森林里,于夜晚九至十时召魔鬼来到一个十字路口,并约定这个以僧人姿态出现的魔鬼于次日午夜光临他的住处。可是魔鬼过了两夜才出现,因为他先要去取得魔王的允许。魔鬼答应给浮士德服务 24 年,但浮士德为此要放弃基督教的信仰,牺牲肉体和灵魂。当浮士德刺出臂血,用以签写条约时,现出血书的字句:"逃走吧,人"。魔鬼从此时起,满足他的一切愿望。在浮士德想要结婚时,魔鬼本身出现,把变成女人的淫魔带给他。在长达数章的篇幅中,广泛叙述浮士德获得有关天堂与地狱的解说。他甚而飞到星空中去,游遍欧洲各国,碰到了教皇和苏丹。他也访问了非洲和亚洲。书末部分除了记载各式各样魔法而外,他还把亚历山大大帝召到皇帝面前来。他又召来美女海伦,和她一起生活,生子尤斯图斯。当儿子死亡时,母亲也随之消逝。浮士德到了条约规定的期限,让大学生们陪同他到维滕贝格附近的林里希小村里去。夜半十二点到一点的时候,泪流满面的浮士德向学生们告别以后,就上床去睡了,后来房里忽然发出无比巨大的喧嚣和喊救命的叫声。第二天早晨,学生们发现墙壁上溅满鲜血,及浮士德的眼睛和几颗牙齿,他的尸体僵扑在屋外的粪堆上。尸体给埋葬以后,学生们在维滕贝格发现浮士德自己记载的生活史,他们只把结尾加上去就补全了。

这样一本书与历史上的浮士德几乎毫无关系,可是这却投合时代的胃口。自从本书出现以来,计有五种不同的版本。接着是再版和改编,把其他与魔鬼订约人的故事传说也都加在浮士德身上了。

1599 年,维德曼(Georg Widmann)在汉堡出版一本包括 671 页的四开本的书,标题是:遐迩驰名的巫师和老牌魔术家约翰·浮士德的真实故事。他行使巫术,犯下恐怖可恶的罪行,但也有古怪神奇的冒险,直到可怕的结局。维氏撇开浮士德的恋爱关系及他看来没有意义的自然科学的论争不谈,试图把事件的发生从查理五世的时代移后到马克西米利安皇帝的时代;他特别用较多篇幅来叙述为路德的神学教义和告诫服务的回忆和例证。

c. 浮士德戏剧

处理浮士德题材的另一种文学体裁是浮士德戏剧,这是随着社会历史的发展而来的。中世纪具有神秘色彩的民间故事书,必然要让位给文艺复兴时期具有人文主义先进思想的戏剧。

浮士德戏剧发源于英国。自第一部浮士德民间故事书在德国出版以后,大概英国人已经知道这个故事了。这里不仅出现了浮士德谣曲,1592 年也出版了英译的浮士德故事书,而且是新的改正本。然而值得大书特书的是莎士比亚以前第一位剧作家马洛(1564—1593),他在英国伊丽莎白时代把舞台艺术从道德和政治说教提高到真正戏剧的水平。他在 1588 年写出《浮士德博士的悲剧故事》,可能还上演过。马洛的剧本虽然以英译的浮士德故事书为依据,然而主题思想改变了,题材的思想性深化了,悲剧性质也提高了。马洛前后写出三部从事追求的巨人式的中古悲剧,主人公追求的目的各不相同:《帖木儿》的主题是追求无限的权力,主人公是 14 世纪蒙古可汗帖木儿,凭强烈的意志和盖世的武功征服了欧亚等国;《马耳他的犹太人》的主题是追求无限的财富,主人公是富有的犹太人巴拉巴斯,为了报复马耳他总督没收他的财产,设计杀害了一批人,包括自己的女儿和她的情人,又勾结土耳其占领者,使自己成为总督,最后又设计陷害土耳其的首领;《浮士德》的主题是追求无限的知识,作者肯定知识是伟大的力量,有了知识就可以征服自然,实现社会理想。三剧中以《浮士德》的思想境界为最高。

马洛的《浮士德》是由合唱队的讲话开场,接着是主人公浮士德夜晚在书斋里的自白。他比较大学的各种学科,予以抨击,特别是对神学的否定,转而从魔术书籍中汲取最终的知识和最高的权力。浮士德置身于一左一右出现的两位天使中间,代表善的天使劝戒他,代表恶的天使诱惑他。后来浮士德被两个德国人引入魔术中去,召来靡福斯陀非里斯(Mephostophilis),魔鬼以托钵僧的姿态出现。尽管魔鬼埋怨失去幸福的痛苦,浮士德并不害怕,愿以永恒的死亡为代价,换取 24 年人世间的一切享乐。在马洛剧中,靡福斯陀非里斯也要先取得魔王卢济弗的允许才签条约。浮士德之所以刺血签字,因为他不真正相信灵魂在人死后还继续生存。根据合唱的报道,浮士德同靡福斯陀非里斯在空中飞行,开始出现在教皇的皇宫里,用种种魔法戏弄教会的最高显贵;接着又到达皇帝的宫廷,浮士德接受要求,召来亚历山大及其情人出现。当浮士德的末期临近时,他应大学生们的请求,让古希腊美人海伦出现,由于他为海伦的美色所极度陶醉,让魔鬼把她带来作他的情妇,他在和她的接吻中重新得到失去的天国幸福。剧情根据传说,经过这段爱情生活以后,浮士德的死期到了。在此以前,他作了最后的一段自白,这位绝望的人在死的恐惧中,宣称要焚烧所有的魔术书籍,不过为时已晚了。合唱的尾声警告聪明人别贪图办不到的事情,然而同时又承认浮士德是阿波罗骄傲的参天桂树。

英国的滑稽演员把浮士德戏剧带到德国来。1608年在格拉茨,1626年在德累斯顿先后演出。然而在德语国家的国土上,特殊的政治和教会关系以及广大观众的愿望,要求对剧情作郑重考虑。例如在维也纳演出时,为了不伤及任何人,剧中的皇帝由巴尔马公爵来代替,魔鬼的僧装用西班牙的朝服来代替。除此而外,让丑角尽量插科打诨,特别是运用舞台布景和场景变换来博得观众的喝彩。歌德大约在1768年从莱比锡回到法兰克福时,看过这种戏剧演出,以后于1770年在施特拉斯堡也看到过。

比这更早,歌德看到德国国内的木偶戏演出浮士德博士。木偶戏演员完全忠实于口头传说,从乃祖乃父传给乃子乃孙,历代相承不衰。歌德在童年时代就接触到它了,它的基本形式至今还保存下来。但是由于木偶戏《浮士德》多半适合青少年和下层居民的胃口,所以文艺价值低下。戈特谢德(Gottsched,1700—1766)就表示,没有人再愿意看浮士德博士这类荒唐无聊的戏文了。莱辛在处理浮士德题材以前受到警告:"你将听到一种唯一的呼声,'啊,浮士图斯,浮士图斯,'于是会使整个剧场哈哈大笑起来。"

然而正是莱辛(1729—1781)从启蒙运动的立场出发,在基本观点上促进浮士德戏剧向前发展。他的思想为启蒙运动的世界观所决定,认为凡是官能所直接感知不到,凭天然理智所不能了解的东西,也就难以理解,因而也不容许舞台上出现魔法和鬼怪。有一个时期,莱辛想舍弃世外的鬼神,而让一个老牌恶棍勾引一个无辜的人来代替魔鬼扮演的角色。他打算把浮士德传说改写为市民戏剧,剧情通过恶棍的阴谋诡计而不断展开。但是他虽然不顾现行教会信条的一切批判,根本上他还是谦恭敬畏地对待真正的宗教虔诚,他仅仅提出最高的和最后的问题,而并未狂妄自大地认为可以彻底解决。最后他依然被传统形式的浮士德题材所吸引,把魔鬼也写进去了。

莱辛的原稿用序幕开场,魔王率领大小魔鬼在一座古老大教堂里半夜开会。会上有一个魔鬼宣称,自己打算去引诱那个受过多知识欲危害的浮士德。据说,只要紧紧跟着他,他偶一失足就可以产生种种罪恶。魔鬼想要夺去上帝的宠儿。

浮士德是个爱好思维的孤独青年,完全献身于知识,只为知识而呼吸,而感受,除了爱好真理而外,摒弃一切其他爱好。从这里可以看出,作者是同情他的主角的。然而这儿出现完全崭新的一点,超越迄今为止的一切传说,就是在那座教堂里发出天使的声音,庄严预言撒旦枉费心机的最后结果:"你们不会胜利。"莱辛本来打算与此相应地写出戏剧的收场。一位天使指责魔鬼想要强占那个被挑选出来的牺牲品,说出如下的话句:"你们别高唱凯歌,你们并没有战胜人类和科学;神明赋给人以最高尚的本能,不是为了使他永远不幸;你们眼前所见的,而自以为得到手的,不过是一个幻影罢了。"本来的全部剧情应作为浮士德的梦境体验来演出。这么一来,莱辛也满足了理性时代的要求。

莱辛的戏剧遗稿是1786年出现的,歌德在此后的年代中也努力于重新实现他的"写作计划",可以推测,歌德也许受到莱辛的一定启发。不过纵然歌德没有见到莱辛的作品,而浮士德的获救正与那个时代的乐观主义精神相符,歌德没有莱辛的先例也能决定作出新的答案。

由以上看来,歌德以前有关浮士德的重要著作,一是英国人文主义时期马洛的戏剧,二是德国启蒙运动时期莱辛的剧稿,他们随着社会历史的向前发展,把浮士德戏剧的主题思想提高了,而由歌德后来集其大成,成为一部浩瀚渊深的巨著。

B. 与歌德同时即 1770 年到 1832 年的有关浮士德的著作[①]

在1770年到1832年之间,正当歌德从事《浮士德》诗剧创作时,至少另外还有六位作家选用这个题材,值得一提。这个题材,尤其是浮士德这个形象,在18世纪的最后三十年,对作者特别具有吸引力。其原因只能根据这些处在启蒙时期,尤其是狂飙运动时期的作家们政治上和意识形态上的意图来解释。在浮士德这个人物身上所表现出来的对知识和经验的渴望,从旧的意识形态和社会羁绊中解放出来的要求,特别是要求经过社会考验获得享受的强大愿望,高度地适合这个时代人物的理想。

---

① 资料来源参看:哈特曼(Horst Hartmann)著《浮士德形象、浮士德传说、浮士德著作》,柏林1979年版,第123—141页(德文)。

魏德曼(Paul Weidmann)于1775年发表剧本《约翰·浮士德》,意义不大,在思想意识和文艺价值上远远落后于莱辛。这是一部寓言剧,是恐怖剧和中世纪神秘剧的混合物。在剧中,浮士德的父亲被害,母亲死去,而浮士德则完全按照天主教的拯救说法由于上帝大发慈悲而得救。至于魔鬼靡非斯陀所采用的种种诱惑手段以及情妇海伦的事件等都一概受到贬斥。浮士德自己是通过忏悔才得到拯救的。魏氏的作品是属于为封建制度辩护的文学,由此可以看出,它与资产阶级狂飙突进时期的作品相距甚远。

处理浮士德题材的新方向,首先要数弗里德里希·米勒。他写出《浮士德生平的戏剧化·第一部》。剧本的目的在于把浮士德置于比较公正和有利的地位,反对一切对他不公平的非难。剧中把靡非斯陀作为与主角浮士德地位相等的伙伴,这在德国的《浮士德》剧作中还属初见。靡非斯陀虽然根据条约要为浮士德服务一定的年限,但是他满怀信心,完全意识到本身的同等价值;诚实的市民人物瓦格纳则被塑造为狂飙突进英雄浮士德的对比形象。浮士德对于他所碰到的各种限制深感绝望,他如饥似渴地追求,追求知识和行动,追求崇高和荣誉,总是得不到满足。正因为浮士德是个凡人,他想要获得一切活动和享受,所以他才与魔鬼结盟,魔鬼允许向他提供财货、荣华、快乐、光荣和名声,恰恰投其所好。不过由此也可以看出,由于强大的生活本能,促使浮士德与魔鬼缔约,重点仍在享受上。这样一来,米勒片面强调浮士德的生活本能,未免贬低了主角的人格价值。

本着狂飙运动的传统精神来处理浮士德题材的,有马克西米连·克林格尔的长篇小说《浮士德的生平、事业及下地狱》。在克氏的书中,浮士德不是一个追求知识的科学家,而是这样一个人,他与魔鬼打赌,是想证明人类服从于一种较高的内心使命。在这点上,与歌德诗剧中追求实现纯粹人类使命的浮士德有相似之处。由于魔鬼着手相反的证明,于是作者藉此机会用讽刺笔调,发挥广泛的社会批判,在其反封建的倾向上显然与狂飙运动的传统精神相符合。由于浮士德周游世界时只到过封建宫廷,进入寺院,到过梵蒂冈及帝国直辖市,所以他只接触到封建社会的世俗的及宗教的上层人物,目睹他们的道德堕落和政治败坏,却没有体验到与其相对立的穷苦人民的生活。因此,对他说来,一切积极的尝试都转向否定的方面,使得他最后开始怀疑人类的较高使命。他达到了这种境地,根据他所得的不幸经验到判断整个人类。于是他成为伏尔泰式的哲学家,到处只见到"恶",幸灾乐祸地加以暴露,而把他所发现的一切"善"加以歪曲。后来他决定回家,重返资产阶级制度之下,从事他的职业,从与令人讨厌的同魔鬼的关系中解放出来,但是已经不可能了,因为他的妻子被人诱去,陷入不幸之中,他的长子由于盗窃被吊死了,他的次子成了一位高级教士的同性恋工具,他的女儿做了妓女。他既受到公开的责难,又在私人生活上遭到不幸,于是终于谢绝世人。他说:我要下地狱,不再看见有血有肉的人。我曾经领教过他们,我讨厌他们,讨厌他们的使命,讨厌世界和生活……带我下去吧,我愿作地狱的居民,我厌恶光明,与它相比,黑暗也许才是白昼。魔鬼让他看出,他的社会活动只造成破坏性的结果:不幸的农民战争逐渐蔓延到整个德国,使国土遭到严重的破坏;到处是杀人、放火、掠夺和洗劫教堂;高贵的英雄率领一群乌合之众,眼看要把德国变成人类的墓园;你收割你种下的痛苦果实吧,就连撒旦也不及你把我们厌恶的人类摧毁得更厉害。浮士德感到绝望:我是生而受苦的人,为什么偏偏给我以追求幸福的热情?我是为黑暗而生的人,为什么偏偏给我以追求光明的要求?为什么硬要给奴隶以要求自由的渴望?克氏在注解中,用自豪的确信来回答主角对自身和地狱的诅咒:人由于他的自由意志和潜在心中的内在意识,他是自身的主人,是他的命运和使命的创作者。可是书末的结论却带有十分灰心丧气的讽刺意味:每个人都这样抱着耐心,不惜牺牲自己的安宁,而冒失地插足到秘密中去,这些秘密是人的精神所不能也不应揭露的。因为对于人的精神说来,一切都是模糊的,连人对于自己也是一个谜。我们即使考虑到这是讽刺的语气,然而克氏明确地表现出他否定的东西,却说不出如何走向改变的方向。他放弃革命的道路,如对农民战争所作的魔鬼式的解说,始终只是一般的否定而已。不过话又说回来,克氏的小说在社会批判的意义上,无论就内容的广泛性和语言的明确性来看,都远远超过18世纪末在德国出现的以浮士德为题材的劣等剧本。

封·佐登的《浮士德博士》就属于劣等剧作之列。它是上述米勒剧本的软弱无力的粗糙模仿,同时也不加批判地接受克林格尔的影响。在这部剧本中,浮士德是个徒劳无益的世界改良主义者,他不得不接受伊修里尔[①]的教导:让自己幸福易,使别人幸福难。这类作品的共同点是:浮士德失败,堕入地狱。由此看来,剧中主角还保持着自助者形象的传统,而作者表现他心中的怀疑,不明白现存的德国社会制度可不可以改变。不过这类作者也作了一点贡献,他们让浮士德形象发展成为一个特殊人物,想要冲破其所受的限制,不惜采取大胆冒失的手

---

① 弥尔顿著《失乐园》中一位天使的名称。

段。在这点上,他们准备好让人接受歌德的浮士德诗剧的基础。

这时别具一格的是沙米索于 1804 年发表的独幕剧《浮士德》。主角追求的目的概括在诗句中:"我要求教训、真理和知识",因为"知识"对于他是"唯一的幸福"。在这点上,他比狂飙时期绝大多数《浮士德》剧作的中心形象更接近歌德的浮士德观。然而作者把他的浮士德置于善神与恶神之间,而让他失败,因为他为了要求"真理",反对"信仰",而决定选中恶神。剧中的浮士德置死亡于度外,一贯寻求,不管得到的是毁灭,还是知识和确信,他都毫不在乎!这样就接近歌德的浮士德形象,但是他放弃实际上运用知识,这又表明二者之间有显著的差别。沙米索从他那用信仰反对知识的基本宗教态度出发,写出一部归根到底具有过分悲观主义倾向的作品,其他作家在写作浮士德题材时也步他的后尘。我们自然要考虑到,主观的意识形态因素仅仅是解释沙氏浮士德题材的一种原因。至少另外还有同样重要的事实,就是沙米索是个来自法国的贵族流亡者,是个无家可归的人;他在莱茵河左岸的法国,是个社会的异己分子,他在莱茵河右岸的德国,又是个民族的外来人。最后说来,作者在他的《浮士德》剧本中,肯定是第一个在这种题材范围内,对法国革命后的欧洲状况感到不愉快的人,这种状况不光对于他是如此,而且也使得德国国内广大的青年浪漫派这一代人对人类的人道主义前景感到怀疑。

克林格曼在 1815 年所写的《浮士德》中——这时歌德的《浮士德》第一部已经发表——,又把主角写成个纯粹贪图享受的人:"我要享受,火热一般地享受,享受对于我永远也不凋谢。"他置身在妻子克特欣与诱惑者海伦娜之间,结果沉溺在后者的身上,杀死妻子和父亲,最后同魔鬼一起堕入地狱。这部剧本首先是采用上述米勒的观点,不过说明主角与魔鬼结盟的动机完全是出于无限制的性欲要求。这么一来,浮士德的形象继续被贬低了。

在歌德完成《浮士德》第二部以前,格拉贝于 1829 年写出一部对比的悲剧:《唐璜与浮士德》,这代表两种生活原则:在唐璜身上体现出对享受的追求;在浮士德身上体现出对知识的追求。唐璜的自白如下:

当我发现了美人儿,就一见倾心,
不管她是何种样人。
女仆与女主人所爱不同,
只有变换才给生活以刺激作用。

> 让我们把不能忍受的事情
> 忘得一干二净吧!……
> 把全部钱财、整个生命,
> 都押在一张牌上作为赌注,
> 听凭命运风暴的任意摆布,
> 我把这叫作消遣时间的享受!

与此相反,浮士德提出如下问题:

> 是谁像我这样追求:哪儿是
> 我未涉足过的艺术和科学的途径?

浮士德和装扮成骑士的魔鬼订约,很合理地提出要求:

> 你在现实生活中属于我,
> 我在死后属于你!为此
> 我要求你施展天使所有的全部力量,
> 我要求你用你那强大的翅膀,
> 把我从知识的界限内载到信仰的王国,
> 有始有终,不要半途而废。
> 我要你帮助我解释世界和人类,
> 以及他们的存在和目的之谜,——
> 我要你(仅仅为了理论,因为
> 自从我归顺你后,已放弃了实践)指示我
> 可以寻得安宁与幸福的道路,
> 哪怕是在火焰的假象中。

最后,格拉贝想要指出,放弃人的双重性质,坚持一种生活原则,就会导致毁灭。唐璜责难道:"如果你始终是个人,那又何必要做超人?"浮士德予以回答:"如果你不追求超人,那又何必做人?"而魔鬼则解释道:"我明白,你们二位追求同一个目标,只是驾着两部车子。"剧本的主要弱点,在于只展示出享受的原则,

因为两位角色作为对手，都在追求总督唐·古斯曼的女儿唐拉·安娜而各不相让，情节的展开主要是在唐璜的生活领域内。这么一来，唐璜占了上风，他在悲剧中说出开头一句话和最后一句话，因为浮士德已在他的前头毁灭了。由于知识的追求没有表现出来，所以格拉贝原来计划的方案未能实现，使得生活享受成为超越一切的主题。

综观歌德创作时期其他重要的浮士德剧作，没有一部能够达到歌德剧本的全面性和高度。这里明白显示出两种倾向：一种是把浮士德表现为大人物，具有无比强烈的生活本能，他的主要动机是官能享受；另一种是把浮士德表现为悲观绝望的人，特别是在法国革命后的时期中，他不相信有实现他的知识追求的可能，这自然是以题材的悲观主义的解释为前提。主角浮士德在两种情形下都失败了。与歌德同时代的作家对这个问题却给予不同于歌德的解答。由此也可看出，这种题材可以提供解释和说明重大生活问题的无限可能。不过歌德的诗剧在传统形式中是个重大的转折，因为后来所有的作家在采用这个题材时，都不得不继续研究歌德的观点。问题倒也不在于单纯的摹仿或续作；分析传统可以在划清界限的方式中进行。因为社会历史条件改变了，题材的利用也随之而改变其倾向。

C. 19 世纪歌德以后的浮士德著作

歌德去世以后的一些作家，多半没有读到他的《浮士德》第二部，因而对于该剧如何收场都茫然无知。莱瑙(1802—1850)于 1836 年完成《浮士德》诗剧，基本上反对歌德的题材观点。莱氏在剧中用二十四幅画面来表现主角浮士德的生活道路。浮士德为了实现对知识的追求而与魔鬼订约，但是他失败了，因为他没有上帝就感到不能生活，于是忍痛放弃追求，重回到宗教信仰方面来。他起先还说：信仰永远不会吸引我，并焚烧了《圣经》。可是在临死那场中，他却忏悔道："我放弃了上帝，真疯狂啊，我忍受不住了。"他打算收回条约，并刺死了自己。这么一来，浮士德在两种意义上成为悲剧人物。首先，他放弃以自己整个生命为赌注的伟大目标；其次，他以自杀来挽救自己对上帝的皈依是极端错误的。最后，靡非斯陀得意洋洋地说："现在我得到你了，决不放手！"在莱氏剧中，浮士德的道路是从知识的追求，经过犯罪的官能享受，直到最后抱着徒劳无益的对宗教信仰的希望。这里见不到一点歌德所深信的人的价值，而悲观主义气氛却笼罩了整个舞台。深刻的宗教性及对资产阶级本身力量的怀疑，使莱氏看不见这个题材的巨大潜能。

  海涅(1797—1856)也采用浮士德题材写出舞剧《浮士德博士》,有意与歌德的《浮士德诗剧》相对照。海涅与莱瑙走的道路不同,他把这个题材在他的历史哲学的构思范围内加以处理,即在唯灵论与感觉论的斗争之间,解释为现实的、肉体的生活乐趣反抗精神的、天主教的禁欲主义的范例。海涅剧中的主角浮士德与魔鬼订约,但这魔鬼是个女人,名叫靡非斯陀菲娅,按照当时芭蕾舞剧的要求,她担任主要女演员的角色。在第一幕中,她用现代的世俗享乐,使浮士德放弃天国的幸福。在剧情发展中,出现三个女人形象对浮士德起着决定性作用:浮士德首先遇到的,是穿上女公爵服装的撒旦的女伴,她代表被基督教所贬责的肉欲,后来浮士德对她感到厌恶而避开了她。他满怀着对纯洁的美、对希腊的和谐、对荷马的春天世界中无私的高贵人物的无限渴望。

  浮士德在一座阿卡狄亚①的岛上,呼吸着希腊的愉快气氛,享受着长生不老的仙境和平及古典主义的安宁,他与海伦结合,直到后来岛屿遭到被遗弃的女公爵的报复而沉没在汪洋大海中。在第五幕中浮士德企图逃到小资产阶级的田园风景中去,类似歌德剧中葛丽卿的那种小世界,他同一位16世纪的城市市长的女儿结婚。于是博士终于在比较甜蜜的安静生活中找到了满足心灵的家庭幸福。这时高傲精神的怀疑和狂热的痛苦享受,都被忘得一干二净了,他洋洋得意,好像是一座教堂钟楼上镀金的雄鸡。可是尽管他这样在鄙陋的庸人世界里牺牲自己,而陶醉在低级趣味中,也不能再挽救他了,因为在他同未婚妻一起到达大教堂以前,他和魔鬼订的条约已满期了,于是他在熊熊烈焰中沉入地下。浮士德之所以遭到毁灭,不光是因为他是与魔鬼结盟的盟员,而且也因为他成了自己参与活动的"叛乱"理想的叛徒,虽然这种叛乱的结局不能确定,可是它的历史必然性是无可否认的。正是在这点上,海涅看出歌德以前古老传说"浮士德罚入地狱"的现实意义。海涅认为,有关约翰内斯·浮士德的传说,对于我们时代的人之所以具有这样神秘的魅力,因为它质朴而明确地表现出了现代人本身所从事的斗争:这就是宗教与科学、权威与理性、信仰与思想、恭顺的禁欲与大胆的享受狂热之间的斗争,这是一场你死我活的斗争,也许到头来魔鬼也把我们像可怜的浮士德博士一样带入地狱。

  除德国以外,19世纪其他国家的诗人也采用浮士德或类似浮士德式的题

---

  ① 类似中国传说中的世外桃源。

材。英国诗人拜伦于 1817 年所写的《曼弗雷德》诗剧中,主人公也对知识感到失望,对周围世界感到不满,很像浮士德。不同之点是歌德的浮士德积极探索真理,终于在为千百万人谋求福利的集体劳动中找到真理,而曼弗雷德则放弃任何一切改造生活的探求和企图,陷入永无止境的悲观绝望中。在俄国则有普希金(1799—1837)和屠格涅夫(1818—1883)写过有关浮士德的题材。

普希金只读到歌德的《浮士德》第一部,而称誉歌德这部作品是最新的诗歌的代表,诗的灵魂的最伟大的创造。他于 1825 年写成了类似小型诗剧的对话体抒情诗《浮士德一幕》①。《一幕》只有百余行诗,就一个横断面深入到对象的精神核心,几乎没有情节,它的戏剧冲突不表现在外部,而寓于内在的心理结构中。俄国浮士德与德国浮士德的相同之点,是同样陷入过学识的"深渊",同样对人世感到厌倦。可是歌德的浮士德走出了中世纪的书斋,努力于人生真谛的探索,最终成为一个海岸的建设者而找到了真理。普希金的浮士德则被塑造为一个精神崩溃、病入膏肓的破坏者,他最后在海边命令魔鬼将海上出现的西班牙三桅船沉入海底。两个浮士德虽然外貌相近,但他们在不同的国土上和社会里却经历不同的沧桑,这就赋予了他们以各自的特征。如果说,歌德在他的《浮士德》的基调中体现 种创造精神,并向他的时代发出"给我事业"的号召,而普希金的《一幕》则体现一种批判精神,对他那败坏、扼杀一切活生生事物的时代提出控诉。

屠格涅夫于 1855 年写出《浮士德·九封信组成的短篇小说》,完全以歌德的浮士德诗剧第一部,特别是葛丽卿的悲剧为依据。这是用第一人称写的。这位自叙体作者在浮士德使葛丽卿发狂和死亡的犯罪中,看出自己的犯罪得到了反映,而作者本人则是放纵不羁、无所事事的"多余的人",代表 19 世纪俄国批判现实主义文学中的主要人物形象。他最初喜欢一个十六岁的少女,但遭到女方母亲的拒绝。若干年后,他见到一位青年时代伙伴的二十八岁的妻子,正是从前那个少女,这时他在她心中唤起深刻的爱慕,但她又觉得这样做是极端地违反母亲所灌输给她的道德准则,于是就患神经性寒热病死了。引起这场灾难的原因是歌德的《浮士德》,由于作者在这个妇人的家庭团体中朗诵《浮士德》第一部,一下子揭露出妇人潜在感情的真实性质,使她完全被抛出一向平静生活的轨道之外。原来她一贯遵从母命,只读一些实用书籍,从不沾染文艺作品。这时她在发高烧的幻想当中,被葛丽卿悲剧纠缠不清,她口口声声念着疯狂的葛丽卿在死囚牢

---

① 参看《文艺论丛》第 18 期载《两个浮士德》一文,上海文艺出版社 1983 年版。

中指斥靡非斯陀的话句:"他要在这神圣地方干什么?"本来是表示自我中心主义的浮士德式的因素,在其给予别人的毁灭性影响上大大地与靡非斯陀式的原则等同起来。浮士德对禁欲戒条的反抗被取消了,相反,不仅把禁欲教条提高成悔罪的主角的生活准则,也被小说作者当作座右铭。浮士德式精神的消极评价成了屠格涅夫的"对立类型"理论的前提之一。他在1860年所写的《汉姆雷特与唐·吉诃德》论文中加以发挥:汉姆雷特代表向心的、自我中心的、利己主义的浮士德原则,唐·吉诃德则代表离心的、关心别人幸福的、利他主义的对立原则,后者是毫无保留的为一种超越个人的理想而忘我地服务。尽管在实现自我与公共福利之间横着一条鸿沟,尽管唐·吉诃德的典型赢得较大的同情,然而屠格涅夫却看出两种力量并存的必要性,它们相反相成、互相影响的辩证关系才构成生活。

19世纪有关浮士德的最后一部著作,是菲舍尔(F. T. Vischer)于1862年写的《浮士德·悲剧第三部》,有意作为歌德诗剧的续作。他的目的有二:一方面用讽刺笔调鞭挞错误的歌德语文学者和《浮士德》解释者,他们之中死啃材料的人与死啃字义的人已成为通常的典型。他据此提出合理的文化批判。另一方面,他也滑稽地模仿歌德的《浮士德》,而把自己算在否定人物之列,认为从这部作品特别是它的第二部中,再也找不到建设性的东西了。菲舍尔的喜剧对浮士德著作史并没有提供什么贡献。

总结一下19世纪中有关浮士德题材的著作,我们可以明白地看出,它们与歌德的《浮士德》相比,已有一部分在选择新的道路。其原因一方面是由于历史条件改变了,另一方面由于民族发展的特殊性。这时注重点已转移到浮士德式的问题化上来。例如本世纪初在沙米索和拜伦的作品中,继后在莱瑙、屠格涅夫和普希金的作品中,就可以看出来。至于感性享受占优先的主题,在海涅的作品中还继续下去。不过对资产阶级寄托未来的希望,如马洛、莱辛、歌德所赋予题材的乐观主义的色彩,在19世纪中已逐渐消失,而让位给悲观主义的解释了。有些作家有意识地与歌德保持距离,摆脱他的规范,而直言不讳地拒绝歌德的《浮士德》,如莱瑙、海涅、屠格涅夫、菲舍尔等。总的说来,19世纪中有关浮士德题材的作品,证明资产阶级与古典主义的浮士德理想愈离愈远了。

D. 晚期资产阶级的浮士德模型

对于资产阶级的文学来说,20世纪是导致浮士德题材复活的时期,这从下列事实上可以看出来：自 1900 年以来,至少产生了六十部以上有关浮士德的作品。主要原因在于晚期资产阶级社会的持续危机状态,引起作家们不断重新提出人生的意义问题,于是浮士德这个题材就特别惹人注目。固然,这时的资产阶级在历史发展上再也不能体现人类发展的前景,因而也就难于把这个题材在历史的进步意义上加以利用。然而浮士德题材影响的国际化,在本世纪中大大增加了。不仅在比利时、奥地利、法国、英国、美国、两个德国甚至在苏联和东欧等国中,也都陆续出现了有关浮士德的作品。尤其是第二次世界大战以后,有关浮士德文学作品的蓬勃发展,值得我们注意。

首先要提到的是法国作家瓦莱里(1871—1945)于 1940 年写的戏剧片断《我的浮士德》。他因德国法西斯入侵而被迫逃亡,所以此剧于 1946 年才得发表。他对歌德的诗剧作了翻案。在他的剧中,浮士德与靡非斯陀订约,但浮士德是诱惑者,而靡非斯陀则是被诱惑者。这种情形之可能产生,因为除了一小撮爱好者和落后的居民阶层而外,再没有人关心魔鬼了。作者从知识分子的正直性格出发,对晚期资产阶级社会保持距离,并采取否定态度。自然,这种正直性格至多不过说明他是倒退到空虚的思想立场上来。

托马斯·曼(1875—1955)于 1947 年在瑞典发表他的长篇小说《浮士图斯博士,由一位友人叙述的德国作曲家阿德里安·莱韦屈恩的一生》,被人看作是 20 世纪最重要的资产阶级的浮士德作品。从形式上看,本书是以有关浮士德的传统为依据,如民间故事书和木偶戏所表现出来的那样。它在语言风格上模仿 16 世纪马丁·路德的德语,也采用与魔鬼订立二十四年有效的条约,而书中主角莱韦屈恩在第四十七章即最末一章中的告别词,很接近民间故事书所载浮士德在书斋里的谈话。从人物来看,书中的几个重要角色与歌德《浮士德》中的有关角色是相对应的：如莱韦屈恩显然是托马斯·曼笔下的浮士德,而被莱氏称作自己忠实助手的泽雷努斯·蔡特布隆则是瓦格纳的继承人,妓女埃斯梅娜达是模仿海伦复制的诱惑形象,神学讲师施勒卜富斯是靡非斯陀的化身之一,小孩内波穆克则酷似欧福良。然而以上所举的表面相似的情形还不能构成本书的真正价值;更重要的是托马斯·曼的意图在于表现资产阶级的没落,他把哲学家弗里德里希·尼采(1844—1900)的生活和思想资料穿插进去,作为书中主角的原型。这一点正是他的小说的重要成就。他于 1949 年发表《浮士图斯博士的写作经过》一书中,称他的书是"我这个时代的长篇小说",而把书中的人物形象当作时代末期的奇特的水族馆中的生物。托马斯·曼让假设的编年史家蔡特布隆在

1943年至1945年这两年中（小说的写作经过时间与此大致相符），以友人莱韦屈恩为例，写下德国晚期资产阶级从1885年至1940年的没落史，而它的最后阶段则是法西斯德国在社会主义国家和反法西斯国家的同盟军的冲击下彻底崩溃。这部小说是作者对他所出身的资产阶级的总清算，他原来把担负民族命运的重责寄托在这个阶级身上，后来才看出这个阶级不能继续代表人民的利益，并把这点明白表现出来。书中的两个重要角色，莱韦屈恩与蔡特布隆，都是资产阶级时代末期的人物形象。前者象征作为法西斯前身的被污染了的资产阶级，这在作曲家身上不断增长的、导致疯狂和死亡的狂热上明白表现出来；后者则体现一种虽然是人道主义的、但无反抗能力的资产阶级的态度，同样没有现实的前途。由于整个资产阶级的没落，它的意识形态之一的艺术也随之没落，因为这时艺术脱离了人民，只为了自身，发展的结果是取消资产阶级人道主义的一切立场和观点。在第四十五章中，莱韦屈恩向友人蔡特布隆声称：善和高尚……即称为人道的东西，都不应存在。尽管人们曾为此而斗争，冲破暴君的城堡，并作出庄严的宣言，然而它被取消了。我要取消它。友人问他要取消什么，他回答是贝多芬的第九交响乐。随着资产阶级的人道主义理想及其进步发展中的文化成就之被象征性的取消，同时这个阶级也就放弃了自己发展可能的信心。这是对资产阶级——资本主义社会进行全面的批判，同时也就意味着对这个阶级及其社会制度唱出收场的尾声。曼氏长篇小说的时代思想内容即在于此。他为后来的德国文学家们利用这个题材定下了标准，迄今还没有人达到，更不用说超过它了。

　　1958年，美国作家爱德华·约翰·宾写出戏剧性的中篇小说《浮士德博士的归来》，目的在于讨论具有迫切现实意义的题目，即科学家对人类社会所负的责任。小说中的大学教授浮士德博士在新大利亚地方发现了名叫莱新和反莱新两种物质。他打算把这用作医疗上治病的药剂和助剂。当他把这轰动社会的发现在他的助手瓦克纳博士身上实验给本行同事们看，阿提兰提斯国的斯卡托上校知道了，就向他提供不受任何限制的工作机会，并保证他个人的绝对安全。他看出来，他的药物也可滥用作化学上的作战材料，就拒绝阿提兰提斯的邀请，并说出如下的道理："我肯定地绝不愿意被人拐骗甚而被人谋害。然而命运迫使我作出残酷的选择：要么，让我的发现造成可怕的灾祸，要么，阻止这种情形发生，从而拿我的生命或者我的肉体安全去冒危险。我想来想去，只有第二条路可走。"于是他消灭了他的发现，陈述自己的理由："科学应当是人类的女仆。历来就有千百万人为了杀人而准备死。现在是非常迫切的时候了，要有一些人为了不杀人而准备死！"后来他终于被沙文主义的狂热者杀害了。但是人格化的爱的力量以无比喜悦和胜利的声音高呼他的名字："亨利！亨利！"从表面上看来，宾氏的小说藉用了歌德《浮士德》中的部分词句，然而重要的是他突出人道主义的基本立场。这作为对核威胁的一种坚决的抗议是有进步意义的，不过小说的基调还是消极的和平主义，始终没有能够越出资产阶级世界观的范围，想象不出利用科学于和平建设的目的。这么一来，就使科学客观上为人类服务的价值根本成了问题，仅仅强调出资产阶级世界已面临途穷日暮的时期了。

20世纪西方资产阶级作家关于浮士德题材的著作虽然不少，但托马斯·曼的长篇小说《浮士图斯博士》要算是最重要的成就。它在肯定的和否定的意义上都扬弃了歌德的意图，歌德生活在资本主义上升和发展时期，这时资产阶级还是朝气蓬勃的，因而他的《浮士德》诗剧中充满着对人的创造价值的确信，而托马斯·曼则生活在资本主义末期，因而他的作品显示出面临末日的资产阶级终归失败而没有前途。西方资产阶级的发展史创作出了近代的浮士德这个题材，可是这个题材对于资产阶级来说，已在第二次世界大战结束后没落了。

E. 苏联、民德及罗、捷等国文学中改造浮士德模型的尝试①

歌德于1831年7月20日写给约翰·亨利希·迈尔的信中指出，他的全部浮士德诗剧包含着不少的问题，好比世界和人类史一样，旧的问题解决了，而新的问题又不断产生，细心的读者在他的剧作中可以发现比他所给予的更多的东西。这不仅影响现代和当代的西方资本主义国家的作者，而且也影响现代和当代的苏联和民德等东欧国家的作者。他们或者直接采用浮士德题材的名称，或者不采用名称，只汲取其精神和思想。他们认为采用浮士德题材所碰到的最困难的问题，不在于浮士德形象本身，而在于靡非斯陀及浮士德与魔鬼订约这方面。因为这已成为浮士德题材不可分割的构成部分。其实，在社会主义以至共产主义社会中，纵然阶级消灭了，新与旧、前进与落后、积极与消极、真、善、美与假、恶、丑等对立关系仍然是存在的。如果我们对"浮士德的精神"②有正确理解，则可以不拘泥于浮士德或靡非斯陀的名称以及订约的故事，而是掌握浮士德

---

① 资料来源：上引哈特曼书第142—152页。
② 参看上文《浮士德精神》。

的精神实质,则可以更自由地、更生动活泼地根据本身历史现状写出更多更好的作品。

卢纳察尔斯基(1875—1933)于1906年至1916年写成而于1918年发表的剧本《浮士德和城》,可看作是塑造社会主义的浮士德模型的第一次尝试。卢氏把俄国工人阶级在1905年资产阶级民主革命中所赢得的经验加以吸收处理,他的剧本紧接着歌德《浮士德》剧中主角最后的憧憬和幻想而予以发挥。他在1918年发表的剧本前言中指出:"凡熟悉歌德巨著的读者不难看出,我的《浮士德和城》是受到他的《浮士德》第二部中最后那场的启发,即主角建立起一座自由的城市。天才的孩子和天才本身之间的相互关系;一方面是天才及其追求开明的专制主义的问题,另一方面是民主的问题,把两者用戏剧的形式予以解决,多年以来一直打动着我的心,促使我用笔把这写下来"。由此看来,俄国剧作家在他富有历史哲学意义的戏剧中所提出的中心问题,就是知识分子在阶级斗争中采取什么态度。

卢氏剧本中的浮士德是位公爵,也是统治一座城市的开明君主,最初他完全认为人民不能自治,不能单靠自己发展生产。他这种见解更由于靡非斯陀的种种活动而加强了,后者化身为波拿巴主义的护民官斯科特的反革命诱惑者,化身为无政府主义的叛逆者邦特,化身为浮士德的儿子,即狂妄自大的王子浮士图鲁期,总是千方百计地企图巩固封建制度。可是当浮士德为了城市居民的福利而采用所谓"铁人"即蒸汽机,暂时放弃了统治者的职务时,他发现他的臣属们没有他也过得很好,而且能够主动发展他们的创造力。因此,他回到城市公民的身边时声明:"孩子们,兄弟们,我相信,不错,我相信你们:愿你们多多生产,发育成长,为世界增光,对它感到高兴,好好考虑、认识和创造吧——你们会像神一样。其实神不过是人类全能的理想……是呀,我回到了你们身边,为了同你们在一起,对你们有所帮助,把你们的爱同我的爱结合起来——这就是我的愿望。"浮士德在与人民合为一体的时候,体验到"幸福的瞬间",便倒地死了。这么一来,真正自由的人民生活在自由的土地上的前景,获得了现实的基础。

在德国古典诗人歌德那儿仅仅是预感的东西,而在卢氏的戏剧中却导致诗意的真实,从而把浮士德形象导向人民民主和社会主义过渡方面来。靡非斯陀获得历史反对者的魔鬼职能,他徒劳无益地试图阻止历史的进步。概括说来,卢氏的浮士德剧,是自觉地衔接上歌德的浮士德题材观。他把问题集中在重大的历史哲学方面,而且根据他所处时期的现实历史经验,继续展示歌德所指出的前景,以解答急待解决的历史任务。

高尔基(1868—1936)未完成的长篇小说《克里姆·萨姆金的一生》(1927—1937),虽然没有直接采用浮士德题材,但可看作是浮士德主题思想的发展。这部小说描写了十月革命前俄国社会四十余年的变迁,使形形色色的资产阶级知识分子在现实生活的检验中暴露出他们的观点和行为的阶级本质,并把资产阶级的浮士德形象与社会主义的人民英雄形象,也就是新的浮士德形象作了对比。小说的中心人物萨姆金是个具有悲喜剧性质的资产阶级个人主义者,作为他的对立角色的是革命者库图索夫。库图索夫战胜了资本的魔鬼及一切敌手,组织起社会主义的变革,甚而萨姆金也承认库图索夫是不泄气的人。这部小说与托马斯·曼的《浮士图斯博士》比起来,迈进了一大步,是前者的社会主义现实主义的对立物,因为它不仅表现了资本主义社会的没落,同时还能把握着面向社会主义时期的过渡。正因为它同时描绘出社会主义的前景,所以能够表现出向旧时期的喜剧性的诀别,这是高氏小说的巨大成就和优点,直到今天,它还具有生气勃勃的吸引力。

在民主德国的文学中,最早有关浮士德题材的著作,要数艾斯勒(1898—1962)于1952年发表的《约翰·浮士德》歌剧。这部剧作以16世纪为历史背景。剧中除了重要历史人物而外,也表现了人民大众的代表。艾氏是从工人阶级的角度来评价浮士德这个人物形象的,因此与歌德诗剧中的处理不同。他把浮士德看作是动摇于主要阶级之间的知识分子,在决定性关头,浮士德倒向封建主义一边,因而在历史上失去了作用。浮士德忏悔自己的背叛已经太迟,再也没有用行动来赎罪的时间了,因为他与魔鬼订的盟约到期了。

布瑞昌(1916—2006)在1976年发表的童话《克拉巴特或世界的变化》,在主题思想、题材及艺术手法上有意摹仿歌德的《浮士德》。书中主角扬·塞尔宾是位生物化学教授,他着手去寻求幸福,所谓幸福对他说来,即是没有恐惧的生存。这时他一方面反对赖森贝克那种剥削者,另一方面又反对他的科研同事洛伦科·塞巴罗,后者企图把人变成机器,即"满足的、幸福的玩意儿"。他给自己提出的任务是,取消"人们互相残杀",这对他来说,就是按照如下的格言去生活:"凡是不断进行自卫的人,我们就能拯救他。"从这儿可以看出,布瑞昌的童话在于强调人类为自己的解放而斗争,也就是为了真正的人类生存而斗争。塞尔宾只有在有利于人类的瞬间才能应用他那幸福的公式,这就是他和农人克拉巴特及其朋友磨坊工人雅各布·库石克的社会现实合而为一。这样才算是找到了

"没有豺狼、没有饥饿、没有战争"的幸福国土,换句话说,这时"恐惧消失了"。作者从自身的社会历史经验出发,用童话的形式明确表达了歌德的浮士德人物的意图。人类的幸福国土是可以实现的,只要没有这样的社会集团,他们只顾本身的利益,而限制或不顾其他社会集团的福利。

年轻一代的民主德国作家,试图把浮士德与靡非斯陀的冲突问题移植到社会主义社会来解决。福尔克尔·布劳恩(1939—)在1968年发表他的处女剧作《汉斯·浮士德》,于1973年的改编本中更名为《辛泽和孔泽》。布氏在他的作品中避免直接联系历史的浮士德素材,可是剧中的主要角色如泥瓦工即后来的施工负责人辛泽(即处女剧作中汉斯·浮士德)和职业革命者孔泽,却是对浮士德素材中基本形象的有意摹拟。这里的问题在于显示社会主义社会在民主德国的成立和发展,是人对自我体现及对个人幸福追求的结果,不过剧本没有充分表现出社会因素与个人创造的辩证关系。

辛泽面对第二次世界大战所遗留下的废墟,不免对进步的可能感到绝望,于是他和从前的装配工和集中营的囚徒孔泽订立契约,条件如下:"在我们不满足的时候,我们呆在一起。"这是对歌德诗剧中浮士德与靡非斯陀订约的翻案,因为这儿的契约职能改变了,对手双方具有共同的目的,即指向社会主义,而双方由其充满矛盾的关系成为互相推动的力量。孔泽在开始走上共同道路时,能够把社会见解带入契约中来,辛泽则开展创造性活动,学会解决重大建筑技术上所需要的文化知识。辛泽和孔泽与那位普罗佩勒尔不同,他们总是置身在社会主义事业发展的火热中心,而后者只会信口雌黄,消极等待,结果由于个人无政府主义和彷徨不定而遭到毁灭。不过他们二人也陷入过暂时的困境:孔泽被僵化的教条所束缚而失去作用,辛泽不和孔泽作斗争,只采取无可奈何的放弃态度,这时辛泽的妻子马莉丝站出来解决困难,把工厂按最新技术设备建立起来,促使人们担负起更高的任务。她这样对自己说:"我要按照我的意思过我的日子。"这同样是对歌德诗剧中葛丽卿形象的翻案。马莉丝是有觉悟、有创造能力、与丈夫价值相等的伙伴。不过她一时还不能完全实现个人的幸福要求。她为了在实验室中从事科学试验,宁可不把孩子生下来。孔泽认为这种决定只能根据两种可能的历史抉择来说明:"真正狂热的时代啊,现在妇女只能选择,要么让肚子,要么让企业兴旺起来!"辛泽也本着同样的严肃态度回答他的"幸福状态"问题:"你认为从废墟到未来的崎岖路程只供悠闲的散步吗?"于是马莉丝和辛泽都投身到新的、更巨大的任务中去。戏剧的结局是乐观主义的,不过他们的幸福满足仅仅限于在工作范围以内。作者还没有能够把社会与个人双方面结合起来。作者的成就在于指明方向,把浮士德题材引进到社会主义现实中来,从而赋予剧中人物以相应的新的职能。

最后,我们再提一下库纳特(Reiner Kunad,1936—1995)于1972—1973年发表的所谓浮士德式歌剧《沙贝利库斯》。剧本以1525年为时代背景,处理"科学家对待科研的责任"问题。中心人物是格奥尔格·沙贝利库斯,他是一位教师和科学研究者。当农民战争时期,他置身在平民与封建主阶级之间,同意和封建制度订约,希望借此为人民服务,可是后来他不得不发现,他的工作成果被滥用了。当他起来反对时,公爵就叫人杀死了他。他的学生塞巴斯蒂安同妓女鲁贝娜一起,把沙贝利库斯的遗嘱带到民众当中去,继续发挥老师的思想。公爵的宰相扮演了靡非斯陀的角色,他让"单纯的科学家"即浮士德式的人物为封建阶级的利益服务,从而使他上当受骗。关于沙贝利库斯被害,他向外宣称是被魔鬼抓去了。本剧的特点是把剧中人物明确的历史具体化,至于对他们的否定评价,是由其历史的具体阶级规定所使然。沙贝利库斯的学生把老师的遗产加以积极利用和传播,使该剧的终场抹上了一道乐观主义的色彩。

罗马尼亚的剧作家维克托·埃费迪米(1889—1972)于1957年发表剧本《魔术师浮士德》。他不重视题材的历史意义,而把浮士德形象的职能作为人类追求知识的象征,置于剧情的中心。剧中的浮士德出现为两个时期,即文艺复兴人物和16世纪的人物,他不断与魔鬼的否定作用作斗争,他为了积极追求的目的而耗尽了毕生精力。埃氏对浮士德题材新编的尝试是:只利用浮士德形象的一般象征解释,而不在历史上予以发展,不使他的作用现实化,这与其他社会主义作家的处理不同,然而作者强调自强不息、努力进取的人,这与现代资产阶级的浮士德题材观毕竟有所不同。

捷克的作家卡米尔·贝德纳尔于1958年发表《约翰内斯·浮士德博士》,试图翻译和改编从前的浮士德博士木偶戏来复活这个题材,可惜没有显著的成就。这说明某些新的尝试还远远赶不上卢纳察尔斯基的剧本。浮士德这个题材至今还具有生命力,吸引着不少作者,然而真正创造性的旧题翻新,不招致效颦或续貂之诮,还有待于新的努力。

浮士德人物形象

第二次世界大战以后,西方对歌德的诗剧《浮士德》的研究,范围不断扩大,水平不断提高,一般说来,德国学者的研究重点是第二部,而英美学者的研究重点则是第一部。科布里克在他编著的《理解浮士德戏剧的基础和思想》[①]一书中,引证了许多比较有代表性的西方学者的论点,特别指出雷克瓦特所著的《歌德著〈浮士德〉第一部的主题和结构》(1972)及埃姆里希著的《〈浮士德〉第二部的象征手法》(1957)为代表。为了避免陷入无关宏旨的枝节问题,我只提出以下几个重要问题及现代西方学者对此的看法:

浮士德人物形象;

靡非斯陀形象;

葛丽卿、瓦格纳、海伦;

《浮士德》戏剧的性质;

《浮士德》第一部和第二部的统一性;

《浮士德》戏剧的舞台史。

这里"浮士德人物形象"是主要问题,其余的问题都根据它的正确解决而获得解决。

在歌德以前的17和18世纪,浮士德这个形象尽管经过前人如英国马洛和德国莱辛的肯定和改编,但在德国一般人心目中,仍然是个江湖术士。连歌德的《浮士德》诗剧问世以后,也还遭到宗教界的攻击,指责浮士德是个不可救药的犯罪分子。所谓"浮士德式的"这个形容词,一直含有贬低的意义。不过诗人海涅早在1832年写的《浪漫主义派》中深刻地指出:"德国人民本身就是那位知识丰富的浮士德博士,就是那位理想主义者,他凭藉精神最后理解到精神的不足,而

[①] 科布里克:《理解浮士德戏剧的基础和思想》,共两卷,法兰克福1972,1978年版(德文),以下所引证的资料多处根据此书。

要求物质的享受,恢复肉体的权利……不过要等待一些时间,那些在诗剧中所深刻地预言出来的东西才能在德国人民中间得到实现,德国人民才看出精神对物质的篡夺,从而要求物质的权利,这样就发生革命,即宗教改革的伟大女儿。"可惜民主革命诗人海涅的精辟论点未得到后来研究者的继承和发展。到19世纪70年代,即1871年,普鲁士国王威廉一世乘普法战争大获全胜的余威,在法国首都巴黎凡尔赛宫宣布德意志帝国成立,他本人即皇帝位以后,一批拥护德意志帝国的资产阶级学者纷纷歌功颂德,为了寻求精神上的支点,于是就把浮士德英雄化,把"浮士德的价值"重新解释为民族帝国的征兆,认为浮士德具有占有外界事物和不断扩张的意志。其中最突出的是尼采,他从歌德的《浮士德》中,袭取地灵嘲弄浮士德为"超人"这个词,来建立他的"超人哲学"。

尼采在他的《查拉图士特拉如是说》的序言中说:"我教你们做超人,人是应当被超越的……人是有高有低的,一个单独的个人,在某种情况下可以弘扬整整一千年的人类生存——这就是一位在不完全的、支离破碎的芸芸众生面前充实、丰富、伟大而完全的人。"他认为在不同的时代和地方都出现过超人,如古罗马帝国的凯撒,法国大革命时代的拿破仑这类侵略者就是超人。

继尼采以后,施彭格勒在他著的《西方的没落》(1923)一书中,称浮士德这个人物形象是一整个文化时期的象征。他认为浮士德式的文化是"意志文化",这种文化的动力就像浮士德不断"追求"那样,促进历史向前发展,而赋予行动的主体在世界和历史上以自我完成的目的。浮士德式的人物总想统治陌生的东西;在哥白尼和哥伦布,牛顿和伽利略,霍亨斯陶芬和拿破仑等人物身上,就表现出浮士德的精神。意志,力量,空间,神,就是决定浮士德式人物的本质和行动的根本原则。最后,施彭格勒把浮士德式的生存叫作"积极的、奋斗的、克服的生存",而证明整个西方的历史和文化时期都来源于"浮士德精神",所以也称作浮士德式的历史和文化时期。

尼采和施彭格勒二人的思想有共同之点,就是他们都强调"权力意志"及"伟大的个人"(或称"超人"),这不仅抹杀和歪曲了歌德《浮士德》中的进步意义,更进而为帝国主义的侵略扩张及法西斯的恐怖专政辩护,然而经过两次世界大战,发动战争的德国失败了,德国人民创剧痛深,不能不在思想文化领域进行反省,对过去某些错误观点和立论有所修正和改变。

如果说,施彭格勒把浮士德形象看作是整个文化时代的象征,把浮士德式人物看作是现代欧洲人的标志,那末,另有一些研究者则把它看作是德意志民族特性的象征。钱伯林①说:"浮士德固然是广泛意义上的人,但是具有显而易见的德国人的特征。"布赫瓦尔德也对浮士德形象作民族主义的解释;他称这部诗剧是一种新的德意志世界观和人生观的总汇,浮士德是永恒的德国人,并在剧中显示出德意志人的本质特征。

以上是对浮士德形象的肯定说法,其中有夸张,也有歪曲,下面再来看看对它的否定说法。

否定浮士德这个人物形象最突出的说法有:

迪尔克②论证天才的浮士德到末了成为庸人。忧愁对他吹了一口气,使他在精神上也盲目了。他不再想去掌握整个世界,只满足于日常的实务性工作,成为平凡的企业主、追求利润的冒险者。他失去了天才的超人本质,放弃了"浮士德式"的追求。他抛弃魔术,就意味着放弃以致完全丧失天才,在作者看来,天才就等于魔术。

据伯姆③看来,浮士德充满"精神上的巨人主义",而这又不断突变成融解了的感伤性。浮士德是个具有"巨人性和感伤性的怪人"。"浮士德这个自我分裂为较好与较坏的两部分,而到了最后还是较坏的那部分占绝对优势……在《浮士德》第二部中,我们读到长篇段落,根本感觉不到较好的自我。"浮士德不是人类的象征,而由于与魔鬼结盟成为破产者和昧良的冒险家。他虽然有感伤的激动,但不外乎是自我怜悯,终究是个不可救药的人,最后发展成为大罪犯和大企业家。浮士德的努力追求只是表面文章;他不是为自身而工作,只是口头上说说,好像在那样作罢了,这不能说是追求。此外还得当心,不可把"不知满足"这个词与"努力追求"等同起来。因为不知满足的继续追求与个别情况下的不知厌足是有区别的,后者可以陶醉在不断享受当中而无所追求……浮士德的生活途程表明,他作为人,既对不住自己,也对不住上帝。他的得救,完全是出于上帝的慈悲,毫无其他理由可言。歌德自己也不承认浮士德的人性,只不过是给一个警戒例子,让人看清失去理智者和不可救药者的面目。由于这个原因,应把《浮士德》这部剧作当作讽刺文学看。

第二次世界大战后,战败情绪也影响到一些西方的《浮士德》研究者,他们都

---

① 钱伯林:《歌德》,慕尼黑 1932 年版,第 746 页(德文)。
② 迪尔克:《一种新的浮士德解释》,柏林 1901 年版(德文)。
③ 伯姆:《非浮士德的浮士德》,哈勒 1933 年;《浮士德新解》,科隆 1949 年(德文)。

把浮士德作为否定的象征形象看待。埃施曼①说：毋庸讳言,今天浮士德的形象已经不吃香了。我们必须对传统的浮士德观点的绝对统治付出代价。一百多年来,浮士德都被人吹捧为勇往直前的科学家,技术的大组织家,权威性的社会主义者的典型。今天这种说法令人失望,而来一个大转弯,是毫不奇怪的,人们只谈魔鬼浮士德及浮士德式的渎神人物了。

德国以外的"浮士德"研究者,也很自然地批判以前德国一些研究者把浮士德英雄化,而认为根据我们时代的历史经验,不能无批判地看待浮士德这个人物形象。例如英国的歌德研究者梅森②认为《浮士德》中某些场面,如第二部第五幕中斐莱孟和鲍栖丝两老夫妇被迫致死,根本就谈不上浮士德有高尚和纯洁的活动,而只能说是专横的、非正义的行为。因此今天也应把浮士德当作一个儆戒的榜样看。

当代西方研究浮士德形象的人,既不把他捧上天堂,也不把他贬下地狱,而希望恰如其分地予以评价,大体上有如下各种意见：

理想典型说。

科布里克③说：当代的浮士德研究既摆脱了把浮士德理想化,也摆脱了对他的谴责。这个角色既不表现为超人,也不表现为不可救药者,而是地道的人。然而他作为人,不是体现一般水平,而是体现理想典型,就是说,他把人所有的积极与消极的特征都汇集在一身。不过同时他由于崇高的追求而成为特殊的人。他具有巨人的特征,因而成为狂飙突进文学构思的形象。比如他对生活的整体认识的追求,综览事物的力量,崇高的意识,以及在魔术上和诗意上穿透世界的能力,就标志了这一点。他的主要特征是扩张欲,这自然服从于歌德的生活规律,而且不断向内收缩。这里明白表示出浮士德这个角色的生活节奏的标志之一,同时也成了诗剧创作的形式结构原则,这就是舒张与收缩。同样,角色的其他特征也在主题思想上贯串全剧,而决定其形式结构。这完全是由于浮士德是理想典型性格,才有了这种可能。浮士德作为人,必然不可避免地被卷入迷误和过失之中。他的追求就在于通过"越来越纯洁的活动"以克服生存的阴影,这是一种空想的、为了自身目的而实现的行动,但已不再受物质的阻挠,因而也是清白无辜的了……

---

① 埃施曼：《浮士德的幻想》,载汉堡学院周报1949年第3期第616页(德文)。
② 梅森：《歌德的浮士德》,伯克利和洛杉矶1967年版第334页(英文)。
③ 上引科布里克书第一卷第103页。

理想性和平常性兼具说。

雷克瓦特①强调浮士德兼具理想性和平常性,他说:就他对经验那种超人的理解力来看,也许他是一个理想典型,因为这些经验是超过平常人所有的。然而他自己同时又是个平常的人,因为他听从扩张与收缩的支配,因为他迷误,又从迷误中摆脱出来,像任何一个平常的人那样。

双重性质说。

里克特一直强调浮士德的双重性质,主要是根据剧中天帝说的话:人在努力追求时总是难免迷误,以及浮士德自称有两种精神盘踞在他心里。他认为浮士德本质中的两极对立性具有特殊意义:"白昼与黑夜,神与鬼,天与地就是这类世界上的对立,而浮士德总是通过他的双重性与这两种环节发生关系。他不光是倾向光明,而是光明与黑暗都混合在他身上,他为上帝服务,但是他是昏昏沉沉地做,于是魔鬼希望可以把他吸引到自己身边来。他面朝天上,但又要求尘世上极端的放浪……如果我们继续考察浮士德的个人本质,他的精神生活中就显示出两种倾向来,我们可以这样加以表达:享受与活动,或者静止与运动,或者观察与创造,或者沉思与力行,两者互相对立起来,但是浮士德身上的这些对立并不是早就规定好的,它们非得和光明与黑暗,神性的与世俗的所谓'客观'世界的对立发生必然的联系不可。这点必须强调指出,只有这样,浮士德的本质才在概念上明白表示出来。"②

托马斯·曼比较深刻地指出:塔索与安托尼诺,浮士德与靡非斯陀都是诗人人格的辩证分解③。

特龙茨在浮士德的两极对立性人格中,看出这是世界的两极对立性的反映:世界必须是两极对立性的,光明与黑暗,精神与物质。人作为尘世的本质,参与双方领域,因为有黑暗,他才知道什么是光明。上述两者都特别表现在浮士德这个形象上。光明与物质的混合就是浑浊……浮士德只有升入天界高处,才不再是浑浊的人。在他有生之年,两种领域都参与他的身上,他不能单独把握一种领域。因为他决不能把握光,只能把握光照射和穿透的东西,也就是物质的、尘世

---

① 前引雷克瓦特《歌德著〈浮士德〉第一部的主题和结构》,慕尼黑1972年版,第27页。
② 里克特:《歌德的浮士德》,蒂宾根1932年版,第161页后(德文)。
③ 托马斯·曼:《论歌德的〈浮士德〉》,柏林和魏玛1968年版第585页(德文),塔索与安托尼诺是歌德《塔索》剧中的角色。

的东西。而谁把握物质的、尘世的、魔鬼的东西,就会犯罪①。

极限状态中的人物说。

维塞特别强调浮士德是处在极限状态中的人:因为浮士德绝不是通常的或代表多数的人物,也不是典型的、内心不确定的,但在各个发展阶段中却可以完全确定的代表,如威廉·麦斯特,浮士德在他超人的追求中……在他利用超自然手段的魔术中——他在生命快要结束以前才想离开魔术的途径,——是一个处在非常的、对内对外都提高到极限状态的人,这种状态不能转让给别人,正由于它是极限状态,所以能够显示出人性的极度,如在剧中所表现出来的极端情形,这就是人的绝对的、再也不能提高的可能性,以及他的绝对的、再也无法克服的界限②。

可能性和设计说。

施特赖歇尔断言,浮士德的存在只能作为一种可能性和设计来理解:……它纯粹属于可能性的范畴之列,对待自己和世界纯粹是试验性的,而且以整体实验的名义略过每次的个别实验。所谓"越来越崇高和越来越纯洁的活动",不容许浮士德把自己明确地等同于特殊形式的活动。他却试图以他内心的光明渗透精神上生气勃勃的世界的无限性。这种属于可能性范畴的存在产生如下的结果:使角色与场面的传统关系发生决定性的改变,而上述关系自从莎士比亚以来就常在近代典型戏剧中表现出来。现在不再是某种角色被安排在一种与他本身有争辩的场面之中,而是角色设计,造成某种场面,这种场面不再是假定为先就存在着的了。现在是角色的第一性代替场面的第一性,当然,角色的概念必须在急剧改变的意义上来理解。因为这种角色叫作设计,是各种存在形式的设计。浮士德作为求知者、作为求爱者、作为廷臣和战士、也作为寻美者而出现,他置身在无聊、罪过、死亡预感及漫无止境的事业狂热中,最后又置身在圣洁和解脱中,浮士德是比喻和象征,是超越时空的象征的存在形式③。

个人与大自然和宇宙斗争说。

弗尔利认为《浮士德》和《维特》中的问题,是内在的人的问题,是人作为个人不再与他周围的人或大大小小的社会制度形式作斗争,而是与大自然的力量或

---

① 特龙茨:《歌德集》第三卷中的编者注,汉堡 1960 年版,第 474 页(德文)。
② 维塞:《从莱辛到赫贝尔的德国悲剧》第一卷,1958 年汉堡版第 146 页(德文)。
③ 施特赖歇尔:《歌德〈浮士德〉戏剧的统一性》,蒂宾根 1966 年版,第 89 页后(德文)。

所谓宇宙作斗争,维特个人置身在瀑布旁边的草地中间,浮士德在黑夜当中置身在地灵面前,这是歌德青年作品中的典型场面……①

自我发展人格说。

柯尔夫认为浮士德生活发展的全部曲线是从低级到高级上升的,就是说,从一切自然的到最后道德的满足阶段,从主观的享受到客观的成就,从自我拘束到献身世界②。另一位发展理论的重要代表是里克特,他认为浮士德从直接的、感性的存在(第一部)上升到美学的立场(海伦插曲),然后经过克服,而承认社会意识中的实践理性的第一性,以此使《浮士德》诗剧接近德国的唯心主义③。

反对自我发展说。

施泰格尔否认浮士德的发展,他说:"浮士德表现为壮年和青年,表现为恋人和学者;根本上他却是一个永不满足的人。"④雷克瓦特也认为把浮士德理想化为不断发展是错误的:"这种发展中不断出现彻底性的变化,最多只能断言,他在生活历程中,错误不断增加,不过他的力量也一直在增长,足以把自己从错误中挽救过来。"

虔诚的异教徒说。

弗利特纳把歌德的作品,特别是老年时期的作品,看作是宗教和伦理的总表白,认为浮士德是个虔诚的异教徒,他的生活问题也和一切神秘教徒的生活问题一样,是接近神的经验⑤。

扩展的力量说。

富克斯根据原著,从心理学角度分析浮士德的人物和性格。他把浮士德的性格解释为一种"扩展的力量",动摇于静止状态与激动状态之间,这就是浮士德的性格特征;混乱、错误推断、变化无常,这就是浮士德的思想形式;不稳定性、智力的和道德的唯我主义,行动的狂放不羁,但也有对于伟大事物的意识,这就是浮士德的人格特征⑥。

---

① 弗尔利:《歌德》,埃姆克译自英文,慕尼黑1953年版,第257页(德文)。
② 柯尔夫:《歌德时代的精神》第二卷,莱比锡1955年版,第391页(德文)。
③ 参看上引里克特书。
④ 施泰格:《歌德》第二卷,苏黎世和弗赖堡1956年版,第364页(德文)。
⑤ 弗利特纳:《晚期作品中的歌德》,汉堡1947年版,第293页(德文)。
⑥ 富克斯:《歌德研究》,柏林1968年版,第26页(德文)。

介于普罗米修斯与卢济弗之间的特殊人物说。

布林克曼①称浮士德是介于普罗米修斯与卢济弗②之间、介于无我化与自我化之间的特殊人物。他认为浮士德绝不代表一般人,而是代表一种特殊类型的人……当浮士德声言他想把自我扩展为全人类的大我时,这不过是他下定决心达到整体的自我化。"自我化"这个词儿是歌德自己使用的……他称人的义务是完成神的意图,就是我们不可耽误无我化,因为我们由于自身的天性被迫自我化,然而自我化不过是按照卢济弗意义的集中表现而已。人有可能从事两种活动,即卢济弗式的集中与天使般的扩展。在前一运动中,他使自己居于世界的中心,而把世界拉到自己身边来;在后一运动中,他对世界敞开自己。第一种情形是他试图占有别的东西,而使别的东西屈从于他的要求;第二种情形是他把自己向丰富的世界开放,而献身给别人。在扩展中,他与神相似;在集中里,他重复卢济弗犯的罪过。由于他明白自己的处境和行动,而且具有坚定的意志以指导和伴随他的行动,因而使他本身的矛盾更尖锐化了。

联系到《浮士德》是不是悲剧的问题,对浮士德这个人物也有各种看法:

天才或巨人悲剧说。

贡多尔夫③于1925年曾说浮士德的悲剧是"坚强的个人的天才悲剧",是"巨人式的悲剧",由于追求宇宙总体与希望完全献身于美好瞬间之冲突而产生"。英国吉利斯④称浮士德悲剧为叛逆精神的悲剧,自我中心主义的悲剧。英国阿特金斯⑤认为浮士德悲剧是欧洲传统意义上的伟大个人的悲剧。

悲剧性格说。

道尔认为浮士德的悲剧是由于他的性格所致。他说,浮士德的生活历程本身是悲剧性的,而悲剧性的性格带来悲剧性的命运。这来源于他的本性,他经过所有失败之后,不断重新开始,又不断跌落下去,直到最后又重新抬头。这只有在无限中才能实现,他被魔术在有限中带到他自己必须占有的一切东西,但又必须越过这一切。然而持久的东西他不想要,也不能要。这基于他的悲剧性的天性,因为他不可以停留,尽管他想要停留,他自己不能完成他想要完成的东西。

---

① 布林克曼:《介于普罗米修斯与卢济弗之间》,载《德国语言文学史研究》第二卷,杜塞尔多夫1966年版,第332—335页(德文)。
② 普罗米修斯是盗天火给人类的巨人,卢济弗是魔鬼之王。
③ 贡多尔夫:《歌德》,柏林1925年版,第139页(德文)。
④ 吉利斯:《歌德的浮士德》,牛津1957年版,第18页(英文)。
⑤ 阿特金斯:《歌德的浮士德》,剑桥1958年版,第274页(英文)。

他向前的渴望,越过任何停顿,而不顾一切,向前直奔,于是他失去安宁,生活中屡犯过错,而展望将来,只有在憧憬中的一瞬间,才达到与宇宙一致①。

心理状态说。

费尔利除了上述的说法而外,还认为浮士德的悲剧不在于他的失败和死亡,而在于一种持久的心理状态。他比较浮士德与维特的悲剧:首先,维特或浮士德的悲剧与莎士比亚剧中人物的悲剧不同,因为莎氏的悲剧没有情节和舞台是不可思议的,而歌德的悲剧却给人以印象,它与上述二者无关。歌德很少写出有开头、高潮和结尾的情节,只是写出渗透一切、又使一切都隶属于其下的心理状态。它的传声筒就是主角,它的牺牲品就是悲剧性的个人。维特与浮士德尽管多么不同,但在这种表现形式的原则上却是相同的;不同之点,在于前一书中的主角同时又是毁灭自己的牺牲品,而后一书中的主角则以别人为牺牲品,造成其毁灭。在两部书中,主角的心理状态差不多都是由相同的要素组成的:混乱、忧郁、感情洋溢以及对理性的敌视。

非悲剧性人物说。

伦格费尔特根本否认浮士德是悲剧的主角,而只承认他是传说、寓言、童话的主角②。他说,我们面临的不是悲剧,而是传说或寓言。就像东方故事和短篇童话中的虚构角色那样,浮士德也在争取得到一种宝物:证实自我的宝物。这位着了魔的、心神不定、不知满足的人,根本上寻求的幸福不外乎是愿望与能力之间的平衡。经过知识的阶段、尘世欢乐的阶段,绝对而神秘的美的阶段,为千万人的创业工作的阶段,统治大陆和海洋的阶段等,而不断向目的追求。可是他只有靠魔法的帮助,才能完成上述工作,克服漫长的途程。他活到百岁的高龄以后,才达到如下的认识:要满足怀疑的苦恼,只有来自适合于人本身的力量。他漫游现实的和超现实的世界以后,都未能争取到这点,而是他本身增长的知识最后使他解脱与魔鬼赌赛而招来的魔法,这场赌赛固然给了他许多好处,然而结果还是枉然。从高度戏剧性的意义上看,第一部中的浮士德,先是学者,后是青年男子,是个情绪不稳定的人,更是一个软弱的形象,他不能把持着自己。就童话的心理学来说,他是无可非议的。童话中的角色总是比较软弱的人,迷误的人,结合别种力量的人,只有藉助于非常的手段才得以保持生存的人。他的弱点是

---

① 道尔:《浮士德与魔鬼》,海德堡1950年版,第10页(德文)。
② 伦格弗尔德:《歌德的浮士德——悲剧或寓言?》,1970年版,第101页(德文)。

可以原谅的。他吸引读者的,不是以他本人,而是他所体验到、所遭遇到的东西以及他的变幻不定的环境。

人类的代表说。

具有或接近马克思主义观点的研究者,把浮士德看作人类的代表。他们认为:戏剧的结局是乐观主义的,于是肯定此剧具有喜剧的而不是悲剧的性质。在历史的过程中,虽然有无数个人的悲剧,但整个历史过程却不是悲剧性的。卢卡契[①]说:悲剧性的东西对于歌德来说,不再是最后的原则;他看出经过个别悲剧而胜利前进的继续发展……歌德称《浮士德》是悲剧。其实它不仅仅是悲剧:它在肯定的同时又扬弃了悲剧性的东西。浮士德的个人命运比一部悲剧包含的要多(地灵,葛丽卿,海伦,结尾),然而对于人类的发展途程来说,每次仅仅是通过阶段而已。卢卡契还指出歌德的《浮士德》与黑格尔的《精神现象学》的关系,而称前者为"人类发展的缩影。"

现代人类史的象征说。

德国《古典文学》的集体编写者阿布雷希特、巴斯迪安、米滕次威确定如下的基本知识是理解《浮士德》的关键:1. 浮士德的生活历程不仅表现为个人的发展,同时也是整个现代人类史的象征。2. 浮士德与靡非斯陀的对立性是这种发展的辩证的基本原则[②]。这里不是指一般人类发展史的象征,而是指现代人类发展史的象征,比卢卡契的说法更明确、更具体了一步。

历史哲学的乐观主义的代表说。

硕尔茨[③]称《浮士德》是历史哲学的"人的解放剧",浮士德是历史哲学的乐观主义的代表,靡非斯陀则是历史哲学的虚无主义的代表。由于浮士德生命的延长,强调了这部时代剧作的特征,歌德以此指出,他剧中的主角不是个人,而是人类。正如人类在其历史发展中难免犯错误一样,浮士德也不得不犯错误,只有这样,历史才能继续前进。浮士德从小世界出发,以求达到认识,然而他不能停留在这个有限的范围内。就人类远景的意义上说,浮士德的发展,必定要越过葛丽卿的"小世界",就其人格的主观维持和发展的意义上说,浮士德克服热情的一切高度和深度以后,也必定有一天要摆脱葛丽卿,才能自由地发展。浮士德虽然十分关切葛丽卿的牺牲经过,但他无力加以阻止,他去囚牢营救,遭到她的拒绝。

---

① 卢卡契:《浮士德和浮士图斯》,赖因贝克1967年版,第139—148页(德文)。
② 《古典文学》,柏林1978年版,第430—431页(德文)。
③ 硕尔茨:《同硕尔茨教授关于浮士德的谈话》,柏林1967年版,第84页(德文)。

这也说明一个历史真理,即人类发展的上升时期,男权取代女权的地位,男性成为领导力量,女性则作出痛苦的牺牲以帮助历史的发展。

在大世界中,浮士德企图通过封建社会内部的积极活动,即为宫廷服务,以达到预期的目的,结果失败了。海伦那幕所展示的美学领域,是歌德时代正在觉醒的资产阶级知识界的精神表现,它藉助于审美教育纲领,宣布市民与贵族按照资产阶级人道主义的尺度,处于价值相等的地位,想把古典希腊的美变为当前的现实,这种尝试遭到失败,即表明早期市民阶级的历史时期过去了。浮士德进入下一阶段,即资产阶级的资本主义阶段。他本人就是早期资本主义企业家的典型。他的活动显示出资本主义的深刻矛盾。他一方面肯定社会生产力的促进和发展,另一方面又看出资本主义发展所造成的野蛮而不人道的结果。浮士德临死以前,还幻想一种具有高度生产力的、自由而互助的社会,这里克服了资本主义的种种矛盾。然而人类社会在其历史前进中必然带来牺牲,这是不可避免的。最后,浮士德自己也成为牺牲品,历史的发展从他身上越过。如果说,葛丽卿、海伦、斐莱孟和鲍栖丝由于他而牺牲,从而使他达到更高度的完善,那末,他自己也是人类达到人道生存的更高境界途程中的一个牺牲品和发展过程的阶段。由于浮士德理解到这种牺牲的必要,所以当他认识到这一瞬间到来时立即献出自己,这就使他得救,使他战胜靡非斯陀,而得到葛丽卿的接引向上飞升。最后一场象征人类社会继续向前发展,但已不是歌德所能具体想象得出来的了。

以上卢、阿、硕三氏都是试图用马克思主义的观点来解释浮士德的形象①。至于其他一些说法,或是只根据《浮士德》第一部,或是只根据第二部来作判断;或者只抓住一些片面的段落,而忽视全剧,于是作出唯心的、形而上学的解释。甚而歪曲原意,把歌德某一时候的说法,加以神秘化,而不根据《浮士德》的原文如实地作历史的和唯物的科学解释,因此,我们只把各种说法分别胪列,以供进一步批判和探讨。

---

① 参看上引科布里尼书第二卷,第 109—110 页(德文)。

靡非斯陀形象

由于浮士德和靡非斯陀是贯串全剧的两个形象,而且靡非斯陀有各种化身,扮演各种角色,所以《浮士德》研究者对靡非斯陀也有种种不同的看法和解释。

诱惑人的魔鬼说。

雷克瓦特声言:歌德在《浮士德》第一部中对撒旦有两种看法:一是《旧约》"约伯书"中的魔鬼,他是创造主的敌对者,如剧中"天上序幕"所表现出来的那样;二是《新约》中的魔鬼,由于基督之死而被制服。作为后者,他活跃在比较有限的、也是浮士德参与其间的尘世事件中。两种看法在如下一点上是一致的,就是魔鬼的目的在于诱惑人①。

活动在三种神秘领域中说。

据弗朗茨看来,靡非斯陀出现在三种"神秘领域"中②。首先,他是《圣经》上所载的魔鬼,是人的凶恶敌人,他诱惑人,骗取人的灵魂,拿世界上一切王国、财货和享受来作诱饵。他奸诈、狡猾,因而是危险的。然而在另一方面他又是没有力量、不明是非、也就是老百姓常说的"愚蠢的魔鬼"。所以诗人时而让他作为服从的仆人和魔王的使者出现,时而又让他作为撒旦本身出现。第二种神秘领域是人道信仰的领域。在这里,魔鬼是人的对立面,表现出人与恶魔的彻底对立。靡非斯陀一方面被理解为恶魔,即精神的、神秘性的东西,另一方面却又具有完全独特的、类似人的特征。歌德用不着克洛普施托克式或弥尔顿式那种意义上的形而上学的恶魔,他使魔鬼个性化和人化才能真正对诗歌有用。他按照人的样子设计魔鬼,而且问:在一个人身上,什么东西使我们最确定而毫无问题地真正感到凶恶?回答是:不是某些个别的恶行或犯罪,而是无爱无情的冷酷,对一切无动于衷,毫无人情味。靡非斯陀就是这样,他把一切东西拉下水,把一切纯

---

① 上引雷克瓦特书第115页。
② 弗朗茨:《人与恶魔》,蒂宾根1953年版,第150页后(德文)。

洁的东西玷污化,对任何灵魂的飞翔加以嘲弄。然而这里从积极方面看也有一种可能:冷酷怀疑的嘲弄与真实性和冷静的现实主义有联系,相反,热衷的唯心主义却容易流于空想和不真实。最后,第三种神秘领域是自然哲学的领域。这里靡非斯陀显示为破坏性地否定宇宙的原则,显示为神的创造力的对立面。

否定的化身说。

雷德尔[①]说:作为否定的化身,靡非斯陀的职能在于使一切东西贬值和衰落,这同样表现在破坏形式和维持僵化上。他在太古的寂寞中,只有自身成为朋友、伙伴和诱惑者;他毫不停顿地寻求绝对的静止;他在美丽假象的讽刺戏中,以滑稽形式表演虚无的严肃;他纵然千变万化,其本质始终不变。没有靡非斯陀的活动,将不会有生动活泼的形态变化,同样,没有古典的瓦卜吉司之夜那些奇形怪状的形象,荒诞离奇的场面,也就不会有宇宙变形的盛大节日。《浮士德》与歌德有关形态学论著之间的联系线索,以及关于形式的结构与分解的思想,都贯串在靡非斯陀的特征中。

与上说大体相同的是,科布里克[②]根据《浮士德》诗剧的辩证思想,把靡非斯陀归入黑暗和混沌之列。靡非斯陀自称是"黑暗的一部分"(原诗第一千三百五十一行),又称是"混沌的宠儿"(原诗第八千零二十七行)。光明是与大自然的创造塑型同源的,而代表黑暗的靡非斯陀却使虚无、无形、永恒空虚与之对立。靡非斯陀与浮士德相反,缺乏整体眼光;他的本质总是局限在局部。他自称是"一体之一体"(原诗第一千三百四十九行),于是他到处限制浮士德的扩张欲,阻止浮士德去把握全体。他是划定界线的人,而浮士德则是超越界线的人。靡非斯陀是先验的否定者,是纯世俗的代表。他不理解精神,只是死死抓住词句和字母不放。由于他本身不是人,所以他没有时间,没有历史,一开头就是古老的,只能戴上面具表演,他否定个人的自由和命运。他是"经常否定的精神"(原诗第一千三百三十八行),然而在上帝的创造程序中却是不可少的因素。他是"反自然",同时又主宰着自然的混乱、变形及破坏的力量。他是恶的代表,但不是绝对反神的原则。

代表纯粹否定与兼具积极作用说。

《浮士德》第一部"书斋"那场中,靡非斯陀说:"我是经常否定的精神"(原诗

[①] 雷德尔:《歌德〈浮士德〉入门的设计》,慕尼黑1970年版,第158页(德文)。
[②] 上引科布里克书,第112页。

第一千三百三十八行),又说:"我是那种力量的一体,它常常想的是恶而常常作的是善"(原诗第一千三百三十五——千三百三十六行)。由此经常出现争论,究竟靡非斯陀是纯粹否定性的形象或者也有积极的特征。黑格尔在他的《美学》中,引证上帝与靡非斯陀的对立关系,以为从这里又看出自己对自然和历史的辩证法的构思。于是他很自然地肯定魔鬼是纯粹否定形象,是美学上没有用处的坏的形象。

里克特否认靡非斯陀是体现积极性的恶①。在弗利特纳看来,魔鬼根本就是恶,尽管上帝允许他存在。靡非斯陀在其本质上具有一切人间地狱的特征:他有高度的智力和超人的知识,但是一旦要求他那丑恶的、否定的存在变化时,上述两者都完蛋了,而显示出贪婪、好色、狡诈,满怀仇恨、冷嘲热讽,愤懑不平,尖酸刻薄。这么一来,他依旧是胸襟狭隘,拘泥细节,歪曲和丑化的形象,地地道道的撒旦的孩子。如果不藉助诗歌的作用,把这种令人厌恶、下流无耻、破坏作用等特征显示出来,那末,这个角色就算是演错了②。

不过另一方面,也有人肯定靡非斯陀的积极作用。汉斯·迈尔认为歌德的看法超过黑格尔。在《浮士德》中,魔鬼刺激浮士德,使他作为人不仅从魔鬼的魔法中,也从上帝那儿争得解放,并且在一种乌托邦式的幻象中预感到他的自我解放。"由此看来,与魔鬼缔盟最终导致浮士德独立地强化自己,导致他热烈地渴望从自己的道路上摆脱魔法。上帝以此给予悲剧一种推动,而这最后又倒转来反对他自身……然而歌德把矛盾的辩证法看作是通过人来引起变化的创造原则,是认识与活动的统一。歌德的'原始现象'导致实践,而黑格尔的'绝对的东西'则导致限定和纯粹被动的认识。"③

道德上祸害的体现者说。

伯姆在他的道德化的解释中,把靡非斯陀看作是道德上祸害的体现者。其他解释家则强调魔鬼形象之内涵空洞和虚无主义。奥贝瑙尔认为靡非斯陀是冷酷的、否定生活的智力,作为与"浮士德式人物"的对立面而被设计出来,而后者则热烈地反抗智力的任何专制④。迪纳尔在其对古典瓦卜吉司之夜的解释中,称靡非斯陀是优越的、但非创造性的和无感情的智力。他主要是媒介来源于大

---

① 上引里克特书第 462 页(德文)。
② 上引费利特纳书第 296 页(德文)。
③ 汉斯·迈尔:《歌德与黑格尔》,普夫林根 1959 年版,第 196 页(德文)。
④ 奥贝瑙尔:《浮士德式人物》,耶拿 1922 年版,第 171 页(德文)。

自然、历史和艺术的混乱经验①。

体现历史哲学的虚无主义说。

硕尔茨根据历史哲学的解释,表达出如下的意见:他认为靡非斯陀体现历史哲学的虚无主义。鉴于人类在历史上的自我解放,所以魔鬼终于处于劣势而成为失败者;这种失败预先就铭刻在他那内在矛盾中了。靡非斯陀的形象充满着有意的矛盾……一方面他肯定人的物质性及其"生物——物质"的需要,另一方面又肯定"生物——人"的虚无意义的过度劳碌,藉以给一切超出纯感觉范围以外的生产性的东西以否定的批判。靡非斯陀形象中的第二个特殊的矛盾,显示出他是玩世不恭的、赞成封建社会的机会主义者和持不同见解的虚无主义者。他把人类的自我提高,即意识到自己本身及其活动并觉悟到自己的思想(理性),看作是历史上的迷途和绝路。靡非斯陀的形象在封建主义以及后来资本主义的阶级社会中,体现两种否定的世界观倾向之规律性的斗争:一方面过度损耗世人在官能和性欲方面类似个人无政府主义的嗜好;另一方面,在对待阶级社会的统治持机会主义态度的同时,又高唱极端虚无主义的反调。由这两种倾向导致的必然结果,就是过分提高怀疑癖到了玩世不恭的程度,认为人类的文化和生产活动一无是处。靡非斯陀的现象连同歌德赋予他的标志,还原到矛盾重重的阶级社会上来。随同浮士德竞赛一方的最后胜利——通过社会现实而完成的变革——同时也就是魔法本领的被扬弃,靡非斯陀这个形象就无立足之地了。浮士德的敌对面——恶,是随时可以召回的恶,它的时限是由进步的人类及其改造现实世界的历史积极性来决定的。由此说来,靡非斯陀形象成了人类历史上辩证矛盾的体现,作为恶的要素,它最后随同矛盾一起被扬弃了。魔鬼在诗剧第一部中那种纯粹诱惑者的职能,在第二部中也相应地复杂化了②。

靡非斯陀是浮士德本身的分化说。

关于靡非斯陀与浮士德的关系,有的人解释靡非斯陀具有浮士德的人格化特征。伯姆声言靡非斯陀是"浮士德的坏的自我"③。施特里希说:先要考虑到浮士德在自己胸中有靡非斯陀式的冲动,才会完全理解浮士德与靡非斯陀的关系。浮士德甘愿有靡非斯陀式的麻木不仁,好让自己解脱那种浮士德式的渴望的苦痛。他要求瞬间的享受,以便忘记永无休止的追求。这是浮士德内心深处

---

① 迪纳尔:《浮士德到海伦之路》,斯图加特1961年版,第485页(德文)。
② 参看硕尔茨著上引书。
③ 上引伯姆书第51页(德文)。

的矛盾,它把浮士德与靡非斯陀之间串演的悲剧,只是浮面地、象征性地显示出来①。阿特金斯也说:靡非斯陀是浮士德本身中的否定精神②。

靡非斯陀是浮士德式人物的智力形象化说。

在雷泽赫夫特看来,靡非斯陀是浮士德式人物的智力形象化,不过作为普遍的现象看,他也出现在非浮士德式的世界中,开始是在"天上序幕"中,最后是在埋葬浮士德的时候。这从心理学上可以说得更清楚些:他是浮士德身上智力的总和。他的种种假面不过是各种智力活动可能的显现。他变作卷毛狗,掌握寻找猎获物的本事;他打扮成游学书生,代表形而上学的好高骛远的智力;在拯救葛丽卿时,他作为"技术的智力"而活动,他变作福基亚斯,是辩证的智力;他作为评论家,充当解释的智力;诸如此类。雷氏还配给靡非斯陀的种种假面以历史背景:卷毛狗的历史背景是 13 至 15 世纪经院哲学训练出来的智力;鬼怪是 16 世纪炼金术的无定形的智力;游学书生是 17 世纪形而上学的好高骛远的智力;容克贵族是 18 世纪生活形象的实践智力。

靡非斯陀是否恶魔的问题。

这个问题一再引起不同的争论。歌德于 1831 年 3 月 2 日曾对艾克曼说,靡非斯陀不具有恶魔的特征:"……靡非斯陀是个过于否定的本质,而魔性的东西却表现为一种完全积极的活力。"基尔克加特的看法与此不同,他特别强调靡非斯陀的恶魔性质。在他看来,魔力表现在对外隔绝(封闭性)和没有连续(突然性)上面③。弗朗茨在他的解释中,把作为人的浮士德与作为恶魔的靡非斯陀对立起来④;他认为恶魔是非人的,在他身上固然也有感性和精神的某种结合,但两者都漫无限制地朝着罪恶的渊薮发展。恶魔不识羞耻为何物,对他说来,感性的爱成为赤裸裸的性欲。唤醒自我的人格成为纯粹的非人称词"它"。同样,那种过人的精神,不带感情的理智力量,在冷嘲热讽中也成为完全否定的了。我们在这里要注意一点:就是以上二人所理解的魔力,与歌德的理解不同,歌德理解魔力为非凡的力量,或者如他所说的积极的活力。

其他研究家也强调靡非斯陀的恶魔性质。穆石克⑤对歌德的意见这样说:

---

① 施特里希:《论〈浮士德第一部〉》,法兰克福 1965 年版,第 97 页(德文)。
② 上引阿特金斯书第 41 页(英文)。
③ 基尔克加特:《恐惧的概念》,杜塞尔多夫 1952 年版(德译)。
④ 弗朗茨:《人与恶魔》,蒂宾根 1953 年版,第 170 页(德文)。
⑤ 穆石克:《歌德对于恶魔性质的信仰》,载《德国文学和思想史季刊》Bd32,1958 年,第 334—336 页(德文)。

这听来令人吃惊,因为《浮士德》书中特别突出如下的情况,即魔鬼不是纯粹否定的,不是被看作彻底的恶,他在序幕中已经不是作为上帝的反对者,而是作为上帝的狡黠的仆从出现。他充当浮士德的诱惑者,充当争取海伦和人世权力的开路人,的确不能缺少活力,他甚而道破"母亲们"①的幻象,人们惊叹这是歌德的一种极其深刻的宗教启示。靡非斯陀的一切言行,不单纯是魔鬼式的,它的意义是深奥和复杂的。穆石克认为,老年歌德作为诗人又生活在充满魔性及被魔力掩盖的世界中,因而浮士德剧本也是一本用魔性和魔法设计出来的"内心童话"。靡非斯陀的形象就处在泛魔主义的中心。在歌德看来,每个自我都有恶魔的本质,尤其是天才的自我,即那种具有绝对必要的魔性的个人,更是这样。

瓦克斯穆特②坚决认为靡非斯陀具有恶魔的本质。他说:魔性的东西对于歌德是多么重要的概念。魔性是一种可怕的本质,是破坏世界道德秩序的力量。它在力量上与神相似,但在敌对创造上及在毁灭倾向上又是非神的。它在神的创造中扮演反面角色,它虽然不否定创造,但是有充分的力量对创造制度起破坏作用。关于它的出身和来源,歌德默而不言。但是我们可以想起背叛上帝的卢济弗,原为光明天使,后来成为魔鬼之王;靡非斯陀是"经常想要恶的那种力量的一部分",也具有上述的特征。它作为"混沌的怪儿",甚而可以从家谱学上指出其家世。老年歌德使用魔性本质这个概念,意在表示上帝并不完全等于大自然,必须假定有一种非神的、具有世界影响性质的力量存在,或者在神性本身中也许最后还存在着两极对立,尽管这种想法是多么难以置信。靡非斯陀在后来的《浮士德》中巍然成为这种概念的化身了。

莫姆森③在她的解释中,特别说明靡非斯陀具有积极的创造力量。她认为在"海伦"那幕中,靡非斯陀不光是作为搭档的伙伴出现,而且通过剧中对魔法的叙述,他自己在这里好像成了诗人。他本着促进事态进程者的资格,才创造性地使事件得以发生。这种能力是基于他洞察诗歌的本质,这在"古典的瓦卜吉司之夜"和"海伦"那幕中充分表现出来了。

靡非斯陀是个原则问题还是个人形象的问题。

另外一些解说家注重讨论靡非斯陀究竟是个原则问题,还是个人形象问题。

---

① 《浮士德》第二部中女神名称。
② 瓦克斯穆特:《统一的双重性》,柏林和魏玛 1966 年版,第 55 页后(德文)。
③ 莫姆森:《〈浮士德〉第二部中的大自然与寓言王国》,柏林 1968 年版(德文)。

弗里登塔尔①强调靡非斯陀不是原则,而是诗人塑造的形象,并认为靡非斯陀常常比伙伴浮士德显得活跃,甚而比起那位博士先生来,他有时把歌德的观念表达得更明白一些。在托马斯·曼看来,魔鬼根本上不外乎是世人②。施特赖歇尔在剧本中深入研究靡非斯陀形象的作用以后,发现其中有"从概念到性格的过渡"。它作为概念的恶,逐渐地转变成纯粹人世间的恶。靡非斯陀的观念存在在某种程度上构成框架,而它的现实性就在其中得到伸展。靡非斯陀必须像人一样发展,以便造成一种否定的状态,让浮士德被吸引过去。作为"敌对浮士德",他必须像浮士德本身一样,扮演各式各样的角色,出现种种化身,而达到"敌对浮士德"的存在的设计③。

靡非斯陀的语言问题。

靡非斯陀的语言有其独特的方式。托马斯·曼说:听靡非斯陀讲话,就发现他与浮士德的讲话迥然两样。浮士德讲话严肃认真,充满感情,有时热情洋溢,思虑渊深;靡非斯陀讲话洒脱粗俗,善于随机应变,任意挥洒,而富有风趣,明讥暗讽,而玩世不恭。他对待浮士德,好比一位世故老人,耸耸肩膀,以优越态度看待一个严肃、深沉、辛劳的人。后者感情激发,由于追求最高目标感到绝望,而与他结盟,在世俗事物中成为他的学生而受其领导④。以上主要是根据《浮士德》第一部内容而言。

施托尔茨⑤阐述靡非斯陀的语言如下:靡非斯陀从一开腔起,就与慷慨的语言、激昂的词句划清界限。他对答被他嘲弄的大天使们的庄严语调,倒也不是冷冰冰的、枯燥乏味的词语,而是使用不受拘束的亲密语气与尖锐的挑衅口吻相混合的词令。他说的话很少是明白和直率的,多半旁敲侧击地暗示一下,漫无目的地追溯过去,使完全不同于他所说的可能事情成为悬案。他把洞明世故的圆滑语调与话中带刺的辱骂词句结合起来,常常不肯当面道破,而是使用形象化的民间典故来应付。他说的话含糊暧昧,难以捉摸,既不肯定,也不否定,总是摇摆于暗示与另一种更好知识的缄默保留之间。靡非斯陀的讽刺总是不怀好意的,因为它始终大加保留,余意不尽。它与苏格拉底式的讽刺相反,后者总是友好、坦

---

① 弗里登塔尔:《歌德——他的生活和时代》,慕尼黑1963年版,第696页(德文)。
② 前引托马斯·曼书第900页(德文)。
③ 前引施特赖歇尔书第68—72页(德文)。
④ 上引托马斯·曼书第600页(德文)。
⑤ 施托尔茨:《歌德——节日前夕》,斯图加特1953年版,第163页(德文)。

率、澄清问题的。靡非斯陀的讽刺,来源于他在自己的话中,没有完全地或者只是含糊不清地表明自己的意思,语态既不安祥,而在话中耍花招,在话背后搞阴谋诡计。

关于靡非斯陀本身是否也遭到悲剧命运的问题。

西方解说家对这个问题也有各种不同的说法。弗利特纳认为,由于靡非斯陀形象的丰富多姿,所以魔鬼也成了一个悲剧形象。他不仅仅欺骗世界,也欺骗自己;他明白这点,而身受其苦。靡非斯陀给自己创造出本身的神话:开始,黑暗就是一切,后来骄傲的光明与它争夺地位。魔鬼甚而也抱有希望:将来会有一天,光明随着物体一起消失。从根本上说来,魔鬼在他的行动中是个绝望者①。维塞把靡非斯陀形象更多地移入悲喜剧的范畴,尽管这是一种主观的悲喜剧:即上帝总是更强大些,而存在总是比虚无优越。不过另一方面也得说,神以爱的元素,从天上撒下玫瑰花以燃烧魔鬼,引起他的情欲之火,而把他卷入悲喜剧的处境中。他尽管洞达世故,却陷入痴愚状态,由于与天使们无聊地调情,以致失去了浮士德的灵魂。这位自怨倒霉的魔鬼,平常万般伶俐,却挽救不了在最后紧要关头干下蠢事,因而成为滑稽形象。魔鬼在人世上所施展的漫无限制的法力,一遇到从天而降的力量,就丧失任何作用了,只好自怨自艾,讽刺自己一番,聊以解嘲。② 伯姆也认为靡非斯陀在剧中所走的道路是悲喜剧的。如果"天上序幕"中天帝叫他是小丑,那末,他的结果必然是悲喜剧,因为他不配介入崇高的悲剧当中③。

---

① 前引费利特纳书第 296 页。
② 前引维塞书第 134 页。
③ 前引伯姆书第 285 页。

葛丽卿、瓦格纳、海伦

葛　丽　卿

玛嘉丽特(简称葛丽卿)是一个小资产阶级家庭的少女,天真、纯洁、善良、美丽,是德国平民少女的典型,但是她虔信宗教,受旧的传统观念和教会思想的束缚不能自拔。据说,歌德塑造葛丽卿这个形象,一方面是由于他怀有对少女弗里德莉克·布里昂的负疚感,另一方面是1777年法兰克福市处决杀害孩子的女犯苏姗·玛嘉丽特·勃兰特的事件,给予歌德以深刻的印象。剧中的葛丽卿及其生活环境表现得无比真实和动人。歌德塑造过好些女子形象:论文化水平,葛丽卿不及夏绿蒂(《青年维特的苦恼》),论思想觉悟,她不及克蕾馨(《艾格蒙特》),论气质,她与奥蒂莉(《亲和力》)相近,然而葛丽卿的悲剧命运则大大超过以上三个女子。

葛丽卿在街头与浮士德相遇,在圆亭中与他定情,情节都十分生动自然。她在纺车旁的歌唱,抒发对浮士德的怀念,确是明白的语言、真挚的情感,至今读来,就觉青春热力喷射而出,反嫌中国古代女子的织锦回文显得矫揉造作了。

葛丽卿正由于清白无辜,而在当时的社会环境下不可避免地犯下了三重罪:用安眠药过重使母亲死去;与浮士德幽会,惹起哥哥与浮决斗,丧身在浮的剑下;她在神经错乱中溺毙了自己与浮士德生的婴儿。"囚牢"一场是悲剧第一部的收场,也是剧情的大转折。囚牢的阴森气氛扑面而来,令人不寒而栗!世界文学中悲剧甚多,而达到这种程度的极少。葛丽卿拒绝出狱,但恳求浮士德活下去,并吩嘱埋葬的事情,语言凄婉欲绝!

浮士德说:"过去的事情由它过去!你真使我急得要死。"葛丽卿说:

"不,你必须活在世间!
听我把坟墓的事儿对你详言:

>   就是明天，
>   你得赶去筹办：
>   妈妈应占最好的地段，
>   哥哥就在妈妈的身边，
>   我的稍靠旁边一点，
>   但别离得太远！
>   把婴儿放在我右方胸前！
>   此外不许任何人在我身边！……"

我在译书中加了如下的脚注：

"悲剧的高潮，情节的顶点，一字一泪，抒哀感缠绵之音，极回肠荡气之致，令人几回掩卷，不忍卒读！"

再来看看西方学者对葛丽卿的评价。柯尔夫比较葛丽卿与《艾格蒙特》剧中的克蕾馨说："我们对这两个形象的决不过高估价的思想意义，实际上不仅在于揭露超越一切资产阶级道德的生活领域，而且也在于揭示一种天然的道德，这种道德在内在价值上远远超过传统的道德。克蕾馨和葛丽卿的爱情，不仅具有值得原谅其过失的性质，而且它还体现一种纯洁道德的高度，这只是完全纯粹的天然人物所特有，而为社会道德所望尘莫及的。"① 不过柯氏也承认葛丽卿缺少克蕾馨那种思想解放的英雄特征，而是纯粹小资产阶级的纯洁少女的典型。

阿布雷希特认为"在人类前景的意义上，浮士德的发展必然要超过葛丽卿的'小世界'，就是在其人格的主观保持和发展意义上，浮士德到了热情的一切高度和深度都发挥尽致以后，终有一天要摆脱葛丽卿而自由发展。对于歌德来说：浮士德只能密切注视葛丽卿的牺牲过程，而不能加以阻止，这表现出一条深刻的历史真理，据此，人类在这个历史时期中的上升是由男性的领导来完成的。妇女的牺牲作为悲剧性的条件，是使男子能成为历史发展的领导力量，妇女是这样的人，她忍受痛苦，给世界带来新的生命，她也蒙受重大的痛苦牺牲而帮助男子前进。"② 这种说法当然值得进一步商榷，特别是在妇女要求解放的时代，所谓"父权制"取代"母权制"，这是远古时代的事情了。

---

① 柯尔夫：《歌德时代的精神》，莱比锡版，第240页后（德文）。
② 阿布雷希特等人合编《德国文学注释——古典主义》，柏林1967年版，第438页后（德文）。

瓦 格 纳

在《浮士德》戏剧中,瓦格纳出现的场面不多。他在第一部"夜"那一场,是以浮士德的助教身份出现的。他热心研究,迷信书本,带有书呆气,但对浮士德十分崇敬,是他劝浮士德在复活节那天出城郊游,接触到形形色色的人,他说:"博士先生,同你一起散步,真感到光荣而受益不少,不过我一个人却不会到此游遨,因为我敌视一切粗暴。什么提琴,叫喊,九柱戏,我听来都不堪入耳;他们闹得好像着了魔,还把这叫作欢乐,叫作唱歌。"他瞧见农人向浮士德致敬,而称羡浮士德是伟大人物,不过他对浮士德驰骋幻想,则加以反对:

"我也常有胡思乱想的时候,
却不曾这样好高骛远。
原野和森林容易看厌,
鸟儿的羽翼我不垂涎。
精神的快乐来自另一方面,
这就是逐册逐页地攻读简篇!
于是寒冷的冬天也美好堪羡,
幸福的生机把四肢百骸温暖,
啊! 要是你翻读贵重的羊皮宝卷,
那末,整个天宇都下降到你的身边。"①

以上可以看出瓦格纳死啃书本的学究气,可是他的形象也是发展的。他的羞怯、谦虚、善良、诚实的性格不变,而学术活动却从书本转到实验室了。在第二部第二幕"中世纪风格的实验室"那场中,瓦格纳制造出一个人造的小人,名叫霍蒙苦鲁斯,这个装在玻璃瓶内的小人儿具有非凡的智慧,看出昏迷状态中的浮士德在梦想古希腊的美女海伦,于是他带领浮士德和靡非斯陀飞向东南的古希腊地区,使浮士德得偿寻求海伦的宿愿。

西方的《浮士德》研究者多半不是从发展中评价瓦格纳的全貌。只着眼于《浮士德》第一部中瓦格纳表现的人,则斥瓦格纳是不通世故,脱离人民,迷信学

---

① 董译《浮士德》第二版第 57 页。

院等级制的学究。硕尔茨甚而把瓦格纳看作是反动世界观的机会主义者形象，或反动资产阶级意识形态的代表人物[①]。

只着眼于第二部中瓦格纳表现的人，则认为只有瓦格纳才可算作科学研究者的典型，而不是浮士德。施托尔茨把瓦格纳与浮士德对比，认为瓦格纳与先知、天才、一切都只靠本身而生活的人不同，他是完全重视客观现实的学者。[②]

两者说法都失之偏颇，歌德在1800年的手稿公式中，把浮士德、瓦格纳及学生三人对科学态度作了比较：

对整个自然界中发生作用和感受之理想上的追求——浮士德；

清醒的、冷静的科学追求——瓦格纳；

模糊的、热心的科学追求——学生。

瓦格纳作为对比形象，一方面是与浮士德相比，另一方面是与学生相比。不过学生也是发展的：在《浮士德》第一部中，学生还是天真、稚气，让人牵着鼻子走的青少年；在第二部中，他已经大学毕业，成为学士，一变而为飞扬跋扈、目空一切的人了。

海　　伦

海伦(也译作海伦娜)是《浮士德》第二部中的主要妇女形象，她是希腊古典美的典型。至于她美到何种程度，在剧中重在侧写和烘托。在第二部第一幕"骑士堂"那场中，千古美男巴黎斯与千古美女海伦的幻象相继出现，顿时风靡观众：巴黎斯引起妇女们的赞美，却遭到男子们的鄙视；海伦引起男子们的崇拜，却燃起妇女们的妒火。然而被美的光芒刺激得最厉害的还是浮士德，他说：

"我是否还有眼睛？难道送美的源泉滚滚，

不是深深地注入我心？

……

我一旦离开你而回到原状，

生命的呼吸力量便会消亡！——

[①] 硕尔茨：《与硕尔茨教授关于浮士德的谈话》，柏林1967年版，第37页(德文)。

[②] 前引施托尔茨书第170页。

> 她婀娜的身材曾在魔镜中现形,
> 已使我神魂颠倒,幸福万分,
> 但那不过是真美的泡影!——
> 我愿把一切向你献呈:
> 全力的激动,全部的热情,
> 还有倾慕、爱恋、痴心和崇敬!"①

他最后用魔术钥匙触动巴黎斯的幻影,想要夺去海伦,结果引起爆炸,幽灵们化为烟雾,而浮士德也晕倒在地。

海伦之母蕾达是斯巴达国王丁达洛斯的王后,根据希腊神话:大神宙斯化为天鹅与她交媾而生海伦,所以描述蕾达之美,就自然而然地烘托出海伦之美。第一次描写蕾达的是霍蒙苦鲁斯(第二部第二幕"中世纪风格的实验室"那场,董译本第404—405页),第二次则是浮士德(第二幕"彭纳渥斯河下游"那场,董译本第428—430页)。

此外,靡非斯陀化形为奇丑的女神福基亚斯以后,一直揶揄海伦,并与众侍女斗口,但当海伦昏厥后醒来,立在众侍女当中,靡非斯陀却出人意外地说出如下的话:

> "丽天红日,又从浮云中透露出来,
> 精华难掩,更射出夺目的光彩!
> 请你用明媚的目光观照这大千世界,
> 尽管她们骂我丑怪,我却深知美的可爱。"②

可见美具有不可抗拒的力量,就连奇丑的女神也"深知美的可爱"。

海伦为千古美人,已有定论,在剧中也多次透露和表现出来,至于她的品德如何,人们对此却一直争论不休。是否她真如古希腊神话的传说,是"天生尤物",或者"祸水",真的倾国倾城呢?古希腊的悲剧家欧里庇德斯在所写的《海伦》一剧中,已为她辩护。据说海伦为巴黎斯拐走的只是幻影,而真身则被神带

---

① 董译《浮士德》第二版第377—378页。
② 董译《浮士德》第518页。

到埃及,保持贞洁,直到战争结束,又重返斯巴达与梅纳劳斯夫妻团圆。从本剧第二部第三幕剧情的发展来看,海伦回到斯巴达故宫,就明白说出她受尽了赞扬,也受尽了诽谤。她的夫主——梅纳劳斯沿途上对她冷淡,以及吩咐她准备祭神,而未明言用什么作牺牲,使得她一直感到忧心忡忡,因此,化形为女宫监福基亚斯的靡非斯陀得以趁机加剧海伦的疑心,促使她投奔堡主浮士德以达到二人的结合。福基亚斯向海伦恫吓,梅纳劳斯怎样凌迟处死戴福布斯。海伦回答:"他那样处死他,是为了我的缘故。"福基亚斯接口说:"为了他的缘故,他会对你一视同仁。美人只许独占,不能瓜分。与其抱残守缺,宁叫玉碎珠沉。"说得斩钉截铁,海伦不能不受到震动。不过海伦决心投奔浮士德,不光是为了保全自己个人,也为了挽救全体宫女的生命。这可以说明她具有仁心。

海伦来到浮士德的城堡以后,城楼守望人林奎斯由于目眩美色,忘了吹起号角,报告女王驾临,堡主浮士德惩罚他玩忽职守,将他捆绑,带来请女王海伦治罪。海伦慨然将他赦免,并说:

> "灾难是我带来,我不便惩治,
> 只自叹被残酷的命运纠缠不止,
> 使天下多少男子心为我着迷。
> 他们既不爱惜自己,
> 也不爱惜任何别的东西。
> 绑架、引诱、搏斗、四处躲避,
> 半神、英雄、神人以至魔鬼群起,
> 使我迷失正路而颠沛流离。
> 我一而再惹起天下骚动,
> 三番四次带来劫难重重——
> 把这好人带去,将他释放!
> 他是被神愚弄,不能加以冤枉!"[①]

这番说话和决定,表现出她具有无比的机智,她不仅使得浮士德死心塌地俯首称臣,而且也赢得了浮士德的全体子弟兵对她归心。

---

① 董译《浮士德》第537页。

最后,海伦与浮士德在"树木荫蔽的林苑"中,度过一段幸福生活以后,由于爱儿欧福良高飞陨逝,海伦也痛不欲生,也随同儿子一起,魂归地下。她向浮士德发出如下的悲声:

"一句古话儿不幸也应在我的身上:
幸福与美丽并存的日子不能久长。
生命和爱情的联系已经断绝,
我哀叹这两者,痛苦地向你诀别,
我再一次扑向你的怀里——
贝瑟封娜①,把男孩和我带去!"②

这表现海伦有深厚的慈母之爱。由以上所述看来,剧中的海伦以绝世的美貌,再结合高尚的品德,包括仁心、机智和母爱,自然成为一个光辉的典型形象了。

至于浮士德与海伦的结合,似梦似幻,亦假亦真,超越了时间和空间的距离,纵横南北数千里,上下古今三千年,把中世纪末期的德国与史前期的希腊,把浪漫主义与古典主义结合起来。浮士德与海伦的结合不同于他与葛丽卿的结合,葛丽卿代表天然美,她与浮士德的结合,是现实的爱情经历,海伦代表理想美,她与浮士德的结合,只能当作精神上的享受来看。换句话说,歌德有意表现浮士德试图在美的领域内,创造自己人格的发展,进而创造人类发展的基础,这与席勒关于人通过审美教育而获得全面发展的思想有共同之点。但是浮士德还是失败了,根据剧情的发展,海伦因为爱子欧福良的陨逝,自己也魂归阴府,只留下衣裳一袭,化为云彩,托着浮士德飞回遥远的北方。这象征希腊的古典美最后只遗留下形式,不过这形式还具有一定的运载能力罢了。

最后,再列举西方研究者的一些说法,以作结束。在《浮士德》第二部第三幕"海伦"情节的真实性问题上,学者中颇有争论。赫茨认为第三幕中的海伦完全具有古典的真实性,反之,她在"皇宫"那场中却是以幽灵的姿态出现。据说霍蒙苦鲁斯之成为人的条件即是海伦新生的条件③。迪内尔认为海伦先要完成霍蒙

---

① 冥王哈德斯的王后。
② 董译《浮士德》第 573 页。
③ 赫茨:《歌德的〈浮士德〉中的自然与精神》,法兰克福 1931 年版,第 116、151 页。

苦鲁斯所完成的同样有机生长过程,以达到灵魂与肉体的真实,这样浮士德才能作为新的求爱者向她追求[①]。另外一些研究者则把"海伦"那幕移到梦幻的、内心的世界中去解释。洛迈尔认为这种世界的真实性完全系于浮士德本人一身,事件发生的空间是在精神上,并不知道时间的程序[②]。特龙茨指出亚加狄亚的非真实性,认为地点转变到亚加狄亚去,纯粹是内心状态的象征。图像与音响象征的纯粹开展,使一切现实的东西都不起作用了。这是魔法的时代[③]。

在浮士德与海伦的关系上,里克特认为浮士德通过艺术的领域,已从自然的本能生活的性感,达到文化生活上的道德证实[④]。阿尔布雷希特从历史哲学的观点出发,把《浮士德》中的《海伦》插曲,看作是浮士德所代表的人类在世界史行程中的一个站口,浮士德召唤海伦复活,是试图在美学领域内为人类的发展创造基础。浮士德对古典希腊的热爱,表现为鲜明的资产阶级思想代表的追求。完全倾向于古典希腊及其标准,就突破了封建的意识形态领域。对于美的观念的想象,正适合早期资产阶级的意识形态。它按照资产阶级人道主义的标准,宣布资产者与贵族具有同等的价值[⑤]。

[①] 迪内尔:《浮士德到海伦之路》,斯图加特1961年版,第601页后(德文)。
[②] 洛迈尔:《浮士德与世界》,波茨坦1940年版,第115页(德文)。
[③] 前引特龙茨书第582页(德文)。
[④] 前引里克特书第389页(德文)。
[⑤] 前引阿布雷希特书第144、445—446页(德文)。

《浮士德》戏剧的性质

歌德把他的《浮士德》诗剧命名为悲剧,然而剧中主角浮士德的最后结局,不是走向毁灭,而是他的人格得到完善和升华,并且预感到人类社会未来的发展,是"自由的人民生活在自由的土地上",这又显得是喜剧。因此,西方的学者各执一见,众说纷纭,要而言之,不外乎如下几类:一是悲剧说;二是喜剧说;三是混合剧说;四是比喻和讽刺说。以下列举一些有代表性的说法:

A. 悲 剧 说

绝对的哲学悲剧说 唯心主义哲学家黑格尔在他论美学的讲义中,称浮士德诗剧是一部绝对的哲学悲剧。"这里一方面是对科学知识的失望,另一方面又有尘世生活享受的活跃气氛。在大体上,这部悲剧企图对主体的有限知识与绝对真理的本质和现象的探索这两方面之间的矛盾,找出一种悲剧式的和解。这个主题提供了极其广阔的内容,把这种内容放在同一部作品里处理,除歌德以外,过去还没有一个戏剧体诗人敢于这么作过。"[①]

传统的英雄悲剧说 英国阿特金斯认为《浮士德》正如它的全名所强调的那样,基本上是一部悲剧,依照埃斯库罗斯、索福克勒斯、欧里庇得斯、莎士比亚和卡尔德隆等伟大传统的英雄悲剧,是人的悲剧,这个人被生活本身的强大压力所毁灭,却在不可避免的失败中享受胜利的喜悦。《浮士德》也许是世界文学中那种能够满足亚里士多德要求的最伟大的诗,即悲剧不仅唤起怜悯,而且还要唤起敬畏和赞美[②]。

尘世生活失败说 布林克曼认为浮士德在尘世上的必然失败是造成悲剧的原因。"浮士德的尘世生活历程是完全作为悲剧来设计的。第二部第五幕无情

---

① 黑格尔:《美学》,朱光潜译,商务印书馆,1981年,第三卷下册第322页。
② 前引阿特金斯书第274页后(英文)。

地揭露出他的悲剧性的生活。他成了最高意义上的创造性人物,为了给人的精神和人类服务,他向大海争夺土地以作人民的新居。然而他为保卫生命火炬的斗争,是用自然力反对自然力……他的行动像着了魔似地倒转来反对他自己。"①

利用暴力从事创造性工作说 希尔德布兰特说:"浮士德想要完成创造性的事业,即围海砌堤,却不能放弃野蛮暴力的破坏力量,这正是悲剧。"②

西方悲剧说 菲托尔表示:浮士德的天性,他追求更高和极高境界的渴望,使他同时变得既伟大而又渺小。只有在其矛盾统一中理解这点的人,才真正懂得"教训"。《浮士德》正是在这点上成为一部悲剧;但不是按照古希腊的方式,而是按西方的方式,后者发展了人的独自的、较自由的理想。歌德并未试图解决道德问题,因为他不相信这是可以解决的③。

肯定悲剧说 埃姆里希通过对《浮士德》第二部的仔细研究,认为悲剧性质在这儿具有不可抹煞的鲜明性④。浮士德之被罪过纠缠,是难以解脱的。为了使陷入悲剧处境的人得以继续生存,歌德采用睡眠和忘却来赎罪,这是不合理的天然疗疾法。对于行动本身来说,无赎罪可言,只有投入无知无识的大自然中,大自然让人获得宽恕,使他得以开始新的生存。忘却和睡眠表现为囊括全部生存的整个毁灭或整个解放。歌德剧作中通常被人赞许的妥协与和解,在悲剧领域里只是表面化的了。妥协在这儿正是表现尘世生活之毫无出路而幻想超尘世的拯救。在《浮士德》第二部开头,主角通过睡眠来忘却往事,同样也适用于他经过罪过累累的生活道路而过渡到天界的永生。另外,还有可能转入一种幻景的、超自然的领域,这在艺术上可由歌剧来表现。凡是悲剧形势向着一种超自然的存在突破时,戏剧就提高成歌剧。这种艺术类型,根据歌德的美学观,是与话剧对立的,因为它包罗非人的、超人的、魔性的领域,这才是本来的艺术形式,必须把不断超越人世和自然界限的浮士德生存,在表现上每次加以提高。

否定悲剧性说 黑勒完全否定浮士德生活的悲剧性⑤。他认为歌德让精神植根在大自然中,就完全不能写出悲剧来。歌德不可能写出人类精神的悲剧。

---

① 前引布林克曼书第 347 页(德文)。
② 希尔德布兰特:《歌德。他表现在全集中的世界智慧》,莱比锡 1941 年版,第 548 页(德文)。
③ 菲托尔:《歌德。文学、科学、世界观》,伯尔尼 1949 年版,第 370 页(德文)。
④ 埃姆里希:《〈浮士德〉第二部的象征手法》,波恩 1957 年版,第 67—88 页(德文)。
⑤ 黑勒:《歌德〈浮士德〉的模棱两可性》,载《汉堡学术周报》第 3 年度,1949 年,第 629—631 页(德文)。

正是在这一点上,浮士德悲剧失效,而陷入一种不合理的模棱两可中;因为从根本上说来,歌德并不承认特殊的人类精神,他认为人类精神归根到底是与大自然的精神合而为一的。大自然是纯洁的,歌德的天才感到自己与大自然一致。因此对歌德来说,不存在道德净化,只有形态变化的问题。他的潜在的悲剧性人物,经过戏剧危机之后,觉得自己不是同先验的神的精神重归和解,也不是同人类的精神重归和解,而是大自然的力量促使他们重新与其协调起来。他们不是在悲剧性的意义上得到净化,也不是由于获得赎罪而被提高,而是开始一种生气勃勃的非道德的新生活,通过有益的遗忘及疗疾的睡眠而恢复健康。

B. 喜 剧 说

依照科布里克的看法,马克思主义的浮士德解说家,把诗剧看作是对人类在其具有乐观前景的历史发展中的比喻性的描述,因而归根结底是喜剧。

卢卡契已经怀疑称《浮士德》为悲剧是否妥当。他这样说:然而悲剧性对歌德来说,已不是一条最后的原则;他心目中是世界通过个别的悲剧胜利地发展。当他意识到人类发展的典型阶段是一连串的悲剧,而它们的联系和整体却不再是悲剧性的,那末,从这种世界观出发——如果它要找到在扩展上和紧凑上的普遍造型——就不得不产生出叙事的、戏剧的形式来:在这种形式中,两种原则的任何一种都不能占居优势,而两者之相互的辩证的渗透,则创造唯一的统一性和动态的平衡[①]。

由于《浮士德》中充满着历史哲学的乐观主义,以及作者表现历史危机的方式,于是硕尔茨肯定作品具有喜剧的性质[②]。他说:剧中无论哲学的与历史的合唱部分,都与一种危机过程有关。它们反映出价值的某种通货膨胀的方式,诸如对宗教、基督教和教会的价值观的改变,以及对国家及其所属机关的观念的改变。新的价值和观念取代了旧的价值和观念,例如人类充当自己本身及其历史的主人的看法。在赌赛事件背后的内部情节以及赌赛这一部分,使得《浮士德》成为时代诗剧。它的主题是反映人类在社会形态变化中的地位。在一部时代诗剧的中心人物和次要人物背后,对时代具有社会特征的斗争就获得诗歌的形式。由此也就产生时代诗剧的喜剧色彩。历史阶段是这样形成的,就是把现存的东

---

① 前引卢卡契书第139—195页(德文)。
② 前引硕尔茨书第20、125页(德文)。

西喜剧性地压得低一些,因为要看到它在变化。喜剧性的原则在处理时代诗剧的题材方式上,要把当前的东西放在数百年的视野来表现。在《浮士德》中,喜剧性的表现是使神的人子职能的行动变成人类本身的行动。这标志着从神秘剧到人类历史的叙事诗剧的进步。

C. 混 合 剧 说

悲剧、喜剧和神秘剧的结合说 弗朗茨认为《浮士德》诗剧首先是悲剧。它固然不乏虔诚的乐观主义,然而它基于一种阴郁的背景。所有的黑暗势力都在此出现,跨过绝望的深渊,直到疯狂的界限,不是为了让这些势力作出最后决定,而是为了从最深的底层向光明突进……没有否定的极端对立,肯定也就显得没有力量和意义,显得温顺和薄弱了。绝望与幸福的对立,人的过失与神的慈悲的对立,是全部诗剧的神经。然而各种力量的对立,自然就使得这部作品不可能被人当作纯粹的悲剧看待。歌德作出极为大胆的尝试,他把本质不同的三类剧种,即悲剧、喜剧和神秘剧结合起来了[①]。

神秘剧和悲剧结合说 维塞认为《浮士德》是神秘剧和悲剧的结合,即神秘剧作为外框剧情,人间悲剧作为内部剧情,而神秘剧又扬弃了内部剧情的悲剧。但是在内部剧情中,我们要注意到:浮士德使用魔术对世界的掠夺是悲剧性的,因为他从世界上赢得多少,也同样向世界失去多少,所以,他每个瞬间通过世界而获得的向上帝接近,不得不用扎根在物质上的对上帝疏远来补偿。第二部的悲剧主题是:通过世界去靠拢神的中心,同时却又不得不远离这个中心[②]。

灵魂剧说 弗利特纳[③]也承认:《浮士德》一部分是神秘剧,一部分是悲剧。内部剧情固然是真正的悲剧,然而诗剧的风格既与古典的不同,也与莎士比亚的不同。它有时近似木偶戏,有时近似中世纪——巴洛克式神秘剧和道德剧,有时近似汉斯·萨克森的文体[④],有时近似狂想曲,它不是为了舞台演出,而是用以达到心灵感应的诗。这是一部灵魂剧,它的解决只能靠剧中这位狂热的非常人物学会断念,放弃尘世上形而上学地满足的瞬间,而无损他的形而上学的本能。可是他明白这点时,从事行动已经太迟了。在真正的劝善悲剧中,主角只能通过

[①] 弗朗茨:《人与恶魔》,蒂宾根 1953 年版,第 12 页(德文)。
[②] 前引维塞书第 123 页(德文)。
[③] 前引费利特纳书第 257—260 页(德文)。
[④] 德国十六世纪纽伦堡市民文学的代表。

行动来证明重新获得的内心自由,但这不在浮士德身上,因为主角在这儿完全失败了。

世俗化的神秘剧说　如果上面维塞看出《浮士德》很清楚地分为悲剧和神秘剧,那末,其他的学者又认为悲剧在交错的神秘剧中被抵消了,而把整个剧本看作世俗化的神秘剧。齐格勒称这部剧本是传统类型的基督教神秘剧之现代世俗化的改编①。科默雷尔也说这是世俗化的神秘剧②。科尔夫则说:浮士德诗剧就其性质来说是神秘剧。它以整个基督教的神话为前提……然而这是歌德式的浮士德诗剧的本质,就是它用一种几乎相反的、非基督教的精神来充实这按照原始理想来说的基督教的精神③。

D. 比喻和讽刺说

比喻说　波利泽根本否认《浮士德》的戏剧性质。他认为歌德的《浮士德》既非喜剧,也非悲剧,而是一部高度象征性的比喻,用以表达人在世界上的地位,这是向无穷宇宙敞开的寓言④。

讽刺说　伯姆在他的道德解释中,把浮士德诗剧看作一部讽刺作品。他认为浮士德是作者当作否定的象征形象来设计的,是个"不可救药的人",不断犯错误,而不认识和后悔。伯姆从这种立场出发说:我们称这类作品是讽刺文学,诗人在剧中对主角的道德评价与其自身对价值的态度相背离。《浮士德》成为德国文学中最伟大的讽刺作品,也成为一般世界文学中最富有声色的讽刺作品。作者在这里作为"人类批判者"而出现,把道德的题材裹上美学的外衣,从而与前者保持距离。他不是怀着敌意动笔,而是不顾一切批评,与剧中主角抱有同感,被主角的品质和行为所感动,或是对其摇头,或是对其感到恐惧。伯姆称这种能使人发抖和摇头的讽刺作品为恐怖的讽刺文学。歌德把原来的浮士德木偶戏提高到恐怖的讽刺文学的程度。他之所以命名全剧为悲剧,是因为诗剧中对浮士德之不能臻于完善的表述占居极大的地位⑤。

---

① 齐格勒:《近代德国戏剧》,柏林和比勒弗尔德1954年版(德文)。
② 科默雷尔:《文学创作的精神与字句》,法兰克福1944年版,第31页(德文)。
③ 前引科尔夫书第695页(德文)。
④ 波利泽:《论科学的认识和罪恶之树》,载《德国席勒学会年鉴》第9年度,1965年版,第12页(德文)。
⑤ 前引伯姆书第41—316页(德文)。

E. 小结——乐观主义的悲剧说

以上各种说法,均未免失之片面。根据我们中国的传统观念,所谓"悲"有双重含义:一是悲哀的悲,一是悲壮的悲;前者表示悲观绝望,感到没有前途;后者则表示悲壮激昂,可以鼓励来者。就剧中主角浮士德的发展历程来看,他虽然经过种种失败,然而他从不灰心丧气,消极不前,最后他的灵魂不是被魔鬼攫走,而是得到天使的拯救;他的人格不是毁灭,而是得到升华;他临死以前还预感到人类的未来社会是"自由的人们生活在自由的土地上",这显然具有乐观的前景和乐观主义的精神,因此就不能断言《浮士德》是纯粹的悲剧。然而也不能说《浮士德》就是喜剧。主角浮士德从小世界到大世界,经历种种阶段都失败了,特别是第一部中,他与葛丽卿的关系更是名符其实的悲剧,而作者歌德又定名此剧为悲剧,因此也不能对此贸然不顾而直名为喜剧。至于象征和比喻、影射和讽喻,这是诗人在剧中运用的艺术手法,虽然显得神秘离奇,以至于荒诞不稽,但也不能据此定名为混合剧和讽刺剧,以取消作者所定的悲剧这一基调。

根据剧中主角浮士德的整个生活历程来看,是屡挫屡进,再接再厉,这样就磨砺和锻炼出自强不息、精进不懈、不断努力进取的"浮士德精神"。这也可以象征人类社会的发展,人类在发展过程中虽然难免这样那样的困难和挫折,然而它的总趋势则是不断前进,不断提高,不断向上的。这种浮士德精神可以不朽,可以鼓励来者,化生亿万,就像中国的愚公移山的精神一样。它必定是乐观主义的,因而我们可以称《浮士德》是一部"乐观主义的悲剧"。

《浮士德》剧本的统一性问题

关于《浮士德》诗剧的统一性问题,自来就有争论,一是关于第一部与第二部的统一性问题,二是第二部本身的统一性问题。最早是菲舍尔责备歌德破坏了第一部与第二部的统一风格。照他看来,诗剧第一部浸透了日耳曼现实主义的精神,而第二部则是枯燥无味的比喻,充满了离奇怪诞的东西和语言上的矫揉造作,比起第一部来,价值可差远了。

从此以后,肯定诗剧的统一性与否定诗剧的统一性分为两派,争论不休。前者称为统一论者,后者称为片断论者。

不过在提出《浮士德》诗剧之统一性或非统一性的问题以前,先要弄清楚什么是统一性。统一性是指诗剧情节的连续性呢?或者是指剧中主角作为剧情展开的承担者而建立作品的统一性?是指思想和哲学构思的统一性呢?还是指风格或文体的统一性?根据人们对于统一性概念的理解不同,于是就必然得出不同的答案。

我们应当考虑到《浮士德》是歌德毕生的代表作,前后经过六十年左右的惨淡经营。伯克曼认为歌德经过了各种文学风格时期,很少文学家能够和他相比[①]。他从狂飙突进的描述特征的艺术到古典主义象征时期的典型化表现方式,再到象征艺术的独立化,是他晚年作品所具的特色。

根据科布里克的看法,歌德自己也强调诗剧第一部与第二部有分歧。在第一部中,歌德已让靡非斯陀纲领式地宣告小世界与大世界的区别(原诗第2052行)。从1797年到1800年,歌德亲手草拟了一个浮士德剧本的纲要,保留至今。诗人把剧本第一部和计划中的第二部大体规划如下:

"人的生活享受——从外部看——第Ⅰ部。——在模糊的热情中。事

---

① 伯克曼:《浮士德诗剧的循环统一性》,汉堡1966年版,第194页(德文)。

业享受——向外部看——第Ⅱ部。——再加具有意识的享受。美。创造享受——从内部看——在混沌中收场——走向地狱之路。"

歌德特别注意海伦和统治者的悲剧,他突出第二部的客观性质与剧中主角的更高度的意识。后来在1831年2月17日,歌德对艾克曼发表了类似的意见:"第一部几乎完全是主观性的。一切都从一个比较拘泥、比较热情的个人产生出来的,这个人的半朦胧状态也许会令人喜爱。但是第二部中几乎完全没有主观性的东西,这里所展现的是一种较高尚、较广阔、较明朗而较少激情的世界。谁要是没有全面探索过,没有一些亲身的体验,是无法理解它的。"歌德在另一个地方又强调第二部比第一部更多地倾向于理智。1831年9月8日,歌德写信给布瓦塞雷说:"现在第二部不应当也不可能带有象第一部那样的片断性。理智在这里有更多的权利……"同年12月1日给威廉·洪堡的信也说:"理智对第二部比对第一部有更多的要求,在这种意义上必须更多地为明智的读者写作……"另一方面,歌德又于1831年2月13日对艾克曼说:"这种作品只有一个要点:个别部分都应当显得鲜明而有重要意义,整体却是不可以用寻常尺度去测量的,它像一个没有解决的问题,永远耐人钻研和寻思。"歌德也赞同艾克曼的意见:"幕中各景却自成一个独立的小世界,尽管彼此互相呼应,而又互不相涉。对于诗人来说,他所要表达的是一个丰富多彩的世界。他运用一位著名的英雄人物的故事时,只把它作为一根线索,在这上面他爱串上什么就串上什么。这也正是《奥德赛》和《吉尔·布拉斯》都采用过的方法。"

根据以上所说,歌德更多地强调诗剧第一部与第二部的区别性,而没有说出两者的统一性。因此,埃姆里希断言,关于浮士德诗剧的统一性问题以及整体与局部的关系,至今尚未获得解决[①]。

科默雷尔认为《浮士德》第二部是个整体,它在表面上通过情节和人物与第一部有联系,然而就其戏剧生命的特点来看,又与第一部严格有别。如果要作个大致的区别,可以这么说:第一部是处理心灵的生活,第二部是处理精神的行为[②]。施泰格声言:对于细心阅读而不囿于成见的读者来说,经过彻底的检验,都断定《浮士德》不是完整无缺、各部分和谐一致的整体,任何相反的论证,都是

---

① 前引埃姆里希书第13页(德文)。
② 前引科默雷尔书第15页后(德文)。

徒劳的、人为的、难以置信的，而且从文学和科学论坛上来说，也是不值一提的。他指出作品内容分配上的比例失调，故事的主要部分阐述简短，缺乏必要的过渡，另一方面，歌德把一些次要的、可有可无的插曲拖拉得太长太远。这种布局上的缺点，应归咎于写作的时间太长①。汉斯·迈尔从《浮士德》全剧的表面结构与形式布局上看，也否认第一部和第二部的统一性。他还引用歌德自己说这部作品是不可测量的。他说：歌德的意思不仅是指迄今为止的一切文学尺度都不适用于这部作品，而且特别打比方说，对于全部作品没有可以通分的公共分母②。

施特赖歇尔试图藉助于实体性和功能性的范畴来解决《浮士德》剧本的统一性问题。他只重视剧本的戏剧统一性，而不重视它的思想统一性。他认为这部剧本根本谈不上具有戏剧的统一性。这点根据于作品本身的构思：浮士德不是戏剧人物，他属于可能性的范畴，他设计和制造局势。人物的第一性代替了局势的第一性。这个人物意味着……设计，他设计出各种存在形式。浮士德作为求知者，作为求爱者，作为廷臣和战士，作为美的寻求者；浮士德陷入无聊中，陷入罪过中，预感到死亡，激发出最后的过分活动欲望，获得圣洁的超度；浮士德作为比喻和象征，作为超越空间和时间的原则等，就是这些形式。浮士德这个自我与世界的相遇，不是一个固定人物与一种情况的直接对立，而是通过种种存在形式的中介，在这些形式后面自然有一个统一的自我。自我的整体性与处在整体性中的"物质"是相适应的。施特赖歇尔由此达到如下的结论：《浮士德》中所涉及的问题是一连串存在形式，这是浮士德由于追求越来越纯洁的行动而被迫设计出来的③。

埃姆里希在他的论文《浮士德诗剧第二部之谜》中，也否定诗剧第一部与第二部的统一性。他肯定歌德是有意不愿把第一部续写下去：令人惊异的是，歌德并非由于年老体弱而放弃续写上部，而是完全出于明确的意图和清楚的意识。本来歌德是想符合所有批评者的愿望续写下去，可是他在1825年把所有已经写好的、包括一部分伟大的场面在内，都删去了，有意给予剧本一种完全新的不同的性质。这时浮士德在品质上被作者改变了，他个人没落了，代替他的是一个超个人、超时间的、凌驾世界之上的客观典型人物。例如浮士德在皇帝宫廷的化

---

① 施泰尔：《歌德》第三卷(1814—1832)，苏黎世1959年版，第468页后(德文)。
② 汉斯·迈尔：《没有浮士德第一部的浮士德第二部》，柏林1966年版。
③ 施特赖歇尔：《歌德〈浮士德〉的戏剧统一性》，蒂宾根1966年版，第5—89页(德文)。

装会上充当内心富有和完成的财神普鲁图斯出现,作为凌驾世界的精神,俯视整个纷纷扰扰的场面。歌德由于需要人的两极对立性和完整性,用以抵消从前的浮士德性格的片面性,由此创造出一个包括一切的典型①。

以上是否定《浮士德》剧本统一性的一些人的看法,不过更多的人则是肯定剧本的统一性,而肯定统一性的观点又各有分歧。

柯尔夫认为浮士德是向上发展的角色。他说浮士德式追求的全部曲线,是从低级上升到高级,即从自然满足的一切阶段到道德满足的最后阶段,从主观的享受到客观的成就,从拘束在自我当中到献身于世界②。菲托尔也称《浮士德》是一部发展剧,并把浮士德与歌德本人联系起来。他说:歌德的剧本是双重意义上的发展剧。它表现主角的发展,同时又反映出作者本身的发展。浮士德生活历程的各阶段与歌德自身存在的发展,即他之成长为诗人、思想家和伟大人物是相适应的③。

另外一些解说家把浮士德及其发展看作是统一剧本的轴心,然而他们不是把浮士德当作个人,而是当作人类的代表来看待。具有马克思主义观点的人坚持此说,他们把浮士德的全部生活道路(贯串剧本的两部)解释为人类经过种种历史阶段的道路。如果卢卡契认定《浮士德》是人类的戏剧,是人类发展的缩影,而且指出它与黑格尔的《精神现象学》相似④,那末,这就说明歌德是从历史哲学的设计出发,把他的剧本作为统一体来构思的。此外,硕尔茨⑤及《古典文学》的集体编写者阿布雷希特、巴斯蒂安和米滕茨威⑥也持有同样看法。

肯定《浮士德》的思想统一性的,则有赫茨、贡多夫和里克特等人。贡多夫否认上述剧本的艺术统一性,但承认它的哲学统一性⑦。赫茨从自然与精神两极对立的自然哲学思想出发,把浮士德的生活道路,看成是主角在物质精神与思想精神之间的永恒和平中,向着无穷静止和完成的迷误行驶⑧。里克特在解说剧

---

① 同前引埃姆里希书第178—181页(德文)。
② 前引科尔夫书第391页(德文)。
③ 前引菲托尔书第334页(德文)。
④ 前引卢卡契书第144—145页(德文)。
⑤ 前引硕尔茨书第20页后(德文)。
⑥ 前引阿布雷希特书第424页(德文)。
⑦ 贡多夫:《歌德》,柏林1920年版,第782页后(德文)。
⑧ 赫茨:《歌德的〈浮士德〉中的自然与精神》,法兰克福1931年版,第Ⅳ页(德文)。

本时,先就假定诗剧是一个统一的整体①。他发现不出浮士德的性格中和人格发展上有破裂,也看不出剧本第一部与第二部之间有根本上的分歧。在他看来,两部分剧本都在表现浮士德如何受到诱惑。诗剧的哲学思想的统一性是以"活动"这个概念为根据的,而活动在全部剧情中导向愈来愈高级的纯洁性。里氏认为,我们只消把愈来愈崇高和纯洁的活动这个概念放在戏剧的中心,用以规定贯串始终的思想就行了,此外再补充说明,活动的纯洁性从两方面受到威胁,让我们不断重新认识这部戏剧,就是:行为冲动如果过分,就会变成犯罪的冒险;如果不足,就会松懈下来,这么一来,我们就有了一切,用以表明诗剧的主要部分在世界观上必须结合在统一的联系中。在绝大多数情况下甚而可以肯定,"活动"这个词被诗人用来表明浮士德式生活的中心是什么,从而赋予整体以统一性。里氏指出浮士德剧本的思想与德国唯心主义哲学之间的联系,特别是费希特于1794年在耶拿大学所写《论学者的使命》的讲义中所提到的行动哲学。

与上述不同,有的研究家认为一部艺术作品的统一性,不应从哲学思想上,而应就它的艺术结构本身来考察。弗利特纳②论证《浮士德》全剧具有匀称的建筑艺术的统一性,不过与其他一切戏剧样本的建筑风格有所不同。本剧的天上序幕的框形情节与尘世的内部情节互相吻合;尘世事件被超尘世的事件当作宝石一样镶嵌和照射在内。诗剧的艺术结构巧妙地表现如下:

舞台序剧;
框形情节的开端:天上序幕;
内部情节的开端:悲剧第一部,直到与靡非斯陀打赌的结束;
内部情节的展开:
Ⅰ. 浮士德出游到小世界——直到第一部结束;声音自上来;
Ⅱ. 浮士德出游到大世界——悲剧第二部直到斐莱孟和鲍栖丝的悲剧;
内部情节的结束:深夜,子夜,宫中宽广的前庭等场面;
框形情节的结束:埋葬,山谷等场面。

---

① 里克特:《歌德的浮士德。诗剧的戏剧统一性》,蒂宾根1932年版,第Ⅶ页,第281—527页(德文)。

② 前引费利特纳书第259—261页(德文)。

两种情节都有开端和结尾,两种都是通过约定来进行的,即条约和打赌。线索是微妙的,要仔细谛听,要注意句斟字酌。第一次约定好像是打赌,其实不然;第二次约定好像是条约,也仅仅是一半正确。结尾完全符合约定。剧情就是安排在这双重的滚球戏中。由第一个事件进程阐明其他的事件进程。

　　上面已经提到的伯克曼指出浮士德诗剧的循环统一性,特别是第二部。他说:表面上,剧本好像是由毫无关联的部分,松懈的歌舞剧场面组成的,其实不然,它贯串着种种象征、动因、想象的脉络,它们的详细联结至今还未得到足够的探索。这里不得不引歌德关于"补充"一词的看法。歌德使用"补充"这个概念有两种意义:首先是各种动机和情景要交换着互相补充;其次是读者这方面也要对它们加以补充,这就是说,读者要把自己本身结合进去。一种有待补充的象征手法的循环统一性,作为浮士德诗剧的决定性结构形式,是歌德自己强调的。

　　另外还有"层次性"的说法,代表人是弗里德里希和沙伊特豪尔①。根据他们的看法:歌德写作《浮士德》从青年时期开始,经过中年时期,直到晚年时期才最后完成,前后共达六十年之久。如果我们把全部剧本就其写作过程重新考察一番,那末,我们就获得一种印象,好像接触到地球的外壳,一层覆盖着一层。正如地层的真实状况那样,剧本的层次极少是平坦的,甚而是一平如砥的。这里有断层,也有上冲断层,有最新时期的层次,也有最古时期的层次,其间又夹有中古时期的层次,在这里或那里出现在地壳表面上。例如在属于最早创作期的"葛丽卿悲剧"中,插入意大利旅游时期所写的"森林和洞窟"和1800年所写的"瓦卜吉司之夜"。在浮士德开头的长段独白中,我们先听出的是年轻的狂飙运动者的声音,当瓦格纳退场以后,一下子又让我们听出处在中年时期高峰的诗人的低沉声音,而"囚牢"那场的诗句形式,则是歌德在原稿写成的四分之一个世纪以后,重新改写的。

　　经过如此漫长的写作过程,已经完成的剧本不可避免地像地球表面一样,出现裂缝、罅隙、过度延伸、向外膨胀以及大小缺口等现象。例如第一部中北欧的瓦卜吉司之夜,正在我们开始了解它的本来意义的一瞬间就烟消云散了。第二部中海伦突然出现在我们面前,根据浮士德与巫女曼陀的最后谈话,我们还悬想她居留在阴司里。高龄的诗人十分重视他写的"古典的瓦卜吉司之夜"那幕,其实从我们今天的角度来看,它反而把浮士德在皇宫里召唤海伦与他在希腊土地

---

① 参看二人合著《歌德〈浮士德〉的注解》,斯图加特1980年版,第128—133页(德文)。

上与其结合这二者之间的联系破坏了,至少是掩盖了。第一部中农民们在菩提树下唱的牧歌,"瓦卜吉司之夜的梦"的讽刺诗,以及第二部中化装队伍游行的一些诗行,本来都是独立的,是诗人故意把它们纳入戏剧里来。第二部第三幕收场时,靡非斯陀现出原形,据说"在必要时可加收场词以解释此剧",实际上诗人把应作而未作的补充说明放弃了。尤其是在化装舞会上曾预示一些补充的扩展:如渔夫和捕鸟人及黑夜诗人和墓穴诗人,本该表白一点什么,却用夹注匆匆带过了。

从上例可以看出在好些地方,已经完成的《浮士德》实际上并未完成。八十二岁高龄的歌德,为了把主题思想贯彻到底,尽快完工,有些部分未免写得过于紧凑;有些部分又拉得太长,超出原定范围以外,因此引起人们责备本剧"没有定形",特别是第二部。

但是歌德在完成悲剧第一部以后,就一直没有再去动它,而把悲剧第二部的手稿密封起来,在纸包上盖印,表达出了他的最后决心。这么一来,我们只好使以前阶段的写作,如《初稿浮士德》、《浮士德片断》以及《幻想曲》等,让位给这个两部合成的整体。我们也要不顾一切层次,一切形成的和改写的东西,把歌德遗留给我们的《浮士德》第一部和第二部当作一部统一的艺术作品来理解和评价。

这对于某些对戏剧的本质和任务抱有成见的人来说,是很难理解的。我们甚而不能把歌德自己当作衡量歌德的尺度。比如说,从他的古典主义的戏剧如《伊菲格妮》或《塔索》中,找出戏剧结构的基本形式和艺术风格的一般本质,用以和《浮士德》诗剧相比较。正如歌德本人是富于变化一样,他的创作也同样富于变化。他生活的每个时期都创作出与其相适应的作品。然而《浮士德》无论就内容和形式来说,都不是他个别生活时期及这一时期的最终艺术观的作品。因此,对这部诗剧无一定的尺度可言,正如歌德对秘书艾克曼所说的那样,它是"不能测量的"。

由于诗人在其漫长的一生中,经历过三个不同的时期,按照艺术风格说来,即狂飙突进时期、古典主义时期和浪漫主义时期,于是《浮士德》也具有所有这些时期的风格的特征。为了藉助于形象来说明这种发展的结果,我们可以哥特式的大教堂为例。它耸立在罗马式的墙基上,而在扩建方面则带有文艺复兴、巴罗克及后代的特征,而显得完美无缺。不过也有一些文艺建筑,由于修建时期过长而变得奇形怪状,到了后来比较懂得艺术的时代,只好将补充上去的东西挖除掉。可是对歌德的《浮士德》来说,谁敢这样冒失地动手动脚呢?凡是他原来写的和后来写的东西都具有深意,谁也不敢增减或妄动一字一句。对今天的读者来说,青年人读《浮士德》不同于壮年人,而壮年人读《浮士德》又不同于老年人。老中青都从《浮士德》中获得不同的感受和理解,并汲取不同的教益。

最重要的一点,是歌德开始着手《浮士德》诗剧的写作时,就预留有陆续补充和发挥的余地。当诗剧在他思想上还处于萌芽状态时,他曾参观施特拉斯堡的大教堂,赞赏不止,撰有《论德国建筑艺术》一文,其中写道:"这种典型的艺术是唯一真实的。如果它从内在的、统一的、本身独立的感觉出发,向周围发生影响,不顾甚而不知道一切异样的东西,那末,不管它是产生于粗糙的野性也好,还是产生于受过教养的敏感也好,它总是完整的,生气勃勃的。"

典型的艺术和极度完美的形式,在表面上看来似乎没有定形,这一点歌德在伟大的英国戏剧家身上也看出来了。他从施特拉斯堡回来后,写了《莎士比亚纪念日》的文章,文中说道:"他的计划如果按照通常的风格来说,实不成其为计划,然而他所写的剧本统统环绕一个秘密点旋转,在这点上,我们自身的特点及我们意志要求的自由,与总体的必然进程邻接起来。"歌德于1774年8月21日写信给雅各比说:"你瞧,亲爱的朋友,一切写作的开头和结尾,都不外乎是通过内心世界来再生产周围的世界,而内心世界则抓住一切,联系一切,重新创造一切,在自身的形式中捏出一切,再表现出风格来,这永远是个秘密,谢天谢地,我也不想把这向好奇的人和饶舌的人公开出来。"

以上虽然不直接针对《浮士德》而言,然而我们可以懂得,歌德创作这本诗剧时正是通过内心世界再生产外部世界,而且随着诗人本身的发展,不断产生新的感觉,不断接受新的体验,并用与之相适应的新的形式表现出来。我们了解到这点,就不会用早期的歌德来反对晚期的歌德,倒是诗人以他思想的无比灵活性,把本剧的基本形式直到高龄都一贯坚持下来,令我们惊讶不已。

归纳起来:艺术的统一性寓于多样性之中,不在乎有一竿到底的剧情。《浮士德》诗剧的统一性首先寓于浮士德这个人物及其精神的统一性中,其次,寓于诗人本身的统一性中。

《浮士德》戏剧的舞台史

酝酿时期
（连环画及皮影戏）

歌德的《浮士德》诗剧第一部发表于1808年，而第二部则完成于1832年，因此，歌德并未亲眼目睹全剧搬上舞台演出，就是第一部也经过曲折的道路，才得与观众见面。开始，歌德对第一部的演出持怀疑态度。后来通过造型艺术，才使他看出把剧本与光学布景在舞台上结合起来的可能性。佩特森①对这部剧本的舞台史作了概括的报道：年青一代的浪漫主义精神，发现浮士德的丰富题材可以促进想象，这对造型艺术来说，是其他任何一部德国诗剧所不能提供的。从1810年到1812年，至少有五种关于浮士德的连环画到达歌德手里。它们的作者是：施蒂格利茨、瑙韦克、雷特、科内利乌斯及纳埃克等；1829年又有拉姆贝克的袖珍本铜版画出现。绘画代替了尚付阙如的舞台形象，它们赋予剧中的人物以栩栩如生的特征，比如浮士德、靡非斯陀、葛丽卿和玛尔特太太等，在容貌和服饰上，无不曲尽其妙。它们把这些人物形象分批地安置在舞台背景的前面，这样就赋予一切细微现象以鲜明的轮廓，后来舞台只好接受传统，步绘画艺术的后尘，遵奉其留下的楷模。

1809年，法尔克在一个魏玛社团里用皮影戏演出浮士德剧中的一些场面，这大概重新引起歌德上演该剧的兴趣。他于1810年11月18日写信给好友作曲家策尔特，请其为浮士德演出谱曲："我终于向您奉告，我们面临着一个不平凡的计划，就是把《浮士德》演出来，尽可能地忠实于原著。您大概会用一点音乐来支援我们吧，特别是复活节的歌唱（第一部'夜'中）及催眠曲'消逝吧，你们这些幽暗穹窿'（'书斋'）"。可是策尔特公开拒绝了，歌德于1811年2月28日又写

---
① 佩特森：《歌德的〈浮士德〉在德国舞台上》，莱比锡1929年版，第7页后（德文）。

信给他:"您拒绝给《浮士德》谱曲,这点我不能怪您。我的提议也和计划本身一样未免轻率一点。"1810 年,有位名叫沃尔夫的演员掌握着一份准备演出的说明书,书上有歌德的补充,至今还保存下来。它把《浮士德》第一部分为五幕。也许歌德的七幅亲手素描就是这时完成的,包括"天上序幕"、"地灵"、"巫厨"、"瓦卜吉司之夜"等,从这儿可以明白看出,演出有哪些困难和没有把握的地方。歌剧舞台的传统,自巴罗克时代以来,让异教的神灵坐在云车和悬空机器中出现,使不可能的东西成为可能,这对于基督教的全能者就不适用了。中世纪的观念,把天父打扮成白须老王,高坐在游戏场的上空,已一去不返了,而耶稣会徒的剧场用比喻的象征形象来作代替,也不比巴罗克的风格更经久些。

从私下演出到公开演出

1819 年,拉德齐维尔侯爵在柏林举行第一次业余爱好者的私下演出。他为《浮士德》配了音乐,于 1814 年 4 月访问歌德,用大提琴给他演奏部分乐章。歌德主张准歌剧式的演出计划,而且还提出个别的歌剧唱词作补充。从 1819 年到 1820 年,这部准歌剧式的脚本一再在蒙比儒宫由演员和贵族社会的高贵清客演出。

1820 年,在布雷斯劳举行第一次公开的舞台演出,不过只采用原著的片断。1829 年 1 月 19 日,由克林格曼在不伦瑞克的宫廷剧院里第一次演出完整的《浮士德》第一部。克氏的改编和导演,完全表现出根据当时剧院条件所期待的一切。就在同一年,汉诺威、不来梅、德累斯顿、美因河畔的法兰克福、莱比锡和魏玛等城,为了庆祝歌德的八十诞辰,相继把克氏的改编本搬上舞台。

不过由于当时舞台技术的落后及官方检查的吹毛求疵和肆意篡改原著,造成演出的困难和减色。

值得注意的是:19 世纪上半期的演出,在于突出葛丽卿的悲剧,这就缩减了浮士德的场面。由于《浮士德》第二部尚未赢得搬上舞台的机会,所以"天上序幕"那场多半被取消了。直到 1856 年,这场才在不来梅和莱比锡首次获得演出。

后来在高超的客串演出中,重点转移,靡非斯陀成了头牌性格演员扮演的主要角色。其中最突出的要数古斯塔夫·格林德根斯,他表演靡非斯陀特别引人注目,其影响历久不衰。因为靡非斯陀的性格复杂,而且有多种化身,后来的许多演员也只能表现出他的某些方面或某些特征,而很难尽其全貌。

人们逐渐地试图把《浮士德》第二部也搬上舞台。歌德自己对演出第二部的舞台布置比对第一部更感到困难。1829年12月20日,艾克曼的《歌德对话录》中有如下的对话,歌德说:"我的思想中又出现浮士德,我想起霍蒙苦鲁斯,人们怎样在舞台上把这个形象演得一目了然。"我说:"人们纵然看不见小人本身,但必须看见瓶中的发光体,还有他要说出的重要事情必让人听得一清二楚,这不是一个小孩办得到的。"歌德说:"瓦格纳不许放开手里的瓶,而声音要好像发自瓶中。这是一个会腹语的人扮演的角色,我曾经听到过,他一定能把事情办妥。"我们也想起盛大的狂欢节,尽可能让它出现在舞台上。歌德说:"这将要求一个巨大的剧场,几乎使人难以想象。"我回答道:"我希望还能亲眼看到。我特别喜爱那匹大象,它被智慧女神驾驭着,胜利女神站在上面,恐惧与希望两女神被链条锁在下面两边。这只是一种比喻,不容易找到比这更好的了。"歌德说:"这不会是出现在舞台上的第一匹大象……不过整个场面过于庞大,这就要求有一位不可多得的导演。"我说:"然而这是充满光彩和富有反应的,一座舞台总是非此不可。当它一旦建立起来,就会日益变得重要!开始出场的是美丽的女园丁和男园丁,他们装饰剧场,同时也组成群众,使得后来出现的场面不缺乏环境和观众。接着大象出现以后,就是龙车从幕后出现,穿过空中从人众头上飞来。此外还有潘恩大神的来临,后来一切都陷入虚假的火焰中,终于被移动前来的潮湿的云雾所熄灭!如果这一切都表现出来,您想象得到,观众就不得不惊讶地坐在那儿,承认自己缺少对于这些丰富现象的思想和感觉。"歌德说:"好啦,别提起观众了,我一点儿也不想知道他们的情形。主要的是剧本上这么写着:让世人高兴怎么对待就怎么对待它,能够怎么利用就怎么利用它吧。"

1849年8月28日,古茨科为了纪念歌德的一百周年诞辰,在德累斯顿的宫廷剧院首次演出《浮士德》第二部中海伦那幕,而标题为"海伦被劫",效果不佳。1854年,汉堡的市剧院试演《浮士德》第二部,冯塞卡把原著加以改编。他从七千四百九十八行诗句中删去五千九百二十八行,改写八十八行,新增一百六十九行,结果是大大歪曲了原著。

19世纪下半期,《浮士德》全剧(包括第一部和第二部)才首次被人计划演出。1876年,丁格斯泰特以维也纳皇宫剧院经理的身份,构思出包括《浮士德》两部分的三部曲计划。同样,奥托·德夫林特把《浮士德》作为两天排演的神秘剧,在魏玛宫廷剧院演出。1877年,米勒在汉诺威舞台上演出改编为四部分的剧本。1883年,维尔勃兰特在维也纳上演改编为三部分的剧本。1900年,吕温弗尔德把全剧在柏林席勒剧院分成两个晚上演出。同时也有人试图把两部合并在一个晚上演出。首先是维尔特于1882年在曼海姆试演。第一次世界大战以前,其他成功的演出,要数维柯夫斯基于1907年在莱比锡的演出,赖因哈特于1909年和1911年在柏林德意志剧院的演出。直到今天,演出要忠实于原著的这一原则还基本上保存下来。

在19世纪中,根据爱德华·德夫林特的建议,使用三层的神秘舞台来表演《浮士德》。所谓三层即体现天堂、人间和地狱。这种想法与中世纪的连立舞台不符,按照后者,天堂与地狱不是安排在上下,而是安排在舞台上对立的两头。赖因哈特第一次使用转台演出《浮士德》,即用先后的情节次序来代替上下重叠的神秘舞台。1914年,科隆的工厂联合会剧院采用另一种形式的连立舞台,把用柱头隔开的三种场面并列起来:一是浮士德的书斋,二是天堂,三是奥尔巴赫地下酒店。在复活节郊游时,三种场面则由于取消框架而融合为一。第一次世界大战以后,舞台装饰更加美化。埃勒在慕尼黑艺术家剧场的演出,利用框架来划定视野;每场都展开新的背景。舞台的远景深度被放弃了。蔡斯在法兰克福演出《初稿浮士德》,只应用照明效果;1924年,耶斯纳在柏林国家剧院演出《浮士德》的情形也与此相似。

第二次世界大战以后

第二次世界大战以后,《浮士德》的两部分都在各种说德语的舞台上演出,而最突出、最独特的表演要数格林德根斯。1949年和1952年,在迪塞尔多夫剧场演出《浮士德》第一部;1957年在汉堡德意志剧场演出《浮士德》第一部,1959年演出第二部。格林德根斯在所有的演出当中,都由他本人担任靡非斯陀这个角色。在汉堡的演出当中,浮士德由克瓦德弗利格担任,葛丽卿由魏斯格贝尔担任。格林德根斯在演出当中,使剧本脱离历史的联系。由于浮士德对科学研究的意义感到怀疑和绝望,于是克氏使其成为现代学者悲剧的象征形象。靡非斯陀在格林德根斯的表演中是现代的怀疑论者,只偶尔发出声音,宣布虚无主义的原则立场,颇像萨特[①]的形象。雅各比在1957年5月2日的《时代》杂志上,描写《浮士德》第一部演出的情形:现在汉堡的德意志剧院对于更新古典作家作出惹人注目的贡献。格林德根斯导演歌德的《浮士德》,他从悲剧第二部的视角来解释悲剧第一部。除此而外,格林德根斯还把浮士德寓言现实化了,即通过形象暗

---

① 法国现代存在主义哲学家。

示原子时代。最成功的要感谢雕塑家奥托的想象,他在一个晚期哥特式的玻璃装置中,把炼金术的蒸馏罐与原子状态的分子结构结合在一起,象征着浮士德书斋中几乎唯一的存品。更明显的是用瓦卜吉司之夜影射现代,在群魔乱舞中升起原子弹爆炸的蘑菇云。1958年5月15日,雅各比又在《时代》杂志上评价《浮士德》第二部的演出:导演格林德根斯鲜明的现实化的指示继续下去。关于浮士德作为现代自然科学的魔术师,又一次发生变化,当靡非斯陀踏入瓦格纳的实验室,想走进反应堆,霍蒙苦鲁斯就被混合在内,靡非斯陀出示一张小小的身份证给两个警察看。靡非斯陀接触到控制台上的原子构成,说出一句尽人皆知的话,使格林德根斯的浮士德解释真相大白:"我们最后还是依靠我们自己的创造物。"

继格林德根斯以后,施罗德于1966年在柏林的席勒剧院也演出现代化的《浮士德》第二部。舒曼在1966年5月6日萨尔区的无线电广播中说:到处都出现把《浮士德》演出现代化的愿望,不过程度各有不同。舞台上出现实验室的彩色玻璃管导杆,瓦格纳在蒸馏器里培育霍蒙苦鲁斯,这个小人儿的上半身装在玻璃瓶内,瓶儿飘浮在舞台上空。剧中把古代、中世纪及现代化的形象和服饰糅合在一起。在第二部第四幕的战场上,出现飞行员式服装及军舰一般的前沿阵地,而靡非斯陀在最后一幕中作监工,居然穿上蓝色工作裤。……不过浮士德在这儿与在格林德根斯那儿不同,这儿本着战后对浮士德形象的解释,他是个魔术大师,他的事业始终是魔鬼的事业,而且他与魔鬼缔约结果失败了。1966年的《今日舞台》特刊有如下的报道:浮士德比以往被人批评得更确定、更明白了。他归根到底再也不是什么崇高的寻求者,而是肆无忌惮、不怕犯罪和诈骗的不法试验家。世界的缺陷、可疑、痛苦的矛盾性,他都经历过而且也参与决定,这一切都被无情地揭露出来。这里怀疑主义的、痛苦的、甚而虚无主义的世界观占居优势。《浮士德》第二部作为儆戒形象,作为否定的人性的十分恐怖的可能形象,经过施罗德的构思,都被置于一个自然要狭隘一些的公式当中。

比格林德根斯和施罗德的《浮士德》现代化走得更远的是马克斯·弗里切。他于1966—1967年在科隆市舞台上导演现代化的《浮士德》第一部。维什涅夫斯基扮演浮士德,德尔特根扮演靡非斯陀。这种非历史性质的演出流于浅薄化和庸俗化。每种古典的激情都被故意贬低了。特别是维什涅夫斯基念浮士德的道白时,尽量把诗句散文化,报刊上的一般评论都认为这次导演没有成功。

贝格尔在科隆《城市导报》上用"非英雄化"、"非魔鬼化"及"非闹剧化"等词,来标志上述的导演,并于 1967 年 6 月 15 日对首次演出报导如下:舞台是敞开的。沿着舞台前部的灯光看去,可在深处发现一个大大缩短的小窗窥视孔,旁边用没有装饰的电影银幕隔开;从封闭墙壁下的平台起,有一条曲折的通路达到前台。穿灰色工作罩衫的剧场经理,穿邋遢而又拖拉的深色服装、套上翻领羊毛衣的编剧和丑角来到这里。……一会儿舞台杂役走到经理和丑角身边,给每人挂上一条圣带,又递给每人一只有柄的面具:于是天帝和靡非斯陀出现了。可是他们不是朝着天空登上平台,而是乖乖地呆在下边;靡非斯陀用令人讨厌的激情,向听众叫嚷"天上序幕"中的一些诗句以后,就干脆抛弃了面具,说话活脱是一个现在的人。那位天帝也如法炮制。连太阳也不是按照古老的方式发声,而是按照今天的、和电子琴差不多的方式,通过扩音器发出立体声,藉助回声和嘈杂的耳语产生效果,但只维持有一节诗的时间……浮士德的书斋场面及奥尔巴赫地下酒店都压缩在舞台前沿,只出现一些明显得可以把握的东西。舞台布景的彻底简化,与大胆削减原作是一致的。至于颠倒词句、紧缩场面等情形,就更多了。舞台上出现的是毫不足道的琐碎事物,使人感到空洞而乏味。特别是歌德那种自我忏悔式的语言听不见了,这是科隆演出的致命伤。今天再也没有巨人般震撼人心的浮士德式的演讲者了,而维什涅夫斯基也不配担任这个角色。他害怕诗歌的旋律,害怕古典的激情,只结结巴巴地从口里挤出一些毫无意义的话句,好像用错误的标点在背诵一篇课文。德尔特根是个思想不够集中的演员,声音细腻的代言人,但不是撒旦,不是恶魔,而是一个文明的魔鬼,他与浮士德之间的交际,就像两位年长绅士的互相往来。

　　格林德根斯等人违反历史的《浮士德》演出,在民主德国受到激烈的批判。1971 年,维尔纳在《魏玛论文》杂志上批驳格林德根斯及其辩护者梅尔辛格,并主张社会主义的浮士德演出①。争论的出发点是,社会主义的浮士德演出,应使诗剧产生的作用有利于社会主义社会,这就是说,必须使客观上对于认识社会生活感到关切,并依靠社会进步的观众,理解这种世界历史的过程,使他们深信,自己有竭尽全力促进这一过程的必要。因此,这样的演出构思,必然与那些忽视浮士德诗剧中的哲学涵义,从而主观上随意解释的演出迥然不同。《浮士德》剧中要克服巨大的困难;困难的产生,是要从诗意上去领会一个代表人类的个人以及

---

① 维尔纳:《浮士德第一部社会主义演出的问题》,载《魏玛论文》第 17 年度,1971 年,第 127—160 页(德文)。

他的自我生存的必要和问题。谁要把人类历史整个阶段中的根本问题在艺术上加以解决,就会遇到这些困难。所以黑格尔肯定,歌德在《浮士德》剧中试图调解主观的知识和追求与绝对的东西,就赋予该剧以无比广阔的内容,这是以前任何一位剧作家所不敢作的。诗剧的美正与被解决的困难相符,因此《浮士德》剧在舞台上的演出也要适合于美的要求。它必然指出,哪些困难被诗剧所扬弃以及它们又是怎样被克服的。此外,还要意识到导演的困难。因为一方面要根据诗剧原文,把现实生活的复杂进程用比较简单的进程来模型化,但不是为了把进程简单化,而是为了显示出它的主要方面。这需要找到舞台上的解决答案,随着诗剧原文的问题提出,也使剧团所处的地位容易被人理解,这就是说,要尽可能强烈地引起观众把本身的社会经验、需要和判断投入戏剧中去。另一方面,导演的困难还由于要负起举重若轻的任务。演出的松动、优美、诙谐——这是克服困难后主观上自由的表示——就给观众以应得的享受……因此,一个社会主义剧团在艺术上的努力,将本着联系人民的戏剧的意义,把古典主义的诗剧与生动活泼的人民兴趣互相结合起来。

维尔纳还详细指出个别场面要注意的地方:"天上序幕"中的对话不可神秘化;天帝与靡非斯陀之间的争论,应理解为道地的尘世间的冲突在人世化的天堂上的投影。表演浮士德最重要的一点,就是要把他用来追求新的认识、行动和体验的革命动力,当作这个形象的主要而突出的特征表现出来,同时要让人们意识到他个人的自我体现的渴望与社会的可能性和必然性的复杂关系。这要求对歌德的浮士德形象及其环境关系作历史唯物主义的分析,不可使情节脱离历史的环境。浮士德在诗剧中的个性发展,不仅仅是由于他与具体可把握的社会现实的矛盾和争执。归根结底说来,要特别强调社会主义的剧院,必须以每个通情达理的个人对社会制约性的科学认识为根据。只有这样,《浮士德》的演出,才可以说明社会主义的、以历史唯物主义社会科学为基础的人道主义的立场。这对于诗剧原文丝毫无损;相反,德国古典主义文学掌握市民人物所作的非凡努力和成就获得了接受和推广。总之,应当强调剧中人物受到社会的制约。葛丽卿向观众表示出平民的世界观,而浮士德在向这个世界冲击。像玛尔特太太这样的人物,也得根据她所处的社会地位来理解她的态度,不能轻率断言她就是道德败坏的妇女的滑稽典型。根据歌德的原著,玛尔特并未贪婪地上魔鬼的当。在玛尔特与葛丽卿两人关系上所表现出来的社会道德问题,并不是一个腐化堕落的妇人成为葛丽卿与浮士德结合的催化剂,而是头脑冷静、不抱幻想的玛尔特,帮助葛丽卿从小资产阶级的狭隘思想中稍微解放出来一些;这样一来,葛丽卿对待浮士德在人性上是自由了,但是由此失去了生活的支柱,后者是小资产阶级社会以其行为准则所规定的。

由于对格林德根斯导演的批评以及对《浮士德》剧本作马克思主义的解释,这给民主德国的舞台表演以决定影响。不过在最初的演出中,浮士德还是否定的象征形象。第二次世界大战后,魏玛德意志民族剧院演出《浮士德》全剧,还十分强调老年浮士德本质中那种苦苦钻研、反复思索、烦恼折磨的特征(1948—1949年由剧院总经理博特费尔特导演)。1948年,浮士德还没有被人看成是向前奋进的自我世界的发现者和征服者。1949年,朗霍夫在柏林导演《浮士德》第一部,打算把这作为控诉德国法西斯的证词来理解。直到1961年,朗格在魏玛导演《浮士德》第一部,本内维茨于1965年导演《浮士德》第一部,1967年导演第二部,1975年导演第一部和第二部,凯塞尔于1965年在莱比锡导演《浮士德》第一部和第二部,才把浮士德表现为"他的世界的创造者"。按照马克思主义的浮士德解释,赋予他以"发展思想",并采取明确的历史态度,试图把浮士德变化无常的命运当作是同他的时代及过时现象的搏斗来说明①。与格林德根斯的争议是要弄清楚这点:在格林德根斯的演出中,浮士德本有火山一般的精神,可是到末了却被自己行为的结果吓退了,而目前在魏玛却把资产阶级难以解决的冲突在乐观主义的新的和谐中解决了。导演本内维茨在1967年1月18日"人民日报"上发表谈话:"我们构成的核心思想之一,就是把浮士德作为对世界的伟大挑战者来表演……我们必须把主角引到他的低潮中,引到沮丧中,引到受诱惑以及被压倒可能的极限上,以便达到舞台上出现真正英雄般的转折和决定,他自己重新站起来,在斗争中赢得胜利,他对于完全的认识事前毫无准备,而每次都得重新争取。这儿对于我们来说,正是歌德思想发挥出来的巨大而极其活跃的爆炸力。"②

第二次世界大战后,其他德语国家的导演分别采取不同的道路。林特贝格于50年代末,在瑞士苏黎世剧院把《浮士德》全剧搬上舞台(第一部于1957—1958年;第二部于1958—1959年)。维曼演浮士德,京斯贝格演靡非斯陀,温特尔演葛丽卿。舞台布置设计师由奥托担任。林特贝格有意识地反对"原子时代

---

① 参看门兴《浮士德在魏玛》,1965—1966年(德文)。
② 同上。

的浮士德"标签下的任何现代化。他要突出剧本的诗歌意味。他强调文艺作品的游戏性质,而利用照明、色彩和音乐来达到美学上的风格化。浮士德由维曼扮演为寻求者和内心体验者,热衷于沉思,而不是行动。浮士德身上的恶也退居次要地位。1957年2月1日巴塞尔的《民族报》写道:林特贝格把《浮士德》表演为"现代神秘剧";他通过维德曼精心分级的复活节、巫厨和精灵的合唱,强调其神曲的性质。林特贝格自己在1958—1959年的说明书上说:我认为最彻底而富有魅力的,是用极少量的舞台布景把《浮士德》演成清唱剧,在目前的演出中,剧本中的某些部分已经这样尝试过了。这种尝试是基于如下的愿望:把大部分被删去的或者冷淡对待的合唱部分,提高到诗人自己所企图达到的有效程度。合唱在戏剧意义上的重要作用,在悲剧的第二部中自然要显得更强烈些,不过诗情的提高,说白的削减,在第一部的复活节、巫厨和精灵合唱中,已经可以听出来了。

1957年12月4日,泽尔曼—埃格贝特在达姆施塔特《回声》报上对上述演出予以肯定:演出时用范·埃克斯的世态画风格开始"天上序幕",大天使在哥特式建筑的小屋中,用庄严的语调背诵赞歌。林德贝格在苏黎世剧院导演《浮士德》第一部,严格按照使用大小天光的布景指示。戏剧在精神意义上分别在两个隔离的、却又互相渗透的平面上进行。在剧情的各部分中完全表现得现实多彩,把合唱诗歌部分提高成为清唱剧。如果说,格林德根斯在汉堡把最新的物理学研究的前景附在歌德的人类诗剧上,而把原子蘑菇云作为预兆画作舞台背景,那末,林德贝格却不采用这样的现实化,而是针对诗歌的实质,把其中有效的东西揭示出来。观众很少听到这么完整的合唱,它们在天使对复活节的唱诗中,在大教堂的场面中,体味着精神上的转折点。林德贝格让每场在其固有的特征中形象地表现出来。这么一来,也许缺少一贯到底的严格的风格原则,然而诗歌部分在成百上千的细节中却表达无遗,而准确无误的导演手法,表达原作的思想已达到指挥如意的境界。林德贝格把倾听序幕中天帝的声音,提高成夜台戏的主题,从这儿起,依次出现各种人物形象。

对于《浮士德》第二部的演出,1958年11月14日苏黎世的《世界周报》写道:由于强调舞台效果,已经暗示出导演的作风了。他也把悲剧第二部看作是喜剧性的。《浮士德》第二部从文学史上被召回来,摆脱无味的导言和脚注,摆脱学究气的解释和迂腐的内容索引。林德贝格小心谨慎地以内行的聪明和智慧,从韵文中提取出戏剧性的部分,但不是对诗歌的生吞活剥,而更重要的一点,是他不勉强要求现实性,也就是不生硬地拼凑出"原子时代的浮士德"。

《浮士德》能不能移植到中国舞台上来?

在结束本文时我想提出一个问题:《浮士德》这部世界名著能不能移植到中国舞台上来? 自1949年中国解放以后,德国戏剧移植过来的,虽不及英、法、俄等国的多,但席勒的《阴谋与爱情》,布莱希特的《大胆妈妈和她的孩子们》和《伽利略传》及瑞士德语作家迪伦马特的《物理学家》等,在北京和上海等地舞台上先后演出,各得到不同程度的好评。《浮士德》是部百科全书式的作品,它的内容纵横南北欧,上下数千年,而且包罗万象,从天上到人间又再回到天上,象征、比喻层见叠出,演出第一部已不容易,演出第二部就更加困难了。根据本文上面所述,第二次世界大战后,联邦德国、民主德国和瑞士演出的经过及其成功与失败的经验,确可供我们藉鉴和参考。《浮士德》是德国大诗人歌德前后构思六十年才完成的代表作,因此,我们必须了解歌德写作此剧的时代背景及其世界观和人生观。主要是彻底明确本剧的主题思想,即它如何表达人类进步的必然趋势,首先要掌握浮士德的不断努力进取的精神及他与靡非斯陀两个形象的辩证关系,再运用中国戏剧的传统优点,如说白与唱词的适当结合,一以叙事,一以抒情;抽象摹拟化手法的巧妙运用,再结合现代的舞台技术。本着歌德原著的精神,演出中恢复剧中人物形象的历史本来面目;既不可加以过分地夸张和美化,更不可使其庸俗地"现代化",以致流于滑稽化和丑化。如果说,西藏拉萨舞台上曾演出莎士比亚的《汉姆雷特》,那末,我国戏剧界的专家们经过努力,克服困难,也未尝不可以尽先在北京和上海等舞台上试演《浮士德》? 让我们拭目以待吧!

结束语

根据上篇所述,可以概括出如下几点结论:西方启蒙运动包括反封建的、反教会的、历史的、自然科学的、美学理论的及人道主义的等方面,所以歌德的《浮士德》作为对启蒙运动的艺术概括,也涉及众多方面,成为一部百科全书式的作品。主角浮士德作为启蒙运动的代表人物,也即是西方资本主义上升和发展时期具有人道主义思想的知识分子,他的发展过程象征着近代以至现代人类发展的过程。从客观上看,资本主义上升和发展时期所具有的反对封建压迫、反对神权桎梏、要求个性解放的任务,是符合全体社会的利益,也适合人类发展历史的进步要求的;从主观上看,浮士德在剧中声称要将全人类的苦乐堆集在自己个人心上,于是小我便扩展为全人类的大我,最后他也和全人类一起消亡,这显然是他意识到自己是人类的代表。浮士德临死以前,还憧憬着自由的人民生活在自由的土地上,这"自由"要作广义的解释,即不仅包括精神,也包括物质及道德文化等各方面。用现代社会科学的术语来说,应指没有民族侵略、没有种族歧视、没有阶级剥削和压迫的平等互助合作的社会,或者也可用中国古代《礼运》篇中的话来说,就是"大道之行也,天下为公"的大同世界。浮士德这种自强不息、精进不懈、不断努力进取的精神,继续鼓舞后世,它是不朽的。同时它贯串全剧,保证第一部和第二部的完整性和统一性。在这种意义上,浮士德是个历史性的进步人物,《浮士德》诗剧是部具有乐观主义前景的悲剧。

下篇《西方的〈浮士德〉研究》,说明这个题材至今尚具有生命力,而引起各国学者继续研究的兴趣。当前西方的"浮学家"争论最多的是浮士德这个人物形象问题,或褒或贬,见仁见智,各持己见,互不相让。其次是靡非斯陀、葛丽卿、瓦格纳、海伦等形象,而《浮士德》戏剧的性质和统一性问题,也是争论的重大项目。至于浮士德戏剧演出的现代化,西方国家各个剧场争奇斗胜,各出心裁,正在不断变化,一时尚难作出定评。不过根据作者在上篇中所得出的几点结论,以此衡量和比较当代西方的"浮学",包括研究和演出,或可不为一偏之见所囿,持实事求是的科学态度,继续进行批判的探讨和研究。

歌德简表

生　平

年份

1749　约翰·沃尔夫冈·封·歌德(Johann Wolfgang von Goethe)于 8 月 28 日出生在德国美茵河畔的法兰克福市,这是当时仅次于柏林和汉堡的大城市,人口约三万人。父名约翰·卡斯帕尔·歌德,母名卡塔莉娜·伊丽莎白·歌德。他开始由父亲启蒙,后来师从城中的优秀教师和校长。

1765　歌德遵照父亲的愿望,到莱比锡上大学研究法律学,三年以后,却因病回法兰克福,未结束学业。

1770　从本年起至 1771 年,他在斯特拉斯堡大学继续研究法律,次年获法学博士学位。他与塞森海姆的弗里德里克·布莉蓉相识,写出好些美妙的诗篇。这时他结识赫尔德,赫氏对民歌的重视,给歌德以极大的影响。

1771　歌德在法兰克福任律师,开始为《法兰克福学者通报》撰稿。

1772　歌德在韦茨拉尔帝国高等法院实习,在一次舞会上与克斯特纳的未婚妻夏绿蒂·布甫相遇,对她产生无望的爱情,这给他写《青年维特的苦恼》提供了重要素材。同年回到法兰克福,此后三年是歌德创作活动的一个鼎盛时期。他写出代表狂飙突进运动的作品:剧本《铁手骑士葛兹·封·贝利欣根》(1773),小说《青年维特的苦恼》(1774)、《浮士德初稿》等。

1774　歌德结识拉瓦特尔、克洛普施托克及魏玛公爵卡尔·奥古斯特。

1775　歌德应魏玛公爵的邀请,移居魏玛。

1776　歌德任魏玛公国的国务参议和枢密顾问,从事政务活动。

1782　歌德获得国务大臣和世袭贵族衔。由于他的改革计划失败,他逃避狭隘的魏玛宫廷生活,出外旅游。

1786　从本年至 1788 年侨居意大利。这次旅游对于他——用他自己的话说——是一次"再生"。他在这里完成《伊菲格妮》和《艾格蒙特》,并写作《浮士德》和《塔索》等剧。

1788　回到法兰克福,与克里斯蒂安娜·符尔皮乌斯结识。这导致歌德与相交十年之久的忠实女友施泰因夫人决裂。

1791　歌德领导魏玛剧院,后来席勒帮他监督排演。这两位大诗人的合作,使魏玛宫廷剧院处于全盛时期。

1794　从本年至 1805 年,歌德与席勒密切合作,互相促进,开辟德国古典文学的极盛时期。歌德完成《威廉·麦斯特的学习年代》,席勒一再敦促歌德完成《浮士德》巨著。1805 年 5 月 9

日席勒逝世,对歌德来说,是沉重的打击。他为席勒的《钟之歌》写的尾声,是给这位挚友树立的永久性纪念碑。

1805 从本年起,与策尔特订交,直到后者去世为止。

1806 《浮士德》第一部完成。10月19日,歌德与他忠实的生活伴侣克里斯蒂安娜·符尔皮乌斯结婚。歌德不倦地继续写作。

1809 发表小说《亲和力》,取得巨大的成功。

1810 发表《论颜色学》。

1811 发表《诗与真》第一部分,其余部分于以后年代中陆续完成。

1816 歌德的夫人逝世。次年他辞去剧院领导的职务。

1819 发表《西东诗集》,这是他晚年诗歌中最丰富的收获。

1821 发表《威廉·麦斯特的漫游年代》第一版,于1826—1828年完成最后定稿的再版本。

1831 歌德完成毕生代表作《浮士德》的第二部。

1832 3月22日,歌德在魏玛逝世,被安葬在公侯墓地内席勒墓旁。

著　作

戏曲

《葛兹·封·贝利欣根》(1773);《克拉维果》(1774);《施泰拉》(1776);《伊菲格妮在陶里斯》(1787);《姊姐们》(1787);《浮士德初稿》(1787);《艾格蒙特》(1788);《托夸陀·塔索》(1790);《激动的人们》(1793);《市民将军》(1793);《私生女》(1804);《潘多娜》(1808);《浮士德》第一部(1808);《埃皮默尼德的觉醒》(1815);《浮士德》第二部(1832)。

小歌剧

《埃尔温与埃尔弥雷》(1775);《克劳丁内·封·维拉·贝拉》(1776);《莉娜》(1778);《渔妇》(1782);《玩笑、诡计与报复》(1790)。

滑稽剧及斋期前夜剧

《沙蒂洛斯或神化的森林鬼怪》(1770);《神、英雄与铸铁匠》(1774);《旧货村的年市节》(1774);《布赖神甫》(1774);《丑角的婚礼,或世界的潮流》(1811)。

喜剧

《同谋犯》(1787);《爱人闹脾气》(1806)。

抒情诗

《爱妮德》(1767);《新歌》(1769);《罗马哀歌》(1790);《四季》(1796);《西东诗集》(1819)。

格言诗

《威尼斯警句》(1790);《讽刺短诗》(1797);《格言与反省》(1833)。

长篇小说

《青年维特的苦恼》(1774);《威廉·麦斯特的学习年代》(1795—1796);《亲和力》(1809);《威廉·

麦斯特的漫游年代》(1821—1829);《威廉·麦斯特的戏剧使命》(1911)。

中篇小说

《新梅露沁娜》(1817);《五十岁的男子》(1818);《德国移民的谈话》(1795);《中篇小说》(1829)。

叙事诗

《列那狐》(1794);《赫尔曼和窦绿苔》(1798)。

传记

自传《诗与真》(1811—1833);《意大利旅行》(1816—1817);《第二次旅居罗马》(1829);《出征法国记》(1822);《围攻美因茨》(1822)。

文艺论文

《论德国建筑艺术》(1773);《文学的平民主义》(1795);《论拉奥孔》(1798);《温克曼及其世纪》(1805)。

自然科学论文

《试论植物变形》(1790);《光学论》(1791—1792);《论颜色学》(1810);《比较骨学》(1820);《头颅骨由脊椎骨发展构成》(1823)。

翻译和改编作品

《本文吕托·策里尼的生平》(1797);《穆罕默德》(伏尔泰原著;1802);《唐克雷德》(伏尔泰原著;1802);《拉摩的侄子》(狄德罗原著;1805)。

谈话录

艾克曼:《同歌德晚年的谈话》(1836—1848);《同弗里德里希·封·米勒首相的谈话》(1870);《歌德谈话录》全集十卷(1889—1896)。

书信

给席勒的信,从 1794—1805(6 部分;1828—1829);给策尔特的信,从 1796—1832(6 卷;1833—1834);歌德在 1768—1832 年的信(1837);给施坦因夫人的信,从 1776—1826(3 卷;1848—1851;第三版 1899—1900);爱德华·封·赫伦编:歌德书信(按年月顺序加注)选集(6 卷;柏林 1902—1913 科塔版)。

杂志

《神殿入门》(1798—1800);《论艺术与古代》(1816—1832);《论一般自然科学》(1817—1824);《形态学》(1817—1823)。

歌德集版本

《歌德全集最后手定本》(1—40 卷,1827—1830;41—60 卷,1833—1842);《歌德全集》,女公爵莎菲·封·萨克森委托出版,又称大魏玛版,包括:Ⅰ.文学著作,Ⅱ.自然科学著作,Ⅲ.日记,Ⅳ.书信(143 卷,1887—1920);柏林版歌德集包括:第 1 部分:文学著作(1—16 卷,1961—1968),第 2 部分:艺术理论和翻译(17—22 卷,1970);汉堡版歌德集 14 卷,特伦茨编;魏玛人民出版社版歌德 10 卷集。

附录　歌德与中德人民的文化交流

一

西方接触中国问题,是从18世纪下半期,即启蒙运动时期开始的。西欧的启蒙运动,包括反封建的、反教会的、教育的、自然科学的、艺术理论的及人道主义的等各个方面。启蒙运动的思想代表们凭其广博的知识,高瞻远瞩,突破狭隘的国家或民族观念,把目光从西欧越过近东、印度,投向远东的中国和日本。在德国,最早注意中国的是莱布尼茨和歌德。但是由于语言的隔阂,他们掌握的资料是贫乏的,因而他们的理解也仅是初步的。尽管如此,由于他们的努力,开辟了东西文化交流的先河。

德国大诗人和思想家约翰·沃尔夫冈·歌德的生平时代正当我国清代乾隆十四年至道光十二年,比我国文学家曹雪芹晚生三十年。他是德国文学家中第一个以认真客观的态度对待中国文学的人。1827年1月31日,艾克曼记载歌德和他有如下的对话:——"在歌德家吃饭。'自从没有见到您以后的这些日子',他说,'我读了许多各式各样的东西,特别是也读了一本中国长篇小说,现在我还在读,我觉得它十分值得注意。'——'中国长篇小说吗?'我说,'这一定显得很奇特吧。'——'并不像想象的那样奇特,'歌德说,'那些人差不多和我们一样地思想、行动和感受,读者很快就会感到自己和他们是类似的人,只不过在他们那儿一切都来得更清彻、更纯洁和更有道德。在他们那儿,一切都是明理的,市民性的,没有巨大的激情和诗意的昂扬,因而和我著的《赫尔曼与窦绿苔》及理查森的英文小说有许多相似的地方。不过也有不同的地方,就是在他们那儿,外界自然总是和人物共同存在的。人们常听到金鱼在池里跳跃戏水,鸟儿在枝头不断歌唱,白天常是晴朗,夜晚常是明彻;有许多关于月亮的话,然而月亮不改变风景,月亮被想象为和白昼一样明朗。房屋的内部和图画一样雅致和精美。比如说:我听见可爱的姑娘们在嬉笑,我看见她们时,她们正坐在精巧的藤椅上。这样您立即可以想见极可意的情景,因为没有关于极度的轻巧和玲珑的观念,是完全想象不到藤椅的。此外,还有无数的传说常常被人讲述,而且像谚语一般加以应用。例如讲到一个女子,说她的脚是那样轻巧和纤美,可以站在花上保持平衡而不使花折断。又讲到一个男子,说他为人是那样道德和正直,年满三十时得到和皇帝谈话的光荣。此外,又讲到一对情侣,说他们在长期的来往中是那末自制,有一次他们不得已而同在一间房里过夜,他们竟是通宵以谈话消磨时间,而身体不相接触。许许多多诸如此类的传说,都是讲道德和礼仪的。然而正是由于这种在各方面严肃的节制,中国得以维持几千年而不辍,而且还将因此而继续存在。"

"……'可是',我说,'您读的中国小说也许算得上是他们最优秀的作品之一吧?'——'绝对不是',歌德说,'中国人有千百种这样的小说,当我们的祖先还在森林里生活的时候,他们已经有小说了。'"①

从以上对话可以看出,歌德对待中国文学既不轻视,也不猎奇,而是抱着客观的科学态度,认为中国人和德国人是类似的人,具有差不多同样的思想和感情,同样的活动和感受。歌德称中国小说中的人物是"市民性"的,在当时说来,就是进步性的。歌德没有提到所读中国小说的名称,但他肯定绝不是中国最优秀的作品。同时歌德也指出他所读到的中国作品缺乏巨大的激情与诗意的昂扬,男女之间强调道德与节制,这也是中国立国悠久的原因之一。

在歌德那个时候,西方对中国的语言、文学和文化,尚无系统的研究,所谓"汉学"尚未成立。仅靠一些到中国来的传教士,不加选择地把中国的二三流作品译成西方语言,他们的文化水平和文学修养都颇有限制,所以也不可能接触到中国的优秀作品。歌德不通汉语,只能从这类译文中间接了解中国。根据一般推测,歌德可能读过《玉娇梨》、《花笺记》、《百美图咏》等英德译本②。近来考证,《好逑传》于1761年有英译本,1766年又有德译本,歌德是读到了。

歌德还读过有关我国唐代梅妃的故事,对她的不幸遭遇深表同情,并用德语仿作她那首名诗《一斛珠》③。还值得一提的是,歌德于1827年根据英译本仿作《中德四季晨昏杂咏》十四首,这可以看作是歌德对中国诗歌的最早的认真注意。

歌德读过元曲《赵氏孤儿》。正像伏尔泰得到此剧的启发而写出悲剧《中国

---

① 参看艾克曼著《歌德对话录》,柏林建设出版社1955年版,第276—278页(德文)。
② 参看冯至等编《德国文学简史》,1959年版,第208—209页。
③ 参看陈铨著《在德国文献中的中国文学》,1933年德文版。

的孤儿》一样，歌德也由此写出悲剧《艾尔彭诺》(1781，未完)。

西方要对中国进行比较有系统的科学研究，自然不能靠传教士那些选择不精、译文水平不高的作品，而只能有待于"汉学"的成立。歌德的努力，无疑对此有很大的推动。

二

德国汉学(Sinologie)的兴起是在20世纪以后。杰出的老一辈汉学家如卫礼贤(R. Wilhelm)、弗兰克(O. Franke)及福尔克(A. Forke)等，在第一次世界大战前相继译出了中国古代哲学和历史学的一部分著作，并且写出了有关中国历史、文化和经济生活的论著。

根据埃佩尔海默编的《世界文学指南》[①]所载，第二次世界大战前，中国文学方面有以下重要作品被译成德文，它们或是从英、法文重译，或是节译或选译：

A. 经典和哲学方面

《易经》1924年卫礼贤译。

《诗经》1883年吕克特(F. Rückert)译。

《论语》1910年卫礼贤译。

《礼记》1930年卫礼贤译。

《道德经》1920年哈斯(H. Haas)编有西方三十多种译文。

《墨子》1922年福尔克译。

《列子》1921年卫礼贤译。

《孟子》1916年卫礼贤译。

《庄子》1912年卫礼贤译。

《吕氏春秋》1928年卫礼贤译。

B. 诗歌方面

《陶渊明》1928年洪特豪森(V. Hundhausen)译。

《李太白》1918—1920年豪瑟尔(O. Hauser)选译。另有克拉邦德(Klabund)1916年的一些仿作。

《杜甫》1920—1922年察赫(E. V. Zach)选译。

[①] 参看埃佩尔海默(Hans W. Eppelscheimer)编，法兰克福1937年版，第2—11页(德文)。

《白居易》1908—1925年沃持(L. Woitsch)选译。

C. 戏曲方面

《西厢记》1926年洪特豪森译。

《琵琶记》1931年洪特豪森译。

《牡丹亭》洪特豪森译。

《赵氏孤儿》1736年有普雷马尔(J. H. Premare)的法译本,后有德译本。

《灰阑记》1927年福尔克译,克勒邦德曾加以改写,剧本在德国上演引起广泛注意。

D. 小说方面

a. 短篇小说

《今古奇观》从1880年至1928年有格里塞巴赫(E. Grisebach)、洪特豪森、库恩(F. Kuhn)等人的选译。

《聊斋志异》被认为风格优美,语言洗练,后无继者。1924年施米特(E. Schmitt)选译二十五则故事;1922年布贝尔(M. Buber)根据英译本译出一部分。

b. 长篇小说

《三国志演义》被认为是中国民族的英雄史诗,英文有全译本,法文译本不全,德译本只有片断,译者为鲁德贝尔格(H. Rudelsberger)。

《封神演义》1912年格鲁贝(W. Grube)译。

《水浒传》1934年库恩译。

《金瓶梅》颇受重视,当代德国作家格拉斯(G. Grass)于1979年途经上海演讲时还称许它。除了1928—1932年基巴特(O. Kibat)译外,还有1930年库恩的译本。

《红楼梦》被认为是内容最丰富也最难懂的中国小说,描写个人追求绝对自由,抛弃荣誉、财富、爱情和友谊,把这些看作是生活的镣铐。1932年库恩译,只译了大约一半,颇多误解。

《好逑传》1926年库恩译,及布吕格曼(H. Brüggemann)译。

《玉娇梨》,1827年1月31日歌德与艾克曼谈话时所指的可能是这部小说。先有法译本,后有德译本(1827年维也纳版),1922年又有武特克(E. Wuttke-Biller)的节译。

《二度梅》1927年库恩节译(只有约一半)。

《钟馗传》1923年杜布瓦—雷蒙(Du Bois — Reymond)译。

《西游记》至 1962 年才有赫次弗尔特女士(Johanna Helzfeldt)的节译本。关于《儒林外史》,一度盛传德国前驻华大使魏克特(Wickert)博士组织专人翻译,惜未能实现。

至于德国学者所撰有关中国的历史、文化和文学史专著,较著名的有:弗兰克(O. Franke)著:《中国历史》第一册,1930 年;卫礼贤著:《中国文化史》;弗舍尔(O. Fischer)著:《中国与德国》;卫礼贤著:《中国文学史》,1928 年。汉学家卫礼贤在旧中国度过了二十五年的岁月,他所著《中国的精神》一书值得注意,虽然所述系五十年以前的中国,但在书末作了东西方的对比。他说:"当人类摆脱被时间上和空间上所限制的束缚以后,他们需要两件东西:一方面是深入到自己的潜在意识中去,道路从这儿开始,自由获得一切生动活泼的东西,而这些东西又在奥妙的统一观中直觉地被体验着。这是东方的优点。另一方面,他们需要自主的个人的最后强化,直到人获得力量以成功地抵制外界的全部压力。就是西方的优点。在这基础上,东西方相互间成为不可缺少的兄弟姊妹。"[①]或者可以这样说:东方长久以来的互助合作思想与西方的个人奋斗的进取精神,可以互相补充。

从 20 年代起,卫礼贤在美茵河畔的法兰克福创办《汉学》(*Sinica*)杂志,介绍中国的知识和文化,后来何时停办,尚未查出。当我 1980 年重访法兰克福时,已无人知道了。

三

西方的文化和文学,主要是通过中国留学外国的学生掌握外语以后介绍到中国来的。这在选择上自比西方传教士高明,而且结合了当时中国的实际。

唐弢主编的《中国现代文学史》中有如下一段话,可以参考:"'五四'文学革命时期,为了反对封建文学并使文学适应于新的社会现实,曾经着重介绍和学习了西方近代文学。这是一个前进运动。当时的文学,从思想倾向到形式、结构、表现方法,都曾广泛接受了外国文学尤其是俄国文学的积极影响。欧洲进步文学,从歌德、易卜生、托尔斯泰、契诃夫到高尔基,可以说哺育了我国新文学的最初一代作家。"[②]

[①] 参看卫礼贤著《中国的精神》,法兰克福 1980 年版,第 445—446 页(德文)。
[②] 见该书第一卷,第 30 页。

德国语言和文学在中国的传播,已有悠久的历史。大约是马君武最早翻译了席勒的《威廉·退尔》,在反帝反封建运动中起过一定进步作用。不过马君武毕竟是自然科学者而非文学家。在中国文学界,郭沫若无疑是最早研究和介绍歌德作品的人。他译《少年维特之烦恼》及《浮士德》是在五四运动前后。他早期的诗歌和泛神论思想是受了歌德的影响。译书在我国当时对新文学的发展起了巨大的推动作用。他在《浮士德》第二部译后记中说:"我开始翻译《浮士德》已经是 1919 年的事了。那年就是五四运动发生的一年,我是在五四运动的高潮中着手翻译的。我们的五四运动很有点像青年歌德时代的'狂飙突进运动',同是由封建社会蜕变到现代的一个划时代的历史时期,因为有这样的相同,所以和青年歌德的心弦起了共鸣,差不多是在一种类似崇拜的心情中,我把第一部译完了……"

"我在第二部中又在这蜕变艰难上得到共感了。德国由封建社会变为资本主义社会在欧洲是比较落了后的国家,她的封建残余不容易扬弃,一直进展到近年的纳粹思想而遭到毁灭。请在这个社会发展的历史背景上读这第二部的《浮士德》吧,你可以在这个仿佛混沌的郁积中清清楚楚地感觉着骨肉般的亲谊。就是歌德本身也没有从中世纪的思想和情趣中完全蜕化了出来,他的一生努力凝集成浮士德,虽然打出了中世纪的书斋,在混沌中追求光明和生活的意义,由个人的解放而到乌托邦式的填海——使多数人共同得到解放,而结果仍为封建残余的势力所吹盲而倒地而升天,这倒的的确确是悲剧。歌德是意识到了,而且无可奈何地呼吁着'永恒之女性'以求解放。""我们今天的道路是很明了的,认真说,不是升天,而是入地。就是'永恒之女性'也必须先求得她的解放。在中国的浮士德,他是永远不会衰老,不会盲目,不会死的,他无疑不会满足于填平海边的浅滩,封建诸侯式地去施予民主,而是要全中国成为民主的海洋,真正地由人民来作主。"

与郭译同时或稍晚的,有周学普的译本。周译本由于偏重直译,语义费解,传播不广。至于罗牧和达观生所译的《少年维特之烦恼》,知者甚少,未曾普及。

当然,郭沫若翻译的德国文学作品不少,不过他特别重视歌德。在《郭沫若研究论集》(四川人民出版社出版)中有戈宝权和龚翰熊探讨郭沫若与外国文学关系的论文。郭译外国文学作品范围甚广,单就德国文学作品看,可按时间排列如下:1922 年出了《少年维特之烦恼》,1924 年出了《茵梦湖》,1926 年出了霍甫特曼的《异端》,1927 年出了《德国诗选》,1928 年出了《浮士德》第一部和尼采的

《查拉图斯屈拉》,1936 年出了席勒的《华伦斯坦》,1942 年出了《赫尔曼与窦绿苔》,1946 年出了《浮士德》第二部。郭沫若曾把早期的诗歌创作活动分成三个阶段:第一阶段是泰戈尔式,第二阶段是惠特曼式,第三阶段是歌德式。一般认为郭沫若与歌德颇有相似之处,他们都学识渊博,具有多方面才能,而且都享高龄。所以周扬称他说:"你是歌德,但你是社会主义时代的新中国的歌德"①。

1949 年解放以后,我国翻译事业蓬勃发展。由于我国于 1949 年 10 月先与德意志民主共和国建交,而于 1972 年才与德意志联邦共和国建交,故文化交流先由民主德国与我国开始。当时见到的文学作品,多从民主德国介绍过来。十年的"文化大革命"的动乱,使翻译工作陷于停顿,直到 1978 年后才逐渐恢复,我们获睹联邦德国的文学作品,不过是最近十年的事了。

一般说来,解放以后,我国翻译德国文学作品,无论从量与质方面看,都大大超过解放以前。德国古典作家如莱辛、歌德、席勒,革命民主主义作家如海涅,德国解放战争时期的作家克莱斯特,瑞士的德语作家凯勒,具有资产阶级民主倾向的作家施托姆,自然主义作家霍普特曼,批判现实主义作家亨利希·曼(Heinrich Mann)和托马斯·曼(Thomas Mann),反法西斯作家孚希特万格(Feuchtwanger)、阿·茨威格(A. Zweig),戏剧家兼诗人布莱希特(Brecht)等的主要作品都有中文译本,有的还不止一种。

在当代德国作家中,民主德国的沃尔夫(Wolf)、贝歇尔(Becher)、魏纳特(Weinert)、西格斯(Seghers)等作家,以及联邦德国的伯尔(Böll)、格拉斯(Grass)、伦茨(Lenz)、瓦尔塞(Walser)等作家的作品正在陆续翻译出版中。

四

在中德文学艺术的交流上,可以举出布莱希特和瑞士德语作家赫塞(Hermann Hesse)为例,突出说明两件事情:

布莱希特是德国著名诗人和戏剧家,他读过英国汉学家阿瑟·韦利(Arthur Waley)译的汉诗,特别喜爱唐代大诗人白居易那些具有社会批判意义的诗歌,还仿作了六首汉诗。白居易竟成了他流亡时期诗歌的楷模②。在戏剧创作方面,他写有《四川好人》的比喻剧及《高加索灰阑记》,而更重要的是受了我国戏剧

---

① 《悲痛的怀念》,1978 年 6 月 18 日《人民日报》。
② 参看施瓦茨(P. P. Schwarz)著《布莱希特流亡时期及后来的诗歌》,1978 年海德堡版,第 36—49 页(德文)。

家梅兰芳的影响。

我国当时著名戏剧导演黄佐临十分推崇布莱希特,曾先后导演他的《大胆妈妈和她的孩子们》和《伽利略传》,后者的效果甚好。黄曾指出:布莱希特极力称赞梅兰芳和我国的戏曲艺术,并说他多年来所朦胧追求而尚未达到的艺术境界,却在梅兰芳的表演艺术中已经发展到极致。可以说梅兰芳的精湛表演,深深影响了布莱希特艺术观的形成,至少起了画龙点睛的作用。

布莱希特与斯坦尼斯拉夫斯基相反,主张打破舞台上的真实生活的幻觉,要求演员、角色、观众之间保持一定的距离。他不赞成演员或观众过于受感情的支配,以致不能理智地思考,不能冷静而科学地认识剧中的生活现实。他一直在寻求一种理智和感情相结合的辩证的戏剧,这就是他所创立的"间离效果"的戏剧理论。

1935年,梅兰芳应苏联对外文化协会的邀请,在莫斯科和列宁格勒演出。当时布莱希特受希特勒的迫害,正在苏联政治避难。他看了梅兰芳的表演,特别是《打渔杀家》这出戏,尤其惊叹不已。他认为,京剧手段比运用那些状似真船真水的布景道具的西洋戏剧手段,要高明得多,也灵活巧妙得多。他对此作了如下的描写:"一个年轻女子,渔夫的女儿,在舞台上站立着划动一艘想象中的小船。为了操纵它,她只用一柄长不过膝的木桨。水流湍急时,她极为艰难地保持身体的平衡。接着小船进入一个小湾,她便比较平稳地划着。就是这样的划船,但这一情景仿佛是许多民谣所吟咏过的,众所周知的了。这个女子的每一动作都宛如一幅画那样令人熟悉;河流的每一转弯都是一处已知的险境;连下一次的转弯处也在临近前就让观众察觉到了。观众的这种感觉完全是通过演员的表演而产生的;看来正是演员使这种情景叫人难以忘怀。"①

布莱希特看到,梅兰芳的表演不是把生活原封不动地搬上舞台,而是把生活加以提炼、加以集中、加以典型化以后,才艺术地再现于舞台,他认为这种演技比较健康,和人这个有理智的动物更为相称。因为它要求演员具有更高的修养,更丰富的生活知识,更敏锐地理解社会价值的能力。这里自然也要求创造性的工作,但它的质量比迷信幻觉的技巧要提高许多,因为它的创作已被提到了理性的高度。

布氏的戏剧创作和理论,在两个德国影响巨大,而且也影响其他国家。我记

---

① 参看梅绍武《梅兰芳和布莱希特》,上海《文汇报》1981年8月15日。

得 1980 年秋天在慕尼黑观看歌德剧本《施泰拉》的演出,也摒弃了过多的道具和布景,只注重演员的动作、表情和道白。可见连古典剧的表演也受到布氏的影响而得到改造。

与 1935 年布莱希特对梅兰芳演技的赞美相同,二十五年后,即 1960 年 4 月 8 日,杰出的瑞士德语作家赫塞对中国音乐家傅聪也表示高度的赞美。他在《致一位音乐家》的文中说:

"那是肖邦晚会,是由一位名叫傅聪的中国人演奏的,我在这里第一次听到这个名字,对他的年龄、学历和身份,我一无所知。这动人的节目使我发生兴趣,肖邦,我青年时期极其喜爱的对象,偏偏听一位中国人来演奏。我曾经听过年老的帕德夫斯基(Paderewski)、神童柯沙尔斯基(Racul Koschalski)、弗舍尔(Edwin Fischer)、李帕蒂(Lipatti)、柯尔托(Cortot)以及其他许多伟大钢琴家演奏肖邦。演奏方式是多种多样的:或沉着而得体,或情绪消融,或精力充沛,或变幻无常而意志专断,时而重在声音的魅力,时而重在差别的旋律,时而肃穆,时而轻浮,时而惶恐,时而骄纵,常常演奏得十分优美,不过很少符合我认为应当如何演奏肖邦的想法……"

"现在,这位陌生的中国人在几分钟后就令我尊重,不久也赢得了我的喜爱。他对本身的任务是完全胜任的。我不用思索,先就肯定他技巧上有最大限度的完善,中国人的耐力和中国人的灵巧是可以信得过的,这毋庸多说了。这时尽美尽善的精湛技艺果然出现了,就是柯尔托和鲁宾斯坦也不能超过它。然而还不止此。这不仅仅是我曾经听到过的杰出的钢琴演奏,这就是肖邦,真正的肖邦,使人想起华沙和巴黎,亨利希·海涅的巴黎,年轻的李斯特的巴黎,有紫罗兰的香气,有马略尔卡岛上的雨声,也有普通人不能涉足的沙龙味儿,听来是忧郁的、世俗的,节奏上的差别与音律的差别同样细腻,真是一个奇迹……"

"我听他弹奏时,有时也仿佛亲眼看到这位来自东方的男子,自然不是真正的傅聪,而是我想象的、虚构的、梦想的人。他仿佛是庄子或《今古奇观》中所塑造的人物形象,我好像觉得,他那演奏的手是驯服地由'道'所控制的,神秘而准确,完全摆脱其他任何拘束,旧中国的画家也以这样的手运用毛笔,写出画和字,完全达到一种境界,使人在幸福的时刻隐约感到世界和人生的意义。"[①]

---

① 参看阿德里安·夏(Adrian Hsia,又译为夏瑞春)著《赫尔曼·赫塞与中国》,西德苏尔坎卜(Suhrkamp)出版社 1981 年版,第 89—91 页(德文)。

赫塞深受印度和中国哲学的影响,这表现在他的名著《玻璃珠游戏》中。在赫塞图书室的"中国角"(Chinesische Ecke)有如下的分类:Ⅰ.一般:关于土地和人民。Ⅱ.文艺:A 散文,B 诗歌,C 绘画。Ⅲ.哲学:A 一般,B 儒教,C 道教,D 佛教。

以上主要包括新老几辈汉学家如卫礼贤、弗兰克、德博(Debon)及库恩等人的译书及作品,另外还有中国辜鸿铭、林语堂等人的作品。

赫塞在《中国观察》一文中有如下的题词:"我走到图书室的中国角去,中国人站在那儿——一个美妙、和平、幸福之角啊!在这些古老书籍中,有这么些美好而常常值得注意的现实的东西。在可怕的战争年代,我常在这儿寻得使我安慰和鼓舞的思想!"[①]

布莱希特和赫塞都继承了歌德古典主义文学的传统,他们对中国文学艺术的重视,不能不受到歌德的一定影响。

歌德原与席勒并称,但自席勒早逝以后,歌德即代表德国资产阶级古典文学的高峰,因为他得享高龄,所以贡献特大,他哺育了德国后来继起的历代文学家。费朗茨·梅林曾高度评价歌德。他认为别的国家固然有伟大的文学家,但歌德对于德国文化,好比太阳对于大地。尽管天狼星具有比太阳更多的光和热,然而照熟大地上葡萄的是太阳,而不是天狼星。

当代的德国文学评论家季尔鲁斯认为,歌德是德国古典文学的高峰,同时也是德国国内资产阶级文化的本来的顶点,后来再也没有达到过,更不用说超过它了。那个时期德国民族的精神——道德的潜能,以极广泛的方式凝结在歌德身上。如果人们从文学的角度看,提到意大利,总是把但丁的名字联系起来;提到英国,总是把莎士比亚的名字联系起来;提到法国,总是把伏尔泰的名字联系起来;那末,提到德国同样也得把歌德的名字联系起来。要想认识德国人民的本质,就要在颇大程度上揭示出他的最伟大的天才诗人的秘密,倒过来也是如此[②]。

五

1980 年秋,本文作者应德意志联邦共和国"学术交流中心"的邀请,去德国

---

① 阿德里安·夏:《赫尔曼·赫塞与中国》第 356—360 页。
② 参看威廉·季尔鲁斯(Wilhelm Girnus):《歌德论文艺》,柏林建设出版社 1953 年版,第 9 页(德文)。

进行为期三个月的考察访问。先后访问了波恩、汉堡、海德堡,美茵河畔的法兰克福,乌柏塔尔及慕尼黑等六座城市的大学,对象是德语系和汉语系。与我同行的还有两位其他的大学教师。他们是初到德国,我则是四十五年以后旧地重游。我们本着中德文化交流的目的,接触和访问了大学内外的专家学者,参观了图书馆、博物馆、展览会,听了学术报告,参加了座谈会,也作了学术报告,印象很深,所获资料也不少。我特别注意联邦德国国内对歌德的研究及对汉学的研究。以前我所接触到的资料多是从民主德国来的,对联邦德国的则所知极少。

使我记忆很深的是:我在波恩会见日耳曼语文系的皮茨(Pütz)教授,他注意尼采和托马斯·曼的研究,也研究歌德的《浮士德》,承他赠送我他撰的论文《浮士德与地灵》(Faust und der Erdgeist),具有独特的见解。

在汉堡大学会见日耳曼语文系教授曼德柯夫(Karl Robert Mandelkow)教授,他是研究歌德的著名专家,著有《歌德在德国》及《歌德在其批评者的评定中》,编有《歌德书信集》,此外正在编《歌德词典》,预计为期三十年,第一卷已出版。他在大学主讲《浮士德》第一部和第二部,并给了我一份参考资料选目。承他招待,我还参观了伽家中各种版本的歌德集,这不是一般德国人所能有的。

在法兰克福时,我去参观"歌德之家"和"歌德博物馆",这是在同一个地方。四十五年前我作为一个青年学生曾来参观过一次,记忆已经模糊。据说,在第二次世界大战中,旧居已被摧毁,这是按照原样恢复的。瞻仰大诗人的遗物,增加了我的怀念。承大学德语系赖茨(W. Raitz)教授的帮助,从德意志图书馆的国家书目情报室得到一份有关歌德《浮士德》的资料(书籍和杂志的名称),共二十四页。这只限于最近十年左右的目录,而且也是不完全的,由此可见有关研究歌德的资料是如何丰富,无怪乎曼德柯夫教授主编《歌德词典》要三十年,说要两三代人才能完成。

据科普利克对研究《浮士德》的情形说:第二次世界大战以后,德国的研究多半注重在对第二部的解释,而英美的《浮士德》研究则对于理解第一部作出了主要贡献[①]。

歌德学会的总会设在民德的魏玛。我手里有一份1960年"歌德研究问题讨论会"的专号。其中除民主德国学者而外,还有日本及东欧国家学者的论文。贺

---

① 参看科普利克(Helmut Kobligk)《理解〈浮士德〉的基础和思想》,莫利茨·迪斯特维克出版社1978年版,第14页(德文)。

特豪埃尔(Helmut Holthauer)教授称魏玛是歌德研究的中心,可惜我未能前去。

访问海德堡大学时,汉学系德博(G. Debon)教授将最近所撰有关歌德的银杏树一诗的考证惠赠。据说银杏古名鸭脚,俗名白果,由中国传到日本,它的树叶像两瓣合而为一,又像一瓣分而为二。歌德在该诗中写道:"难道你在我的诗歌中,不觉得我是一是二?"①

鲁迅不仅是中国伟大的文学家、思想家、革命家,也是一位世界文化伟人。他的思想和著作,是中华民族宝贵的文化遗产。随着鲁迅文学活动的向前发展,研究者更是从国内扩展到国外,研究的领域也逐渐扩大,认识也逐渐深化。

特别引起我注意的是,"莱布尼茨文化交流学会"于1979年在柏林出版的《鲁迅·同时代人》一书,可以看作是精美的《鲁迅选集》。开头是鲁迅自传和威廉·A·莱尔(William A Lyell)所写的简略传记,德译有《狂人日记》、《阿Q正传》、《补天》、《起死》、《祝福》等及一些散文。其中有插图、木刻画,还有斯诺、史沫特莱等人的文章。

最新德译的中国文学作品有:老舍的《茶馆》,丁玲的《莎菲女士日记》,《现代中国短篇小说集》第一卷1919—1949年,第二卷1949—1979年,苏尔坎卜出版社版;此外,也有关于中国民间故事、寓言、童话等的译本。在我访问西德期间,中国话剧团正来这里演出老舍的剧本《茶馆》。

歌德是西方最早提出"世界文学"这个概念的人。他曾说:"国民文学在今天没有多大意义,今天该是世界文学的时期了。"歌德说的世界文学有两方面的意义:一是指某个国家或民族的优秀作家的作品,具有超出地域或时代的意义,西方如荷马、但丁、莎士比亚等;另一方面是指各个国家和民族之间通过书报杂志而达到的文化交流。1827年秋,歌德对一些英文杂志说道:"这些杂志逐渐赢得更多的读者,将卓有成效地有助于众所希望的一般世界文学之形成;我们只是一再声明:固然谈不上各民族都应当思想一致,而仅仅要他们互相知道,互相了解,纵然他们彼此不愿互爱,至少他们要学会互相容忍。"各个国家和民族之间的文化交流有赖于翻译,歌德十分重视翻译的重要性。他又指出:"要把每个翻译家看作是这种普遍精神交易的中介人,而以促进相互交换为业务;尽管有人会说翻译有欠缺的地方,然而它始终是普遍世界交往最重要最有价值的业务之一。《古兰经》上说:'上帝赐给每个民族一个说本民族语言的先知。'这样,每个翻译

---

① 参看歌德著《西东诗集》(德文)。

家便是他的民族的先知。路德翻译《圣经》产生了极大的影响,哪怕批评家直到今天还不断对它持保留态度和吹毛求疵。"①

歌德的《浮士德》悲剧就是世界文学中的一个典范,各国均有译本,而且新译迭出,历久不衰。

《浮士德》悲剧中表现出来的浮士德精神,就是自强不息、精进不懈、上下求索、不断进取的精神,分析起来,主要包括三个方面,即:永不满足现状,不断追求真理,重视实践和现实。人要永不满足现状,才能产生动力,促使人向前进取,而不断追求真理又才能指明进取的方向,然而进取和追求必须在现实的基础上,并不断通过实践来检验才不致于迷误,才不致于落空,才能克服各种障碍和困难而不断前进②。在中国实行四个现代化的今天,从知识分子的角度来看浮士德精神,仍然有可藉鉴的地方。所谓"永不满足现状",就意味着我国科学文化永远不能停止在固有的水平上;所谓"不断追求真理",就意味着不断攀登新的高峰;所谓"重视实践和现实",就意味着把崇高理想与科学态度,远见卓识与求实精神结合起来。

在20世纪的80年代,由于科学和技术水平不断提高,交通和通讯工具不断发展,在我们地球这颗行星上,各地区之间的距离日益缩短了,往来的时速日益加快了。各个民族、各国人民都各有优点,在平等互利的基础上,彼此互相学习,取长补短,进而增进友谊,合作互助,共同前进,是人类前进的需要,也是历史发展的必然。

随着各国经济合作和商业往来的不断发展,文化交流的范围也日益扩大,广义的说来,它包括科学、技术、文学、艺术、教育、卫生、体育、文娱和旅游等各方面。

一百五十余年前歌德就提出,各民族纵然不能思想一致,至少要学会互相了解,互相容忍。今天任何国家都不可能闭关自守,与世隔绝,因为这是违反世界潮流的。中德两国人民的文化交流源远流长,必将不断发展,不断扩大,不断深入,共同争取对人类的和平和进步事业作出贡献。

---

① 上引《歌德集》第十卷,魏玛人民出版社版1958年版,第428—430页(德文)。
② 参看作者著《浮士德精神简析》,载《文艺论丛》第13期,上海文艺出版社1981年版。

席　勒

目 录

席勒与中国——代序 ··· 207
前　言 ··· 213

上篇　生平·诗歌·美学观点

一、生平 ·· 217
　（一）青年时期(1759—1787) ································· 217
　　1. 马尔巴赫和洛尔赫的童年(1759—1773) ············· 217
　　2. 军事植物学校——奴隶培训所(1773—1782) ······· 218
　　3. 从符腾堡的逃亡到鲍尔巴赫的避难(1782—1783) ·· 220
　　4. 曼海姆的剧场诗人、导演和时事评论家(1783—1785) ·· 221
　　5. 在莱比锡和德累斯顿的朋友家(1785—1787) ······· 222
　（二）中年时期(1787—1795) ································· 223
　　1. 在魏玛的第一次居留和失望(1787—1788) ·········· 223
　　2. 在耶拿大学任教，哲学研究和文学活动(1788—1795) ·· 226
　（三）席勒与歌德合作时期(1795—1805) ··················· 230
　　1. 席勒同歌德的订交经过 ·································· 230
　　2. 十年合作是求同存异的过程 ···························· 233
　　3. 席勒之死 ·· 238
　　4. 德国古典文学的主要成就 ······························· 239

二、诗歌
　从《欢乐颂》到《钟之歌》 ··· 245

三、美学观点
　论美育、诗的类型和悲剧 ··· 259

下篇 戏 剧

《强盗》 ………………………………………………………… 273
《斐斯柯在热那亚的谋叛》 …………………………………… 281
《阴谋与爱情》 ………………………………………………… 285
《唐·卡洛斯》 ………………………………………………… 296
《瓦伦斯坦》 …………………………………………………… 303
《玛莉亚·斯图亚特》 ………………………………………… 311
《奥尔良的姑娘》 ……………………………………………… 316
《墨西拿的新娘或兄弟冤家》 ………………………………… 324
《威廉·退尔》 ………………………………………………… 327
结束语 …………………………………………………………… 339
席勒简表 ………………………………………………………… 341
  生平 ………………………………………………………… 341
  著作 ………………………………………………………… 342
参考书目 ………………………………………………………… 344

席勒与中国——代序

西方自启蒙运动以来,思想家和文学家都直接间接或多或少地接触到中国的文化和文学。席勒也和歌德一样接触过中国的文化和文学,虽然他没有写出歌德的《中德四季晨昏杂咏》那样的诗,也没有歌德那些关于古代中国小说的评论(见艾克曼:《歌德谈话录》),却写了两首《孔夫子的箴言》。兹转录于下:

一

孔夫子的箴言　1795年

时间的步伐有三种:
未来姗姗其来迟,
现在像箭一般飞逝,
过去永远地静止。

当它逗留时,没有躁急
能使其步伐加速。
当它飞逝时,没有恐惧和迟疑
能使其行程受阻。
没有后悔,没有魔术法力
能使静止的移动一步。

你若要幸福而聪明地
走完你生命的旅程,
就要对迟疑的未来深谋远虑,
切不可作你行动的工具。
别把飞逝的现在当作朋友,

别把静止的过去当作敌人。

二

孔夫子的箴言　1799 年

空间的度量有三种：
长度永不间断
延伸到无穷，
宽度没有边际，
深度深陷无底。

它们给你一种象征：
你要看到事业完成，
必须毫不休息地努力向前，
决不可因疲倦而停止；
你要世界呈现在你面前，
必须扩展你的眼界；
你要认清事物的本质，
就必须寻根究底。
只有坚持才使你达到目的，
只有充实才使你明白事理，
而真理总是藏在事物的深底。[①]

席勒虽然多年潜心研究康德哲学，但他更早地——在军事学院作学生时——就接触到德国启蒙运动之父莱布尼茨(1646—1716)的思想。当代英国著名学者李约瑟(《中国科学技术史》的编写者)对莱布尼茨的生平作了详细的调查研究，认为在欧洲 17 世纪的伟大思想家中，莱布尼茨是对中国思想最感兴趣的一个，他终身都爱好钻研中国的学术。在他对中国的研究和发现中，有关于《易经》图像的数学翻译，即二进位制的翻译。二进位制被发现为今天巨型计算机的

[①] 根据《席勒集》柏林建设出版社 1959 年版第一卷，第 189 页和第 396 页德文原诗，并参酌钱春绮《德国诗选》中的译文，略有改动。

最合适的体系。莱布尼茨除了发展二进位制数学之外,也是现代数学逻辑的创始者和计算机的先驱。他的关于代数语言或数学语言的概念也是受到中国的影响,正如同《易经》的排列体系预示二进位制一样①。

由此看来,席勒是不是也受到莱布尼茨的感染,把孔子及儒家有关教育、治学及伦理方面的某些观点加以集中和概括呢?莱布尼茨承认,在实践哲学方面,欧洲人实不如中国人。由于当时尚无汉学,欧洲的译文水平受到限制,席勒自然不可能获得比较系统和全面的有关中国的学术知识,然而他写的《孔夫子的箴言》,至少可以表明他对孔子思想或中国古代哲理的重视吧。

让我们再进一步看:中国儒家解释《易经》是:推天道以明人事。换句话说,就是从自然规律引申出社会规律。《易经》中最有名的一句话:"天行健,君子以自强不息。"②翻译成今天的话来说:天体运行不停,人努力奋斗不息。上半句就是推论天道,下半句就是阐明人事。席勒的上述《箴言》的第一首分三段,前两段推论时间,后一段阐明人事;第二首分两段,前一段推论空间,后一段阐明人事。时间和空间是运动着的物质的存在形式,是客观自然存在,与中国古代的所谓天道,即自然规律,是相同的。因此,我们可以大胆设想,席勒在这儿受了儒家思想方式的影响。

席勒也和歌德一样,读过中国古代小说《好逑传》,据德国海德堡大学汉语系主任德博教授的考证,《好逑传》的德文译者穆尔于 1794 年 7 月将译本献给席勒。1796 年 1 月 11 日歌德曾在席勒家作客,推测两位诗人已共同讨论过这本书。可能是歌德对原译本表示不满,希望有新的译本。后来席勒打算自己来译,他于 1800 年 8 月 29 日写信给柏林的出版商翁格尔,愿意提供全译本,把原译的二十五或二十六印张压缩到十五印张,并答应于年底以前交稿。穆尔的译本已经陈旧,而且被人忘记了。席勒在信中说:"该书有许多优点,而且是一部唯一的这类作品,值得重新复活过来,而且一定会给您的长篇小说杂志增添光彩。"③

席勒后来只写了片断,未能完成这个计划,但是他改编了意大利童话剧作家戈齐(1720—1806)的童话剧《杜兰朵》。戈齐取材于波斯童话《一千零一夜》,于 1762 年写成。席勒改编本的正标题是:《杜兰朵,中国的公主》,副标题是:《一部童话悲喜剧》。

---

① 参看周士一、潘启明合著《〈周易参同契〉新探》,湖南教育出版社 1982 年版,第 4 页及第 9 页。
② 《周易》乾卦的"象曰",见黄侃手批《白文十三经》,上海古籍书店 1983 年版。
③ 参看德博教授 1981 年在上海的讲稿《歌德、海德堡和中国》(德文)。

席勒在健康状况欠佳的时候,为了不致闲散无事,常常从事一些比较轻松的工作。他于1801年11月2日写信给寇尔纳:"我的黏膜炎还没有完全好,由于我还不能转到完全自由生产的活动上来,于是开始着手完成我的一个夙愿,即是为剧院改编戈齐的童话剧《杜兰朵》。"11月16日他又写信给上述的友人说:"首先是我们的剧院需要我这么做——我们需要新的剧本,尽可能从新的地带传来,戈齐的童话剧完全适合这一目的。"他从1801年10月到12月27日写完此剧,为庆祝女公爵的生日,在魏玛首次演出,剧本于同年在杜宾根的科塔出版社出版。

本剧分五幕,剧情大意如下:

传说中的中国皇帝阿尔通有个女儿,名叫杜兰朵,长得又美丽,又聪明,而且富有才思,皇帝十分宠爱,不忍少拂其意。但是这位公主的性格高傲,虽然芳名远播,但选婿甚苛。她得到皇帝的同意,订立这样一个残酷的条件:凡是前来求婚的王子王孙,必须解答她自编的三个谜语,解答对了,才可和她结婚,解答错了或解答不出,就得牺牲生命,让人把脑袋砍下来,悬挂在城门的铁栅上示众。幕启时,已有不少蓄着土耳其式顶发的头颅,分左右两排,悬挂在城门上。

这时阿斯特拉罕王国发生战乱,国王铁木耳和王子卡拉夫被逼离国,流落到北京,彼此都隐姓埋名,互不知情。王子卡拉夫青年英俊,胆识过人,曾沦为仆佣,衣食不给,他听到杜兰朵公主以解谜为结婚条件的消息,就毅然到皇帝宫廷上去求婚。公主照旧当众宣布三个谜语,卡拉夫都一一解答了:第一是年和昼夜,第二是眼睛,第三是犁。公主本来应该允婚,可是她的自尊心受到损伤,认为卡拉夫当众夺去了她的荣誉,她要另出三个谜语,皇帝断然加以拒绝,于是公主愤不欲生,拔出匕首准备自杀。卡拉夫见状,大为不忍,他恳求皇帝宽恕。他想了个办法,由他出一谜语,让公主明天当朝解答。如果解答对了,就是公主赢了,他愿牺牲性命;如果解答错了或解答不出,就是公主输了,必须和他结婚。这个谜语就是王子本人的家族及他父亲和他自己的姓名。

杜兰朵公主实在不知道这位陌生男子的姓名以及他出身的家族,后来她使用巧计,从一个认识卡拉夫的女奴口中得悉一切。第二天,她在朝廷上当众说出卡拉夫父子的名字。卡拉夫如受当头棒击,认为一切都完了。于是他声明用不着法庭的刀架在他的头颈上,他会自了。他毅然拔出匕首,正要洞穿自己的胸腹,杜兰朵一下子从宝座上跳下来,扑在他的怀里,露出惊恐和爱的表情。其实她早就爱上了他,她说:她并不真正知道卡拉夫父子的姓名,而是用巧计得来,因此,还是卡拉夫胜利了。两人幸福地结为夫妇,后来卡拉夫得到中国皇帝的帮助,重返故国,登上王位。卡拉夫又与铁木耳见面,父子团聚,是个大团圆的结局。

这个剧本的中心思想,是杜兰朵想为亚洲妇女一伸不平之气。在第二幕第四场中①杜兰朵有如下一段话:

"天晓得,那些指责我残酷无情的人,都说的是谎话。我并不残酷,我只是想自由地生活。我不想变成另外一种人。我是公主,我要维护最卑下的人在母体中已得到的天赋权利。我目睹遍亚洲的妇女遭受凌辱,戴上奴隶的枷锁,我要为我们受到侮辱的女性同胞向骄傲的男人们报复,他们的优点比起温柔的妇女来,不外是粗暴的强力。大自然赋给我以创造的智力和机智,用以保护我的自由。我对男人压根儿就不感兴趣,我讨厌他,我鄙视他的骄傲和狂妄自大。他贪婪地向一切珍贵的东西伸出手去;凡是他喜欢的,他就想据为自有。大自然赋予我以美丽和聪明,为什么高贵东西的命运仅仅是刺激猎人从事疯狂的追逐,而微不足道的卑劣东西却隐藏得平安无事呢?难道说,美丽非得是一个人的猎获品不可吗?它可是像太阳一样自由,太阳在天上放射光芒,普照大地,是光明之源,是众人目中的欢乐,却不是女奴和农奴制啊。"

中国古代妇女的最高道德是:"在家从父,出嫁从夫,夫死从子",换言之,始终摆脱不掉男性的控制。本剧的进步思想就在于为妇女伸张不平,成为后世妇女解放的先声。

席勒的作品大约与歌德的作品同时介绍到中国来。直到现在,他的九部名剧除《玛丽亚·斯图亚特》和《墨西拿的新娘》而外,都已有了中文译本。他的美学思想已有我国美学家朱光潜、蒋孔阳等的介绍;他的诗歌也部分介绍过来了。歌德和席勒是德国古典文学的奠基人,我们读到其中的一个,就不能不联想到另一个。

席勒剧本最为中国熟悉的是《阴谋与爱情》和《威廉·退尔》。《阴谋与爱情》不仅早有中文译本,而且在新中国成立以后,还由话剧团把它移植到中国舞台上来。今天我们还可以欣赏德意志联邦共和国拍摄的电影,这对于反对封建制度,反对包办买卖婚姻的青年儿女,始终产生着巨大的鼓舞作用。

《威廉·退尔》介绍到中国来的时间更早。中国自"鸦片战争"以后,不断遭

---

① 根据德文版《席勒集》第五卷第408—409页德文译出。

受帝国主义的侵略和压迫,爱国之士无不大声疾呼,唤起国人发奋图强,抵御外侮。如威廉·退尔的英雄事迹,自易博得我国人民的热烈同情和景仰。

我国最早翻译《威廉·退尔》这部席勒代表作的,是马君武。马氏译本于1925年由上海中华书局发行。马氏在"译言"中说:

"吾欲译欧洲戏曲久矣,每未得闲。今来居瑞士之宁茫湖边,感于其地方之文明,人民之自由,到处瞻仰威廉·退尔之遗像,为译此曲。此虽戏剧乎,实可作瑞士开国史读也。予译此书,不知坠过几多次眼泪。予固非善哭者,不审吾国人读此书,其何种感觉耳?!"

马君武曾在本世纪初留学日本和德国,是一位著名的理工专家兼诗人。他的政治抒情诗,鼓吹新学思潮,标榜爱国主义,宣扬民族革命思想。他也是我国最早介绍西欧文学的人,曾用旧诗格律译拜伦、歌德、席勒等人的诗篇。《威廉·退尔》是他用文言翻译的,虽然与原文出入颇多,然而文字简练,具有一定的历史价值。

1949年以后,先后有张威廉和钱春绮的译本。两种译本都努力接近原文,各有特色。20世纪的80年代,全世界反帝、反殖、反霸的斗争,方兴未艾,而反抗异族侵略、争取民族自由的"退尔精神",仍具有一人振臂,万夫兴起的强烈影响。

今天我们从中国人的立场和观点来研究席勒,根据他当时的历史条件和社会环境,予以适当的评价,是有现实意义的。

前　言

席勒比歌德年轻十岁,而又比歌德早逝二十七年,在他不到四十六年的短暂一生中,却创造出辉煌的剧本和不朽的诗篇,与歌德并称为德国古典文学的创立人。他一生都在和贫病斗争,历尽了坎坷的生活道路,然而他以无比的激情和毅力反抗暴政,反对侵略,热爱祖国,对人类的将来抱着崇高的理想。海涅在《论浪漫派》中指出:席勒为革命的伟大理想而写作,他摧毁了精神上的巴士底监狱,他参加建筑自由的庙堂,一个非常伟大的庙堂,这庙堂应当同时容纳一切民族如同一个唯一的兄弟会社①。

在席勒以前,没有一个人怀着这样的激情号召人们打倒暴君,也没有一个人对 18 世纪封建分裂的德国社会予以这样毁灭性的批判和鞭笞。俄国文学批评家别林斯基称席勒是真正的"人类的辩护士",就是当他碰到了德意志社会因循苟安的阻碍,而不得不放弃直接起义的号召,转而宣传人道、正义的思想,怜悯被压迫者的时候,也无愧于这个崇高的称号。

席勒的名篇《欢乐颂》的第一节是这样歌颂欢乐的:

只要你展覆着温柔的羽翼,
四海之内皆是兄弟。

他的《钟之歌》的最后两句是:

本城的欢乐意味着,
和平应是第一响钟声。②

----

① 参看汉斯·迈尔编《德国文学批判杰作》第二卷,吕腾—勒宁出版社,柏林 1656 年版,第 38—39 页(德文)。
② 根据德文原诗译出。

这对于资本主义社会来说,只能是美丽的梦想,只有对于没有剥削、没有压迫的世界才有成为现实的可能。

席勒的毕生精力集中在戏剧创作上,他的剧本从争取个人自由的《强盗》开始,到争取民族自由的《威廉·退尔》告终,从相信个人的力量,到相信人民群众的力量,这种思想的发展,至今还闪耀着战斗性的光辉。

上篇
生平·诗歌·美学观点

一、生　平

（一）青年时期(1759—1787)

1. 马尔巴赫和洛尔赫的童年(1759—1773)

约翰·克里斯托夫·弗利德里希·席勒(Johann Christoph Friedrich Schiller)于1759年11月10日出生在内卡河畔的马尔巴赫。父亲约翰·卡斯帕尔是一位性情奇特而颇有才能的人。然而作为一个施瓦本区破落农民和面包师的后裔,他在乡村里受不到较高的教育,最后终于学习成为理发师和外科医生。

他以军医身份随军服务,经过欧洲的所有主要国家,也经受了一些冒险。结婚十年以后,妻子生女克里丝妥菲娜,两年后又生子弗利德里希。这时他在符腾堡公爵卡尔·欧根的部队里任募兵军官。公爵以高价出卖士兵给法国,同普鲁士的腓特烈二世作战。这正是"七年战争"的第四年。父亲对于部队中虐待士兵的杖刑习惯了,在他被激怒时,也用军队那套严厉方法,对待童年的儿子,使儿子非常害怕受到处罚。不过另一方面,父亲在家庭的小圈子里耐心教导子女,让儿子很早就接触到了文学。

席勒的母亲名叫伊莉莎白·多罗特娅,姓科德韦斯,是马尔巴赫一个面包师的女儿,面包师破落以后,不得不去作看门人,以维持可怜的生活。她经常担心远方的丈夫,因为丈夫服从公爵的命令去参加与本国利益无关的远征,这使她变得虚弱多病,可惜这种缺陷也遗传到了儿子的身上。母亲喜爱宗教诗歌,爱讲《圣经》上的故事及一些特别人物的传记。这对于启发儿子的诗人才能有所帮助。

1763年,父亲回到洛尔赫。这段时间的家庭生活是令人难忍的。小弗德里希在小学里,天天接触到的是《圣经》和教鞭,牧师菲利普·莫瑟尔给席勒以深刻的宗教和世俗的影响,使他终身难忘这童年时代的印象。

1766年,父亲被调到公爵行宫所在地路德维希堡。席勒可以在那儿上拉丁语学校。全家迁居该城,席勒第一次见识到剧场,这种经历给他以强烈的印象,于是他用纸人儿来摹仿台上的角色活动。他在拉丁语学校里也获得了希腊语和希伯莱语的知识,用拉丁语写诗,很快就超过了所有的同学。当他写出第一首德文诗的时候,父亲看见就骂他:"你发痴了吗,弗里茨?[①]"

好比玉在璞中,金在沙内,天才的萌芽是要仔细才能发掘出来的。

2. 军事植物学校——奴隶培训所(1773—1782)

欧根在他的行宫里建立了一所军事植物学校,声称要完成时代思想的进步,其实这正是后来梅林所称的奴隶培训所。他招生的办法极其简单,干脆从父母手中夺走他们的孩子。1773 年,公爵命令席勒的父亲,把孩子送来进学校,培养他将来成为公爵所需的法律学生。这时席勒的父亲已调升公爵的苗圃管理人,自然不敢违抗命令。

于是年轻的席勒骤然离开习惯的家庭环境,被迫去接受冷酷无情的军事训练,在这期间,任何自由活动都被禁止,甚而连同父母和亲属的往来也中断了。次年,军事植物学校扩大为军事学院,除神学和医学而外,还开设其他许多学科。席勒选了法律学,不过这门学科不能使他满意,实际上他也没有获得多少进步。相反,他却和一些密友悄悄阅读莱辛及狂飙突进运动的诗人们的作品,特别是歌德新出版的剧本《葛兹·封·贝利欣根》和小说《维特》。

学校实行严格的监视制度。学生们不能有独自的活动,每天生活都受到法律和命令的限制。没有假期,所有书信往来都要受到仔细检查;甚而连父母偶然来访,也得有军事监视人在场才许交谈。教师和管理人员也千方百计地防止学生之间缔结真正的友谊。

尽管监督森严,席勒还是同几位知心朋友,特别是沙芬斯坦和霍芬,暗中建立了一个"反对派诗歌俱乐部",始终未被发现。1775 年底,军事学院迁到斯图加特,升级为卡尔学院。

多亏军事学院的教师雅各布·阿贝尔教授,是他把当代德国文学中最重要的作品介绍给席勒,并使其获得广泛的知识。席勒学习德国著名哲学家兼科学家莱布尼茨的主要思想,激赏英国哲学家谢夫特伯利把唯物认识与神的信仰结合起来。在谢氏的真善美结合中,表现出英国资产阶级革命胜利后的新生力量感。这种思想也影响了温克曼、莱辛、赫尔德尔和歌德。

[①] 弗德里希的简称。

席勒也和所有狂飙运动诗人一样,对时代精神之父卢梭表示崇拜。卢梭关于只有人民才有主权的思想,在席勒内心中激起深刻的同情,这对他后来在戏剧和诗歌中形成革命的、共和主义的倾向,起了决定性的作用。

席勒以巨大的热情诵读莎士比亚的《奥赛罗》,莎士比亚作为崇高的典范,最早引起席勒要为客观的戏剧创作的严格规律而斗争。

还有一桩给青年席勒以深刻印象的事件:他目睹诗人舒伯特遭受的悲剧。原来舒伯特揭露欧根公爵出卖壮丁的暴行,被欧根于1776年骗到符腾堡辖区,长期囚禁在暗无天日的要塞里。席勒后来得到他的教父里格尔将军即要塞司令官的帮助,到囚房里去看望被俘的舒伯特。舒伯特已在牢中读到了席勒的剧本《强盗》,写了一篇热情洋溢的书评,抱着来访者的脖子痛哭不止。这些都给席勒以后的创作提供了宝贵的材料。

1775年,公爵的学院增设了医学系,席勒改行学医。他对人的知识和心理学问题感兴趣。他于1779年秋写出第一篇论文《生理学的哲学》,但是被公爵否决了,理由是文章写得放肆,触犯了科学权威。1780年底,席勒写的另一篇论文被接受了。题目是:《试论人的动物本性与精神本性的联系》。论文证明:人不光是具有精神与肉体,而是人的精神与人的肉体的物质是互相混合的,换言之,即与物质的活动分不开的。这位二十一岁的医科学生由此获得对人的生活的唯物主义的认识。在此同时,席勒写成了他思想中酝酿已久的剧本《强盗》。多年以来,压抑在席勒胸中的愤慨和不平,像烈焰一般喷射而出;剧本冲破一切封建专制主义的堤防,产生出震撼人心的普遍革命影响。

席勒毕业以后,被派到驻守斯图加特的步兵团里当军医。他既没有得到原来许给他的军衔,而菲薄的月薪只有十八盾,加以那个团臭名远扬,队伍多是些老弱残兵和乞丐,要他去发挥医术,实在是不可想象。

这时剧本《强盗》通过曼海姆书商施万的介绍,被曼海姆民族剧院经理赫利伯特·封·达尔贝格男爵所接受,准予上演。但经理要求席勒将剧本中某些革命内容作适当修改。1782年1月13日,《强盗》首次演出,使这位默默无闻的军医,一举而轰动德国各地。剧本成功以后,席勒又出版他非法的《1782年诗选》。

席勒在欧根公爵的"奴隶培训所"里熬过了九年,不是温驯了,屈服了,消沉了,成为封建主的奴隶,而是看清了人民所受的奴役,与公侯们所施的暴政,成为文化战线上一名百折不挠、再接再厉的坚强战士。打倒暴政,争取自由,是他青年和后来时期作品的一贯基调。

3. 从符腾堡的逃亡到鲍尔巴赫的避难(1782—1783)

欧根公爵获悉,步兵团军医席勒未经请假,擅自到曼海姆去出席《强盗》的演出,就勃然大怒,处以十四天的禁闭。这时席勒已写出极大部分《斐斯柯》剧本,在禁闭室的寂寞中,又逐渐萌生写市民悲剧《露伊丝·米勒琳》的想法。席勒完全意识到自己过的是奴隶般的卑贱生活,有一天公爵叫他去,予以当面申斥:"你听好,你要是再写滑稽戏一类的玩意儿,我就革去你的职务!"

公爵这条禁令,最后促成席勒实现其蓄谋已久的逃亡计划,以挽救其写作生涯。1782年9月22日夜晚,公爵正在他的行宫里大开筵宴,酣歌醉舞,忘乎所以。席勒冒名里特尔博士,偕同挚友安德烈亚斯·施特赖歇尔一起,离开黑夜中的斯图加特,马车通过城门时,多亏指挥警卫的沙芬斯坦少尉,看在彼此同学的份上,网开一面。

席勒开始逃到曼海姆,然后继续步行到美茵河畔的法兰克福。席勒这时负了一身债务(《强盗》和《诗选》是他自费印行的),除了靠朋友施特赖歇尔的帮助而外,囊空如洗。他从法兰克福附近的萨克森豪森写了一封动人的信给达尔贝克,要求对方给快要完成的《斐斯柯》剧本预支一点稿酬,但达尔贝克避而不答,只是通过他的舞台导演迈尔要求席勒把剧本改编,用意在于拖延时间。这时忠心耿耿的好友施特赖歇尔放弃汉堡之行,留下来与席勒共渡难关。

1782年11月初,席勒完成了《斐斯柯》的改编,但是没有获得上演,不过曼海姆的出版商施万将剧本印出发行,版税所得,至少让席勒支付他住奥克森旅店的费用。

因为他住在曼海姆附近,时时感到有受迫害的危险。这时他想起一位同学的母亲赫利叶特·封·沃尔左根夫人,她曾经邀请他到她鲍尔巴赫的庄园里去避难。他这时表示接受邀请,于是不得不和好友施特赖歇尔凄然告别。

1782年12月7日,席勒乘雪橇来到严冬孤寂的鲍尔巴赫。在七个月内,他写成了市民悲剧《露伊丝·米勒琳》,修改了《斐斯柯》,此外还起草了其他几部剧本的轮廓图。鲍尔巴赫对席勒来说,不是与世隔绝、乐享田园风光的地方,而是孜孜不倦、艰苦工作的场所。

在这个地方,席勒扩大他的社交面:他与服徭役的农人往来,与犹太人交朋友,获得有关鲍尔巴赫数百年来的口头传说。通过沃尔左根夫人的介绍,他也去过一些贵族庄园,看出贵族们奢侈浪费的糜烂生活。贵族家庭的女子多半是出卖的对象,与人缔结强迫婚姻。席勒的视野扩大了,许多图林根和施瓦本贵族们的典型事件,都成了后来《露伊丝·米勒琳》中的控诉材料。

这时席勒忽然得到达尔贝克的信,后者读了印出的剧本后,表示对上演感兴趣。席勒受到莫大的鼓舞,因为曼海姆终于需要他了。达尔贝克要求席勒把《斐斯柯》改来适合演出。席勒很快就同意去曼海姆,担任剧场诗人即编剧者的职位,而年薪只有三百盾。他于1783年7月27日,重回到曼海姆。七个月的远方生活,使他改变了,也使他成熟了。不过差不多过了半年,他的《斐斯柯》才于1784年1月11日在达尔贝克的剧场初次演出。

4. 曼海姆的剧场诗人、导演和时事评论家(1783—1785)

席勒回到了曼海姆以后,并不是一帆风顺,从事无忧无虑的创作,旧日的债务依然逼得他喘不过气来。《强盗》第一版是他自费印行的。原名《露伊丝·米勒琳》的剧本,经友人伊夫兰德的建议,改名为《阴谋与爱情》,更加突出主题思想。1784年4月15日,该剧首次演出时,博得暴风雨般的掌声,诗人不得不从包厢座位上站起来向观众鞠躬致谢。这部戏剧虽然继续在德国其他各地的剧场上获得成功,然而席勒的经济状况丝毫未见改善,生活一直是困窘和可怜的。

席勒到曼海姆以后,患了寒热病,缠绵病榻数月之久,逼使他服下大量奎宁及别的药物,这大大损伤了他的胃,以致他不能摄用正常食物。加以他经常缺钱使用,于是不顾寒热发作,还是连夜赶写《斐斯柯》、《阴谋与爱情》及《唐·卡洛斯》等剧本。这样就把他的身体拖垮了,元气大伤,以致后来失去抵抗严重疾病的力量。

席勒是用顽强的精神力量来战胜疾病和困难的。在居留曼海姆的第一阶段,他结识了出色的演员如伊夫兰德、贝克和拜尔等人,并与他们合作,藉此丰富了他的舞台实践知识。

自莱辛逝世两年以后,曼海姆剧场的艺术水平日趋低落。继承莱辛革命遗产的青年作家的天才作品,反而被那些浅薄无聊的"市民"社会剧压倒了。1784年7月,席勒向剧场经理达尔贝克提出创办《曼海姆剧评》的计划,阐发当代剧场的发展问题,达尔贝克拒不采纳。后来席勒建议由曼海姆民族剧院发行一种名为《莱茵塔莉亚》的杂志,也被拒绝了。席勒认为杂志办得成功,可以获得固定的收入,于是他甘冒一切风险,自己发行。这么一来,席勒除了戏剧和诗歌的创作而外,又展开了社会评论的活动。

在《莱茵塔莉亚》第一期里,载了席勒那篇纲领性的文章:《把舞台作为道德的学校看待》。他于1784年6月26日,在曼海姆的德国协会根据此文作了报告。文中包含着原拟的《曼海姆剧评》中的基本要点。席勒来到曼海姆,本想作为剧场诗人,实现莱辛建立德意志民族剧院的要求。从这篇无比兴奋、充满民族热情的讲话中,可以反证出席勒居留曼海姆年代所遭遇的纠纷和失望。按照席勒的愿望,建立民族剧院作为道德的学校,就可以通过艺术手段,用人道主义的、进步的和爱国主义的精神来教育德国民族。

这时席勒在思想上也步莱辛和温克曼的后尘,开始钻研古希腊罗马的艺术作品,希望从中获得启发以更新和完成德国的艺术。

席勒在曼海姆得到一位名叫卡尔普夫人的垂青。但是这位夫人出身贵族,而且已有丈夫,鉴于情势的不可能,席勒只有忍痛割爱。但是通过卡尔普夫人的介绍,席勒第一次接触到宫廷的气氛。1780年圣诞节,魏玛公爵卡尔·奥古斯特来访达姆施塔特宫廷,席勒获得机会朗诵他的剧本《唐·卡洛斯》的第一幕。这位魏玛的所谓"文艺王侯"于1784年12月27日致信席勒,表示谢意,并任命他为魏玛的宫廷顾问。这一来大大提高了席勒当时在市民生活中的社会地位。他以后的发展也与宫廷贵族集团保持相当密切的联系,可惜的是,这位青年时代充满革命热情的诗人,不免损失一些英风锐气,使他到了成熟的年代对某些问题不得不作出一些妥协。

5. 在莱比锡和德累斯顿的朋友家(1785—1787)

席勒正在曼海姆被厄运纠缠、难以解脱的时候,忽于1784年6月初接到一封不相识的人从莱比锡寄来的信,信中用动人的言词向诗人致敬。原来寄信人是克里斯蒂安·戈特弗里德·寇尔纳和他的未婚妻明娜·史托克及明娜的妹妹多娜·史托克和她的未婚夫路德维希·费迪南德·胡贝尔。

寇尔纳比席勒年长三岁,慷慨好义,成了席勒一生当中最重要的挚友之一。首先,他帮助席勒清除一切旧债,又资助他出版《莱茵塔莉亚》第一期。因为他是莱比锡葛申出版社的股东之一,于是他劝出版商格奥尔格·约阿希姆·葛申出版席勒的杂志,现在更名为《塔莉亚》①。寇尔纳接着又把席勒从曼海姆的屈辱地位中解放出来。他邀请席勒到莱比锡去。席勒接受邀请,于1785年4月17日乘邮车到达该地。

寇尔纳是位知识全面、思想活跃、干练有为的人,他任萨克森高级教会监察公署的顾问及农工商代表团的委员,不仅在物质上,也在思想上继续帮助席勒。

---

① 希腊神话中的喜剧女神。

根据他的判断,席勒应当与文学界的著名人物居于同等地位。他通过与葛申出版社的协定,先保证席勒一年的物质需要,让他安心工作。席勒从没有得到过这样安定的生活。

席勒住在莱比锡附近戈里斯的农民施奈德家里。在这幽静的乡下,诗人乐享温暖的友情,经常与志同道合的青年人一起谈心。就在这戈里斯的农家里,他写出了著名的诗篇《欢乐颂》。1785年8月7日,寇尔纳与明娜结婚,婚后数周,他们夫妇俩邀请席勒一起去德累斯顿游玩。寇尔纳在那儿的葡萄园亭,成了诗人从事清静工作的心爱地方。《欢乐颂》最后是在这儿定稿的。一个同时代人描绘席勒在这年中的形象:"长得魁伟和健壮,面容和头发呈红色,小小的眼睛配着一只真正艺术家的鼻子。"

乐圣贝多芬为了给《欢乐颂》谱曲,前后费了三十年,最后终于把它作为第九交响乐雄壮的收场合唱。同时席勒改写和完成了《唐·卡洛斯》剧本。除此而外,席勒还孜孜不倦地发挥多方面的才能,一身而兼编辑、评论家和翻译家。他为了补足《塔莉亚》杂志的篇幅而撰的一些报道和故事,也成为德国散文中极优秀的作品。其中最突出的有《丧失了名誉的罪犯》。故事的素材,是从前军事学院的教师阿贝尔讲给他听的。

1785年9月,德国18世纪伟大的肖像画家安东·格拉夫给诗人画了一幅像:画上的他几乎还是一个青年人,披着长长的头发,然而面容显得饱经忧患,高贵而富有堂堂男性的威仪。这幅画像一直保存至今。诗人写出《强盗》和《唐·卡洛斯》,以他强有力的语言敲响了资产阶级民主革命的钟声,从强烈要求自由这方面看,不仅超过同时代的作家,就是许多年代以后也难找到可与席勒并肩的人。

(二) 中年时期(1787—1795)

1. 在魏玛的第一次居留和失望(1787—1788)

席勒久已厌倦在寇尔纳周围相当孤立的小圈子里生活,于是他离开德累斯顿到魏玛旅行,于1787年7月21日到达该地。他应夏绿蒂·封·卡尔普的召唤,来到小公国的都城魏玛,本来他希望在新的环境中,为他的杂志《塔莉亚》多联系一些文学界知名人士。也许他开始还希望公爵给他一个宫廷顾问的固定职位。同时他也碰到其他可能的机会。著名的剧院领导人施罗德邀请他到汉堡去合作。尽管席勒渴望与剧院重新取得联系,然而他以前没有能够把曼海姆剧院发展成为真正的民族剧院,这个惨痛的经验对他说来,还记忆犹新,所以他拒绝接受这次邀请。

席勒的声名虽然早已传到魏玛,但是当时的情况对他并不十分有利:歌德已于一年以前到了意大利,公爵此时逗留在波茨坦。在铁弗特的阿玛莉亚太后的宫廷上,这位青年诗人虽然受到友好的接待,但是他朗诵他的《唐·卡洛斯》剧本却失败了。这次失败显然也使得维兰德对他冷淡起来,原来他初到魏玛时,维兰德全家都热情接待他,维兰德还曾建议席勒同他合作,办好他的《德意志信使》杂志。

席勒看出是赫尔德尔促成青年歌德转向与人民联系的文学创作。当他去拜访赫尔德尔时,发现后者对歌德的热情赞扬几乎到了一种神化的程度,感到非常惊奇,同时又看出赫尔德尔显然还没有接触过他的作品,对他的个人情况也不甚明了,又感到沮丧。然而赫尔德尔与维兰德不同,他敢于在太后的宫廷上推荐席勒的作品。席勒在魏玛和耶拿居留下来以后,才进一步认识到赫尔德尔的伟大人格及其涉及许多方面的作品。不过两人之间还不可能建立友谊,因为席勒受到维兰德的女婿赖因霍德的影响,从事康德哲学的研究,而赫尔德尔却是坚决反对康德的。

席勒慢慢地熟悉魏玛的社会,觉得可以勉强生活下去。然而债务压得他透不过气来,物质状况恶劣,连像样的衣服也没有。他自己不愿出现在宫廷上,觉得凭自己这样一个市民的身份与贵族往来,处境尴尬,有损他的自尊心。他乐于参加市民阶级的星三聚会,这儿有音乐、讨论,有时也有跳舞。

席勒在魏玛的最初失望,并没有使他丧失创作的勇气。他从历史剧转到历史著述方面来,每天伏案工作十至十二小时。

1788年,席勒完成他的重要历史著作《联合的尼德兰脱离西班牙统治的独立史》。这虽然不是历史学家用以探讨和揭露历史运动规律的专著,然而它具有独特的优点,这位天才诗人站在他的世界观的高度,具有法国革命前那种强烈的平民民主的特征,正是由于他在人民斗争史中所表达出来的热烈同情和切身的感受,这部著作同当时德国的职业历史学家所写的有关资产阶级革命的政治史相比,在历史的远见上要高得多了。

1789年,席勒在《塔莉亚》杂志上发表《艾格蒙特伯爵的生平和死亡》,稍晚又在《季节女神》杂志上发表《安特卫普的被围》等文章,这些都切合法国革命后的时代特征。由于受到德国社会落后条件的限制,后来在1801年的新版中,席勒不得不把其中激烈抨击西班牙宗教法庭和封建教会专制的地方删掉了。

由于席勒对自由的热爱，由于他警告人们不要重犯尼德兰自由战士特别是艾格蒙特所犯的错误，因此《尼德兰独立史》的头一部分在《德意志信使》杂志上发表后，立即产生巨大影响，重新燃起人们心中为德意志自由而斗争的理想。如果恩格斯把席勒的市民悲剧《阴谋与爱情》称作"德国第一部有政治倾向的戏剧"，那末，《尼德兰独立史》也可以称作是德国第一部具有民主革命倾向的近代史著作。

席勒的历史观限于当时客观和主观条件，不可避免地带有唯心主义的性质。然而他毕竟是资本主义上升时期的资产阶级历史学家，他在历史著作中反映出他本人对封建中世纪所持的敌对态度，这与后来浪漫派把中世纪理想化的态度是极端对立的。例如他在论民族大迁移、十字军东征和中世纪问题上，就表现得非常明白。他说："一层阴暗的雾障把欧洲的视野笼罩了千百年。"他把十字军东征看作是"愚蠢和疯狂"的结果。席勒同情历史上反对中世纪封建专制的运动和激流，同情启蒙运动的普及。他在资产阶级身上正确看出那种力量，认为它能替欧洲开辟通向自由的道路。

值得注意的是，席勒尽管主观上是唯心主义的，然而他在《尼德兰独立史》中却十分重视促成民族起义的物质经济因素。他把当地促进城市经济发展的手工工场和商业的繁荣看作是摆脱西班牙统治的决定性前提。

已写有四部成名剧作的席勒，曾一度误认为他的前途是走一个历史学者的道路，其实他的"文学之春"并没有过去。1788年，他写出长诗《希腊的神祇》，在维兰德的杂志上发表。席勒的工作负担十分沉重，在本年内，除了为《塔莉亚》杂志继续写未完的长篇小说《见鬼者》而外，还为《德意志信使》杂志写《论唐·卡洛斯的通信》，用来回答那些对此剧的批评，再度强调此剧的革命性质。小说《见鬼者》的主要内容是揭露和抨击当代的反动迷信人物，如耶稣会会员、魔术师、招鬼者等。他明白地指出：人除了自身的活动而外，没有别的价值。

席勒为《塔莉亚》杂志写完戏剧断片《人敌》，同时还写了不少哲学论文和文学评论。1788—1789年，他写出另一首长诗《艺术家》。

《希腊的神祇》和《艺术家》二诗，标志着席勒思想发展上的转折点。1787年秋，他与维兰德密切往来，促使他从事古典希腊的文化和艺术的研究。其实他早在曼海姆时，就已注意到希腊古典文艺的纯朴和伟大了。18世纪经德国资产阶级的思想代表们为了形成一种新的资产阶级民主主义的意识形态，及与其相适应的民族文学和艺术,就自然而然地回溯到希腊和罗马的古典文艺史上来。他们在希腊悲剧和史诗的思想明朗、艺术伟大和力量充沛方面,在希腊艺术完成的纯朴性和纯洁性方面,寻找文艺的典范。这种文艺虽然不适用于成熟发达的资本主义及其一切社会矛盾尖锐化的时期,但是对于正在上升的、为政治权力而斗争的资产阶级来说,却是他们的文艺家最好的学习榜样。他们希望在自己的作品中能够用这样的明朗性和美来反映他们世纪的进步追求。希腊文学和艺术被重新发现,成了资产阶级启蒙运动的武器,感动了近代德国民族文学的创立人,使其力求在自己的作品中达到善与美的统一,达到古典的纯朴和伟大。

1787—1788年,席勒译出欧里庇德斯的剧本:《在奥利斯的伊菲格妮》和《腓尼基女子》中的一些场面。席勒由于缺乏对希腊文的知识,不得不参考法文、拉丁文及德文的翻译,译笔比较自由,其古典精神却获得威廉·洪堡的激赏。

2. 在耶拿大学任教,哲学研究和文学活动(1788—1795)

1787年11月,席勒应他从前军事学校的同学威廉·沃尔左根的邀请,回到鲁多尔城,拜访后者的婶母伦格费尔德夫人,夫人同两个女儿卡罗琳和夏绿蒂住在一起。夫人的亡夫原是施瓦兹堡—鲁多尔城侯爵领地内主管林业的狩猎总监,她本人和歌德的女友施坦因夫人过从甚密。长女卡罗琳早婚不幸,后与威廉·沃尔左根结合。二十一岁的次女夏绿蒂,性格比较谦逊柔顺。席勒钟情于她,她将任魏玛的宫廷女官。

席勒在鲁多尔城附近的沃克斯特度过夏天。他在这里阅读歌德写的剧本《伊菲格妮》,经常漫步在田野中。8月18日回到鲁多尔城,朝夕和伦格费尔德姊妹见面,共同阅读荷马,觉得自己与古希腊人发生了共鸣。

在伦格费尔德一家往来的圈子里,席勒于1788年9月7日第一次遇见歌德。歌德从意大利旅游归来,正到斯坦因夫妇的科赫贝格田庄上访问他们夫妇俩。不过两位诗人这次见面并未达到席勒预期的结果。首先,歌德的名气太大,周围的人都唯歌德马首是瞻,席勒不便挤上前去攀谈。其次,虽然席勒此时在剧作上的成就已经不小了,可是歌德可能对《强盗》剧本中某些过激的表现感到不满,换句话说,歌德对青年席勒那种如火如荼的革命民主精神还缺乏理解。

几周之后,席勒在耶拿的《文学汇报》上公开发表剧评,论歌德的《艾格蒙特》悲剧。他发觉剧作家不但要彻底吃透材料,表现得生动活泼,而且要有观众喜闻乐见的群众性场面,这是他自己写的剧本如《斐斯柯》中所缺乏的,决定从此改正。

1788年12月,席勒得到卡尔·奥古斯特公爵的允准和枢密大臣歌德的支持,被任命为耶拿大学的副教授。这次任命主要得力于席勒那部《尼德兰独立史》在社会上产生的强烈影响。歌德早在本年9月就向魏玛枢密会议建议任命席勒为副教授,暂不支薪。

席勒这时迫于生计,工作沉重,常常足不出户。他于1789年5月11日迁居到耶拿,当地的美丽风景在他从前访问时就使他着迷了。不过这时也没有物质上的保证,工作负担不是减轻,而是加重了。然而当他第一次登上耶拿大学讲坛那天,就受到大学生们的热烈欢迎。席勒的就职讲话是在法国革命前夕,他对于教授职位是不屑一顾的,而是努力使自己成为向人民宣告民族和民主革命思想的预言者。这时从历史教授口中喷涌而出的是诗人火热的语言,他描绘历史的蓝图,向青年大学生们阐明历史研究的人道主义意义。

耶拿大学的学生差不多有一半都蜂拥前来听讲,原来的课堂容纳不下,只得另觅适当的地方。席勒的讲题是:《什么叫作世界史以及人们研究它的目的》。后来大学生们好奇心的高潮逐渐平息下来,第二学期的听众只有三十人了。

1789年夏,席勒与夏绿蒂悄悄地订了婚。至于结婚,席勒认为要等到自己有了固定的工薪,可以保证他们住在耶拿的生活才能实行。为了不把他们两人的结合拖延下去,诗人只好克服个人的自尊心,向公爵请求付给他一定的年金。卡尔·奥古斯特虽未拒绝,但是只允每年付给二百塔勒。这与歌德当时的年金一千四百塔勒相比,实在是太菲薄了。1790年2月22日,席勒与夏绿蒂在文尼根耶拿举行婚礼。结婚以后,席勒不得不继续努力从事附加的工作,每日长达十四小时,以维持生活。

好友寇尔纳从市民立场上考虑,不赞成席勒同一位图林根的宫廷贵族女子结合。梅林认为席勒夫人的宫廷意识及其依附贵族的思想给席勒的影响之大,是诗人自己想象不到的。后来的生活果然证实:席勒要不断同本身的迷误及魏玛社会的思想束缚作斗争。魏玛社会尽管号称同情资产阶级的启蒙运动,本质上却始终是封建宫廷的社会,再说,这里的大多数资产阶级知识分子在经济上都是直接依靠公爵的。

1791年1月,席勒在耶拿的《文学汇报》上发表了一篇讨论高特夫里特·奥古斯特·毕尔格诗歌的文章。毕尔格的诗歌具有平民的叛逆倾向,尤以叙事诗著称,被时人誉为人民诗人。席勒在文章中阐发伟大诗歌的本质。他认为真正的人民诗人不是以庸俗化、也不是以降低读者的水平为其特征,而是要达到最高度的纯朴。完美的诗歌所表现的,不是个人的现实感受,而是一切人无差别的共同感受。正是由于密切联系人民,诗人必须通过题材的选择和高度纯朴的形式来感动千百万人,同时还要提高他们的艺术要求,净化他们的爱好,丰富他们的审美观。

1791年1月3日,席勒在工作的重压下,第一次累垮在埃尔富特。从此以后,开始了一连串的疾病。疾病每天折磨着他,他只有在两次发病的间歇期中进行工作。这位伟大的德国诗人,不断和疾病作斗争达十四年之久,创作出不朽的作品。这种坚忍不拔的斗争,可谱入德国民族文学上的英雄歌曲。席勒不但有病,而且穷困,经常处在贫病交攻之下,所谓的魏玛"文艺宫廷"对此完全置之不理。

1月15日,席勒的疾病复发,病情严重,每天都有死亡的可能。他不得不放弃在大学担任的课程,于3月间到鲁多尔城去疗养。5月间病发得更厉害,胸脯和身体发生可怕的痉挛,只靠用鸦片来缓和剧烈的痛楚。疾病虽然表面上暂时被控制住了,实际上是长期拖下去,一直折磨着他。诗人自己写道:"我不止一次地面对死神,而我的勇气却因此而加强了。"

席勒迫于生计,不得不为"赚钱"而写作,他放弃写悲剧的计划,继续写历史和时评文章。魏玛公爵在席勒病中送来几瓶酒,别无其他援助。席勒在这几个月中准备了一系列讲稿,其中有《论悲剧的艺术》及《论悲剧题材产生快感的原因》,两篇文章都发表在1792年的《新塔莉亚》杂志上。从此以后,他继续写出有关美学的论文,争取在德国建立一种具有科学体系的美学。

席勒在患病时期耗费了一千四百塔勒,这只有靠不断地工作来补偿。他继续写《三十年战争史》,译出维吉尔的《埃涅阿斯纪》第二卷和第四卷。

沉重的工作,又使席勒病倒在鲁多尔城,而且非常厉害,甚至国外谣传他已经死了。关于席勒的严重情况,国内虽然熟视无睹,此时却从国外出乎意外地伸来援助之手:丹麦的诗人琼斯·巴格生是崇拜席勒的人之一,他于1790年曾在席勒的耶拿家里作客。他同弗里德里希·克里斯蒂安·封·荷尔斯泰因—奥古斯腾堡公爵和恩斯特·席梅曼伯爵一起,同属于小规模的席勒研究社的成员。1791年6月,他们获悉席勒的死讯后,深感悲痛,曾同妻子一起,在哥本哈根附近的赫尔贝格举行追悼会。巴格生这时才知道席勒还活着,不过迫于生计不得不拼命工作,于是劝说公爵和伯爵救济这位身罹重病的诗人。他们于1791年11月27日向席勒提供每年一千塔勒、共为期三年的援助,让他安心休养,完全恢复健康,然后在安静的环境中从事新的文学创作。

席勒接受了这一援助,认为这是出于高尚、纯洁的友谊。他兴高采烈地写信给友人寇尔纳:"我可以长期地、也许是永远地摆脱忧虑了;我得到渴望已久的精神上的独立……我终于有空闲来学习,聚精会神,为永恒而工作。"

席勒在1792年到1794年这三年中可以不受物质困难的干扰,安心从事研究和工作。然而他在思想发展上却产生了深刻的矛盾。席勒这时完成《三十年战争史》第二部分后,就转向于康德哲学的研究。

法国革命继续发展,巴黎人民把专制主义的代表国王路易十六送上断头台。法国国民会议颁发法兰西共和国荣誉公民证书给少数几位国际著名人物,1792年8月26日也颁发给席勒,表扬席勒为法兰西共和主义自由的先驱战士。实际上,席勒以他青年时代的作品,从《强盗》到《唐·卡洛斯》,即是对专制君主的巴士底监狱作精神上的冲击。开始,席勒欣然接受这一任命,并不管魏玛宫廷的反应如何。他在《新塔莉亚》杂志上的预告中,甚而觉得自己是"世界公民",不愿为君主服务。他在自己的作品中极力攻击德国的暴君,感到自己和所有国家特别是他的时代的自由战士是一致的。可是不久就表现出来,诗人并不真正理解他的时代的革命现实。他虽然在思想上一般地肯定革命,却看不出也不承认实现革命所必需的手段。当雅各宾党人专政,用革命暴力把革命贯彻到底时,席勒对法国革命的态度,则由开始的鼓舞,转为彷徨、怀疑,终于反对了。

席勒认为法国革命不适宜于德国,然而德国的鄙陋状态又使他不能忍受,于是他就沉浸到康德的哲学,特别是美学中去。席勒的一系列美学论文,都是在接触到康德之后五年内发表的。这就说明康德的著作促使席勒对美学问题进行辛勤而认真的思考。然而席勒对康德的美学并不是一揽子接收下来,不加批判,而是有所纠正,有所发展的。中国美学家朱光潜认为:"康德在哲学上所揭示的自由批判的精神,他的本体与现象,理性与感性等对立范畴的区分,以及把美联系到人的心理功能的自由活动和人的道德精神这些基本概念,都成为席勒美学思想的出发点。但是康德把一些对立概念虽然突出地揭示出来而未能达到真正的统一,以及他从主观唯心主义观点去解决美学问题,都是席勒深为不满而力求纠正的。席勒并不是康德恭顺的追随者,他不但发挥了康德的一些观点,而且在一定程度上纠正了康德的主观唯心主义。在德国古典美学发展中,他做了康德与黑格尔之间的一个重要的桥梁,他推进了由主观唯心主义到客观唯心主义的转变。"①

席勒最重要的美学著作是《审美教育书简》,这是他于 1793 年为感谢封·荷尔斯泰因—奥古斯腾堡公爵帮他摆脱物质生活上的困难而写的。席勒渴望自由,但是不满意于法国革命者所理解的自由,而要给自由一种新的唯心主义的解释:"自由不是政治经济权利的自由行使和享受,而是精神上的解放和完美人格的形成;因此达到自由的路径不是政治经济的革命而是审美的教育,至少是须先有审美教育,才有政治经济改革的条件。这就是《审美教育书简》的主题思想。"②

这显然是一种对德国现实的逃避,正如恩格斯所说,"从平庸的鄙俗气逃避到夸张的鄙俗气"。与此同样,席勒在 1795 年所写的诗《理想与生活》中,指出打上战斗印记的现实生活与崇高的理想之间,有一条不可逾越的鸿沟。席勒这些矛盾思想和倾向,苦恼了他几年,后来经过与歌德的合作及自己的努力克服,终于使他成为法国革命的民族和民主思想的旗手,而把这种思想传播到德国来,创作出具有深刻爱国主义思想内容、光辉的人民英雄形象和现实冲突的剧本,如《瓦伦斯坦》、《奥尔良的姑娘》、《威廉·退尔》等,使他与歌德共同成为德国古典文学的主要代表。

(三) 席勒与歌德合作时期(1795—1805)

1. 席勒同歌德的订交经过

席勒与歌德的订交,在德国文学史上具有无比重要的意义。歌德也意识到他与席勒的遇合,其重要性甚而超过他与赫尔德尔的遇合。歌德后来把他和席勒的订交称作"诚挚与友爱的结合"。不过两位诗人的认识、订交到合作,却经历了一段曲折而困难的过程。

早在 1779 年 11 月,歌德以枢密顾问身份,陪同魏玛公爵卡尔·奥古斯特去瑞士,经过斯图加特时,曾访问卡尔·欧根公爵那座被称作"奴隶培训所"的卡尔学院,参加向该院优秀学生授奖的仪式。三十岁的歌德已是蜚声国际的天才诗人,青年得志,身为魏玛公国的重臣,和两位公爵站在一起,而年轻十岁的席勒还是一个普通的军校学生,排在受奖学生的行列中,当然引不起歌德的注意,因为他们之间的门第、出身、声名和地位太悬殊了。不过这一幕却给年青的席勒留下

---

① 朱光潜:《西方美学史》下卷,第十四章《席勒》,人民文学出版社 1964 年版,第 90 页。
② 同上书,第 94 页。

难忘的印象,这是他第一次亲眼见到自己崇拜已久的歌德。

友谊是建立在互相了解、互相尊重、志同道合的基础上的。席勒于1787年来到魏玛以后,就一直对歌德进行了解。这时席勒作为《强盗》的作者,已誉满全国,正受到魏玛人的热情欢迎,他也希望有机会让歌德了解他。可是歌德从意大利旅行归来以后,不仅在精神上,而且在行动上也脱离了"狂飙运动",对于《强盗》中所表现出来的那种激情,反而感到不悦。席勒曾写信给寇尔纳说:"许多我现在还感到兴趣的,还期望和希冀的,他都经历过了;他在生活经历和自我发展上……早已远远走在我的前面,我们在半路上再也不会相遇;他的整个本质从一开始便和我的截然不同,他的世界不是我的世界,我们的思想完全两样。"直到1789年席勒去耶拿以前这段时间,两人虽然同住在魏玛这座小城里,却一直没有往来。尽管席勒在社交场合中多次见到歌德,但歌德的冷漠态度,引起席勒强烈的反感。

席勒与歌德的第一次接近是在1793年。席勒筹备出版《季节女神》杂志,他写了一封非常恭敬的信给歌德,邀请歌德参加,歌德回信的措辞委婉客气,表示高兴,并愿全心全意地参与盛举。这是两位诗人建立关系的开始。然而他们的第一次当面交谈却是在1794年7月下旬,那天歌德和席勒一起参加在耶拿召开的自然科学研究报告会。歌德后来在日记中叙述这次经过情形:听完报告后,席勒表示,这样零敲碎打地讨论大自然,绝不能够吸引热衷此道的外行。歌德回答:"甚至就连内行也许一样感到莫明其妙。不过还有另外一种方式,不是分离地、个别地从事探讨,而是生动活泼地从整体直到部分来予以叙述。"他希望得到说明,并不掩饰他对此的怀疑;他不肯承认像我所断言的东西已经从经验中得出来了。我们到达他家门口,谈话吸引我跨进屋去。这时我详细解说植物的变形,而且用几笔勾画出一株象征的植物给他看。他倾听着,而且以坚定的理解力全神贯注地观察这一切;但是当我讲完以后,他却摇摇头说:"这不是经验,这是一种观念!"我骤吃一惊,感到相当难过;因为我们两人的分歧之点极明显地表现出来了。我又想起《秀美与尊严》①一文中的论点;这就激起我的旧恨,可是我控制着自己,回答说:"要是我有了观念而不知道,甚而可以亲眼看到它,这对我来说,倒是妙极了。"

席勒是康德的学生,对他来说,现象世界与理性观念是对立的。理性通过观

---

① 席勒所写的美学论文。

念来完成一系列现象,而不用某种具体的观点与之适合。歌德深受赫尔德尔的影响,他认为经验和观念是等同的。一切认识只能建立在存在本身之中。这是唯物观点与唯心观点的分歧。在这次坦率的谈话中,他们尽管各自坚持自己的观点,但却消除了以前相互规避的心理,而产生了一股相互吸引的力量。

在这次交谈之后不久,他们又于7月22日在洪堡家进行第二次谈话。这次谈话的题目不是自然科学,而是文学艺术。他们谈得十分融洽,互相交流了主要思想,达到殊途同归的目的。席勒于9月1日给寇尔纳的信中说:"在一些思想当中有一种出乎意外的一致性。正因为这一致来自截然不同的观点,因而更加有趣。每个人都可以给另一个人以对方所缺少的东西,并且从对方接受自己所需要的东西。"过了不久,歌德也给席勒写了一封亲切的信,终于怀着信任向席勒迎面走来。

起决定性作用的,是席勒于1794年8月23日给歌德的信[①]。他在信里分析了歌德的天才、他的创作方法和精神发展的过程。他在歌德身上具体地看到了真正的天才如何研究、思考和创作。因为天才的本性总是决定自己不自觉地活动,所以天才对于自己来说永远是最大的秘密。歌德这位天才也并没有真正了解自己和阐明自己。席勒认为他对于歌德的了解甚于歌德自己。席勒认为歌德生于北方的德意志,他走的道路要比生在南方的希腊人和意大利人艰巨得多。他说:"您在自然当中寻求必然的东西,但是您却在极困难的道路上去寻求它,每个力量不如您的人都会望而却步。您把全部自然作为一个整体,设法弄清它的个别部分。您在千姿百态的共通性中,寻找出解释个体的原因。您从简单的机体开始,逐步上升,达到更加复杂的机体,直到最后,用建筑整个自然大厦的材料,从头开始去创造出万物当中最最复杂的人。您仿佛是按照自然的模样在仿造人,这样您就试图探究隐蔽的人体机制。这是一个宏伟的、真正具有英雄气概的设想,它充分证明,您的精神怎样把自己丰富多彩的各种想象汇集成一个美丽的整体。您从来没有希望过您这一生会达到这样一个目的,但是只要踏上这样一条路,就比走完一条其他的路更有价值。"

席勒作了以上分析以后,把歌德与自己作一比较。他认为歌德是直观的天才,他自己则属于哲学家、推理人物之列。但是,如果前者以纯洁而忠实的感觉去寻找经验,后者以主动的思考能力去寻找法则,那末,两者绝不会不在半路相

[①] 参看赫伯特·斯库拉《诚挚与友爱的结合》,柏林民族出版社1955年版,第52—54页(德文)。

遇,这就说明他们两人必然可以结合。

歌德收到这封信后,于8月27日回了一封十分恳切的信。信上说:席勒的信是给他四十五岁生日最愉快的礼物。他又明白表示:"我们两人在这样意外地邂逅之后,得并肩前进了。"后来歌德邀请席勒去他魏玛家中作客,席勒欣然接受,在歌德家中共住了十四天。两位诗人每天促膝倾谈,有时直到深夜。从这时起,建立起两位诗人的友谊,1795年后,逐步实现彼此有益的合作,直到席勒逝世为止。

2. 十年合作是求同存异的过程

歌德在1825年曾对艾克曼说:"二十年来,人们就争论不休:究竟席勒和我两人哪个更伟大些?他们应当高兴才是,到处都有几个可让他们争论的人了。"可见当歌德在世的时候,就有人对他和席勒在评价上不断争论了。海涅在他的《论浪漫派》一文中,提到席勒派与歌德派的争论:前者责备歌德不像席勒那样,在作品中塑造崇高的英雄形象,只塑造一些漂亮的、庸俗的妇女形象,因而缺乏道德目的;后者则声称艺术与道德无关,世界上的道德观念是变化的,艺术则是永恒的,是独立的第二世界,所以歌德的作品永垂不朽。其实两派各执片面之见,这使我们想起我国唐代两位大诗人李白与杜甫的情形。从唐朝起,经过宋、元、明、清,直到今天,扬杜抑李,或褒李贬杜,千百年来,始终争论不休。倒是唐朝韩愈说了几句公道话:他在《调张籍》一诗中写道:

> 李杜文章在,光焰万丈长。不知群儿愚,那用故谤伤。蚍蜉撼大树,可笑不自量……

这是李杜并重,不分轩轾。平心而论,李杜的诗歌各有千秋。在李白的世界观中,道家思想占居主导地位;在杜甫的世界观中,儒家思想占居主导地位。李白好用游仙出世等词句,以间接表达其对现实的不满,由此形成他的浪漫主义的风格;杜甫则本着入世的态度,用写实的手法揭露和针砭现实,由此形成他的现实主义的风格。

歌德和席勒在德国文学史中,好比两根擎天巨柱,彪炳千秋,也和李杜一样,不可妄加优劣。但是我们不可不看到:两位诗人既有相同的地方,也有相异的地方,更重要的是他们怎样求同存异以建立德国的古典文学。因此,也可以说,他们十年间的友好合作,就是求同存异的过程。

首先,我们来看歌德与席勒相同的地方。歌德在1825年所写的《格言和反省》中说:"我和席勒的关系建立在两人的明确方向都在同一个目的上,我们的活动是共同的,但是我们设法达到目的所用的手段却不相同。"什么是他们的共同目的呢?歌德和席勒处在经济落后、封建割据的德国,渴望通过文化的发展,唤醒民族意识,促进德国民族的统一。在青年时期,歌德和席勒都积极反对封建专制,热情欢迎法国革命,他们二人都是狂飙突进运动的旗手。歌德写出剧本《葛兹·封·贝利欣根》,书简体小说《青年维特的苦恼》及长诗《普罗米修斯》等。席勒写出《强盗》、《阴谋与爱情》、《唐·卡洛斯》等剧本。正如恩格斯所说:"这个时代的每一部杰作都渗透了反抗当时整个德国社会的叛逆的精神。"①但是当法国革命深入,雅各宾党人专政,革命由不流血阶段进入流血阶段而且难免不有过激现象时,德国知识分子分化成了三派:一是资产阶级革命民主派,这是少数,代表人物有福尔斯特、索伊默、雷布曼等,他们完全拥护雅各宾党人的革命专政,也希望在德国进行一场法国式革命,这一派可称为左派。二是贵族保守派,这是以施莱格兄弟为代表的浪漫派作家,他们完全否定法国大革命,宁愿与封建专制主义妥协,走上怀古复旧的道路,这一派可称为右派。与以上左右两派极端不同的则是以歌德和席勒为代表的作家,他们可称为中派。

歌德和席勒并不怀疑法国大革命是人类历史上一大转折。他们肯定法国革命的基本理想,而不同意雅各宾党人使用革命的暴力手段,他们认为这不适用于当时的德国。在他们看来,法国革命党人也干了一些使人痛心的错误事情:在革命口号下进行权力斗争,互相残杀,使昨天还在台上慷慨激昂地发表革命演说的同志,今天却成了革命的敌人,而被送上断头台,这就更加使得他们寒心。同时法国革命胜利后,建立起资本主义制度,并没有实现他们心目中的人道主义理想,反而暴露出资本主义本身的一些矛盾。所谓"自由"、"平等"、"博爱",只成了一句空话。这使他们感到不满、失望,甚至绝望,也就是恩格斯所指出的:"他们年纪一大,便丧失了一切希望。"这里说的希望是指在德国实行政治革命的希望。在这种情形下,他们决心另觅途径,实现人道主义的理想。因此,在1794年,即法国革命末期,歌德与席勒订交,创立德国的古典文学,这不是偶然的,他们是想通过文学艺术,通过审美教育来达到他们认为政治革命所达不到的目的。

简单说来,他们想走古典主义的道路,建立德国民族文学,从而达到德国民

---

① 恩格斯:《德国状况》,载《马恩全集》第二卷,第634页。

族的统一,这个总的目标是相同的。以上说明他们二人的一个目的和共同活动,也就是他们相同的地方。

其次,我们来看歌德与席勒不同或分歧的地方。通常认为歌德研究自然科学,重视经验,席勒钻研哲学,耽于玄想,这就是他们不同的地方,其实这还是表面的看法。照歌德的说法,是他们设法达到目的所用的手段不同。我们认为手段的采用是受思想指导的。按照季尔鲁斯的看法,歌德与席勒代表德国古典主义中的唯物主义与唯心主义两条路线。歌德是以法国启蒙思想家的唯物主义哲学为依据,席勒是以康德的唯心主义哲学为依据。他说:"我们不要被这两位伟大人物的友谊结合所迷惑。这种友谊结合是真实的和诚恳的,但是它不是建立在同一性上,而是彼此承认在基本哲学和美学问题上的意见是不同的。使他们一致的是,在理论上彼此都确信艺术创作和艺术准则的客观规律性,也就是认为古典文学的规律在于内容与形式的统一。至于说到这种规律性的来源,他们的意见就大有分歧了。席勒认为'客观美'在客观的观念中,歌德则认为它在客观的现实中。"①

由此也就产生文艺创作走浪漫的或古典的道路问题。歌德在 1830 年 3 月 21 日同艾克曼的谈话中说:"古典诗和浪漫诗的概念现在已传遍全世界,引起许多争论和纠纷,这个概念原是我和席勒传出去的。我主张诗要从客观现实出发的原则,认为只有这种诗才是好的。但是席勒却完全用主观的方式写作,认为他走的道路才是正确的。……"这关系到创作方法的问题。歌德在《格言和反省》中说:"诗人究竟是为一般而寻求特殊,还是在特殊中看出一般,这其间有一个很大的区别。从前一种方式产生出寓言,在这儿特殊只作为一般的一个实例或例证。然而后一种方式才是诗的本质,它表达出一种特殊,并不想到或指明一般。谁要是生动地把握着这特殊,就会同时获得一般,而当时却意识不到,或者事后才意识到。"②

为一般而寻求特殊,就是从一般概念出发,诗人心中先有一种待表现的普遍性的概念,然后找个别具体形象来作为它的例证和说明;在特殊中看出一般,则是从特殊事例出发,诗人先抓住现实中生动的个别具体形象,如果表现得真实而完整,其中就必然显出一般或普遍的真理③。

---

① 威廉·季尔鲁斯:《歌德论文艺》,柏林建设出版社 1953 年版,第 43 页(德文)。
② 《歌德十卷集》第九卷,魏玛人民出版社 1958 年版,第 301 页(德文)。
③ 参看朱光潜《西方美学史》下册,第十三章《歌德》。

一般说来,歌德的创作法倾向于"在特殊中看出一般";席勒的创作方法倾向于"为一般而寻求特殊"。不过在两位诗人友好合作以后,他们互相砥砺,取长补短,而且在求同存异的过程中,双方不断提高。

最后,我们来看歌德和席勒如何建立求同存异的友好合作。歌德晚年在《补遗》中写道:"席勒的性格和气质与我完全相反,我同他一起生活了好些年,我们相互的影响达到这种程度,就在我们意见不一致的时候,也互相了解。然后每人都坚持自己的人格,一直到我们又共同为某种思想和行动而联合起来。"

歌德与席勒的友谊合作建立在求同存异的基础上,而这种合作经过的十年(1795—1805),就是求同存异的过程。歌德比席勒年长十岁,成名较早,而且一生生活优裕,博学多闻;席勒一生生活困窘,多赖朋友在经济上救济,他努力奋进不休,带病写作,比歌德逝世早二十七年。他们二人的建交是由疏而亲,由浅而深,久而弥笃。如上所述,歌德在和席勒订交一年以后,曾称他们之间是"诚挚与友爱的结合。"①

歌德和席勒于 1794 年开始订交,并非偶然。关于这点,两位诗人各有很好的说明。席勒在当年 9 月 1 日给寇尔纳的信里说:"在两种观念中有意想不到的一致,因为这一致是从不同的观点里得到的,所以更为有趣。每个人都能补充另一个人的缺陷……歌德现在感到和我结合的需要,他一向独行其是,没有鼓励,如今他要和我共同前进了。"后来 1829 年 3 月 24 日歌德对艾克曼说:"我和席勒订交,好像鬼使神差似的;我们本来可以更早一些,或更晚一些被引在一起,但是我们正巧在这个阶段聚合,我是从意大利旅行回来,他也开始对哲学思考感到厌倦,这是很有意义的,对于两个人都有很大的好处。"

自从二位诗人订交以后,互相帮助,共同合作,各自完成了他们的重要作品。例如歌德完成了《威廉·麦斯特的学习年代》和《浮士德》悲剧第一部。席勒完成了《瓦伦斯坦》及《威廉·退尔》等戏剧。二人合力写作双行体讽刺短诗,批判当时德国落后状况,如社会上的市侩习气和文艺界的鄙陋庸俗现象等,名为《赠辞》,共四百余首,发表在席勒编的 1797 年的《文艺年鉴》上,产生了巨大影响,这一年后来被称为《赠辞》年"。歌德说,席勒写得尖锐而适当,而他自己写得温和而轻淡。他们又竞赛似地写《叙事谣曲》,歌德的名篇有:《科林斯的新娘》、《魔

---

① 赫伯特·斯库拉的上同书第 9 页(德文)。

术师的徒弟》、《掘宝者》、《神和舞女》等;席勒的名篇有:《手套》、《潜水者》、《伊比库斯之鹤》、《保证》等,各具不同的风格,发表在1798年的《文艺年鉴》上,以至这年被称为"叙事谣曲年"。歌德晚年编的他们二人的通信集共收一千零五封信,是了解18世纪末与19世纪初的德国文学及研究文艺问题的珍贵文献。1824年10月,歌德写信给策尔特尔说:"这是一份巨大的礼物,这不仅是赠给德国人的,我甚至可以说,是赠给所有人的。"

在歌德写长篇小说《麦斯特》的过程中,席勒经常予以鼓励,并提出一些自己的意见,例如:他在1795年6月15日给歌德的信中说,他对该书第五编唯一的一点不同意见,就是觉得它对演剧方面写得过多。他在19日给歌德的信上说:"不懂得珍视这部小说的人,是不能成为我的好朋友的。"关于《浮士德》,席勒更是再三鼓励歌德努力完成这部巨著,并在赞美之中表达出自己的看法。1794年11月29日,席勒大约只读到《浮士德断片》,就在给歌德的信中说:"我将怀着同样的渴望读您尚未印出的《浮士德》;因为我要向您承认,我觉得从这断片所读到的东西,就是赫尔库勒斯的躯干。在这些场面中充满了力量和丰富的天才,明白无误地显示出您是最优秀的大师,我将尽量密切注视包含在剧中的伟大而果敢的性质。"席勒在1797年6月23日给歌德的信中又说:"简单说来,对《浮士德》的要求,既是哲学的,也是文学的,不管您怎么说吧,对象的性质要求您作哲学的处理,而想象力又不得不乐于为一种理性观念服务。——不过我以此很难向您表达出什么新的东西,因为您在现有作品中已开始高度满足这种要求了。"

席勒早从《浮士德断片》中,也就是在第一部和第二部出版以前,就看出本剧的伟大,并认为它既应是一部文学作品,也应是一部哲学作品。他以此期望歌德,鼓励他努力完成这一巨著。

歌德对席勒的帮助呢?席勒写《瓦伦斯坦》戏剧三部曲的长年过程中,常同歌德商讨,歌德特别在《阵营》那部中积极参加意见。1831年5月25日,歌德对艾克曼说:"根本上说来,一切都是席勒自己的劳作。可是因为我们的关系如此密切,席勒不但把计划告诉我,和我讨论,而且也把每天写出来的东西给我看,听取我的评论,所以我也可以说其中有我的一份。"至于席勒最成熟的剧本《威廉·退尔》,原是歌德旅行瑞士时,听到关于威廉·退尔的一些传说,他把素材告诉席勒,放弃自己写叙事诗的计划,而让席勒写成剧本[①]。1825年1月18日,歌德对

[①] 参看1827年5月6日歌德与艾克曼的谈话。

艾克曼提到席勒时说:"由于他总是果敢地从事工作,不管人物行为的动机。我想起在《退尔》的情节安排上,为劝说他使我煞费苦心。他原来想让葛斯勒从树上摘下苹果后,就干脆要退尔从男孩头上把苹果射下。这完全不符合我的性格,我劝说他,至少要让退尔的男孩向总督夸称他父亲的本事,说他父亲能从百步远的地方射落树上的苹果,这样才可以解释那种残酷行为的动机。席勒开始不肯听从,但最后还是对我的意见和要求让步,照我的劝告那样写了。"

总括说来,歌德对席勒的最大帮助,是让席勒摆脱唯心哲学的沉思冥想,回到生动活泼的文学创作上来。他说,像席勒这样一个才能非凡的人,在无益的抽象思维上自寻苦恼,是可悲的。席勒只要一停止哲学研究,他的创作才能就无比辉煌地焕发出来。

席勒对歌德的最大帮助,是以无比的热情和深刻的理解促进歌德发挥其才能。歌德对席勒说:"您给了我第二次青春,当我差不多已经完全停止创作的时候,您又使我成为诗人。"席勒死后,歌德由于悼念亡友,长时间不能正常工作。

有同有异,异而求同,同中存异,取长补短,共同提高,这就是歌德与席勒友好合作的基本精神。魏玛市德国民族剧院前塑有二位诗人的纪念像,他们并肩屹立,各具风神,如联璧争辉,如双峰并峙,不仅在德国文学史上传为佳话,也在世界文学史上树立起友好合作的典型。

3. 席勒之死

1804年夏,席勒旧病复发,后来虽未完全恢复,但他仍然带病工作。他写信给好友寇尔纳,希望自己能活到五十岁,但天不假年,连这点希望也落空了。1804—1805年的冬天,他不断受到疾病的袭击,体温急剧上升,常常昏厥过去。歌德也在这个时候患有生命危险的病。1805年3月里,席勒的高烧终于减退了,他首先去拜访的对象是歌德。夏绿蒂于1804年7月又给他生了一个女孩,席勒这时已是四个孩子的父亲了。在他生命的最后一个春天,席勒还渴望出国旅行,认识国外世界。

4月30日,一个温和的晚上,席勒再次上剧院去。歌德先到席勒家来,劝阻他去剧院未成,只好怀着忧心忡忡的感情和席勒告别,谁知这一别竟成了两位朋友的永诀!席勒在观剧时,左胸有种异常的感觉,长久以来,他就感到这部分痛苦。后来尸体解剖,发现左肺完全坏了。第二天他又病倒了,而且十分厉害。高热和咳嗽苦恼着他。他在病中常常念诵《狄默特纽斯》剧本断片中的诗句。他自知不起,叫人把最小的孩子带来,看最后一面,禁不住悲怆泪下。

他最后一句话是要挥发油,以便写作,可是垂死的手已不听使唤了。他于1805年5月9日晚逝世,离他的书桌不到两步远,书桌上放着《狄默特纽斯》断片的残稿。

歌德后来得悉席勒的死讯,陷入深沉的悲哀,他自己也在患病,写信给作曲家策尔特说:"我以为失去的是我自己,现在我失去了一位朋友,同他一起也失去了我生命的一半。"经过好几个月的悲悼与寂寞生活,歌德才又振作起来。1805年8月10日,歌德在劳赫特德组织另一次席勒追悼会,在会上分配角色演出席勒的名诗《钟之歌》,并为此诗写了一首收场诗,成了歌德为亡友树立的一座文学上最光辉的纪念碑。

1805年5月11到12日的夜里,席勒的遗骸被葬在圣雅各教堂公墓的藏骸室里,到1827年9月16日又开棺整理骸骨,迁葬到魏玛公侯墓园,后来歌德死后也葬在这里,两墓相邻。

纵观席勒不足四十六岁的一生,是贫病交攻、生活道路坎坷不平的一生,也是在文学创作、学术研究上孜孜不倦、锲而不舍,"焚膏油以继晷,恒兀兀以穷年"的光辉灿烂的一生。就他二十余年从事创作的短暂光阴来说,在戏剧、诗歌、美学、历史上的成就,是极其伟大而辉煌的,特别是他的戏剧,至今不仅依旧照耀着德国的舞台,而且也吸引着世界各国的广大观众。就席勒一生的生活不幸来看,是悲剧性的。就他在作品中表现出来反抗暴政、争取自由的精神来看,是巨人式的。席勒谈到悲剧的精神时说:"悲剧不使我们成为神,因为神不能受苦,它使我们成为英雄,这就是说,成为神一般的人,或者也可以说,成为受苦的神,成为巨人。普罗米修斯,最美的悲剧之一的英雄,在某种程度上即是悲剧本身的象征。"

因此,我们也可以说,席勒具有受苦的巨人普罗米修斯的特征。

4. 德国古典文学的主要成就

席勒与歌德的十年合作,就是德国文学史上一般所称的"古典时期"。德国文学批评家费朗茨·梅林说:"他们两人之间的十年合作形成我们古典文学的顶峰。无数使大地肥沃的江河都起源于这座顶峰,然后注入我们民族的精神生活之中。我们的道路和我们的目标已经和当时完全不同了,我们知道得很清楚,我们不能通过美学的途径来达到政治和社会的自由,可是谁要是对德国社会状况的历史关系有所了解,那末,他想起歌德和席勒共同创作的伟大日子,就会永远怀着充满敬意的感激之情。"①

德国的古典文学是德国文学史学上资产阶级文学的顶峰,它的辉煌成就不仅影响当时,而且泽及后代。现在我们来看看,究竟它具有哪些特征,以及取得了些什么成就?

德国"古典文学"有广义和狭义两种解释:广义的指从莱辛起,经过歌德、席勒,到海涅及20世纪的亨利希·曼和托马斯·曼等进步作家,都是德国的古典文学作家,他们的作品,就是德国的古典文学作品。狭义的则指歌德和席勒为德国古典文学的建立人,特别是席勒与歌德合作的十年,称为德国古典文学时期。它具有如下特征:

首先,德国古典文学继承和发展了德国启蒙运动和狂飙突进运动的反封建、反教会及要求个性解放的精神。反封建是反对封建剥削和压迫,尤其是反对当时德国封建割据的分裂状态;反教会是反对宗教贵族对人民的欺骗,神权的桎梏和对异教的迫害。在歌德的作品中,从《葛兹》到《浮士德》,在席勒的作品中,从《强盗》到《威廉·退尔》,无不洋溢着这种精神。至于要求个性的解放和自由,则包含在人道主义的思想中。

德国古典文学发展了资本主义上升和发展时期的人道主义的思想。赫尔德尔和歌德都从大自然引导出人道:赫尔德尔在《人类历史哲学的思想》一书中,描叙大自然如何逐渐地发展到人;歌德通过颚间骨的发现,寻到动物与人之间的桥梁。人作为大自然发展的最高阶段,不可避免地处在思想与感觉的中心。赫尔德尔与歌德都深信人有意志自由,这在他们的心目中,绝不像天主教会所教导的那样,天生就是恶的。因而人道对于他们来说,就意味着人从本身愿望出发并用本身力量所创造的价值。他们对人及其在现实世界有所作为的能力充满了信心。赫尔德尔在《促进人道的通信》中说:"我认为人道这一词包括我迄今为止关于人所说的一切高尚的修养,如对待理性与自由,细微的感觉与本能,极细腻的与极强烈的健康精神,以及对这个大地的充实和统治等。"赫尔德尔如同莱辛一样,在其论文《人类的教育》中,把人类的历史看作是向人道理想和人的尊严的不断接近。席勒师承康德,康德曾要求人只能作为目的,而不能作为手段来使用。席勒在他的《欢乐颂》长诗中歌颂对人类的爱和献身精神,这首诗成了资本主义上升时期资产阶级乐观主义的自由颂歌,它想给全人类带来社会解放和永久和

---

① 梅林:《论文学》,张玉书、韩耀成、高中甫译,人民文学出版社1982年版,第60—61页。

平。然而人的最高品德在于他对待社会的态度。歌德在长篇小说《威廉·麦斯特》中,指出如何培养人道,描叙有益于社会的活动,对于人的价值以及个人如何融合在集体当中的重要意义。特别是《浮士德》诗剧的结尾,是对为集体服务的创造性活动的赞歌。当然,德国古典主义的人道主义有它的历史和阶级的局限性,因为它始终是以资产阶级个人主义为核心,不过它与帝国主义时期资产阶级宣扬抽象的人道主义及虚伪的人性论,以麻痹人民的革命意志,是有根本性区别的。

与古典文学的人道主义基本态度密切结合的,是联系人民的思想。这种思想特别表现在歌德对民歌的研究上,前后六十余年,始终孜孜不倦。席勒在《奥尔良的姑娘》、《威廉·退尔》等剧本中也表现出同样的思想。歌德称艺术家是群众的一部分,因为"他也是在相同的岁月中培养起来的,他也感到相同的需要,他也向着相同的方向努力,他幸福地和群众一起前进,群众拥戴他,他鼓舞群众。"歌德这种认识对于今天说来仍然有效,这是与艺术上的主观主义以及一切为艺术而艺术的企图完全对立的。歌德在同时代的浪漫派文学中就完全觉察出那种错误倾向,席勒由于早年逝世,也觉察出了一部分。

德国古典文学以古希腊的艺术为榜样,歌德与席勒认为古希腊的城邦民主制是一种理想的社会制度,在那里,人可以得到和谐地发展,即人与自然,个人与集体达到统一。他们向往希腊古代社会,不是怀古复旧,而是面向未来。席勒曾提出文化发展的三部曲,即由古希腊到近代西方,再由西方的精神而恢复古希腊文化。换言之,即近代文明否定了古希腊的自然状态,而未来的理想社会,就是在否定由于劳动分工和劳动力商品化而造成人的异化的近代文明社会之后,在更高的阶段上恢复古希腊人那种自然状态。

德意志民族文学的形成是德国古典文学家的最终目的和重大成就。赫尔德尔继续莱辛的批判工作,恢复被湮没的民族传统。歌德和席勒不顾复杂的社会矛盾和政治灾难,也贯彻了这种努力。他们在历史剧中表现战斗的人民,帮助摧毁封建专制社会的上层建筑,从而成为民族统一的诗人。歌德在《文学的平民主义》一文中,惋惜德意志民族缺少一个精神的中心,因为一位古典的民族作家必须"浸透了民族精神"。德国古典文学的巨大历史功绩,就在于创造出了这个精神的中心,即德意志民族文学。歌德在上述文章中肯定,上层阶级那种与人民隔膜的文化,是发展统一的德意志民族文化的障碍。所以他作为狂飙突进的诗人时,就已经依靠着德意志的人民文化,这对于德国古典文学的民主性质具有极大的意义,使它在人民当中而不是在上层阶级当中看出民族的核心。席勒在他遗留下来的诗稿《德意志的伟大》中指出:德意志的伟大,存在于民族的文化和性格之中。德意志的崇高和荣誉,并不寄托在王侯们的头上。德国人民应当昂起头来,怀着自信,踏入世界民族之列。德国的古典艺术以及莱辛、赫尔德尔、歌德和席勒所创造的德意志民族文化,都扎根在人民中间。

德国古典文学的最大成就之一,就是歌德和席勒建立了现实主义美学的基础。歌德在《文学的平民主义》中声称:"一部重要著作不过是生活的结果。"在他看来,只有现实和生活才是一切创造性艺术的源泉。1774 年 8 月 21 日,青年歌德在写给弗里茨·雅各比的信上说:"你瞧,亲爱的,一切写作的开头和结尾,都是我周围的世界通过内心世界的再生产,内心世界把握一切,联结一切,重新创造一切,糅合一切,在本身形式中建立起风格。"艺术对他说来,不是对大自然的单纯摹仿,而是世界的重新创造,是把真实转变成诗的过程(《诗与真》)。不过这时必须注意:要塑造的始终是规律性的东西,或者说,现实的本质,以便在外在现象的背后认识它的辩证法及合乎规律的发展形式,或者如歌德在《格言与反省》中所要求的:"在特殊中看出一般。"歌德分析狄德罗的《绘画试论》时写道:"艺术不在于同大自然在其广度和深度上竞赛……但是它有自己的深度,也有自己的威力;它把这些表面现象的最高要素固定下来,承认其中规律性的东西。"这样一来,歌德既把文艺与自然主义的浮面描写划清界限,又把文艺与浪漫派对现实的歪曲和不真实的描写划清界限。文艺是现实的浓缩,即在图像、譬喻或某种形象的形式中,藉助于幻想把对象所根据的真实性、规律性和发展方向显示出来。

浓缩现实与形式问题有关。因为要把本质的东西与非本质的东西区别开来,就意味着在多样性中采取艺术上的限制。内容与形式之间完整的和谐,表现在古典艺术作品的美上。如果能够把一般性即真实性在艺术上容易把握的形式中表现出来,那末,艺术作品也就常常通过美而显得突出。由此看来,艺术作品的美不是过度的理想化和格式化,使所有的天然性和所有的个性生活都熄灭了,而是准确地保持"现实性与理想性"之间的平衡,以便把艺术塑造的发展方向作为一种尚不存在的东西而暗示出来。作为艺术家,歌德在创作中宁愿采用现实主义而不愿采用理想化。特别是 1789 年歌德在维兰德主办的《德意志信使》杂志上发表论文:《大自然的单纯摹仿,作风和风格》,分析古典的形式。照他看来,如果艺术家能把自己所选择对象的内在真实性或规律性显示出来,那他也就获得艺术表现的最高形式,这就是说,他具有风格了。

选择或发现一种适宜于诗歌的题材,对诗人来说,是最重要的前提,以便于在特殊中显出一般。适宜于作真正题材的始终是具体的对象,而规律性的东西则以感性上可把握的形式在其中显示出来。然而感性的和自然的形式要素,必须与典型化的形式要素尽可能保持平衡。首先要让现实主义的要素占居优势。在这种意义上,歌德与席勒通信时谈到《威廉·麦斯特》,而称自己有"现实主义的怪癖"。

席勒所写的美学论文《素朴的诗与感伤的诗》,标志着他与歌德合作以后,他的文艺思想向现实主义大大地迈进了一步。实际上,他把素朴诗理解为现实主义的诗,感伤诗理解为理想主义的或者也可以说是浪漫主义的诗。他认为二者必须结合,而且也可能结合。他又指出,诗人要注意的是真实的自然,用今天的话来说,即艺术的真实。由此可以看出,歌德的美学观点对席勒产生越来越大的影响。

席勒在1797年6月18日写信给歌德:"您越来越使我改掉从一般到特殊的倾向(在一切实践中,尤其是在诗歌中的一种恶习),而相反地把我从个别的情形继续引导到巨大的规律。"歌德和席勒在通信中共同发展和加深了古典美学的基本理论。席勒在1797年9月14日写的信,是对现实主义方法的重要贡献。他在信中说明威胁艺术家的危险:不是滑到自然主义,就是滑到浪漫主义。歌德和席勒在私下谈话和通信中,提出叙事文学与戏剧文学的区别,后来歌德于1827年在《艺术与古代》第六卷中把这些区别综合起来,予以发表。他们对于现实主义方法所依据的客观规律的叙述,就是坚决取消艺术中的形式主义。

德国古典文学所创造的重要成就也表现在语言上。马丁·路德在16世纪的巨大功劳之一,是扫清了德国语言方面的积秽(恩格斯语),他采用当时比较具有普遍性的民间语言翻译《圣经》,对德国语言的统一起了很大的作用。德国18世纪的古典文学家,更以他们的作品丰富、净化和提高了德国语言,从而促进德意志民族语言的形成。德国资本主义上升时期的资产阶级,从克洛普施托克、莱辛、赫尔德尔、维兰德,尤其是歌德和席勒的作品中,吸取和接受了不可估量的语言养分。18世纪末,北德、中德和南德具有了一种共同的统一的标准语言。统一的民族语言,势必唤醒统一的民族意识,促进统一的民族国家的形成。

德国古典文学对世界文学的贡献也是不容忽视的。歌德在迪瓦尔(1821)对剧本《塔索》的评论中写道:"到处都听见和读到,人类在前进,世界和人的关系有广阔的前景。不管整个情况究竟如何发展,我没有必要去研究和进一步予以确定,然而就我这方面说,我却要提起我的朋友们注意:现在一种普遍的世界文学正在形成,而且给我们德国人在其中保留着一席光荣的地位。"歌德希望克服狭隘的民族偏见,通过相互的文学交流,实现各国人民之间势所必然的接近。然而他不是按照帝国主义时期形成的反动的世界主义的想法,要求各个民族放弃本身的特点。他在另外一个地方特别强调:"固然谈不上各个民族都应当思想一致,而只要他们彼此知道,互相了解,纵然不愿互爱,至少要学会互相容忍。"

海涅在《论浪漫派》一书中说:席勒为伟大的革命理想而写作,摧毁了精神上的巴士底监狱,参加建筑容纳各民族的自由庙堂,因而是个进步性的世界主义者。席勒所写的《欢乐颂》的主题思想即是"四海之内皆兄弟也"的人道主义,这与全世界反对侵略、爱好和平的进步人类有着共同的爱憎,所以他虽未提出"世界文学"的口号,却在实际上为世界文学作出了巨大贡献。

歌德指出,欧洲国家如英、法、德之间的交通密切,彼此在文学上取长补短,相互纠正,是有很大益处的。他说:"卡莱尔写了席勒传记,书中各个方面对席勒的判断,不是一个德国人容易办得到的。另一方面,我们懂得莎士比亚和拜伦,对他们功绩的评价也许比英国人自己更好一些。"

歌德和席勒的著作,不仅照耀德国文坛,历久不衰,而且也丰富了世界文学的宝库。歌德在他生活的晚年,大力唤起德国人民理解外国文学。除了欧洲的文学而外,他还积极钻研东方人民的文学,从波斯、印度,一直到远东的中国和日本。席勒也和歌德一样接触过中国文学,据推测,他可能通过莱布尼茨知道一些中国的儒家哲理思想。歌德进一步主张世界各国的作家互相往来,促进国际的文化交流。他说:"如果我们敢于宣告一种欧洲的、甚而普遍的世界文学,这并不是说,各个民族彼此认识其本身和作品就算了,不是!因为这种情形不但早已存在,还要继续下去,而且或多或少地予以更新。这里要说的,却是那些活着的、努力工作的作家互相认识,通过爱好和共同思想,觉得相互间有理由从事接触和往来。"

今天世界各国之间日益发展的文化交流,正是证实了这点。

二、诗　歌

————从《欢乐颂》到《钟之歌》————

在席勒的全部文学创作中,诗歌所占的地位虽然不及戏剧,但也有它的特色。大体上说来,席勒的诗歌创作可分为两个阶段:与歌德合作以前为第一阶段,与歌德合作以后为第二阶段。就诗歌本身的发展来说,第一阶段可以抒情诗《欢乐颂》为代表;第二阶段可以叙事谣曲《钟之歌》为代表。

在第一阶段中,首先可提一下他青少年时代的作品《1782年诗选》。这时席勒受到毕尔格、克洛普施托克和舒巴特等诗人的影响,诗歌倾吐出青少年的思想、感情、渴望和追求,然而技巧未臻成熟。倒是《强盗》一剧中所插入的《赫克托耳的诀别》富有艺术魅力:赫克托耳赴战场前与妻安德洛玛克诀别,夫妻二人互相唱和,极尽英雄儿女、慷慨悲歌之致。这首拟古希腊的悲歌可以同古中国项羽和虞姬的《垓下曲》媲美。全诗分四段,移译如下:①

安德洛玛克

难道赫克托耳要永远离开我,
去斗阿喀琉斯②,他用人间无敌的手
为帕特罗克奴斯供献可怕的牺牲?
将来谁来教导你的小儿子
学掷标枪和敬神,
如果黑暗的地狱一旦将你吞?

---

① 根据德文《席勒集》柏林建设出版社1959年第一卷第45—46页译出。
② 阿喀琉斯是特洛伊战争中希腊联军方面最骁勇善战的英雄,帕特罗克奴斯是他的好友,在战争中为赫克托耳所杀,阿喀琉斯因而发誓要杀死赫克托耳,为其友复仇。赫克托耳是特洛伊的英雄,虽然武艺不及阿喀琉斯,但道德品质过之。

赫克托耳

亲爱的妻子,莫要流泪!
奔赴战场,我是义不容辞,
我这双手臂保护着佩尔加木斯①。
为神祇的神圣策源地而战斗到死,
一旦我作为祖国的救星而牺牲,
我将下降到冥河的波流中去。

安德洛玛克

我再也听不到你的武器的鸣声,
它放在大堂上无人过问,
普立耶门②的伟大种族灭亡,
你将去到阳光照不着的地方,
冥河之水呜咽地流过沙漠,
你的爱情也将被河水淹没。

赫克托耳

我要把我的一切思想和怀念
都沉没在忘河的静流之中,
但我的爱情不在里头。
听吧,野蛮的敌人在城边咆哮,
给我系上佩剑,别再悲伤!
赫克托耳的爱情不会在忘河中死亡。

以上是席勒从荷马的《伊利亚特》中汲取题材而自行创作的,故可看作拟古诗。

1785年夏,即法国革命前四年,二十六岁的席勒写出他的划时期的名诗《欢

---

① 古希腊在小亚细亚的殖民城市。
② 特洛伊的古代传说中的国王。

乐颂》。本来是作为环绕以寇尔纳为中心的五友结盟之歌,配上寇尔纳自谱的曲,发表在《塔莉亚》杂志上。这首颂歌显示出席勒的非凡才能,它抒发独特的振奋人心的豪情壮志,把握着当代德国进步资产阶级的崇高感情,而在诗歌上予以一般化。它不仅是席勒个人的自白,也不仅是在无忧无虑的日子里个人欢欣鼓舞、热情洋溢的表现,而是年轻的资产阶级那种包罗世界的激情达到极其伟大的诗歌高度,这时他们还真正相信"自由、平等、博爱"的口号,还认为随着资产阶级的解放,整个人类社会的解放时刻也到来了。

全诗共分十六节,采用合唱①。开头一节是:

> 欢乐啊,美丽的神奇火花,
> 　　极乐之乡的仙女,
> 天人啊,我们如醉如痴,
> 　　踏进你神圣的奥区。
> 你用魔力重新联系
> 　　那些被时风无情分隔的东西,
> 只要你展覆着温柔的羽翼,
> 　　四海之内皆是兄弟。

在这节颂诗里,再次响起青年诗人梦寐以求的革命激进口号。这些口号与上升的资产阶级的进步思想结合起来,因为他们在这个时期中还代表着整个社会的进步利益。

至今引起争论的一点是,究竟这首颂歌在本来意义上是否称为《自由颂》更合适一些。通过席勒的豪迈语言和贝多芬的雄壮音乐,这首歌实际上已达到古典人道主义的顶峰,成为真正的自由之歌。席勒的颂歌于1793年就打动了居住在波恩的贝多芬。这位德国最伟大的古典音乐家,一直不断努力探索如何表现这首诗的伟大理想,因为这也成为他的生活和追求的指导思想了。三十年以后,他赋给自己已经完成的第九交响乐以如下的标题:《以席勒的〈欢乐颂〉为收场合唱的交响乐》。贝多芬为了充分表现乐曲的理想超出乐器的声响以上,决心在交响乐中参加进人的声音。

---

① 以下根据德文原诗,并参看钱春绮的译文。

法国诗人罗曼·罗兰在他写的《贝多芬传》中,称赞第九交响乐具有压倒一切的雄浑气魄:"在由人声传播的欢乐主题第一次出现以前,乐队暂时休息;这是一阵紧张而又突然的静默,接着开始的声音必须产生神秘而玄妙的作用。你听,果然不错!乐曲主题好似天神一般阔步前来。欢乐从天而降,向下倾注无穷的幸福。她的和风轻吻着受苦受难者,凡是被她的温柔接触所治愈的人,无不为其美目流盼而涕泣,就像后来贝多芬的朋友涕泣一样。——乐曲主题是以男低音开始。——初听来还未摆脱尘世的重压,后来逐渐地,轻快的欢乐掌握着一切有生之伦,与痛苦的力量作斗争而成为胜利者。这时全体乐队以进行曲的节奏阔步前进,如火如荼、向前冲进的男高音独唱响彻全场,创作者贝多芬本人的呼吸吹拂着我们。这是他的心脏的跳动,这是他迷人的呼声的节奏,当他漫步穿过原野和森林,带着他的作品,被自身的魔力所驱使,所占据,好像莎士比亚剧中的李耳王置身在暴风雷雨中。斗争的欢乐转变而为尘世上超越一切的狂喜,接着是热情洋溢的赞歌,爱情的呓语。整个摆脱了痛苦的人类,在无比的欢呼声中,迎着天空,迎着欢乐,伸出臂去。"

以上是罗曼·罗兰对音乐巨人贝多芬作品的感受,而贝多芬的作品又是受到文学巨人席勒作品的影响而激发出来的。内在蕴藏的力量,对未来的人道主义的信心,光芒四射的乐观主义精神,使《欢乐颂》这首歌超越其创作时代——资产阶级革命时期——的局限,成为深刻感情和高度真理的客观艺术表现,而具有永恒的魅力。音乐和语言的胜利声音,鼓舞着一代又一代的人:

> 欢乐是坚强的发条,
> 　使永恒的大自然循环不息,
> 在世界的大钟里,
> 　欢乐是推动齿轮的动力。
> 她使蓓蕾开放鲜花,
> 　使太阳照耀天穹,
> 连望远镜看不到的星球,
> 　她也使它们在空间转动。

欢乐是自然的,是永恒的,她的力量也是无所不及的。下面一节是:

> 快活吧,像行星一样飞驰,
> 　穿过天空的壮丽轨迹,
> 弟兄们,踏上你们的人生旅程,
> 　像英雄愉快地走向胜利。

　　贝多芬创作他的第九交响乐,正是梅特涅的反动势力统治奥国并支配整个欧洲的时期。因此,席勒的颂歌具有无比现实的意义。它和作者在生时一样,是对自由的号召。席勒在颂歌中极力赞扬维护真理的战士,号召千百万人起来,为更好的世界到来而勇敢地容忍,因为黑暗时期就要过去了:

> 从真理的光芒四射的镜面,
> 　欢乐对着探索者笑靥相迎。
> 她给受苦者指引道路,
> 　领他到美德的陡峭山岑。
> 在阳光闪烁的信仰山上,
> 　可以看见欢乐的大旗飘扬,
> 就是从裂开的棺材缝里,
> 　也见到她同天使们一起合唱。
>
> 勇敢地容忍吧,千百万人民!
> 　为了更好的世界而容忍!
> 在那高高的上界天庭,
> 　伟大的神将酬报我们。

　　席勒写颂歌时,尽管意气风发,感情激昂,却始终站在德国现实的基础上。它要求千百万人民起来反抗当时的暴政统治。所谓勇敢地容忍,为更好的世界而容忍,实即争取自由的实现,争取解放的到来。至于所谓"伟大的神",或者"天父",无非具有象征和比喻的意义,而胜利的旗帜飘扬却是即将到来的现实。颂歌的最后两节是:

> 在沉重的苦痛中要坚持勇气,

>   对于流泪的无辜者要加以援手。
>   要永远坚守已经发出的誓言,
>   要实事求是对待敌人和朋友,
>   在国王的御座前要保持男子汉的尊严,——
>   弟兄们,生命财产不惜一掷。
>   让有功绩的人戴上花冠,
>   让欺骗之徒一败涂地!
>
>   我们要巩固这神圣的团体,
>   凭这金色的美酒起誓,
>   对盟约要始终不渝,
>   向星空的审判者起誓!

颂歌要求为人的自由和尊严勇敢斗争到底,直至胜利。以永远忠实于盟约的誓言,作为颂歌的结尾,这就表现出鲜明的战斗性。正是由于这个缘故,所以这首颂歌在后来 1813—1815 年德国反侵略的解放战争时,成为自由之歌。自 1815 年以后,当人民最高尚的自由思想被欧洲的君主用脚践踏时,它又燃起贝多芬谱写第九交响乐的热情。

席勒这首颂歌的精神是健康的,思想是进步的,气势是磅礴的,如春花怒放,如旭日东升,表现出资产阶级上升时期青年一代朝气蓬勃的乐观主义。不过,他自己后来曾指出本诗艺术上的某些缺点。我们现在读来,觉得诗中出现"亲爱的父亲"(第二节),"造物主"(第六节),"伟大的神"(第十节),"善良的神灵"(第十三节),"星空的审判者"一类传教式的口吻过多,尽管这是比喻,而第十一节中有:"应该忘记怨恨和复仇,对于死敌也要加以宽恕。"一笑泯恩仇,宽恕死敌,但也要在对方有所改变的条件下,否则,就把庸俗的人道主义与战斗的人道主义混同了。

在写颂歌的前一年,即 1784 年,席勒写有《斗争》和《断念》二诗,值得注意。前者反对强迫婚姻,要求真实爱情的权利;后者幻想逃避到另一个公平的世界,不过声明,希望者要有所作为,希望才能实现。这两首诗可以看作是《欢乐颂》的前奏,因为它们都还看不出,通向真理之路,是通过博爱的理想,是在自由和战斗的人道主义之中。

席勒在写颂歌的后一年,即 1788 年写出《希腊的神祇》一诗,首次表现出他的新的美学观点和哲学思想,同时也开辟了文学创作的一个新时期。这时席勒看来,以前本着狂飙运动精神对德国状况所作的批判,已逐渐显得不够,而且带有局限性。于是他坚决转变倾向,后来与歌德合作,试图藉助于理想化的希腊古典文化,来解决德国当前的文艺问题。这首诗可以看作是席勒思想转变的标志,被称为"诗体哲学"或"思想抒情诗"。

席勒的诗歌发展的第二阶段,是从他 1795 年与歌德合作起,直到他 1805 年逝世为止。二人合写短小精悍的《赠辞》,又以竞赛方式创作叙事谣曲,已见上述。他们认为谣曲这种诗体把戏剧的、叙事的和抒情的要素融合为一体。不过二位诗人在谣曲本质的认识上虽然相同,他们所写的谣曲的风格却各具特色。

歌德的谣曲首先是自然谣曲,它是本能地产生的,尽管是在社会的和美学的范围内,却仍然保持着原始民间谣曲的感情,接近于神话和童话,这赋给谣曲以某种大自然的、朦胧而又神秘的色彩。席勒的谣曲与此迥然不同。他不以大自然的神秘力量,或不可挽回的人类命运为题材,而是歌颂人间的正义、德行、忠勇和友谊,反对暴君的凶残无道,把理想与现实的抽象冲突转变为具体的、直觉的、活生生的场面,产生广泛而持久的影响。

席勒的脍炙人口的谣曲,如《手套》、《潜水者》二诗主题思想基本相同;此外,有《伊毕库斯之鹤》、《保证》及《斗龙记》等,这些谣曲都具有戏剧性的紧张情节,格调优美,语言生动,为广大群众所传诵。然而他这个时期最具代表性的作品则是《钟之歌》。他于 1791 年参观鲁多尔城的铸钟所,就深受启发。《钟之歌》是席勒的一首独特的叙事谣曲体长诗,就思想内容来看,暴露出席勒当时的进步性和局限性。席勒长年以来,就在思想上酝酿这个题材。1797 年 7 月 7 日,他写信给歌德:"我现在着手写我的铸钟人之歌,从昨天起,我在克吕尼次钻研百科词典,获益不少。我非常关心这首诗;但是这会花费我好多个星期,因为我为此要运用好些不同的情调,并要对一大堆材料加工。"歌德为了安慰友人那种迫不及待的心情,就在同年 10 月 14 日的信中回答:"……矿石烧成液体的时间越长,矿渣提炼得越净,将来铸成的钟的声音就会越美。"直到 1800 年,这首诗才发表在《文艺年鉴》上。

这首诗的结构是很复杂的。它的三个表现方面即:现实的铸造过程、钟的各项职能、市民生活的种种场面,互相交错起来,有时融为一体。全诗分二十八节,每节行数多少不一,是席勒诗歌中最长的一首[①]。

长歌的中心是叙述铸钟工场中的劳动进程,席勒为此在材料上作了大量的准备。他以极大的专门知识,描写熔炉中的金属在干柴燃烧的烈火高温下熔解,然后经过仔细的检验,才将熔液注入黏土模型。读者仿佛目睹工作的逐步进行,置身在18世纪一种特别的手工生产过程当中。题材的选择,是十分典型的,不仅符合那个时期资产阶级的进步精神,而且也成为德国文学史上新时期的独特文献。铸钟绝不仅仅是提高读者精神上的兴趣,同时也不可以作为单纯的文学报道来理解,而是历史上明确规定的人对劳动与生活的关系,这才是诗人所选择的主题,并以此为自己的和一般的文学创作开辟新的境界。

席勒希望本着自己的见解,如实地反映出市民阶级生活的价值,从摇篮直到盖棺,都在钟声里表达出来。诗的开头叙述用砖砌炉,用土塑型,铸钟工作开始,匠师唤起伙计们努力干(第一节)。接下去就说:"这铸钟工作是对人的装饰,从而增加人的理智,使他在内心中感觉到,这是自己用手创造出来的东西"(第二节)。以下陆续用匠师对铸钟工作的指示,衬托出钟的职能与人生的关系。接下去是孩子诞生后,受到母爱照顾,由童年而少年和青年,时光飞逝。青年男子出外远游后,重返家园,与旧时女友相遇,领受"初恋的黄金时代"(第六节)。相继而来的是婚姻和家庭:"热情消逝,但爱情必须长存;好花凋谢,但果实必须茂盛。"这时男人出外经营,增置财物,妇女管理家务,抚育子女,丰衣足食,全家幸福(第九节)。但是天灾人祸,不可避免。不幸火灾发生,火势蔓延,烧遍人烟稠密的大街小巷,引起空前未有的恐怖,造成巨大的物质损失,所幸家人无恙,聊堪自慰(第十二、十三节)。然而后来主妇病逝,丧钟哀鸣,家庭的温情纽带解体(第十六、十七节),幸而下代长成,继续努力,重振家业,牛羊成群,仓库充实(第十九节)。下面有对劳动的赞美:

> 劳动是公民的装饰,
> 幸福是辛勤的报酬;
> 尊敬国王的尊严,
> 尊敬我们勤劳的双手。(第二十一节)

[①] 本文所引诗句系根据上述德文版《席勒集》第一卷第397—408页德文原诗译出。

祝愿幸福的和平和甜蜜的和睦能长久保持,残酷的战争不致发生,人民群众不起来暴动(第二十二、二十四节)。诗人席勒在这儿分不清正义的战争与非正义的战争,分不清人民群众的革命与暴乱,所以写出曾受指责的下列诗行:

> 到处听见自由和平等的呼声,
> 安分的居民起而自卫,
> 市街和厅堂挤满人群,
> 不逞之徒横行无阻。
> 妇女们成了鬣狗,
> 用恐怖来开玩笑,
> 方才以豹子般的利齿,
> 狠狠地把敌人的心脏撕掉。
> 再也不存在神圣的东西,
> 一切虔诚敬畏的约束都已解体,
> 善人让位给恶人,
> 一切罪恶都自由泛滥不已。
> 唤醒狮子是多么危险,
> 猛虎的獠牙伤人性命,
> 可是恐怖当中最最恐怖的东西,
> 还要数那发狂的人。
> 咒诅那给永远盲从者
> 以光明的天火之人!
> 它并不散发光辉,只会燃烧,
> 而把城市和乡村化为灰烬。

如果以此影射法国革命的必要行动,固然不当,但针对那些过激的恐怖行为却是正确的。这也像歌德所说的"群众成了群众的暴君"了。恩格斯在致马克思的信中曾分析说:"恐怖多半都是无济于事的残暴行为,都是那些心怀恐惧的人为了安慰自己而干出来的。我深信,1793年的恐怖统治几乎全要归罪于过度恐惧的、以爱国者自居的资产者,归罪于吓破了胆的小市民和在恐怖时期干自己勾当的那帮流氓。"①我们用今天的目光来看,人类经过两次世界大战,帝国主义者不断挑起民族战争,煽动种族仇恨,法西斯专政下的大屠杀,纵容暴徒,横行肆虐,挑起群众斗群众,诸如此类,就更有甚于上引诗句中的种种了。

最后再转到钟的职能,它要超越尘世,高达苍穹。"赋给命运以喉舌,本身却冷酷而不具同情,只以它抑扬的声音,伴随着变幻无常的生命……"(第二十七节)最后一节诗是:

> 大钟藉绳索的力量
> 现在从地穴中上升,
> 上升到音响之国,
> 直到浩茫的天庭。
> 　拉吧,拉吧,拉起来!
> 　它在摇摆,飘荡不停,
> 本城的欢乐就意味着,
> 和平应是第一响钟声。(第二十八节)

诗人尽管处在时代矛盾和民族灾难当中,仍然表达出最后的愿望是要求人类和平,这就开拓了充满欢乐和幸福的未来远景,因而赋给本诗以积极的、乐观的基调。

席勒在文学创作中,并未忽视当时的国际局势,而对于本国也具有爱国主义的信心,可以下列二诗为代表。《新世纪的开始》写于1801年。

新世纪的开始②

——献给 1801 年——

高贵的朋友! 什么地方给和平
　与自由敞开避难场地?
上世纪在暴风雨中过去,
　新的世纪正以凶杀开始。

---

① 《马恩全集》中文版第33卷第56页。
② 根据原诗,参看钱春绮译文,略有改动。

各国的联系均已废除,
  旧的体制也瓦解冰消,
大洋,尼罗河神①、老莱茵河②
  都不能阻止战争的咆哮。

两个强大的国家
  正在争夺世界的霸权,
吞噬世界各国的自由,
  挥舞着三叉戟③和闪电④。

每个国家都要向他们贡献黄金,
  就像野蛮时代的布仑鲁斯⑤那样,
法兰西人把他的铁剑
  放在公正的天秤上。

布列颠人派出商船队,
  像水螅一样贪婪地伸出触手,
他们要封锁自由的安菲特里台⑥之国,
  把这当作是他们的房产私有。

他们无休无止横行无阻地远航,
  直到南极无人见过的星辰照耀的地方,
他探索一切岛屿,一切遥远的
  海岸——只除了上界的天堂。

---

① 指拿破仑远征埃及。
② 指法奥战争。
③ 三叉戟是海神波赛东的武器,藉喻拥有海上霸权的英国。
④ 闪电是宙斯大神的武器,藉喻拥有陆上霸权的法国。
⑤ 布仑鲁斯是古代高卢人的军事领袖,于公元前387年大败罗马人于阿里亚,向罗马人要求用黄金作为赔偿。在称金时,罗马使者说他们称得不公平,于是布仑鲁斯拔出腰间长剑,放在天平上增加砝码的重量,罗马使者不敢抗议。此处可能指拿破仑。
⑥ 希腊神话中的海洋女神,所谓"安菲特里台之国"即指海域。

> 唉,在所有的地图上面,
> 　　你再也找不到一片幸福地区,
> 那儿有四季常青的花园,
> 　　那儿有人类的美丽青春繁育。
>
> 你眼前的世界无边无际,
> 　　就是航行自身也无法加以测量,
> 可是在它那不可测量的背上,
> 　　却没有可供十个幸福人儿居住的地方。
>
> 你不得不逃避生活的压迫,
> 　　遁入你心中圣神的寂静地方,
> 只有梦之国中才有自由,
> 　　只有诗歌中才有鲜花怒放。

18 世纪的国际重大事件有:普奥七年战争(1756—1763),法国革命(1789),普奥联军进攻革命的法国,而法军在瓦尔米获胜(1792)等,所以说"上世纪在暴风雨中过去",而俄皇保罗一世于 1801 年 3 月 23 日被杀,所以说"新世纪正以凶杀开始",预示 19 世纪这个世纪必然也是多事之秋。自 16 世纪以来,霸权国家西班牙在陆上被法国战败,而它的"无敌舰队"又在海上被英国歼灭,从此一蹶不振,英法两国则逐步取代其霸权地位。英国称霸海上,法国称霸大陆,两国的势力大大超过以前的西班牙,它们向全世界侵略扩张,殖民地遍及各洲。当时经济落后、政治分裂的德国,也是英法两国分化、操纵、侵略、压迫的对象,所以诗人慨叹,世界之大"却没有可供十个幸福人儿居住的地方"!至于说在梦之国中才有自由,在诗歌中才获得解放,并不意味着诗人完全悲观绝望。相反,他对他的德意志祖国的前途,还是充满信心的,这可以从下面一诗中看出。

《德意志的伟大》这首诗虽然还是草稿,但一方面显示出这首诗与前一首诗思想上的联系,同时在另一方面表现出席勒的爱国主义感情,写作时间估计可能是 1801 年或稍晚。

德意志的伟大①

德国人在目前这个时辰,
他已经不光荣地结束了悲惨的战争,
两个傲慢的民族正用脚踩着他的头颈,
胜利者正在决定着他的命运,
他能否自觉?能否对自己的名字感到自豪和高兴?
他能否昂起头来,怀着自信跻入世界民族之林?

是呀,他可以这样做,他不幸地结束了战斗,
然而他并未失去构成他的价值的东西。
德意志帝国与德意志民族是两回事。
德意志人的尊严决不寄托在他的王侯们的头上。
德国人创造了一种固有的价值,
与政治情况无关,即使帝国沦亡,
德意志的尊严依然无可诽谤。

这是一种道德的伟大,
它存在于民族的文化和性格之中,
不受政治命运的操纵。
这个王国在德意志领土上繁荣,
发展得十分昌盛,这个生气勃勃的王国
是从古代野蛮状态的废墟当中长成。
德国人住在一间有坍塌危险的老屋里,
但这是一个努力追求的种族住在古老建筑里,
而德国人本身是个高贵的住户,
当政治王国动摇不定的时候,
他却把精神王国建立得更加完美和牢固。
……
德意志的崇高和荣誉,

---

① 根据《席勒集》第一卷第461—465页的德文原诗,参看钱春绮中译文,略有改动。

并不寄托在他的王侯们的头顶。
纵然德意志帝国在战火中灭亡，
德意志的伟大仍然长存。
……
不是只徒炫耀和起作用于一时，
而是要赢得时代的巨大进程。
每个民族都在历史上有他美好的日子，
而德国人的美好日子却是整个时代的收成。
如果时间的循环轮到，
德国人的美好日子也将来临。
……

  因为这首诗还是未定稿，许多段落和词句都还未作最后确定。但是我们从诗稿中已可以看出席勒多么重视德国的精神文化，他认为德意志的伟大存在于民族文化和性格之中。正如恩格斯在1845年所写的《德国状况》中针对18世纪的德国说："这个时代在政治和社会方面是可耻的，但是在德国文学方面却是伟大的。"席勒在诗中称赞德国语言的表达能力，这自然也包括德国的文学在内。席勒鉴于当时德国受到英法两霸的威胁和压迫，认为德国终有解放自己的一天到来，为了鼓舞人民的自信心，并抒发自己的爱国主义热情，诗稿中还有如下激昂的句子："德国人赋有最高使命，正如他处在欧洲民族的中间一样，他也是人类的核心，那些人民则是花和叶。"席勒是在德国处在被压迫的地位时写这首诗的，所以它的基调是爱国主义，而不是沙文主义。

三、美学观点
——论美育、诗的类型和悲剧——

自1791年到1795年7月,席勒沉浸在康德哲学的研究中。在这几年期间,他的文学创作中断了,却写出一系列美学论文。当然,在此以前,他也写过与此有关的文章,但不是主要的。现在按时间顺序,把他的哲学和美学论文择要排列如下:

《试论人的动物本性与精神本性的关系》	1780年
《把舞台作为道德的学校看待》	1784年
《论悲剧题材产生快感的原因》	1792年
《论悲剧的艺术》	1792年
《给寇尔纳的信》(论美书简)	1793年
《论秀美与尊严》	1793年
《论崇高》	1793年
《论激情》	1793年
《论人的审美教育书简》	1795年
《关于崇高》	1795年
《论素朴的诗与感伤的诗》	1796年

朱光潜在他的《西方美学史》(下册第十四章)中,认为席勒的主要美学著作大致可分为三类:第一类关于美的本质和功用;第二类关于古代诗和近代诗,亦即古典主义诗和浪漫主义诗在精神实质上的区别;第三类关于悲剧。属于第一类的有:《论美书简》七封信,《论人的审美教育书简》二十七封信;属于第二类的有:《论素朴的诗与感伤的诗》;属于第三类的有:《论悲剧题材产生快感的原因》、《论悲剧的艺术》、《论崇高》、《论激情》等。

以下我们只就《论人的审美教育书简》、《论素朴的诗与感伤的诗》及《论悲剧的艺术》这三篇作品,扼要谈谈席勒的一些美学观点。

（一）《论人的审美教育书简》

《论人的审美教育书简》原是席勒于 1793 和 1794 年写给救济过他的丹麦奥古斯腾堡公爵的二十七封信，原稿于 1974 年在哥本哈根被焚，只保存下来部分抄本。从 1794 年 4 月到 1795 年间，席勒对原稿重新加工，有增有减，有的完全新写，使其构成一部统一的完整作品，发表在 1795 年《季节女神》杂志上。这时康德的《判断力的批判》一书已经问世，席勒显然受到影响，实际上，他讨论的许多问题，多半建立在康德提出的原则的基础上，然而同时他又开始与歌德交往，也必然要受到后者的影响。总之，这部作品代表席勒思想发展上的一个特定阶段。

简单说来，席勒试图通过"人的审美教育"来解决如下的问题：在当时德国的条件下，要实现人的和公民权的自由要求，也就是市民阶级个人的解放，是否可以不走法国人民革命尤其是雅各宾党人专政的道路，而靠个别德国人物的哲学修养和人道主义的自我完善，通过教育和改良的道路来达到？席勒对此是肯定的，他的办法就是人的审美教育。

席勒把个人和人类的发展分为三个阶段，认为人从过去发展到现在和未来，是人性的不断完善的过程，就是从自然人的动物本性，经过感性与理性的分裂，到两者的克服以及通过艺术来为未来的人类服务，而未来的人类则是由和谐和人道的个人组成的。由此看来，艺术的任务就是教育人成为未来的人道主义社会的成员，这显然是哲学的唯心主义。值得注意的是，席勒目睹当时德国的政治和社会情况，也认为这样的人道主义化过程难以实现。他在第 5 和第 6 封信中，把这种现实状况描叙得十分明白。他一方面指责"刚摆脱资本主义制度绳索的广大下层阶级，正以无法控制的狂怒，忙着要达到他们的兽性的满足。"另一方面又指责上层的"文明阶级显出一副更令人作呕的懒散和性格腐化的现象。"他还补充说，统治阶层的腐化之所以更加引起愤慨，因为他们不像广大民众那样由于无知，而是具有知识的，并且自命为代表文化。接着席勒就揭露资本主义的分工和专业化施加给德国国内市民阶层人物以种种影响：在国家和臣民之间毫无感情的联系。"国家对其公民永远冷漠而不关心，因为它到处都得不到同情。"在作为卢梭信徒的席勒看来，统治阶层把原来应当为一般福利而尽职的统治目的完全忽略了。因此，他认为无论德意志国家也好，或德意志小邦也好，都不配执行人道化的工作，这只有靠艺术作为平衡和辅助的因素介入其中来实行。

席勒关于艺术的本质和功用的看法,在他的最后一封信(第二十七封信)中有重要的说明,这儿他称艺术为"美的表象","肉体的需要在其赤裸裸的形态中,有伤自由精神的尊严,因此它(美的表象)在上面展开一层温情的面纱,用自由的媚人的假象,给我们把物质缺乏的亲合性隐藏起来。在它的鼓舞下,连爬行的雇佣文艺也掸去身上的尘土,农奴制的镣铐一接触到它的指挥杖,立即从无生命的和有生命的手中脱落。在美之国(指艺术领域)中,所有的一切,也包括服务的工具在内,都成为自由的公民,与最高贵的人物具有同等权利,而智力(指贵族的资产阶级的政治理念)原来用暴力使顺从的群众屈服于其目的之下,这时却不得不问问他们的使命了。因此,在这美的表象的王国里,平等的理想实现了,热衷此道的人多么盼望看到它真正实现啊。"①

席勒在规定艺术的职能时,完全正确地从存在于现实中的理论与实践的矛盾出发,说得更准确一些,从他的时代和他的国家的社会理论(宗教、哲学、伦理、美学)与社会实践(经济、政治)之间日益尖锐的矛盾出发。怎样解决这个矛盾呢?他的回答是:通过美的表象,也就是逃避到理想中去。

歌德也看出:当时理论与实践之间日益增长的矛盾分裂着德国的生活,使一切从事创作活动的人感到难以忍受的苦恼。但是却不能在艺术的反思当中使理论与实践结合起来,这只有通过行动来达到。歌德从他的现实主义的也即是唯物主义的世界观出发,认为艺术只有教导人从事行动时,才能完成它的社会使命。他有一次曾向艾克曼说:艺术与科学只有用勇气把人武装起来,经受得起生活的斗争,才配有存在的权利。这是歌德的见解比席勒高明的地方。

最后,席勒认为只有游戏冲动才能彻底震撼人,才能完全唤起一切力量,以产生满足的幸福状态(第二十六和二十七封信)。"游戏"在席勒的术语里和在康德的术语里一样,是与"自然活动"同义而与"强迫"对立的。在席勒看来,感性只是物质和事物冲动,因为它受外部世界的影响。理性则指示感性受到限制,而成为形式冲动。只有感性冲动和形式冲动一起发生作用,才产生游戏冲动。游戏冲动才创造两种对抗力量的和谐。感性冲动针对生活,即物质的存在。形式冲动追求形象和造形,后者包括事物的一切外表状态。因此,我们应当把游戏冲动当作上述两种冲动的统一来看,也就是当作活的形象来看,而活的形象就是美。席勒从而得出如下的结论:

---

① 根据德文版《席勒集》第八卷第 496 页译出。

只有当人是充分意义的人的时候,他才游戏,只有当他游戏的时候,他才是完全的人。(第十五封信)

总的说来,席勒认为人在自然状态中受到物质力量的限制,在道德状态中又受到道德意志的限制,只有在审美状态中,才免去了物质的片面性和道德的片面性。人既不再是运物一样的个人,也不是抹煞了个性的抽象的族类,而是成为一个完整的社会的人。这时客观和主观,感性和理性,必然和自由,一切都达到和谐一致。这时一切都是自由的,因而也是平等的。政治革命所不能取得的自由和平等,就这样在审美的领域中实现了。因此,对人进行审美的教育,比政治革命重要得多,也基本得多。席勒就这样用审美教育的道路,来否定了法国革命的道路①。

席勒的美学观点的错误是显而易见的:首先,他的一切推论都是建立在唯心主义上面。现实生活中的人,本身就是具有感性和理性既统一而又对立的辩证关系。席勒却用形而上学的方法,把人分成感性和理性两个方面,然后企图用美学作为桥梁,把它们统一起来。通过这种抽象的人的分析,来探讨审美教育的途径,自然不能解决实际社会生活中所存在的美学问题。其次,席勒虽然正确看出,在资本主义制度下人性受到摧残,资本主义生产方式不利于人的审美感情的发展,但他不把一切归罪于阶级剥削和资本主义的私有制度,而归罪于人心的腐化,这是倒果为因。最后,席勒的唯心主义美学的最薄弱的方面,是过分夸大艺术和美的作用,导致后来德国文艺界一部分人向唯美主义的方向发展,产生不少恶果。只有歌德的唯物主义美学观点和立场,既帮助了席勒纠正偏颇,也成为后来德国文艺向批判现实主义发展的起点。然而德国唯心主义哲学家黑格尔却十分赞赏席勒这篇论文,他认为席勒把美看作"理性与感性的统一",并通过文艺来实现,比康德前进了一步,他在自己的《美学》中,称"美是理念的感性显现",就是席勒观点的进一步发展。

(二)《论素朴的诗与感伤的诗》

自 1793 年起,席勒就在注意"纯朴"这个概念和问题,准备对此发表一些看法。可是直到 1795 年 9 月他才着手写《论素朴的诗与感伤的诗》这篇重要论文,而于 1796 年 1 月 4 日完成,与上述的《审美教育书简》相距不过几个月。《书简》

---

① 参看蒋孔阳著《德国古典哲学》,商务印书馆 1980 年版,第 190—191 页。

主要是探讨哲学美学问题,本文则重在探讨文学艺术及创作方法的具体问题。如果说,前者还相当浓厚地受到康德的影响,那末,后者则力图摆脱这种影响,而更多地转到歌德这方面来了。席勒自称他这篇论文是通向新的诗歌创作的桥梁。他在文中寻求艺术创作的客观规律,并以此文向他的唯心主义的美学研究告别。后来他通过丰富的文艺实践的经验,在书信中巩固和加强了他的观点。他比较自己同歌德合作以前所写的最后一部剧本《唐·卡洛斯》与同歌德合作以后所写的第一部剧本《瓦伦斯坦》,曾写信给洪堡说:"从前,比如在波沙和卡洛斯的形象上,我是竭力用美的理想来弥补真实的不足,现在在瓦伦斯坦的形象上,我想用赤裸裸的真实来补偿所缺乏的理想。"在剧本《唐·卡洛斯》中,豪言壮语过多,现实剧情过少,所以后来马克思批评席勒"把个人变成时代精神的单纯的传声筒"①主要指此。

席勒同歌德合作以后,在文艺思想和创作实践上都向现实主义迈进了一步。《论素朴的诗与感伤的诗》这篇论文的出发点,是探讨诗与自然的关系。他所理解的自然是广义的,包括外在自然(现实)和内在自然(人的本性)。人对着大自然的风景以及还在自然状态中的人性,例如天真烂漫的儿童和风俗淳厚的农民,都感到一种喜爱和令人感动的敬意。在他看来,在古代希腊罗马的时候,人性还没有遭到分裂,人是以整个的统一的人在活动,他与自然的关系是和谐的,现实与理想还不存在矛盾。因此,诗与自然处在一种素朴的关系中。诗人用不着到外面去寻求自然,他的周围到处是自然,他本身也是自然,所以诗人的任务,只是尽可能完善地"摹仿自然"。在近代文明中就不同了,人已经失去了自然,现实和理想处于矛盾状态中,人性的和谐不再是生活中的事实,只是一种思想中的观念。因此,诗与自然的关系不是统一的,诗人在他周围和本身中都找不到自然,自然成了他向往的理想。这样一来,诗人的任务就不是摹仿自然,而是"表现理想"。因为诗人这时失掉了自然,所以他对待自然的态度,就像成人对待失去了的童年一样,是又怀恋,又感伤的。由于古代人和近代人对待自然有这样两种差别,所以席勒把诗分成两种:"诗人要么就是自然,要么寻求自然……前者使他成为素朴的诗人;后者使他成为感伤的诗人。"②

席勒为了进一步说明古代的素朴诗人与近代的感伤诗人的差别,举出如下

---

① 马克思、恩格斯:《论文学与艺术》(一),人民文学出版社1982年版,第174页。
② 引自德文版《席勒集》第八卷第568页,并参看蒋孔阳《德国古典美学》中有关席勒的章节。

的生动事例：荷马在《伊利亚特》卷六中，写特洛伊方面的将官格罗库斯和希腊方面的将官狄阿麦德斯两人在战场上相遇，双方在挑战交谈中发现彼此有主宾的世交，就交换了礼物，相约今后在战场上不再交锋。后来文艺复兴时代意大利诗人阿里奥斯托在《罗兰的疯狂》中，描写回教骑士斐拉古斯与基督教骑士芮那尔多原是情敌，在一场激战中都受了伤，但听到他们同爱的安杰莉嘉正在避难当中，两人就言归于好，在深夜里同骑一匹马去寻她。席勒指出这两段诗"都很美地描写出道德感战胜了激情，都凭心情的素朴使我们感动。"但是两位诗人的描写手法却大不相同。阿里奥斯托是一位近代的感伤诗人，他在叙述这件事情当中，毫不隐藏他自己的惊羡和感动，突然抛开给对象的描绘，自己插进场面里去，以诗人的身份表示他对"古代骑士风"的赞赏。荷马却丝毫不露主观情绪，好像他胸膛里没有心在跳动似的，他用他那冷淡的忠实态度继续说，"格罗库斯迷了心窍，把价值一百头牛的金盔甲赠给狄阿麦德斯，换回一副青铜的，只值九头牛。"

从上例可以看出，素朴诗与感伤诗的最明显的区别在于前者是纯粹客观的，后者则要表现诗人的主观态度和情感。因为古代素朴诗人的主观与他所描写的客观是一致的，不存在什么分裂，所以他只是以客观、现实和冷静的态度来描写。近代的感伤诗人则外在于他所描写的客观自然，经常对他所描写的东西表示主观的态度，所以他经常是主观的、理想的、感情激动的。但是席勒把素朴诗与感伤诗的对立不仅仅看成是历史的现象，同时也看成是心理的现象。换句话说，两种诗的根本差别，还不在于时代的不同，而在于诗人对待自然的感受态度的不同。因此，在他看来，古代诗人也写感伤诗，例如贺拉斯描写台伯河畔宁静而又快乐的生活，就开了感伤诗的先河；同样，近代诗人也写素朴诗，例如莎士比亚和歌德：莎士比亚在《汉姆雷特》和《李耳王》中，以冷酷无情的态度去描写惊心动魄的场面；歌德写《青年维特的苦恼》，就是以素朴的方式来处理感伤的题材。

席勒所说的素朴的诗和感伤的诗，与歌德所说的古典的诗和浪漫的诗有相同和不同的地方：歌德称古典的是健康的，浪漫的是病态的，歌德所指的浪漫的诗，主要是针对当时反动的或消极的浪漫主义而言；席勒称赏素朴的诗，但未贬低感伤的诗，他称自己是感伤诗人，他有时也用"现实主义"和"理想主义"来称呼这两种诗。

席勒问：诗人是着重于现实呢？还是着重于理想？他是把现实当作反感和厌恶的对象呢？还是把理想当作向往的对象？于是他把感伤诗作如下的分类：

1) 讽刺诗。诗人把令人厌恶的现实以及理想与现实的矛盾当作描写的题材。他可以用严肃而又热情的态度来处理这样的题材,这样就成为(a) 惩罚的讽刺诗,它的主要形式是悲剧;他也可以用开玩笑而又轻松的态度来处理,这样就成为(b) 嘲笑的讽刺诗,它的主要形式是喜剧。然而不管是惩罚的讽刺诗也好,或嘲笑的讽刺诗也好,都必须具有崇高的理想。不然的话,惩罚的讽刺诗会变得太严肃了,不适合于诗的游戏性质。真正的惩罚的讽刺诗,要用崇高的理想来和令人厌恶的现实相对立。至于嘲笑的讽刺诗,如果失去了理想,就会变得太轻浮了。因为它所描写的对象多半是一些无关紧要的琐事,如果诗人不具有崇高的理想和优美的心灵,这些琐事就毫无价值可言。

2) 哀挽诗。主要是描写令人向往的理想,这就是说,在自然与艺术、理想与现实互相对立的近代,哀挽诗人注重描写自然和理想,不过他所描写的自然是失去了的自然,所描写的理想是不可企及的理想,因而采取哀伤和惋惜的态度。但是各种哀伤的内容,如欢乐的丧失,黄金时代的消逝,青春和爱情的一去不复返,诸如此类等,只能成为哀挽诗的题材,却不能决定哀挽诗的价值。哀挽诗的价值应当从理想的热情中产生,应该使有限的个人的悲伤,变成无限的普遍的东西,这样才会具有强大的感染力。

3) 牧歌。在牧歌中,理想和现实的矛盾消除了,多种感情的冲突也停止了,它的主题是描写天真而又幸福的人性。它的场景多半是田园、乡村和牧童的草屋,或是文化开始前人类的童年时代。所以牧歌不是引导人向前,而是引导人后退。它虽然免除了文化所带来的弊病,获得理想与现实、内心与外界的虚构的统一,但它也排除了文化的优越性,失去了重大的时代主题。

以上是席勒对近代感伤诗的分类,它们各有优点和缺点。不过席勒这篇论文的主要目的还在于探讨什么是理想的近代诗,他得出的结论是:素朴诗和感伤诗的结合。在他看来,素朴诗以其感性和现实性胜过感伤诗,但是它摆脱不掉感性和现实性东西的有限性,它容易蜕化到实际自然那种庸俗无聊中去,容易把实际自然中偶然的东西当成真正的自然,拿来加以虚假的摹仿,这不符合诗的本质。为了补救这个缺点,它必须求助于感伤诗的理想和观念性。感伤诗以其理想和观念性胜过素朴诗,它超过自然中一切偶然的障碍,把诗提高到无限的领域,但它容易流于夸张和空想,从而脱离客观的自然,这也不符合诗的本质。为补救这个缺点,它必须求助于素朴诗的感性和现实性。

由此看来,理想的诗是:既不脱离自然,而又不陷入庸俗的实际自然;既能理想化,而又不流于空想。这样就表明席勒既反对自然主义,又反对浪漫主义。如果我们进一步把席勒所说的素朴的诗理解为现实主义的创作方法,感伤的诗理解为浪漫主义的创作方法,那末,这两种方法不仅自古代到近代都存在,而且在伟大的诗人的手中往往是结合在一起的。例如莎士比亚在《汉姆雷特》、《麦克白》及《暴风雨》中,歌德在他的代表作《浮士德》中。

朱光潜认为,席勒在美学和文艺理论上的最大功绩,在于首次指出现实主义的素朴诗与浪漫主义的感伤诗的分别,即前者反映现实而后者表现理想("提高的现实"),前者重客观而后者重主观,并且指出这两种方法应该统一而且也可能统一。席勒的文章是根据本身的创作经验及对古今优秀作品的深刻体会,对文艺与一般社会文化背景的关系进行深思熟虑的结果。他在当时所能达到的思想水平上,试图对欧洲文化与文艺的发展作一概括性的总结,从而给当时德国民族文学的发展指出正确的方向,即以古典主义的客观性来纠正浪漫主义的主观性。①

(三)《论悲剧的艺术》

《论悲剧的艺术》②是席勒继《论悲剧题材产生快感的原因》以后,一篇比较全面和系统地阐发他的悲剧创作思想的论文。最初发表于1792年《新塔莉亚》杂志第1卷第2部分,即在上述《审美教育》论文之前三年。这时席勒已完成他的早期四部悲剧,正在耶拿开始研究康德哲学。因此,我们可以说,他对于悲剧创作已有相当丰富的经验,而对于哲学思考正在发生浓厚的兴趣。

首先,我们看看席勒如何解释悲剧和悲剧艺术。照他看来,特别以产生怜悯的快感为目的的艺术,就是一般所称的悲剧艺术(德文本第183页)。至于悲剧则是互相关联的一系列事件之诗的摹仿,使其组成完整的剧情,向我们指示处在痛苦状态中的人,而用意在于唤起我们的怜悯(德文本第94页)。

一切怜悯都以对于痛苦的想象为前提,他列举促进怜悯及最准确、最强烈地唤起感动乐趣的条件:

1) 生动性。我们的想象越生动,就越是促进我们的情绪波动,我们的感官就越是受到刺激,于是我们的道德能力也就越要起来反抗。因此,只有直接的、

---

① 参看朱光潜《西方美学史》下卷第十四章《席勒》,人民文学出版社1964年版,第118—119页。
② 根据《席勒集》第8卷第178—199页的德文原著。

活生生的现实,才赋给我们对于痛苦的想象,达到高度感动所必需的程度。

2) 真实性。尽管我们对于痛苦获得最生动的印象,如果这种印象缺少真实性,也不能引起显著程度的怜悯。我们必须对于痛苦具有参与其中的概念。这就需要这种痛苦与某种已经存在于我们本身中的东西一致。怜悯的可能性建立在我们与受苦主体之间的类似性的感知上。凡是可以看出这种类似性的地方,怜悯就是必然的;凡是看不到这种类似性的地方,怜悯就是不可能的。

3) 悲剧表现除了生动性和真实性而外,还要添上完整性。凡是从外部促使情绪产生针对性活动的一切东西,必须在想象中发挥尽致。表现的完整性,只有通过许多个别想象和感觉的结合,才有可能,它们彼此互为因果,而在其关联上对于我们的认识来说,却成为整体。由此看来,属于悲剧表现的完整性的,是一系列具体化的情节,它们结合为整体而成为悲剧的剧情。

4) 持久性。最后,痛苦的想象必须持久地影响我们,才能唤起高度的感动。因为别人的痛苦促使我们的情绪激动,对我们说来,是一种强制状态,我们急欲摆脱这种状态,而怜悯所不可缺少的幻觉却是很容易消逝的。因此情绪必须强制地束缚在想象上,剥夺其自由,以免过早地丧失幻觉。感觉的不断变换,是克服疲劳,克服习惯影响的最强有力的手段。这种变换使疲乏的官能振作起来,而印象的差异唤起自动控制能力从事相对的抵抗。所以这种能力要不停地忙碌,以反对官能的强制而保持自由,但不要过早地达到最后胜利,更不要在斗争当中失败。悲剧艺术的巨大秘密,就在于巧妙地领导这种斗争(德文本第193页)。

概括说来,首先,我们怜悯的对象,必须完全属于我们的族类,而我们应当设身处地的情节,必须是道德的,这就是说,要在自由的范围加以理解。其次,痛苦及其来源和程度,必须在连续的互相结合的事件中完全传达给我们。最后,感性上的形象化,不是间接通过描写,而是直接通过情节来表现。

悲剧摹仿情节要根据如下的规则或原则:

第一,悲剧是摹仿一种情节。不过摹仿这个概念,在这儿与其他纯粹叙述或描写的文学类型有别。在悲剧中,个别事件在其发生的瞬间被当作现在的事件,而出现在想象力或感官之前,而且是直接的,没有第三者的干预。叙事诗、长篇小说、短篇故事,就其形式来说,总是把情节移到远处,因为在读者与故事人物之间介入了作者。然而遥远的、过去的东西,总是削弱印象及参与其间的情绪感动,只有眼前的现实的东西才加强二者。一切叙事的形式都使现在成为过去;一切戏剧的形式则使过去成为现在。

第二,悲剧是摹仿一系列事件。不仅是悲剧人物的感觉和情绪激动,还有二者所产生的事件以及促使其表现出来的原因,也得予以摹仿地再现。这点使悲剧与诗歌有别,诗歌虽然也用诗歌语言来摹仿某些情绪状态,但却没有情节。

第三,悲剧是摹仿完整的情节。个别事件纵然带有悲剧性,但还不成其为悲剧。必须把许多互为因果而构成的种种事件合乎目的地结合成一个整体,使我们恍如置身其中,而在相同的情形下,我们也会同样地忍受和行动,这样才是悲剧,也才唤起我们的同情或怜悯。

第四,悲剧是一种值得怜悯或同情的情节之诗意的摹仿,从而与历史的摹仿有别。悲剧抱着诗意的目的,这就是说,它表现一种情节来使人感动,通过感动而产生快乐。悲剧如果处理历史题材,必须使历史的真实服从文艺的规律,而把这个题材按自己的需要予以加工。因为悲剧的感动目的,只有在与自然规律高度一致的条件下才能达到,所以它受到自然真实的严格规律的支配,人们通常把这种自然真实称为与历史真实对立的诗意真实(按:即艺术真实——笔者注)。因为悲剧诗人只服从诗意真实,所以最仔细地观察历史真实,也决不能使他放弃诗人职责及违反诗意真实。

第五,悲剧是摹仿一种显示我们人处在痛苦状态中的情节。这里用"人"这个字眼,无非表示悲剧在选择题材时受到限制。只有感性的——道德的生物,也就是我们人自身,才能唤起我们的同情和怜悯。单从痛苦这个概念来说,我们人就不得不参与其中,所以也只有真正意义上的人才能是痛苦的对象。悲剧诗人所选择的理想角色,既不是彻底道德败坏的人,也不是十全十美、毫无缺点的人,而是介于两者之间的具有混合性格的人。

最后,悲剧把所有以上列举的性质联合起来,以达到唤起怜悯的情绪激动。悲剧诗人所采取的种种措施,也完全可以利用于其他目的,比如道德的、历史的目的等,然而他却只用于上述目的,这就使他摆脱与这种目的无关的种种要求,同时也责成他在特别应用上述规则时,必须以最后这个目的为指归。

结合达到目的的手段就是形式。只有这样的悲剧才是最完美的悲剧,其中被唤起的怜悯,不是靠材料,而是靠利用得最巧妙的悲剧形式来达到,这可以算作是悲剧的理想。

《论悲剧的艺术》这篇论文,可以看作是席勒对他早期四部悲剧:《强盗》、《阴谋与爱情》、《斐斯柯》、《唐·卡洛斯》的创作经验的总结。其中提出诗意真实,即艺术真实与历史真实有别,而悲剧诗人追求的,应是艺术真实,这是他的进步的美学观点。然而他对于悲剧的概念,还未打破自亚里士多德以来的传统观点,他认为悲剧的目的在于唤起对痛苦的怜悯,这只道出消极的、次要的一面,而忽视了积极的、主要的一面。悲剧的主要的和终极的目的,应当是激发人们的同情和义愤,使他们化悲痛为力量,从事变革现实的斗争。

席勒在后期与歌德合作以后,还创作出了《瓦伦斯坦》、《玛莉亚·斯图亚特》、《奥尔良的姑娘》、《墨西拿的新娘》、《威廉·退尔》等五部剧本。除《威廉·退尔》而外,前四部都可算作是悲剧。然而《威廉·退尔》这部历史剧,却是席勒最成功的代表作,它鼓励人民摆脱异族统治,争取民族自由,至今还具有无比巨大的感染力。如果席勒在后期再总结经验,写有关悲剧艺术的论文,必然更充实、更有卓见了。

下篇
戏　　剧

《强　盗》

————一部戏剧————

写作经过　当狂飙运动的高潮已在低落,歌德和赫尔德尔来到魏玛定居已久,这时从德国南方的符腾堡发出"打倒暴君"的洪亮口号。这口号大书特书在一位青年诗人处女作品的扉页上。这诗人就是席勒,他的作品就是剧本《强盗》[①]。

席勒于1778年即十八岁时开始写,而于1780年即二十岁最后完成这一剧作。在剧本未获得正式上演以前,席勒曾约集一些同学在森林中,由他当众朗诵。开始,听众的情绪还比较平静,但是剧情转入高潮时,青年听众个个热情奔放,鼓起难以遏制的掌声。这当然加强了青年诗人的自信心。

然而席勒是在极其艰苦的条件下从事写作的。他总是夜里背着人在军事学院的病房里写,而且时时防备公爵来检查病房,不得不把稿纸藏在医药书籍里。他就是这样克服种种困难,坚持到底。

剧本不是凭空虚构,而是取材于民间传说和前辈诗人的启发。首先,席勒在他故乡施瓦本的人民传说中找到素材的根据。当地相传有个名叫"太阳店主"的传奇式人物[②],由于受到当时社会的不公平待遇,被逼走上犯罪的道路,成为盗魁。18世纪50年代出现过所谓"弯指巴尔塔扎尔帮",横行于哈尔茨与黑森地区之间。正如鲍尔·雷曼所说:当封建制度下人民革命条件尚未成熟的时代,各国人民反封建的情绪都用传奇般的"豪侠的强盗"来宣泄,这种强盗"劫富济贫",以侠义的行为替受压迫者向压迫者以及整个官方社会报仇雪恨。这样的人物还有苏格兰的罗宾汉,有斯洛克山的人民英雄雅诺斯克,他们至今还活在人民

[①]　本文根据德文版《席勒集》第二卷中原著,柏林建设出版社1959年版,并参看杨文震、常文的中译本,人民文学出版社1959年版。
[②]　席勒写有中篇小说《丧失名誉的罪犯》。

的记忆中,为人歌颂不止。①

此外,席勒显然也从诗人舒伯特所著短篇小说《论人心的故事》中,汲取了两个敌对兄弟的材料:一个行为放荡而才智过人,另一个则是假仁假义的阴谋家,成为谋杀父亲的凶手。舒伯特被欧根公爵的爪牙逮捕以前,曾在《施瓦本杂志》上发表上述的短篇,并强调要求一位天才作家用这材料写出剧本或小说,席勒实现了舒伯特的要求。他在《强盗》中把民主共和的理想与反对欧根公爵在舒伯特身上所施暴行的抗议融合起来。这么一来,就给德国剧场注入了新的血液,使它成为反映德国现实的当代剧场。

《强盗》剧本于1781年趁复活节集市期间印行,但没有作者的名字。曼海姆剧场经理达尔贝格接受上演,遂于1782年1月13日首次演出,不过有些内容被删节了,过激的语言也改得缓和些了。这样修改过的剧本长期上演在德国舞台上,直到席勒逝世后,才恢复原著的本来面目。

剧情概要 穆尔伯爵有两个儿子:长子卡尔在莱比锡上大学,幼子弗朗兹生活在弗兰肯区伯爵府邸里。卡尔虽然行为放荡,被迫离开住地,但他为人品格高尚,慷慨好义。相反,弗朗兹为人阴险毒辣,自私自利。他隐瞒了卡尔向父亲所写的悔过信,还造谣中伤兄长。老伯爵诅咒长子,一怒之下,取消了他的继承权。

卡尔感到绝望了。他的伙伴们纠合成一股匪帮,选举他作头领,出没在波希米亚森林中。在这段时间里,卡尔的未婚妻爱玛丽亚(本是老伯爵的外甥女)苦劝舅父平息怒气。弗朗兹妄想娶她为妻,煽起其亲信赫尔曼对卡尔和老伯爵的夙恨,唆使他捏造假讯,谎称卡尔已死在战场上了。爱玛丽亚也信以为真。身罹重病的老伯爵闻讯后晕过去了,被弗朗兹叫人将他扔进塔楼,让他活活饿死。

"强盗"卡尔公开向社会报仇雪恨。任何一个违悖公道和人性的人,只要遇上了他,他就叫伙伴们无情地加以惩罚。而对于受迫害的穷苦人,他却慷慨解囊,拔刀相助。因此,官方下令通缉他,有一次他们把他围困在森林中,迫使他投降,他率领伙伴们奋勇冲出重围,到达多瑙河边。这里有一位名叫科辛斯基的波希米亚贵族,被封建主夺去了未婚妻,愤而投到强盗集团里来。这引起了卡尔对爱玛丽亚的怀念,于是他决定率队回到故乡。

现在伯爵府邸的主人是弗朗兹。他还一直在使用诡计骗取爱玛丽亚,诡计

---

① 参看鲍尔·雷曼《德国文学的主流(1750—1848)》,柏林迪茨出版社1956年,第257页(德文)。

不成，又改用暴力。这时卡尔改名换姓来到府邸。弗朗兹看出来人是他的哥哥，就命令老仆达尼尔将他毒死。但是达尼尔难忘老伯爵长子对他的情谊，乃把真情及弗朗兹的阴谋泄露给卡尔听。卡尔却无意寻弗朗兹报仇，因为他已明白，爱玛丽亚决不会再属于他了，于是回到强盗队伍中去。

他在附近森林里碰见爱玛丽亚。囚禁老穆尔的钟楼也矗立在那儿。赫尔曼虽然与弗朗兹同谋陷害老伯爵，但他受到良心谴责，暗中常给老人一些饮食，让他苟延残喘。这时他被卡尔发现了。卡尔获悉真情，解放父亲以后，一部分强盗去追捕弗朗兹，使他受到应得的判决。但是弗朗兹在没有被捕获以前，就畏罪自杀了。爱玛丽亚被强盗们俘获送来，她挣脱盗手，跑上去拥抱卡尔。老穆尔听说卡尔是盗魁以后，就死去了。爱玛丽亚坚决不肯离开卡尔，卡尔也想过一种新的生活。但是强盗们提醒他不可忘记永不离开伙伴们的誓言，于是他杀死不愿再活下去的爱玛丽亚，并且当众宣称，他即将到法庭去自首。

思想内涵和人物性格　　席勒在剧本开幕前引用古希腊大医学家希波克剌特斯的话："药不能治者，铁治之；铁不能治者，火治之。"医治社会疾病，也只有用铁和火，这是多么壮烈的语言！《强盗》剧中所表现出来的新思想，就在于它冲破了狂飙运动对社会认识的界限，而提出德国向什么方向发展的基本问题。主角卡尔·穆尔满怀革命激情地说："他们要叫我把我的身体压缩在女人的紧身衣里，把我的意志压缩在法律里。法律只会把雄鹰的飞翔变成蜗牛的爬行。法律从没有产生过伟大人物，然而自由才造成巨人和英雄……唉！但愿赫尔曼①的精神还能死灰复燃啊！——让我率领一支像我这样汉子的军队，我要把德意志建成一个共和国，使罗马和斯巴达与它比起来仅仅像个尼姑庵。"(德文版第一幕，第二场)

青年剧作家席勒的伟大地方，在于他明确指出当代最进步的平民青年个人与社会的冲突。他所说的法律，就是封建君主贯彻其专横意志的统治法律。唤醒人们认识到难以忍受的、十分可耻的社会状态，这本身就是现实主义文学的巨大历史功绩。不仅如此，席勒除了批判现存社会的矛盾而外，还想以平民阶级的道德对抗封建专制的法律。

《强盗》一剧的出现，是在歌德的《青年维特的苦恼》出版七年以后。两部作品中的主角都是青年人，可是他们的理想和结局完全两样：维特是为了绝望的

---

①　古日耳曼传说中的英雄。

爱情而走上自杀的道路；卡尔则作为浪漫的革命者，试图以本身的行动来粉碎敌对法律，因而陷入歧途。就政治斗争的思想内容来说，席勒的剧本高过歌德的小说，固然在文艺价值和技巧上有所不及。1774年10月26日，莱辛写信给埃申堡时谈到《维特》："您会相信一个古罗马或古希腊的青年会因此而这样自杀吗？肯定不会……"莱辛在《强盗》问世那年逝世，如果他获得读这部剧本的机会，绝不会对卡尔·穆尔发表上述意见了。通过卡尔这个形象，照耀出德国革命的远景。在法国资产阶级革命前七年，第一次在德国舞台上提出成立德意志共和国的要求，好比悬起了一面号召战斗的旗帜。

席勒在卡尔·穆尔的身上也注入了他本身的革命热情。作为卢梭的信徒，他抨击腐朽没落的社会，希望回到自然的、公平合理的状态，卡尔在第一幕第二场中宣称："我读普鲁塔克①的伟人传记时，真讨厌这个墨水玷污的时代……呸，呸！这个懦弱的，被阉割了的时代，除了只会咀嚼前一代的事业，除了只会用书本注释和悲伤戏剧来糟蹋古代英雄而外，是别无所能的。"封建社会制度不能给个人以发展机会，所以他愤而为"盗"，向社会报复，要凭本身力量来铲除封建制度下的人间不平事。他宁肯与无产阶层的分子往来，同情贫苦人和乞丐。他心中的楷模不是教堂的圣徒，而是古希腊罗马的英雄。在第二幕第三场中，卡尔伸出右手给来招降他们的神甫看，并说："您看见我手上戴的四只值钱的戒指吗？——去把您看到和听到的一切都一五一十地告诉那判决生死的法官吧！这个红宝石戒指，是我从一个大臣的手指上摘下来的，当他打猎时，我把他打倒在他的公侯的脚边。他逢迎吹拍，从低下的地位爬到一等宠臣，他靠着周围人的没落而获得高位；靠着孤儿的眼泪而飞黄腾达。这个金刚钻戒指，是我从一个财政顾问手上取下的，他卖官鬻爵，谁出高价，他就为谁效劳，而把忧国忧民的爱国志士逐出门外。这个玛瑙戒指，是从一个神甫那里得来的，我戴着它给您的同类增光，当这个神甫在讲坛上公开哀悼宗教裁判衰微的时候，我就亲手把他勒死了。——我还可以更多地告诉您一些关于我的戒指的故事，可是我已经后悔和您谈这些话是白费了。"

卡尔·穆尔不是一般的侠盗，而是一个背叛其封建贵族家庭出身，具有早期资产阶级启蒙思想的青年，所以敢于表达民主共和的平民思想。

与卡尔成鲜明对照的是他的弟弟弗朗兹·穆尔。他阴险狡诈，残忍自私，集

---

① 古希腊传记作家，著有《希腊罗马伟人传》。

封建贵族的一切卑劣和丑恶于一身。他杀父叛兄,妄图强占兄长的未婚妻。他当家作主以后,立即宣称加强对其领地上农民的剥削和压迫。在第二幕第二场中,他说:"现在要揭掉这个讨厌的软弱和善的假面具了!你们可以看见赤裸裸的弗朗兹是什么样子,让你们去发抖吧!我父亲把自己的要求弄得过分甜蜜了,把自己的领地变成了一个家庭,常常慈祥而微笑地坐在门口,像对待兄弟子女一样向那些农民问寒问暖。——我可不是这样,我的眉毛要像暴风雨时候的乌云笼罩着你们。我的庄严的名字就像一个可怕的彗星横扫过这山岭,我的额头就是对你们的喜怒晴雨表!我和他可不一样,他抚爱那些对他倔强地缩回去的脖子,抚爱却不是我的事。我要用带齿的刺马锥刺进你们的皮肉,我要试一试沉重的皮鞭。——在我的领地里,我要做到这样,你们过节的时候可以吃点土豆和淡酒,如果谁平日吃得脸颊又红又胖,哼,给我看见,一定要叫他吃苦头!面有菜色,诚惶诚恐,这就是我要看的脸色,我要用统一的号衣给你们穿上!"

弗朗兹是当时四分五裂的德国所有封建领主的代表。

爱玛丽亚是个明辨善恶,性情刚烈的女子,她为了专一的爱情而甘愿死在卡尔的剑下。在第一幕第三场中,爱玛丽亚不受弗朗兹的诱骗,加以怒斥:"去你的吧,流氓!我现在又回到卡尔身边了。叫化子,他是这样说的吗?这个世界可真是颠倒了!叫化子是国王,而国王却是叫化子!我宁可要他身上穿的破烂衣服,也不愿用来交换王侯的紫袍。就是他沿街叫化时那一副眼光,也一定是伟大的、庄严的眼光!那一副眼光可以粉碎那些大人先生的气派、豪华和骄傲!把这些东西扔到尘土里去吧,这些耀眼发光的东西!(把脖子上的珍珠项链扯下)你们这些戴金、戴银、戴珠宝的贵人阔老该死!你们这些吃山珍海味的人该死!你们这些四肢躺在舒适的软垫上享福的人该死!卡尔!卡尔!这样我才值得你爱!"

视王侯若乞丐,弃珠宝如泥沙,铮铮侠气,不亚于卡尔的豪情壮志。

剧中其他人物形象着墨不多。老伯爵穆尔是一个家长式的封建主。其他七八十个强盗,出身不同,有的是破产的小贩,有的是被开除的学生,或失业的抄写员等,他们大都由于生活无路,才铤而走险。他们言语粗豪,行为凶暴,特别是施皮格贝克的凶残暴戾,只可称为"盗"而不"侠"了。其中有两位截然不同的教士:一个是奉命来诱降的伪善的神甫,虚声恫吓,结果狼狈逃窜;一个是正直的牧师莫瑟尔,痛斥死到临头还不知悔改的弗朗兹的罪恶。

评价及影响 《强盗》一剧尽管富于戏剧的效果和魅力,但也暴露出处女作的一些缺点。各场写得不是一样成功,素材分配也不平衡。主要原因是由于席勒在不自由的环境中写作,而且不断中辍,不能一气呵成。剧本第一幕第二场以后,情节不断上升,直到群盗在波希米亚森林中被围为止。在第三场中,剧情气势减弱了。考辛斯基的出现,只是为了促使卡尔回转家乡与爱玛丽亚见面。剧本的主要缺点是卡尔·穆尔反封建不彻底,思想前后矛盾。他在第一幕第二场中公开向社会宣战,申斥当时社会的法律只能把雄鹰的飞翔变成蜗牛的爬行,可是到第五幕第二场即戏剧收场时却说,他是个愚人,妄想用恐怖把世界改好,妄想用反对法律来维持法律。于是他决定亲自到法庭去投案。这在艺术上是败笔。作者如果让卡尔在作战中英勇而死,就完全不同了。同时这也显示出作者本身政治上的妥协思想。至于卡尔亲手杀死其未婚妻爱玛丽亚,同样是败笔,作者本可以安排爱玛丽亚自动地慷慨捐躯,走她自己所说的"迷多[①]的道路",就可以不使卡尔犯下如此残忍的罪行,或者如梅林所申斥的"恶劣的强盗浪漫行为了"。

剧本是用散文写的,语言富于形象性,情调激昂,意气风发,可以说,亦庄重,亦悲怆,亦激越,亦凄婉。有时可以振聋发聩,有时则扣人心弦,不愧是一部"独创天才"的杰作。

席勒本人曾认为剧本不宜上演。他说:"如果我删去那些枪杀、放火、剑刺、掠夺等情节,那末,所剩下的东西在舞台上就乏味而难解了。"其实,这是席勒在当时环境下故意掩蔽锋芒、磨去棱角的说法。歌德对《强盗》剧本表示憎恶,他说:"我讨厌席勒,因为一位精力充沛、但尚未成熟的人才,偏偏把我所努力清除的东西,就是道德上和舞台上悖理的东西,以全部吸引人的力量,像洪水一般向祖国国内倾注。"歌德的评价也欠公允。歌德比席勒年长十岁,早已成名,思想上已退出了狂飙运动,其实他的剧本《铁手骑士葛兹》在某些方面成了《强盗》的蓝本。

然而观众的反应就完全不同了。据当时一位参加《强盗》初演的目击者说:整个剧场等于一座疯人院。全体观众都睁大眼睛,握紧拳头,不断顿脚,发出沙哑的声音!素不相识的人拥抱在一起,妇女们踉跄地挣扎到门口,快晕倒了。这好比所有的人普遍溶解在一团混沌中,一个新世界将从迷雾中破晓而出。剧本与作者的名声,传到了国界以外。尽管法国人还说不清楚席勒的姓名,但是法国大革命时,巴黎的国民议会却引以为同类,通过国民议会的决议,颁给席勒一份

[①] 传说中的迦太基女王,因失恋自杀。

由丹东签署的荣誉公民证书,使他与华盛顿、科丘斯科①、克洛普施托克和裴斯塔罗齐②并列。《强盗》在德国发生广泛影响,历久不衰,特别为德国青年所喜爱。

与中国《水浒传》比较 中国读者读《强盗》时,自然而然地会联想到我国的《水浒传》。不过《水浒传》成书在元末明初,比《强盗》早四个世纪。据游国恩等所编《中国文学史》第四卷所载:《水浒传》是描写农民革命的长篇小说,主要作者施耐庵、罗贯中是在宋元以来广泛流传的民间故事、话本、戏曲的基础上,进行综合性的再创作,才写成这部长篇作品。《水浒传》的成书过程比《强盗》的写作过程长得多了。那个时期的中国,"正值女真、蒙古族先后南下,广大人民在民族和阶级的双重压迫之下,纷纷高举义旗,集结山寨进行反抗,宋江等三十六人的英雄事迹,就成为人民歌颂的对象。人民群众在这些草泽英雄身上寄托希望,并以此来鼓舞自己的斗志。"(引上书第29页)

就思想内容看,《水浒传》反映了中国历史上农民起义发生、发展直到失败的整个过程。首先,它着重揭露了封建统治的罪恶,挖掘了农民起义的社会根源,所谓"官逼民反"是一条主线;其次,塑造出许多起义英雄的光辉形象,至少有一二十个性格鲜明的典型形象,他们有血有肉,栩栩如生,跃然纸上;再次,细致而生动地描写农民起义如何由小而大,由分散而集中,由个人的复仇星火发展到燎原之势的聚众起义的过程;最后,写出了起义的悲剧性结局,揭示出起义失败的内在原因。由于当时缺少新的经济因素,也没有新的进步的阶级力量作领导,所以他们提不出新的政治目标,不得不陷于失败,接受封建专制朝廷的招安,也就是向封建统治势力投降。

《强盗》是剧本,不可能像长篇小说那样,以鸿篇巨幅刻划众多的人物形象,展开广阔的社会场面。《强盗》剧本中,虽说卡尔·穆尔纠合了七八十人,然而除主角外,只有二三个形象略加点染,这不能与《水浒传》的一百零八人相比。前者只是出没在南德森林中的游动盗群,后者则有梁山泊根据地,形成一支起义队伍。拿卡尔·穆尔与宋江相比,穆尔是西方近代历史人物,具有早期资产阶级启蒙思想,文化水平较高,所以能提出共和国的口号。宋江则是东方中古的历史人物,具有浓厚的封建正统观念和忠君思想,然而他能驾驭群雄,举起"替天行道"的大旗。宋江出身地主家庭,穆尔出身贵族家庭,但两人都不曾与其出身的阶级

---

① 波兰将军(1746—1817),曾参加北美独立战争。
② 瑞士著名人民教育家(1746—1827)。

彻底决裂,所以一直具有动摇性和妥协性,而结果一个率领队伍接受朝廷招安,一个去投案自首,方式不同,但向封建统治势力投降的实质则一。

《水浒传》曾被中国封建王朝列为禁书,但它深受人民群众喜爱,流传广泛,家喻户晓。它不仅对明清两朝的农民起义有巨大的鼓舞作用,而且对后来的文学创作,如小说、戏剧以及民间文艺等都有深远影响。西方及日本各国均有译本,德国较早有库恩的译本《梁山泊的强盗》,莱比锡1934年。近来读报见法国当代哲学家和作家萨特晚年请人每天读一段《水浒传》法译本给他听,他是否正确理解,虽然不得而知,但可见《水浒传》一书的艺术魅力,现在还远及海外。

《斐斯柯在热那亚的谋叛》
——一部共和主义的悲剧——

写作经过　《斐斯柯在热那亚的谋叛》①是席勒青年时期所写的第一部历史剧。他选择这个人物是受了法国启蒙哲学家卢梭的影响。卢梭在他的《忏悔录》中曾经指出:"普鲁塔克之所以写出辉煌的传记,是因为他不选择平静国家中那些成百上千的中庸人物,而是选择伟大的道德人物或特别突出的犯罪分子。在近代史中,有一个人值得立传,这就是斐斯柯伯爵,斐斯柯本是为了解放他的祖国不受多里亚的统治而培养成长起来的。"

席勒显然重视特别突出的犯罪分子也值得表现这一提示。他于1782年夏开始此剧的写作,于同年9月22日即告完成。他主要的参考资料是红衣主教雷次著的《斐斯柯伯爵谋叛史》、《谋叛史》、《热内亚史》,罗伯逊著的《查理五世(第三部分)》,此外,还有赫伯林著的《热内亚共和国的历史和政治详报》。

不过席勒并不受历史真实的限制,而是如他所说,仅仅采用热那亚的斐斯柯这个名称和面具而已。

历史根据　16世纪,即1546—1547年之交,意大利西岸的热那亚发生一场嫉妒的城市贵族公开反对多里亚公爵家族统治的叛乱。暴动的矛头不是指向年迈的公爵安德雷阿·多里亚,而是指向他的侄子,也即是他的爵位继承人加纳第诺·多里亚。加纳第诺暴戾凶残,热那亚人民畏之如虎,恨之刺骨。当地名望最著、家产最富的贵族,年轻的伯爵约翰·路德维希·斐斯柯利用混乱的局势,自己想取得公爵多里亚的地位而代之,他受到朋友们的支持,特别是好友梵里那。根据罗伯逊的记载,梵曾劝说斐斯柯,凭藉其高贵的出身,应争取对他自己祖国的统治。1月2日至3日的夜晚,暴动发生了。加纳第诺在托马斯城门边被暴动

---

①　根据上引德文版《席勒集》第二卷,并参看叶逢植、韩世钟译《斐哀斯柯》(改编本),新文艺出版社,1957年。

者刺死,公爵安德雷阿趁机逃走。斐斯柯被宣布为热那亚的公爵。但是没有多久,斐斯柯在踏上联系陆地与海上船只的交通船时,失足落水,淹死在海里。由于斐斯柯的突然失踪,叛乱分子感到群龙无首,情绪发生突变。安德雷阿·多里亚于当天晚上返回城里,城里一半居民向他热烈欢呼致敬。他对那些反对他的人实行了严厉的刑事制裁。

席勒的剧本在主要情节上根据历史传说,但对主角的结局及次要人物的性格改动颇多,特别是赋给梵里那以坚决的共和主义者的性格,而且除了他集中所收的完整剧本而外,还有1784年的曼海姆舞台改编本及1785年的德累斯顿舞台改编本,三种剧本的收场各不相同。我们的研究仍以《席勒集》中的定稿本为依据。

剧情概要 16世纪的热那亚共和国逐渐繁荣壮大起来。安德雷阿·多里亚鄙弃一切危害传统自由及破坏宪法的事情,他毫不在乎公爵的头衔及终身执政的地位。不过他年已八十,选定他的侄儿加纳第诺为继承人。加纳第诺实际上已日益起着统治者的作用,可是他为人骄横残暴,既不重视家法,也不重视国法,公开争取公爵的正式头衔。因此,在热那亚的爱国者当中酝酿着极大的愤懑不平,拉伐纳的伯爵斐斯柯出来领导反对多里亚家族的谋叛。他富有权术,表面与加那第诺亲密往来,同时还故意和加那第诺的妹妹尤丽亚伯爵夫人玩弄一套恋爱关系,藉此掩蔽他的秘密计划,使多里亚家族对他坦然不疑。然而斐斯柯实际上是一个野心勃勃的人物,他表面为热那亚人民争取权利和自由,实际上只不过是为实现其野心计划的手段而已。他竭力争取热那亚的贵族拥护自己,又秘密与法国及亲法国的法尔内斯家族进行磋商。

在谋叛者当中,斐斯柯的好友梵里那虽年已六十,却是一个坚决、热忱的共和主义者。梵里那的女儿蓓妲,已和青年布谷尼诺订婚,布也是谋叛者之一。荒淫无耻的加那第诺设计劫持蓓妲,予以奸污。这一无耻罪行更加速了谋叛的暴发。梵里那不甘受辱,本想杀死自己的女儿,后来改变主意,将女儿关在地下室里,要等到加纳第诺受到应有惩罚,呼出最后一口气时,才释放女儿。布谷尼诺要在敌人死去的那天,才能和她结婚。

这时斐斯柯已做好暴动的准备。他寻个藉口,让大桡船驶进港口,又把在外地服役的部队乔装调回城里。他雇用的摩尔人莫莱·哈桑虽然出卖了他两次,但暴动还是侥幸成功。他的妻子蕾昂诺尔再三劝他放弃冒险行动,他不肯听从;梵里那苦口求他忠于自由事业,放弃公爵头衔,他也不听。他一意孤行,非实现其原定计划不可。在暴动之夜,蕾昂诺尔担心丈夫的安全,男装出寻,误被斐斯柯当作加纳第诺而把她刺死了。他虽然后悔莫及,仍要完成他的计划。可是当他被公布为热那亚的公爵,正在踌躇满志时,却被共和主义者梵里那推下海去淹死了。他在临死前还大喊:"热那亚,快救你的公爵!"梵里那最后表示:"我到安德雷阿家族那里去!"

思想内涵和人物性格 本剧的主题思想是共和主义与反共和主义的斗争,也即是市民阶级和部分开明贵族与占统治地位的封建贵族之间的斗争。斐斯柯是个有才能、擅权术、声望卓著的青年贵族,他凭其聪明才智本可以为人民的解放运动服务,可是后来他向上爬的野心逐渐抬头,终于战胜了解放人民的思想:他自己想取代多里亚公爵的地位,穿上紫袍,把热那亚人民踩在脚下。于是他由共和主义运动的战士,一变而为个人野心家和变节者,终于被彻底的共和主义者梵里那所杀。

六十岁的老战士梵里那才是热那亚解放运动中最坚决、最彻底的人物。他在两条战线上进行斗争:一方面是打倒骄横跋扈、荒淫无耻的加纳第诺·多里亚,帮助斐斯柯达到目的;另一方面,当他发现斐斯柯不是真心维护人民的自由和权利,仅仅是利用人民对多里亚家族的不满,以便达到取而代之的目的,便认为"以暴易暴"是更大的祸害,就下决心铲除这一祸害。可是他在未走最后一步以前,曾苦口劝诫斐斯柯。在第五幕第十五场中,有如下一段:

> **梵里那:** 抛弃这件丑恶的紫袍吧,—— 第一位君主是个凶手,他穿上血色的紫袍,用来遮盖罪行的污点——我是一个战士,不习惯流泪,斐斯柯,这是我第一次流泪——抛弃这件紫袍吧!
>
> **斐斯柯:** 住口。
>
> **梵里那:**(更加激烈地)斐斯柯,即使把世界上所有的王冠赠给我,或者用各式各样的刑具吓唬我,要我向一个人下跪,我也绝对不肯,斐斯柯。(这时他跪下)这是我第一次下跪——抛弃这件紫袍吧。
>
> **斐斯柯:** 站起来,别再刺激我!
>
> **梵里那:**(下定决心)我站起来,不再刺激你了。

梵里那为朋友已经做到仁至义尽,知道再也不能挽回,为了忠于自己的信念,只有趁斐斯柯志得意满,踏在船板时,推他下海去淹死。

其他参与谋叛运动的人物,不是出于个人恩怨(如布谷尼诺是由于自己的未婚妻受辱),则是随波逐流,无鲜明的性格可言,全剧中只有梵里那是个有始有终的铮铮铁汉。本剧虽以斐斯柯命名,然而中心人物应是梵里那,这与席勒后来的剧本《唐·卡洛斯》的构思相似,剧本虽以唐·卡洛斯命名,而中心人物实是波沙侯爵。

影响和评价　在席勒的四部早期戏剧中,以《斐斯柯》的成就为最差。它的舞台效果远不及以前的《强盗》和后来的《阴谋与爱情》。席勒只好自己解嘲说:"观众不理解《斐斯柯》。在本国,共和主义的自由只是无意义的口号,空洞的名称——在这些臣民的血管里,流的不是罗马人的血。"

平心而论,剧本也有它的优点,如:戏剧事件逐步走向高潮,剧情不断变换,冲突越来越尖锐,角色的世界观体现在情节发展中。然而本剧的主要缺点有二:一是在如此重大的历史性变革中,没有表现人民群众是决定性的力量;其次是共和主义者梵里那最后表示到多里亚那儿去(德文本第五幕第十场),这不仅是败笔,而且在政治上歪曲了梵里那的形象。根据1784年的曼海姆舞台改编本,斐斯柯放弃公爵权位,愿作一个最幸福的公民,与梵里那和好,这是和解的结局。根据1785年德累斯顿舞台改编本,则是斐斯柯执迷不悟,梵里那用匕首将他刺死,并向人民群众说:"他是我的知心朋友和兄弟,我的恩人和当代最伟大的人;但是忠于祖国是我的首要天职……你们代他向我讨还血债吧,热那亚人,我承认我是凶手,愿向你们的法庭投案。我的诉讼在世界上是输定了,可是在全能的上帝面前我已经赢得了胜利。"结局是以彻底的资产阶级共和主义的方式解决斐斯柯问题。各种版本的结局不同,主要是由于席勒为了保证上演,在宫廷势力的重压下,剧场经理一再要求席勒修改所致,同时也表现出席勒当时思想的动摇不定。

《阴谋与爱情》
——一部市民悲剧——

社会历史背景 继《强盗》以后,席勒以更成熟的技巧,而且在更大的广度和深度上,写出反映当时德国现实的名剧《阴谋与爱情》①。这不是偶然。席勒出生于南德的施瓦本,即那时经济上和政治上德国最落后的地区之一。在这个构成德意志帝国一部分的施瓦本领域内,共有九十七个小邦,即包括四个宗教的、十四个世俗的公侯,二十三个主教,二十五个帝国直辖的伯爵领地和领主,三十一个帝国市,其中布豪有一千位居民,伊斯尼有一千三百位居民,博卜芬根有一千六百位居民。在这样分裂的南德中,席勒的故乡符腾堡虽然只有后来王国的一半领土,然而拥有六十万左右的居民,在当时就算是一个大邦了。然而这并不意味着符腾堡的经济、社会状况与其他邻近小邦有什么不同。从1744到1793年,符腾堡是在卡尔·欧根公爵的统治下,他是德国18世纪最残酷的暴君之一。这个经济薄弱、发展迟缓的邦国,在他的统治下,除了豢养大批官吏而外,还要维持大约二千名宫廷侍从,这得耗费巨额金钱。卡尔·欧根自夸"爱好艺术",在他的首都路德维希堡维持一个庞大的芭蕾舞团和歌剧院,他的宫廷庆典动辄挥霍数百万盾。为了弥补这些开支,公爵开征新的高额捐税,其中也有人头税,这些都还不够,他又霸占教堂产业,使得符腾堡债台高筑,已大大超过公爵领地的全部价值了。欧根单靠压榨本地贫困的人民,已不能支付上述巨款。于是他在1752年与法国签订一项条约,根据条约,他为要获得三十二万五千法镑的补助金,每年得向法国提供六千名士兵支持其作战。补助金自然是用在其他方面去了。当"七年战争"爆发,法国向他要求部队时,卡尔·欧根没有别的办法,只好破坏宪法。原来根据宪法,不许强迫招募符腾堡人去当兵。于是他使用武力征募了几千名臣民,这些人都是被他的征兵军官活生生地拖走的。他们不是在家

---

① 根据上引德义版《席勒集》第二卷,并参看廖辅叔的中译本。

里,就是在田间劳动时被人出其不意地拉去当兵。他们感到无比愤慨,于是在斯图加特发生了一次正式暴动,那些被强迫征募来的新兵攻占一座弹药仓库,把它放火烧了。后来由于士兵大量逃亡,欧根不得不从农奴中组织自己的警卫队,负责追捕逃兵,在不少场合发生浴血战斗。符腾堡的邦等级代表提出抗议,代言人是著名保守人士约翰·雅各布·莫瑟尔,他力斥这种暴政,欧根恼羞成怒,把莫瑟尔监禁了五年,后来由于普鲁士的腓德烈二世支持符腾堡等级代表反抗欧根,施加压力,欧根才释放了莫瑟尔。但是欧根于1777年又把诗人和新闻记者舒伯特骗到符腾堡领地内予以监禁。诸如此类的种种暴行,不一而足。席勒不仅目睹,而且深受其害。符腾堡的现实构成了席勒早年两部剧作的历史背景。由于艰苦的生活条件,令人窒息的社会环境,激起席勒内心的反抗,使得他在写作上选择反映现实的现实主义的道路。

如上所述,席勒于1782年在鲍尔巴赫田庄上避难,开始写市民悲剧《露伊丝·米勒琳》,于1783年完成,并经友人伊夫兰德的建议改名为《阴谋与爱情》,以突出主题。席勒继承莱辛的《爱弥利亚·迦洛蒂》悲剧所开辟的道路,但直接取材于德国的现实,不怕把德国专制主义的种种暴行搬上舞台,予以揭露和痛斥。例如剧中所揭露出来的出卖壮丁的事实,就是符腾堡欧根公爵的暴行之一。素材可靠,人物的原型也一目了然,当然也概括了其他各邦诸侯在美国独立战争期间出卖壮丁给外国的普遍现象。

剧情概要 斐迪南·封·瓦尔特是一位德国公爵的宰相的儿子,本人职业是军官,爱上一个城市乐师米勒的女儿露伊丝,而且下定决心要排除等级差别的一切障碍和她结婚。可是他的父亲宰相瓦尔特另有打算,宰相瓦尔特谋害了他的前任,采用种种阴谋诡计以获得政治地位,为了加强自己对宫廷的影响,希望儿子与公爵的情妇米尔福特夫人——一位英国女人结成一种表面婚姻,因为公爵这时决定缔结一种政治婚姻,不能再与她同居了。现在要在社会上造成一种印象,仿佛新公爵夫人的到来与米尔福特夫人的结婚,就要在宫廷上出现崭新的局面。宰相十分清楚,与米尔福特夫人结婚的男子,可以通过夫人的关系,博得公爵的欢心和信任。只有斐迪南娶米尔福特,宰相才可以把公爵控制在自己个人和家庭的利害关系的罗网里。可是斐迪南坚决不肯放弃他心爱的情人,并且恫吓他的父亲:如果父亲再骂他的女友是妓女,强迫他分离,他就要公开自己所知道的宰相的罪行,于是宰相迫不得已,只好暂时忍怒作罢。这时宰相的秘书、阴险毒辣的伍尔姆,由于自己曾向露伊丝求婚不遂,怀恨在心,就向宰相献出一条诡计：叫人干脆把米勒老人拘留起来，以此作为要挟，强迫露伊丝给她素不相识的宫廷侍卫长卡尔勃写一封情书，这样就允许释放她的父亲回家。但要露伊丝发誓，决不向人泄露写信的真实经过，于是这个受过严格宗教教育的市民女儿，为了保全父亲，始终遵守誓言，守口如瓶。伍尔姆经过周密安排，故意让书信落在斐迪南的手里。斐迪南认为这是对自己的奇耻大辱，于是再三追问露伊丝，书信是否真是她写的，露伊丝死守誓言，不敢否认。斐迪南在极端绝望之下，给他的爱人和自己服下毒药。露伊丝在快要断气时，才向爱人吐露真情：他们两人都成了卑鄙的阴谋的牺牲品。宰相还想把责任推卸给伍尔姆，但伍尔姆也反唇相讥，于是两人都作为证据确凿的罪犯被逮捕了，不过斐迪南在垂死当中听到父亲的哀求，伸出手去，算是宽恕了他。

思想内涵及人物性格 本剧始终贯串着两股互相交错的力量的斗争。正如敌对阶级社会中的政治活动那样，剧中人物划分为友与敌两个方面：一方面是露伊丝及她的父亲和母亲，是18世纪德国小邦专制主义狭隘范围内平民世界的代表；另一方面是宫廷贵族世界的代表，专制主义的官僚：一位宰相、一位宫廷侍卫长、一位秘书、一位情妇。两个世界的冲突，是由斐迪南——宰相的儿子，与露伊丝——市民乐师的女儿相爱所引起的。在婚姻自由的问题上，暴露出两个敌对阶级的根本矛盾：被压迫者无权无势，任人摆布；压迫者专横跋扈，道德堕落。剧名就已经指示出戏剧的对立性，即搞政治婚姻、玩弄阴谋的一派反对信奉纯洁爱情和人道的一派，后者为维护人的权利和尊严而斗争，不管血统、名望和家庭出生的差别。

席勒以本身的经验和符腾堡的现实为素材，克服了《强盗》剧中卡尔·穆尔那种漫无节制的主观主义，也没有狂飙运动时期企图凭个人力量推翻现存统治制度的所谓"天才"。本剧的角色都以现实人物作为原型。有人推断，剧中的公爵，宰相瓦尔特，宠姬米尔福特夫人，秘书伍尔姆等的原型，就是符腾堡欧根公爵及其左右的真实人物，如大臣蒙马登，宠姬佛兰西丝卡·封·霍亨海姆，奸诈的平民知识分子维特烈德等。席勒用极精简的语言把剧中的正反人物性格刻划得异常鲜明。

露伊丝是个出生于平民家庭的少女，天真、纯洁、美丽、善良，虔信宗教，完全献身于对斐迪南的爱情。她第一次接触到斐迪南时就觉得："那时我的灵魂里升起了第一道曙光，千万种青春的感情都从我心中涌了起来，就像到了春天，地面上百花齐放一样。我再也看不见世界，可是我觉得，世界从来不曾像现在这样美丽……"(第一幕第三场)但是她又意识到自己和斐迪南身份的差别,即平民阶级与贵族阶级的矛盾,预感到他俩结合的不可能。当斐迪南向她倾吐自己的感情时,她说:"你在迷糊我,斐迪南——你在把我的视线挪开,不让我看见我非掉进去不可的深渊。我看到我的前途——荣誉的声音——你的计划——你的父亲——我的一无所有。斐迪南!一把短剑悬在你和我的头顶上!——有人要拆散我们!"(同上)她猜测到宰相必然要反对,而宰相的显赫权势是可怕的。然而她毕竟不是懦弱的女子,她对自己平民的纯洁性感到自豪,而鄙视贵夫人的奢侈生活。

当米尔福特夫人使用利诱和威胁,想从露伊丝手里夺去斐迪南,也就是要露伊丝作她的侍女,露伊丝断然予以拒绝说:"……某一些贵妇人的华堂大厦常常是那些最荒唐的娱乐的乐园。谁相信一个穷苦的小提琴师的女儿有这种英雄气概呢?投身到瘟疫中间去,同时却能够避免病毒的侵害!"后来米尔福特愿把自己所有的财物给露伊丝,要露伊丝谢绝斐迪南,她却不知道露伊丝早已被迫放弃斐迪南了。于是露伊丝说:"我自愿把这个男子让给您,别人要用地狱的利钩把他从我血淋淋的心房挖出来……现在他是属于您的了!现在啊!夫人,把他拿去吧!扑到他的怀里去吧!把他拖到圣坛前去吧!——只是您不要忘记,在你们新婚亲吻中间会有一个自杀者的鬼魂冲进来……"(第四幕第七场)

露伊丝是德国文学中最优美的妇女形象之一,她的高尚品德与宫廷贵族的荒淫无耻形成极其鲜明的对照。

斐迪南是贵族家庭出生的青年,但是他接受了资产阶级的启蒙思想,主张自由恋爱。他爱上平民音乐师的女儿,然而他梦寐不忘的不是幽会的欢乐,而是怎样挽着露伊丝到圣坛前,向全世界宣布她是他的妻子。在他的眼中,她不但与他平等,而且是他唯一爱慕的人儿。当他听露伊丝说,有人要拆散他们,就气得跳起来说:"拆散我们?——谁能解开两颗心的纽带?或者拆散和音的声响?——我是一个贵族——不过倒要看看,我的封爵文书是不是比无穷宇宙的和谐还要久远?我的贵族徽章是不是敌得过上天写在露伊丝眼里的手迹:此女宜配此男!——我是宰相的儿子。正是因为这个缘故,我父亲那份造孽的家当要由我来继承,同时也要继承那份诅咒,除了爱情而外,还有什么使我感到甜蜜的呢?"(第一幕第四场)

露伊丝虽然热爱斐迪南,却不能抑制内心的恐惧,即一个平民女儿在"人间权势"面前——斐迪南的宰相父亲面前的恐惧,她没有冲锋陷阵的勇气来同现存的制度斗争,因为担心这个斗争会陷她的父母于不幸。斐迪南不了解纯朴的市民女儿的心理,他有生以来便不知道有屈辱感,误把爱人的忧虑、动摇看成是她的热情力量不足。他们恋爱的悲剧收场的根源之一在此,远在他中伍尔姆的诡计以前了。后来斐迪南建议席卷自己家里的财物,同米勒全家一起逃走,露伊丝由于宗教和世俗的成见,不敢接受,反而对斐迪南说:"如果只有叛逆行为才能使我得到你,那末,我还有足够的失掉你的勇气。"(第三幕第四场)于是斐迪南更怀疑露伊丝已别有所恋了。

然而,斐迪南对露伊丝的爱情是专注的,而且是生死与共的。当他的宰相父亲逼迫他去见公爵的英国情妇米尔福特夫人,他怀着憎恨和鄙视的心情指斥对方说:"用你英国的全部骄傲装束起来吧,——我,一个德国青年却要鄙弃你!"(第一幕第七场)这吐露出德国青年一代的自尊心。后来他见到米尔福特夫人,虽然听了对方倾诉她不幸的命运而表示同情,但是他声明自己已爱上了平民的少女露伊丝·米勒,并反问对方:"您要从一个少女身边把一个对她是整个世界的男子夺走吗?您硬要一个男子离开一个是他整个世界的少女吗?"(第二幕第三场)他认为这是绝对办不到的。

米尔福特夫人本是英国诺佛尔克公爵的后裔,因为家遭不幸,而以十四岁的弱龄逃到德国,生活无着,沦为德国公爵的宠姬。她既美貌而又富于才智,多次减轻或缓和了公爵对人民所施的暴政。她说:"虽然公爵对我毫无抗拒的青春感到惊奇——可是诺佛尔克的血液却在暗中表示愤怒……这个暴君在我的拥抱中畅快到柔顺的时候,我把他的马缰拿了过来——你的祖国,瓦尔特,第一次感到人丰的抚慰,而且信任地倒在我胸前"。(同上)

但是她在第二幕第二场中与宫廷侍从对话时才受到极大的震动。这也是全剧中最精彩的一场,现在摘录几节于下:

> **侍从:** 公爵殿下派我来向夫人传达殿下的盛意。这些珠宝送给您做新婚的礼物。这是刚从威尼斯运到的。
>
> **米尔福特:** (打开盒子,吃惊地后退一步)天呀!你的公爵为这些宝石要付出多少钱啊?
>
> **侍从:** (脸色阴沉地)不要他付一个钱。
>
> **米尔福特:** 什么?你疯了吗?不要一个钱?——而且(同时她从他身边走开一步)你盯我那末一眼,似乎你要戳穿我的心——这

样一批无价之宝不要他付一个钱吗？

侍从：昨天有我们国内的七千个子弟运到美洲去了——他们替他清了账。

米尔福特：(把首饰盒猛然放下，急促地在厅堂里来回走；过了一会又踱到侍从面前)老头儿！你怎么了？我相信，你在哭呢！

侍从：(揩去他的眼泪，发出可怕的声音，浑身战栗)宝石呀，一提起这些宝石——我的两个儿子也跟他们一道给运走了。

米尔福特：(震颤地回转身来，拉住他的手)不会有被强迫的吧？

侍从：(惨笑)上帝啊——没有——总是自愿的！也许有那末一些鲁莽的孩子走上前去问那个上校：公爵卖多少钱一对？——可是我们仁慈的君王命令所有各团都开到检阅场上来，把那些嘟嘴瞪眼的家伙都枪杀了。我们听到了步枪噼啪地响，我们看见他们的脑浆飞溅在石块路面上，然后全军高呼：吁嚇！到美洲去！——……

米尔福特：(大踏步地走来走去)可恨！可怕！——别人老在哄骗我，说我拭干了国内所有人的眼泪——现在我的眼睛却是恐怖地，恐怖地睁开了——你去——告诉你的公爵——我要来当面向他道谢！(侍从要走，她把她的钱袋扔到他的帽子里)拿这个去吧，因为你对我说了真话——

侍从：(轻蔑地把钱袋扔回桌上)留下来和别的家当放在一起吧！(他走了)

从这里可以看出在美国独立战争时期，德国诸侯(除符腾堡的欧根公爵而外，还有其他的封建主)出卖壮丁给法国和英国，送去美洲打仗的暴行，其凶狠毒辣，使人怵目惊心！米尔福特受了这次惨重的教训，接着再经过与斐迪南和露伊丝的谈话，看出一对青年人坚贞不渝的爱情，才毅然下定决心，摆脱公爵的牢笼，放弃所有财产，到意大利去，要用自己的双手做工过日子，洗净曾经容忍过的污辱。她在写给公爵的诀别信里说："我再也不能回答您的爱，您还是把您的爱送给您哭泣着的国土，并且从一个不列颠女侯爵那里学习怎样来怜悯您的德意志人民吧！"这样一来，米尔福特夫人也成为一个可爱可敬的正面人物，一个不平凡的女中英杰了。

没有姓名的内廷侍从出身贫民阶层,是德国当时成千上万劳动人民的代表,是无产阶级的前身。他那洞穿金石的语言,鄙视钱财的气概,正是无产阶级高尚品德的表现,胜过小市民米勒乐师多了。

米勒乐师是家无恒产、靠教音乐来养家糊口的城市平民。他性格倔强,为人正直,深爱自己的女儿,具有正在觉醒的市民阶级意识的自豪感,不愿女儿为贵公子所骗。他说:"我宁可拿着我的小提琴沿街乞讨,靠开音乐会来换一口热饭吃——我宁可捣碎我的大提琴,把大粪浇上回音板;总比用我独生女儿拿灵魂和幸福换来的钱好受些"。(第一幕第一场)当宰相瓦尔特带领侍从赶到米勒家,侮辱纯洁的姑娘露伊丝是娼妓,米勒一会儿痛恨得咬牙切齿,一会儿又害怕得直打哆嗦。他说:"大人——孩子是父亲的命根子——做做好事吧——谁骂自己的孩子是贱种,就是打父亲的耳光——以眼还眼,以牙还牙——这是我们的老规矩——做做好事吧。"(第二幕第六场)接着宰相又痛骂米勒是牵线人,米勒回答:"请宽恕吧。我名叫米勒,可以为您奏一段柔板曲子——娼妓买卖我却是不干的。宫廷有的是现成货,还用不着我们平民来供应。请宽恕吧。"这是多么富有阶级骨气的话!他接下去更大胆地说:"打开天窗说亮话,请宽恕吧,大人在国内可以为所欲为,这里却是我的家。如果我要递一份申请书,我自然必恭必敬,可是对付无礼的客人,我要把他撵出大门口去——请宽恕吧。"(同上)。然而米勒也不免带有小市民的鄙俗气,当他看见斐迪南给他的许多黄金,几乎乐得发狂。后来露伊丝被斐迪南误会毒死,米勒伏在女儿身边陷入静默的悲痛,忽地跳起来把金袋扔在斐迪南脚前,叫道:"保留你作孽的金子吧!——你要用黄金从我手上收买我的孩子吗?"(第五幕末场)可见他把女儿看得比黄金更贵重了。

至于米勒太太,是个典型的小市民妇女,她害怕权势,羡慕虚荣,作为家庭主妇,她虔信宗教,生活上依附于丈夫,而又寄希望于女儿。以上是剧中的正面人物或准正面人物,至于反面人物则有:

宰相瓦尔特是宫廷贵族,炙手可热的权臣,他为人心狠手辣,争夺权势,不择手段。他害死前任而爬上现在的高位,又为了巩固他的地位,加强对宫廷的影响,不惜牺牲自己的儿子。他厚颜无耻地公开对他的秘书伍尔姆说:"……目前在内阁里有一种布置,因为新的公爵夫人的到来,米尔福特夫人需要做表面上的离开,而且为了造成十足的骗局,她还得另外搭上一种关系。你知道,伍尔姆,我的地位是怎样依靠这位夫人的势力支持的——我的最强大的活力,根本上是靠公爵的恩眷。现在公爵要替米尔福特夫人找一个配偶。别人可能去报名——做这项交易,通过这位夫人取得公爵的信任,使他觉得自己是不可缺少的人物。——为了使公爵仍旧留在我家庭的罗网里面,我的斐迪南就得和米尔福特结婚——你明白了吗?"(第一幕第五场)后来他觉察出儿子不肯割舍露伊丝,妨碍他的计划,又遭到乐师米勒的顶撞,就怒火冲天,不惜置米勒全家于死地,大叫:"……把父亲带到牢里去——把母亲和娼妇女儿拴到耻辱桩上去示众!……要你们翻不了身才能出我这口恶气,我要你们一家人,父亲、母亲和女儿,受到我怒火的报复。"(第二幕第六场)这种特权贵族的凶横暴戾口吻,听来令人发指。

秘书伍尔姆是平民出身的知识分子,人物猥琐,阴险狡诈,甘愿充当宫廷贵族的走狗。他因为向露伊丝求婚不遂,一直怀恨在心。米勒对他的人品有这样几句话:"只要我一看见这个文妖,就好像吃了毒药和砒霜。一个鬼鬼祟祟的、讨厌的家伙,好像是某一个走私贩把他偷运到上帝的世界里来似的。"(第一幕第二场)当宰相不能逼使斐迪南屈服时,伍尔姆向他献上一条毒计,就是拘禁琴师米勒,以此作要挟,逼使露伊丝写一封由他们口授的情书给侍卫长卡尔勃,然后让这封信落到斐迪南手里,使他产生怀疑和妒嫉,如他所说:"我要藉他们自己的爱火孵出蛆虫来,然后用蛆虫去蛆死他们自己。"(第三幕第一场)

宫廷侍卫长卡尔勃是公爵豢养的走狗侍臣,愚蠢而虚骄,胆小如鼠,趋炎附势,一味追求公爵的恩宠,甘愿受宰相的利用,陷一对青年情侣于不幸,其人品卑劣可知。

公爵大人虽未出场,但是他的横征暴敛,极恶穷凶,荒淫无耻,穷奢极欲等种种丑恶罪行,都从侧面暴露和揭发得淋漓尽致了。

《阴谋与爱情》通过露伊丝和斐迪南与瓦尔特宰相的个人冲突,反映出两个社会阶级的冲突:一个上升的、为本身的平等权利而斗争的年轻市民阶级,反对一个腐朽的、为本身的特权而顽固挣扎的封建贵族阶级。结果露伊丝和斐迪南虽然受卑劣的阴谋拨弄而同归于尽,但是宰相和伍尔姆终于被垂死的斐迪南揭露出来,当众控诉。伍尔姆被法警逮捕,宰相无地自容,只好自动到法庭去投案,向群众说:"现在我是你们的囚犯了。"

艺术结构和形式 本剧共五幕,第一幕包括七场,第二幕包括七场,第三幕包括六场,第四幕包括九场,第五幕包括八场。结构紧凑,情节生动,冲突尖锐,语言优美畅达而富于个性化。

第一幕第一场展现出米勒乐师的家庭状况,也就是小市民的简陋居室与狭隘的思想世界是互相配称的。女主角露伊丝完全生活和局限在这种环境中,她重感情,有教养,善良而诚实,然而宗教教条的束缚,社会地位造成的自卑感,夺去了她内心的自由勇气,这也成为她后来趋于毁灭的内在原因。米勒乐师的开场白,就宣告剧情的冲突:"我的女儿和男爵成了人家的话柄,我家的声名扫地了,宰相也听到了风声。"伍尔姆在第二场中求婚碰壁,即为后来搞阴谋预作准备。宰相与秘书伍尔姆谈话后,得知自己的儿子爱上了音乐师的女儿,于是决定加以阻止,以免妨碍自己的计划,剧中情节即由此展开。

上升的情节分四个阶段:

第一阶段:宰相要求儿子与公爵的情妇米尔福特夫人结婚,以保证自己对公爵的影响。他先让侍卫长向全国公布这个消息,好对儿子施加压力,然后迫使斐迪南去见米尔福特。斐迪南怀着愤怒,想去挫辱她。

第二阶段:夫人坚持要和斐迪南结婚,然而这时由于官内侍从的揭露,夫人知道了公爵的暴政和罪行,她的自尊心开始削弱。

第三阶段:宰相打算逮捕露伊丝,斐迪南极力反抗,声称要把宰相的种种罪行当众公开,才阻止了这一暴行。到第二幕终场,宰相要用武力拆散一对情人的企图失败了。

第四阶段:宰相、伍尔姆和侍卫长联合起来,密谋逮捕露伊丝的父母,以此来要挟姑娘写一封由别人口授的情书,并要她发誓不许泄露真情。

高潮:极度危险的时候到来了。爱情的胜利力量必需经受考验。斐迪南为了自己的爱人,不惜牺牲等级、地位、祖国和一切,要带着米勒全家逃走,远离这个阴谋密布的城市,另辟新的生活道路。但是露伊丝不能同宗教和社会的成见决裂。她放弃同斐迪南联合,认为这是叛逆行为,会使平民世界脱节,会使普遍的永恒秩序垮台。她认为自己与斐迪南的爱情结合是痴心妄想,是犯罪。从这里可以看出,启蒙运动在德国只卷入知识分子中进步阶层的小圈子,广大的市民和小市民群众仍然被宗教正统思想所束缚。事实上,不光是宫廷贵族的阴谋,还有女孩本身的小市民意识形态,两者合在一起,把一对情侣毁灭了。宗教意识和社会地位的自卑感战胜了露伊丝心中的爱情。已同一切成见决裂的斐迪南,不能理解露伊丝的这种态度,而错误地怀疑女方对他不忠实。剧情的转折开始了。少女被迫写信,并发誓保守秘密,这些都集中在第三幕中,以下则为下降的情节,也包括四个阶段,即把男女一步步引到毁灭:

第一阶段:斐迪南拾到信,相信自己在爱情上受骗了,于是要求那个被误认为情敌的侍卫长卡尔勃和他用手枪决斗。胆小如鼠的卡尔勃吓得结结巴巴地吐露真情,斐迪南认为是谎言,让胆小鬼滚蛋,决定自己和露伊丝同归于尽。

第二阶段:露伊丝去见米尔福特夫人,表示自动放弃斐迪南,但是米尔福特为青年情侣的真情所感动,改变主意,决定离开搞阴谋诡计的宫廷。

第三阶段:最后的紧张时刻到来,斐迪南再到米勒家,亲口问露伊丝:信是不是她写的?只要一个"不"字,就可以把贵族们挖空心思编造出来的阴谋罗网一下撕破。可是露伊丝那种驯服的臣仆思想,死死守着被迫所发的誓言,反而承认信真是她写的。于是命运不可扭转,情侣的毁灭成为必然了。

第四阶段:悲惨的结局。斐迪南在柠檬水中投下毒药,给露伊丝和自己喝下。少女在临死时才表白自己是无辜的,然而青年男子已不能再挽回少女和自己的生命了,只留着残喘当众痛詈宰相伤天害理的罪行,赢得广大群众对他们的同情,同时也激起群众对封建贵族的愤恨。这就向德国人民提出今后应走什么道路的问题。

席勒从莎士比亚的《奥赛罗》和《罗密欧与朱丽叶》中藉用了个别的场面,却能天衣无缝地把它们移植到德国现实环境中来,使本剧富有浓厚的民族色彩。席勒的其他剧本都没有具备本剧中这样个性化的台词。本剧充分显露每个人物、每个阶级、每个社会集团的心理特点。宫廷贵族瓦尔特宰相说话显得声势赫赫,盛气凌人;小市民米勒乐师说话纯朴率真,有时略带俗气;斐迪南接受了启蒙思想,对周围现实表达出进步青年的非凡见解;露伊丝天真纯洁,具有平民女儿的自尊心,然而她说话总摆脱不掉思想上受宗教神权的桎梏;米尔福特出身贵族,生活骄纵,然而才华过人,词锋锐利,终能悔悟过来,悬崖勒马,回头是岸。

剧中人物的个性和精神生活不仅错综复杂,而且不断变化,这也是本剧的特色。

意义和影响　　恩格斯认为《阴谋与爱情》的主要价值在于它是"德国第一部有政治倾向的戏剧"。固然,莱辛的《爱弥利亚·迦洛蒂》,歌德的《葛兹·封·贝利欣根》都具有政治倾向。但是莱辛在他的剧本中把地点移到意大利,主题思想是资产阶级化的贵族与封建贵族之间的斗争。歌德在他的剧本中把时间移到16世纪,主题思想是一个没落骑士参加农民反封建诸侯、争取自由的战争。席勒在这部剧本中则直言不讳地表明是直接取材于德国当前的现实,而且标明为市民悲剧。剧中展开相当广阔的社会场面,出场的敌对阶级是宫廷贵族与小资产阶级的代表,后者已能对政治情况作出明确判断,并开始反抗的行动;本剧反封建的社会批判显得特别尖锐和具体,尤其是揭露封建主出卖壮丁的罪行,更是对当时暴政的公开攻击,这些都是其他剧本所没有的。本剧出现在法国资产阶级革命前五年,也是资产阶级革命在全欧洲逐渐成熟的时期。佛南兹·梅林认为,本剧的主要优点是它"达到资产阶级戏剧从没有达到过而且后来也达不到的革命高度"。在《阴谋与爱情》首次演出以后几个月,席勒在曼海姆的讲话中,要求德国作家应把舞台看作是道德教育机构,认为一个民族的前提条件是建立一个民族剧院,让作家的笔只写有关人民本身的题目。

《阴谋与爱情》是继《强盗》以后风靡德国舞台的名剧,特别是青年一代受它的鼓舞,为它扼腕愤慨,为它倾洒同情之泪,历久不衰。各国均有多种译本,我国也有译本。第二次世界大战后,此剧已搬上银幕,吸引德国内外更加广大的观众。中国话剧团把它移植到中国舞台上来,1959年在北京上演,后来又在上海上演。经历过反帝、反封建、反对包办买卖婚姻的中国人民,对此剧非但不觉得陌生,而且有十分亲切之感。谁能不为少女露伊丝的如下话语所感动呢?"当差别的界限打破了的时候,当一切可恶的身份的外壳从我们身上剥掉的时候,当人就是人的时候,我随身所有就只有我的纯洁。"(第一幕第三场)

《唐·卡洛斯》
——一部诗剧——

写作经过　1782 年 5 月,席勒第二次秘密访问曼海姆时,剧院经理达尔贝克给他读了法国修道院院长圣·莱尔著的《唐·卡洛斯》的风流轶史。席勒从这部著作得到启发,然而在 1783 年初,他在奥尔巴赫时才认真仔细地研究有关的资料,写出第一部初稿。席勒本来打算写西班牙的宫闱故事,并通过这个故事抨击当时残酷的宗教法庭。他在这一年 4 月写道:"我认为在剧中表现宗教法庭时,有责任替受侮辱的人类作出报复,将前者的种种卑鄙行为彻底公布在耻辱桩上。对于某一些人,悲剧的匕首至今只从他们身边擦过,我现在要刺中他们的心。"但在历时五年的写作过程(1783—1787)中,本剧的形式和内容都有所改变,由散文体改为五音步抑扬格诗体,由"宫廷悲剧"发展为"政治悲剧"。原来发表在《莱茵塔莉亚》杂志上的初稿片断里,反对教会的专制、反对宗教法庭的野蛮手段的倾向要明显得多,词句也要激烈得多,但在后来的剧本中都被删掉或改掉了,当然这是受到当时德国社会条件的限制之故。另有一说是,席勒此时深受奥皇约瑟夫二世的改良和宽容法律的影响。他在定稿的剧本中,让波沙侯爵这个形象更明显地居于中心地位,席勒以他作为启蒙思想的代表。在这个形象身上,也反映出当时资产阶级的共济会员与耶稣会教团之间的斗争。《唐·卡洛斯——西班牙太子》[①]是席勒青年时代也即是狂飙突进时期的最后一部剧本。

历史材料　1555 年,查理五世的儿子菲利普二世继承了西班牙的王位。他除了统治本国而外,还统治着美洲殖民地、意大利的占领区和尼德兰。在他的统治下,西班牙在经济上开始衰落,特别是由于西班牙南部摩尔族后裔遭到驱逐,因为他们是从事丝织业和农业的人,这就使得西班牙的经济情况越来越恶化。

经济衰落的更深刻的原因还在于西班牙王室追求绝对的专制统治。在查理

---

① 根据上引德文版《席勒集》第三卷,并参看张威廉的中译本,上海译文出版社 1981 年版。

五世的统治下,上升的资产阶级遭到了残酷的镇压。为反对王室官吏的苛捐杂税而成立的城市联盟(即所谓"神圣委员会")发起过一次暴动,但结果失败了,于是封建贵族的代表取而代之,成为城市等级代表会议的成员,一切都服从国王的旨意。以前封建贵族曾经规定过国王的权力,然而在他们失去优势以后,就降落成为专制君主的驯服工具,以图保护那为自己残留下来的一些特权,如自由征税之类等,并使贫穷贵族获得某些官吏职位。在菲利普二世的统治下,官僚机构无比庞大,养了许多无所事事而贪赃枉法的冗员。农民在上一世纪的多次起义中元气大伤,只是形式上从农奴制下解放出来。

这时在帮助国王镇压人民方面比贵族更有效的是宗教法庭。宗教法庭原是 12 世纪由南法国的天主教会为扑灭异教徒运动而建立的。在 14 和 15 世纪中,它为挽救天主教的没落尽了不少力量。从 1480 年起,宗教法庭在西班牙成了国王惩治敌人的可怕武器。因为君主制把任何敌人都当作是异教徒。国王可以任命和罢免宗教法庭。凡是被控告而受刑讯的人,总是活活地给烧死。死者财产的三分之一归宗教法庭,三分之二归国王所有。在宗教法庭的恐怖前面,人人自危。那些依附于西班牙的国家,也同样感受到这种压迫的枷锁,尤以富裕的尼德兰遭到的威胁最大。菲利普想把它变成西班牙的一个省,以便放手地加以洗劫。可是当他企图在那儿建立宗教法庭时,却遭到当地人民的反对,暴发了起义,阿尔巴公爵徒劳地加以镇压。在人民群众支持下,尼德兰的资产阶级终于赢得了自由,摆脱了落后的西班牙君主制。这也是欧洲第一次取得胜利的资产阶级革命。

菲利普二世是个狂热的天主教徒。他性情阴郁,落落寡欢,几乎从不离开他的宫殿,只靠他的政事房与外界通信联系。他的儿子卡尔(即唐·卡洛斯)是前妻所生,从少年起就患有精神病,因此,菲利普打算废除他的王位继承权。王子在一次和亲戚发生激烈的争吵以后,被关进监狱,数月以后就死去了。至于说他父亲夺去他的妻子,以及他同情受压迫的尼德兰人民,痛恨宗教法庭,历史上无明文可证。然而在封建专制制度下,父亲凭藉权势强夺儿媳,在外国和中国都不乏实例。就中国的历史来看,唐明皇夺取儿子寿王的妃子,立为贵妃,即著名的杨贵妃;更早的有楚平王夺取其太子建的妻子秦女孟嬴,强立为后,导演出后来伍子胥那可歌可泣的复仇故事。因此,席勒的剧本既有圣·莱尔著的轶事可据,再凭诗人自己的艺术构思和加工,便无可非议了。

剧情概要 西班牙的太子唐·卡洛斯热恋着他的继母——西班牙王后,王后是法国公主,原是唐·卡洛斯的聘妻,被西班牙国王菲利普强夺去了。唐·卡洛斯的好朋友波沙侯爵方从尼德兰归来,设法介绍太子与王后见面会谈。王后拒绝太子对她的求爱,她同波沙侯爵一起,提醒太子注意那些受西班牙桎梏的人民的悲惨处境,劝说太子与他的父王和解。因为国王一直对太子怀着猜疑和妒嫉,他们希望和解以后太子可得到西班牙军队在尼德兰的指挥权。然而国王菲利普不信任自己的儿子,宁愿把兵权交给残忍著称的阿尔巴公爵。卡洛斯在绝望之下,接到一份秘密约会的通知,他误认为是王后对他回心转意了。哪晓得约会他的不是王后,而是爱波莉公主,公主误认为太子爱上了她。后来她发现太子爱的是王后,而不是她,她的自尊心受到侮辱,发誓要报复,于是就投到阿尔巴公爵和多敏果神甫的怀里,甘心充当他们的唯命是从的工具。二人正在施展阴谋,反对卡洛斯和王后。这时波沙侯爵获得了国王的信任,就利用机会帮助他的朋友卡洛斯。因为他不能把实情泄露给唐·卡洛斯听,后者就产生怀疑,打算去警告王后,说国王在怀疑她的忠贞。卡洛斯自己在感到绝望和孤立无援的情况下,打算求助于爱波莉公主,向她吐露真情。这时握有全权的波沙侯爵,不愿卡洛斯自投罗网,决定加以阻止,于是就下令逮捕了他。卡洛斯在监狱里才明白为什么波沙采取这个步骤。原来波沙为了挽救卡洛斯,故意写信给友人,说是他自己爱上了王后,又故意让这封信落到国王的手里,这样一来,就把国王对太子的怀疑转移到他自己身上来了。在卡洛斯还来不及找到救助朋友的办法以前,国王就下令把波沙侯爵刺杀了。卡洛斯痛恨父亲暗害无辜,公开宣布事情的真相。他遵照死友和王后的愿望,正要潜逃到法兰德斯去,把这个国家从西班牙的统治下解放出来,就被国王逮捕,把他交给宗教法庭当作异教徒加以处死。

人物性格 剧中的真正中心人物是波沙侯爵,他在战争中证明了自己的勇敢和果断。他从童年时候起,就和卡洛斯是朋友,然而他有远大的抱负,并不把自己局限在私人友谊的小范围内。他自命为"世界公民",是"共和主义道德"的思想代表。首先,他以他的机智和自尊,反而赢得了国王菲利普的重视。在第三幕第十场里,菲利普承认波沙对他有功,又奇怪他为什么不像别人那样钻营职位,反而辞官不就。波沙说:"我不能做君王的仆人……陛下,我不愿意欺骗买主——如果您把我量才录用,您要我做的只是规定了的行动。在战场上,您只要我的臂膀和勇敢;在内阁会议上,您只要我的头脑。我的事业的最后目的,只是它得到来自王上的赞扬,而不是我的事业本身。我可是认为德行有它自身的价值。我要自己来创造国王通过我的手培植出来的幸福,我要凭自己的快乐,凭自己的选择办事,而不是只尽职责。难道这是您的本意吗?在您的创作当中,您能容忍别人创作吗?而我呢,本来可以当雕塑艺术家,却要我降低为凿刀吗?——我爱人类,而在君主国里,除了爱我自己而外,不许我爱别人。"

波沙的谈话又机智又大胆。国王怀疑他是新教徒,他加以否认,只是说:这个世纪对于我的理想还没有成熟,我只是未来时代的一个公民。这表明他只有理想,而没有行动。他又揭露法兰德斯和布拉班人民的悲惨处境,警告菲利普谨防被人民唾骂为尼禄和布西立斯那样的暴君。他用诱导的口吻说:"所有欧洲的国王都崇敬西班牙的名称。您就走在欧洲各国君主的前面吧!只要您用手里的笔一挥,地球就会像新创造出来的一样。请您允许思想自由吧。"思想自由,这是多么大胆的要求!顽固不化的菲利普自然不能了解,更不能接受。然而他在满朝阿谀逢迎的廷臣当中,第一次见到这样一个充满自尊、卓尔不群的独特人物,感到纳罕,他想利用这人为自己服务,要他监视王后和太子的行动,看两人是不是有暧昧关系。国王说:

"你站在你的主人面前,而对于自己一无所求——是的,一无所求。我觉得这很新鲜——你一定可以大公无私。热情一定不会迷惑你的眼睛。——你去接近我的儿子,探究一下王后的心事。我愿意授你全权,去和他们秘密交谈……"①

这么一来,波沙虽然明知不能劝化国王,却达到了他本来的目的,就是同王后一起,劝说卡洛斯肩负起解放尼德兰人民的重任。在第四幕第三场里,波沙说服了王后,认为国王既然不肯正式任命太子,赋以兵权,太子就该主动私下前去布鲁塞尔。"那儿的法兰德斯人在张开着臂膀等着他。所有尼德兰的人,会由他的一声号召而站起来。这件好事会通过一位王子而壮大。他得使用武力使西班牙的宝座震惊。父亲在马德里拒绝他的事情,他会在布鲁塞尔答应他。"王后担心太子少不更事。波沙说,有智勇兼备的艾格蒙特和奥兰治等人支持他,这一下王后放心了,并答应邀请德国和萨伏伊公国出来支援。后来情势出乎意外的逆转,卡洛斯写给王后的信,被爱波莉公主偷去向国王告发,波沙为了挽救太子,就决定牺牲自己。他采取了如下的办法:他故意写信给威廉·封·奥兰治,说他爱上了王后,却把嫌疑转嫁在太子身上,以逃避国王的猜疑。又说他得到国王的许可,可以自由接近王后。又说太子听说他的恋情之后就跑去找爱波莉公主,

---

① 德文本 139 页,张译本 124 页。

想通过她去警告王后——他已把太子逮捕了,然而他自己现在没有办法,只好作逃到布鲁塞尔去的准备等。他又故意把这封信邮寄,让信由邮务长塔克西送到国王手里。波沙到了监狱里,才把以上真情告诉了卡洛斯,最后他嘱咐卡洛斯:

"为法兰德斯救你自己的命吧!
为王国而生是你的责任,
为你而死是我的责任。"(第五幕第三场)

接着他就被国王派人枪杀在狱中了。波沙这种临危不乱、慷慨捐躯的精神,是值得赞叹的。然而,与其说他的死是为了同卡洛斯的友谊,倒不如说他是希望卡洛斯担负起解放尼德兰、改变西班牙暴政统治的责任,他认为卡洛斯以西班牙太子的身份,可以比他自己起更大的作用,换言之,他是为自己的政治理想而死的。王后早就看出了这点,她说:"您是献身于一个您认为崇高的事业。请您不必否认!我知道您,您早就向往着这种事业。——只要您的自豪乐于出此,即使有一千颗心要因此破碎,您也在所不顾,……"(第五幕第二十一场)连杀害波沙的国王也看出来,他说:"一个波沙不会为一个男孩而死,友谊的微弱火焰填不满波沙的心坎。这颗心是为全人类搏动的。他只想到世界上的世世代代……"卡洛斯在怀疑波沙对不起他而苦恼的时候,也感叹地说:"他的胸怀对于一个朋友来说,是太伟大了,而我卡洛斯的个人幸福,对他的爱来说,是太渺小了。他为了他的道义而牺牲我。"

可见这位马耳他骑士——波沙侯爵的崇高品德和远大抱负,无论朋友和敌人都是承认的。他正是席勒塑造的一个具有早期人道主义思想的突出形象。

唐·卡洛斯这位年轻的西班牙太子,王位继承人,却被其父王挟势夺其聘妻,虽力不能抗,而心实不甘。在国王的妒嫉和猜疑之下,卡洛斯内心感到耻辱、苦闷和孤独,而周围又是一片怀疑和欺诈的气氛。他富于热情,具有高尚的道德品质,但胸无城府,感情冲动,行动冒失,他明知其不可,仍把全部热恋的感情倾注在王后身上。王后劝他把错用在继母身上的爱转移来爱西班牙国家;波沙侯爵则引导他从事解放尼德兰人民的崇高事业。可是他始终把爱情和友谊放在首位,以致屡犯错误。直到后来波沙侯爵牺牲在狱,他才看出确有比爱情和友谊更伟大的东西。他获得这种认识以后才终于克服了个人主义,决定把生命献给争取自由的斗争。可是事机不密,功败垂成,他终于成了国王和宗教法庭的牺牲品,实有负王后的期望和好友的遗嘱!

王后伊莉莎白本是出身瓦卢瓦家族的法国公主,是一位德才兼备的卓越女性,然而不幸成为封建政治婚姻的牺牲品。她克服内心中对卡洛斯的爱,勉励他从事伟大的事业。她自己也以大局为重,忍受老夫少妻的痛苦。她德足以感人,才足以服众。原来出卖她的爱波莉公主,终于受她的德行感化而泥首谢罪;在卡洛斯万分危急的时刻,是她鼓动马德里人民起来暴动,声援太子,使昏君佞臣一度陷入极大的混乱。然而终因秘密泄露,当卡洛斯潜到王后深宫和她最后诀别时,被国王带人捕获,她的悲惨命运也就可想而知了。

国王菲利普二世是个荒淫、凶残、多疑成性的暴君。他既蔑视人,又害怕人,所以经常用恐怖手段来对待人。他强夺儿子的聘妻为后以后,却一直怀着妒嫉和猜疑,提防太子和王后会做出暧昧行为。他常常显得郁郁寡欢,疑神疑鬼,然而他手里却握有巨大的权力:阿尔巴公爵是他手里镇压和残杀人民的屠刀,多敏果神甫是他的宗教间谍,宗教法庭是他惩治异己分子的最后武器。他对波沙侯爵是又爱又恨,爱其才华,恨其不为己用。菲利普在决心处死太子以前,召来宗教法庭庭长。庭长是一个九十多岁的瞽叟,象征着这种机构的既腐朽而又盲目。国王说他的儿子想反叛,自己拿不定主意怎么处治他。他问庭长:"你能给我建立一个新的信仰,替杀子的凶行辩护吗?"庭长答:"为了赎取永恒的正义,上帝的儿子曾死在十字架上。"国王又说:"这是我唯一的儿子——我为谁辛苦了一世呢?"庭长回答:"宁可为了毁灭,也不能为了自由。"于是他们的意见一致了,国王最后说出:"从我手里把牺牲品接受过去吧。"(第五幕第十场)卡洛斯就这样最后成了宗教法庭的牺牲品。

艺术评价和影响　席勒这部剧本是他住在好友寇尔纳家里完成的。这时他得到朋友的帮助,免除了沉重的债务负担,于是利用机会来弥补自己哲学修养上的缺陷。寇尔纳是康德的信徒,席勒在其影响下开始研究康德哲学。这不能不引起他思想上的转变,即从接近真实的现实主义创作道路转到抽象的哲学思维方面来。席勒认为在当时现实的德国社会中,找不到能够变革生活状况的力量,于是就在"思想自由"这种哲学思辨中寻找出路。本剧的中心人物是波沙侯爵,从他与国王、王后及太子的谈话中,宣泄出一位自由战士的豪言壮语。这是席勒笔下理想化了的形象,或者也可以说是席勒自己理想的化身。然而这也正是马克思所指出的"时代精神的单纯传声筒"。拿《唐·卡洛斯》这部剧本与他以前的剧本相比,就可以明显地看出席勒思想上的深刻变化。在剧本《强盗》和《阴谋与爱情》中，他的自由概念是指现实的社会和政治自由，是为了实现共和主义的理想，而在《唐·卡洛斯》剧本中，则是思想自由占居中心地位。在第四幕第二十一场中，波沙请求王后转告太子：

"他应该去干——哦，请您告诉他吧！把这个梦境化为真实，这是建立一个新的国家的大胆梦境，是友谊的神圣产物。他应该在这块石头毛坯上开始去创建。是成功还是失败——对他都无关紧要！他应该着手去干！几百年后，上天会再派一个像他一样的王子，坐在像他一样的宝座上，并用同样的热情来鼓舞它的新宠儿。请您告诉他，在他成为壮年以后，要重视他青年时代的梦想，别敞开那像娇嫩的神圣花朵般的心扉，让那被称为比较聪明的毒虫钻进去——别让小智小慧来蛊惑天女般的热情。这些，我以前都已经对他讲过了——"

这段话不仅仅对于16世纪的西班牙，而且对于席勒生活的时代——18世纪80年代的德国来说，也起着鼓舞人心的作用。剧本于法国资产阶级革命前两年在德国演出，它给予观众以深刻影响的，是实现一个新型国家的战斗口号，至于战士一时的成功或失败是无所谓的，而这个理想却迟早一定要实现。

《瓦伦斯坦》

——三部曲诗剧——

写作经过　《瓦伦斯坦》三部曲①是席勒所写剧本中最长的历史剧。他在耶拿大学担任历史教授并从事《三十年战争史》的撰述时,第一次详细研究了这位伟大的军事统帅的一生。1790年,他就已萌生了用戏剧来表现瓦伦斯坦的背叛与死亡的想法。前后历时八年之久,常常因疾病而中断,也常常担心自己不能完成这部巨著。为了要写出这部真正客观的现实主义的历史剧,他必须钻研和掌握大量资料,反复考证当时的历史和社会环境、形形色色的人物性格以及事变发展中的各种联系。

席勒在长期的写作过程中,经常与歌德讨论,听取歌德的意见。1831年5月25日,歌德与艾克曼的谈话中回忆说:"从根本上说,一切都是席勒自己的劳作。不过我们生活的关系如此密切,席勒不仅把那部剧本的计划告诉过我,和我讨论过,而且在写作过程中把每天新写的部分都告诉了我,听取而且采用了我的意见,所以也可以说,我对这部剧本出了些力量。"

戏剧第一部《瓦伦斯坦的军营》,于1798年12月12日魏玛剧院重新开业时演出;第二部《皮科乐米尼父子》于1799年1月30日演出;第三部《瓦伦斯坦之死》于同年4月20日演出。在席勒所写的历史剧中,就艺术结构的宏伟和历史的真实来说,本剧实居首位,而且是第一部客观的德国历史剧。1799年3月,歌德读完全部剧本后,写信给席勒,称赞他赠给德国舞台一件无比珍贵的礼物。

历史根据　本剧是以德国历史上所谓"三十年战争"(1618—1648)为背景。这场长期战争是以皇帝为代表的中央政权与以诸侯为代表的地方分权之间的激烈斗争。至于天主教(同盟,帝党)与新教(联盟,诸侯的地方势力)之间的宗教斗争,只不过是两大敌对阵营的政治经济利益在思想上的反映而已。天主教的法

---

①　根据上引德文版《席勒集》第三卷,并参看郭沫若译《华伦斯坦》,人民文学出版社1955年版。

国在红衣主教黎希留的领导下,却与新教的瑞典联合起来,共同反对天主教的首脑——德意志帝国的皇帝,就是一个证明。当时要促进德国的进步发展,在于建立一个强大而统一的国家。这只有一个强有力的专制主义的中央政权才办得到,它必须坚定地、毫无顾忌地、彻底消灭和镇压世俗诸侯与宗教诸侯的地方专制主义和分离主义,就像英国和法国在16世纪已经完成的那样。瓦伦斯坦曾经说过:"我要德国皇帝也像法国国王一样,是自己江山的主人。"这显露出他明确的现实政治思想及对德意志民族面临任务的认识。然而当时的德国皇帝却不是完成这项历史任务的人物。在他身上,天主教的信仰狂热压倒了现实政治。此外,加上他日益害怕瓦伦斯坦会篡夺他的皇位。1629年,他解除了这位战绩卓著的统帅的兵权,结果使得瑞典在法国的煽动下侵入德国,打得德国皇帝一败涂地,连首都维也纳也岌岌可危。在这极端危急的情况下,皇帝迫不得已又请瓦伦斯坦重新出来统率军队。由于过去的痛苦经验,瓦伦斯坦公爵要求给他一定的保证,特别是他攻占各邦以后的行政权。他再度担任统帅以后,立即给瑞典和他的同盟者以沉重的打击。瓦伦斯坦由此而取得的煊赫的权力地位,使得心怀猜忌的皇帝惴惴不安。实际上,瓦伦斯坦目睹皇帝软弱无能,萌生取而代之的念头也是大有可能的。1634年,瓦伦斯坦被杀,固然解除了皇帝的隐忧,然而同时也使他失去了一位最能干的统帅。从此以后,为法国利益效劳的地方诸侯,日益赢得优势,直到1648年缔结威斯特发里亚和约,结果是地方诸侯完全独立,帝国解体,田地荒芜,人口锐减,使德国在发展上远远落后于欧洲其他国家,德国的统一被推迟了数百年。

剧情概要 《瓦伦斯坦的军营》。这是群众性的场面,主角未出场,时间是1634年,正处在战争当中。波希米亚的皮尔森城前,瓦伦斯坦的军队聚集在一起,他们是由各地的人凑合而成的。这是一群道德败坏的雇佣兵,主要有狙击兵、猎骑兵、龙骑兵、火枪兵、铠骑兵等各兵种,他们把战争和抢劫看作是正常的活动,认为农民和市民天然应该供养他们。此外,也有农民和市民出场。

在第十一场中,我们可从如下的谈话中看到这些乌合之众的思想状态:

铠骑兵:军人等级要生存!
两个猎骑兵:养生等级[①]要贡献。

---

① 指农民和市民。

龙骑兵和狙击兵：军队要壮大昌盛！
号手和卫队长：他们应归弗里德兰人①来掌管。

农民和市民在他们的眼中好比是奶牛，必须不断供应"军人等级"以牛奶和牛油。这些雇佣兵没有丝毫的爱国感情，只靠统帅的威望，他的光荣的声名，他对普通士兵的照顾，更重要的是他按时发饷，以及他施行的严格纪律来维持。当军营里传出消息，说皇帝打算削弱瓦伦斯坦的势力，派遣一部分军队到法兰德斯去，绝大部分军队都表示拥护瓦伦斯坦。例如第十一场中通过第一铠骑兵的口表示出：

> 让咱们各个联队，
> 缮写出一通盟誓：
> 咱们要团结在一起，
> 不让任何武力和诡计
> 使咱们同弗里德兰人分离，
> 他本是咱们的军队之父。

以上说明瓦伦斯坦是能够掌握他的雇佣兵的。

《皮柯乐米尼父子》。当皇帝打算再度罢免瓦伦斯坦统帅职务的消息传来后，迫使瓦伦斯坦也起了自卫和自保的念头。他为了使自己保持足够的势力，着手进行同瑞典缔结联盟的谈判。尽管左右心腹一再催促，但他对于公开背叛皇帝这点还犹豫不决，因为他完全明白这一行动的重大影响，同时他迷信星象，认为目前的星位对他还不够顺利。他的心腹人物特茨基伯爵和伊罗元帅不断催促他立即行动起来。然而他要等到所有的将领都对他表示绝对效忠以后，他才肯采取行动。伊罗和特茨基对于将领们的态度是否一致并无充分把握，于是就玩弄手段，在一次盛大宴会上，骗取全体军官在对瓦伦斯坦绝对效忠的誓言上签字。

奥克塔佛·皮柯乐米尼中将很早就在为皇帝从事间谍活动，他赢得瓦伦斯坦对他的信任，就利用这项欺骗性文件来煽动将领们背叛统帅。他试图说服自

---

① 瓦伦斯坦的外号。

己的儿子麦克斯·皮柯乐米尼上校,可是这位勇敢的青年将领非常崇拜瓦伦斯坦,决不动摇,此外,他还爱上了瓦伦斯坦的女儿特克娜。麦克斯不相信瓦伦斯坦公爵会叛变。他决定亲自同瓦伦斯坦面谈,以便澄清这个问题。

《瓦伦斯坦之死》 不管瓦伦斯坦本人愿意与否,由他自己所引起的事件的发展促使其不久就行动起来。出于不同的动机,瑞典使节符兰格尔伯爵及那位虚荣心重的特茨基伯爵夫人,都使瓦伦斯坦明白:现在除了背叛皇帝外,别无其他办法了。麦克斯·皮柯乐米尼试图阻止瓦伦斯坦这一行动,已是枉然。当瓦伦斯坦签署与瑞典缔结的盟约时,麦克斯满怀悲痛地离开了统帅。奥克塔佛·皮柯乐米尼已被皇帝私下任命为瓦伦斯坦军队的总司令,他把高级将领一个接一个地拉到他那一边去。这样一来,瓦伦斯坦差不多被剥夺了所有效忠于他的部队,他不得不撤退到埃格尔要塞。从前完全效命于他的爱尔兰人、龙骑兵联队的队长布特勒,得知瓦伦斯坦对他玩弄手段后,就在这里把瓦伦斯坦刺杀了。

主要人物 席勒这部现实主义的历史剧中的重要人物,都是从特定的社会利益出发而行动,因而他们都具一定的典型意义。主角阿布雷希特·瓦伦斯坦(1583—1634)原是一位普通的伯爵,在三十年战争开始时当了上校,由于他的军事和政治才能,很快就飞黄腾达起来,1623年晋升侯爵,1625年晋升弗里德兰公爵并担任皇帝军队的总司令。他代表新型的封建主,因战争而发迹,手中掌握着强大的兵力,还想争得波希米亚国王的王位。

他常常表现出是一位目光远大的现实政治家,虽然尽量追求个人利益,然而同时也关怀着德国的整体利益。他痛感瑞典国王给予德国的深刻创伤。皇帝以前罢免过他,从此使这位功名心重的人一直耿耿于怀。因而对皇帝宫廷的举动和派遣的人员,都抱着怀疑态度。这种怀疑是有理由的,后来也被事态的发展所证实了。

费朗茨·梅林曾对瓦伦斯坦的客观作用作过如下的透彻阐述:"瓦伦斯坦在德国所追求的目的,正如黎希留同时在法国所追求的目的:这就是建立一个纯粹世俗的君临各邦的君主政权,摆脱一切宗教派别的对立和争执,对内缓和阶级对立,而把民族的全部力量用来对外。瓦伦斯坦使天主教的帝国议员也和新教的帝国议员一样,屈服于皇帝的权威之下;他不是空想的政治家,而是抱着非常明确的目标,即以法国为榜样,这不仅是可以达到的,而且具有进步的历史意义。瓦伦斯坦对一切宗教争执深恶痛绝,尽管他本人是个天主教徒,而且是受耶稣会会员教育大的,他却认为不砍下一位大主教的脑袋,帝国内部就得不到安宁。……"

剧中的瓦伦斯坦基本上符合历史的真实。在《皮柯乐米尼父子》第二幕第七场中,瓦伦斯坦当着钦差奎斯腾伯克,责备皇帝斐迪南不管士兵的生活,不发军饷,把哈普斯堡家族权力的利益看得重于帝国的利益。他明白表示,自己关心的只是帝国的利益。从此可以看出,瓦伦斯坦的确抱有建立统一而强大的帝国的进步思想,不是仅仅从哈普斯堡——奥地利家族权力的利益,而是从整个民族的利益出发。他说:"我手中的权杖诚然是皇帝所赠,但我作为国家的元帅要用以谋大众的安宁,要用以谋全体的幸运,而不再是只图增大一人!……"不过剧中也充分表现出他的矛盾性格。他长于分析客观局势,却缺乏知人之明。例如他不听劝告,把主要的敌手奥克塔佛·皮柯乐米尼当作忠实的朋友;同样,他看不透布特勒对他怀恨在心,反而依为心腹,至死不悟。他深爱青年上校麦克斯·皮柯乐米尼,却又嫌他地位卑下,不足以配他的女儿特克娜。他蔑视一切宗教偏见,但却迷信占星术。不过实际上决定瓦伦斯坦失败的真正原因,倒不是什么命运不济,如星象不利,或道德堕落,背君叛主等问题,而是他没有群众基础,即得不到农民和市民的支持。其次,是他缺少一支民族军队,这支军队不是乌合之众,而应当抱有为民族统一和国家利益而战的决心。

特茨基伯爵夫妇在事变当中具有重要作用。两人由于家族亲属关系与瓦伦斯坦利害相共,他们都抱有改朝换代的思想,对公爵的行动起着决定影响。特茨基与伊罗一起,不断催促瓦伦斯坦中断与皇帝的关系,对他的犹豫不决大为不解,于是他们玩弄手段骗取将领们一致签名拥护瓦伦斯坦。伯爵夫人本是瓦伦斯坦的姨妹,她最后促成瓦伦斯坦与皇帝斐迪南决裂,她明白指出,皇帝与瓦伦斯坦之间的关系,说不上义务与权利,而是势力与机会的问题(《瓦伦斯坦之死》第一幕第七场),其实她完全说对了。如果说,瓦伦斯坦"背叛"皇帝而蒙上道德上的污点,那末,不能忽视,皇帝对瓦伦斯坦的态度也同样是背叛性的。伯爵夫人一直到自杀为止,都抱着改朝换代的思想,并不向敌方乞怜示弱。她说:"我们觉得自己并不那末渺小,而不敢伸手去索取王冠,——王冠纵然没有弄到——可是我们抱着王侯的信念,与其苟且偷生,宁肯自由勇敢地升天。"

伊罗元帅是当时典型的冒险家军官。他希望通过与瓦伦斯坦联盟获得极大的利益,他的道德水平也相当低下。瓦伦斯坦常对人民表示同情和怜悯,伊罗却对他的捷克人民的困境无动于衷。当钦差大臣奎司腾伯克指出,须得把穷困的波希米亚"从朋友和敌人的鞭子下解放出来",伊罗就回答:"什么话!去年是丰年,农民又能完上粮了。"(《皮柯乐米尼父子》第一幕第二场)。他根本不相信人,在他看来,周围所有的人都是叛徒,因此不妨对他们实行欺骗和压榨(同上第三幕第一场)。因而他也是首先看穿奥克塔佛玩弄两面手段的人。

帝党方面的主要支柱是奥克塔佛·皮柯乐米尼中将。奥克塔佛与其他将领们不同,他有一种政治理想指导其行动。他认为帝制是唯一合法的,他把帝国的安危确实放在心上。在外寇威胁帝国生存的艰难时刻,他就加倍提防着瓦伦斯坦的一举一动。他是旧的封建帝制的无条件拥护者,不承认有任何现代专制主义的可能。奥克塔佛在瓦伦斯坦不走到极端时,还想挽救他。实际上,他在瓦伦斯坦与瑞典缔结秘密联盟以后(《瓦伦斯坦之死》第一幕第七场),才采取直接行动,争取伊索朗尼和布特勒到自己这方面来(同上第二幕第五、六场),以后他就坚决而毫不容情地行动起来。他为了本身的义务感和政治原则,不惜牺牲自己的爱子。

龙骑兵联队队长布特勒是那个时代丧尽天良的战争冒险者的原型,他没有任何政治理想,"有奶便是娘"是他的行动原则。他把个人的功名利禄看得超越一切。他听说皇帝拒绝颁赐他伯爵头衔,就一头栽到瓦伦斯坦的怀里,甘作驯服的工具;后来奥克塔佛告诉他,是瓦伦斯坦阻止皇帝的颁赐,于是便对瓦伦斯坦衔恨入骨,一变而成为奥克塔佛手中的工具,终于刺死瓦伦斯坦以泄愤。他干了谋杀事件以后,立即奔赴维也纳,到皇帝面前去报功请赏。

克罗亚特军的将军伊索朗尼是个看风使舵、自私自利、向上爬的野心家。他那蔑视人民的态度可用他自己的话来说明:"战争供养着战争。农民虽然流亡,但皇帝却得到更多的士兵。"(《皮柯乐米尼父子》第一幕第二场)他在有利可图时,就拥护瓦伦斯坦;无利可图时,立即背弃后者而向皇帝表示效忠。

在背叛与阴谋笼罩的气氛中,青年上校麦克斯·皮柯乐米尼和瓦伦斯坦的女儿特克娜则是一对理想的青年男女形象。他们既不属于皇帝派,也不属于瓦伦斯坦派。显然,他们是席勒的理想人物,诗人有意使他们成为自己思想的传声筒。麦克斯充满豪情壮志,勇敢,忠诚,具有崇高的道德观念。他非常崇拜瓦伦斯坦,认为在瓦伦斯坦周围,人人都可以发挥其才能。在《皮柯乐米尼父子》第一幕第四场中,麦克斯责备钦差大臣奎斯腾伯克:

"你们使公爵的生活不得安宁,
　你们事事掣肘,把他诋毁得要命——

为什么呢？就因为他的关心
放在欧罗巴的巨大福利上，
而不在乎奥地利的土地
增加或减少一尺半寸——
……
在这儿我可以指日盟心，
在你们欢呼他的没落之前，
为了他，为了这位瓦伦斯坦，
我要把我的血，我心中最后一滴血为他溅尽！"

麦克斯后来知道瓦伦斯坦的失败已无可挽回，就率领部下忠勇的队伍去冲击瑞典敌军，终因寡不敌众，英勇牺牲在战场上。这说明他自己被残酷的现实和党派斗争毁掉了，他的理想也在和现实冲突中破产了。麦克斯相信一种不变的人类道德，一种不变的绝对理想，他也认为有"绝对的忠诚"，所以造成了悲剧。然而麦克斯的慷慨捐躯，比之卡尔·穆尔（《强盗》）的投案自首，斐迪南（《阴谋与爱情》）的服毒自杀要壮烈多了。

特克娜是个纯洁而高尚的姑娘，她与麦克斯深深地相爱。当她听到心爱的男子壮烈牺牲的消息以后，就不顾一切，冲破军营的重重阻碍，奔赴墓地去殉情。

麦克斯与特克娜是席勒凭艺术想象而不是根据历史材料塑造的，然而以两人相爱作为剧中的插曲，却增加了本剧不少的魅力。特别是麦克斯这个青年形象，反映出 18 世纪末——即作者所处的时代——德国资产阶级进步分子的理想愿望，并鼓舞青年一代的爱国主义精神。

总的评价 《瓦伦斯坦》是席勒用力最勤、费时最久、也是篇幅最大的现实主义历史剧。剧本把历史的过程客观地反映出来，这在德国的戏剧史上是一个显著的进步。无论是在《瓦伦斯坦军营》的群众性场面中，还是在《皮柯乐米尼父子》和《瓦伦斯坦之死》的主要情节上，时代的刻划，事件的推进，都写得有声有色，栩栩如生。处处可以看出，这是不同政治原则的斗争，这是具有客观社会原因的党派分歧。剧中的重要人物都是他们所代表的社会力量的典型。重要人物的行动，都是受着客观的社会规律性的支配。主角瓦伦斯坦的行动，是客观形势迫使他不得不然。特茨基和伊罗对瓦伦斯坦的"忠诚"，是由共同的社会利害关系所决定的；那些背叛瓦伦斯坦的将领，是由不同的或相反的社会利害关系所决定的。

瓦伦斯坦的失败,不在于星象不利或道德犯罪,而在于他没有群众基础,究极说来,就是当时德国社会发展的落后。因此,《瓦伦斯坦》既不是命运悲剧,也不是性格悲剧,而是现实主义的历史悲剧。1794年,席勒开始《瓦伦斯坦》的写作时,曾在信中告诉一位朋友:他在以前的剧作如《唐·卡洛斯》中试图用美好的理想来代替缺少的真实;而在现在这部剧作中却试图以纯粹的真实来弥补缺少的理想。

由于历史时代的不同,社会条件的各异,瓦伦斯坦不能如拿破仑利用法国革命的成就而崛起,只落得类似莎士比亚剧中麦克白那样的下场。在艺术构思上,也明白显示出《瓦伦斯坦》深受莎剧《麦克白》的影响。

《玛莉亚·斯图亚特》

——一部悲剧——

写作经过 《玛莉亚·斯图亚特》①是席勒继《瓦伦斯坦》以后所写的另一部历史剧。由于魏玛的社交活动和剧场工作,使得席勒过度紧张,精力分散,公爵于1800年5月让席勒暂在埃特斯堡宫居住一些时间,不受干扰地工作。席勒在短短的几周内,即到6月8日,就完成了这部悲剧,并于当月14日在魏玛首次演出。

席勒为写此剧,参考了如下的历史资料:罗伯逊的《苏格兰史》,休谟的《英格兰史》,卡姆登的《伊丽莎白史》,拉潘·德·托拉斯的《英国史》等。他对伊丽莎白这个人物性格早有印象。1783年,他曾向出版商魏刚建议,他预备提供《玛莉亚·斯图亚特》悲剧,但当时他正忙于《唐·卡洛斯》的写作,所以把这个计划推迟了。

历史根据 英国在都铎家族的王朝统治下,建立起世界霸权的地位。王朝的统治得力于国会的帮助,而坐在国会里的是贵族和资产阶级的代表,他们由共同的工商业利益结合起来,因而支持一个强大的王国。与以前的封建主比起来,都铎家族虽然也具有反动和专制的特征,但是他们由于以下的原因,却表现出历史上的进步性:他们是国家的中央权力,一方面支持向前发展的资本主义企业,另一方面在其权力地位上又依靠早期壮大起来的资产阶级,两者互相影响,互相依存。英国的经济革命同样表现在亨利八世(1509—1547)所推行的宗教改革中,它与罗马的天主教决裂,这是新的权力关系在意识形态上的反映。由于工商业的发展,促使英国作为竞争者越来越厉害地同西班牙的世界霸权发生冲突,资产阶级和新型贵族也日益成为天主教的更大的敌人。当时西班牙是天主教的主要堡垒,英国国内的封建主义分子都支持封建的西班牙。在女王伊丽莎白

---

① 根据德文版《席勒集》第四卷,本剧至今尚无中译本可参看。

(1558—1603)的统治下,这种争夺权力的斗争采取了更剧烈的形式。狂热的天主教徒、苏格兰的女王玛莉亚·斯图亚特也被卷进去了。当苏格兰进行宗教改革时,她逃亡到英格兰,英格兰的天主教徒希望藉西班牙的力量推翻伊丽莎白女王,而把玛莉亚·斯图亚特扶上王位,再判处伊丽莎白以死刑。在这两个敌对女人的身上,体现着前进与落后的两种历史原则,而后者必然要让位给前者,即过时的必然要让位给新生的,这是历史发展的规律。

玛莉亚·斯图亚特是苏格兰国王雅各布五世的女儿,生于1542年。在她出生这年,父亲死去,她的母亲玛莉亚·封·吉斯摄政。她在法国受教育,十五岁时与王储(即后来的弗朗兹二世)结婚。但是她的丈夫在1560年就死了,接着她的母亲又死了,于是她于1561年回到故国。她原来打算经过英格兰,但是因为她不肯放弃对英格兰王位继承权的要求,所以伊丽莎白就拒绝她的申请。从此开始两位女王的敌对关系。玛莉亚在苏格兰同她的亲戚达恩利勋爵结婚,并宣布立他为国王。后来他在她面前出于嫉妒而杀死她的机要秘书里佐,她就公开要求解除婚姻关系。1567年,达恩利卧病在郊外别墅时,房屋和人一起被炸毁了。社会舆论认定玛莉亚是唆使者,至少是这次暗杀的知情人。后来她不顾朋友的劝告,和博斯维尔伯爵结婚,人们的怀疑更加强了,因为博斯维尔是大家公认的凶手。苏格兰勋爵中那些热心的新教徒,从来就不喜欢严格信奉天主教的玛莉亚,于是他们起来反对她,把她俘获起来,强迫她让位给一岁的儿子,即后来的雅各布六世。她侥幸从洛赫利文宫脱逃出来,经历千辛万苦到达英格兰,希望在这儿得到庇护,或许还得到帮助。但是伊丽莎白痛恨她是和自己同处在竞争地位上的人,声称在她没有洗清参与谋害其夫达恩利的嫌疑之前,不愿见她。不久她就被当作俘虏看待,人们把她从这座看守森严的王宫押解到另一座王宫,1586年终于把她押解到福瑟林海。这儿就是席勒戏剧的现场。在此以前发生的一切事件,都不在本剧情节范围之内。

剧情概要 由二十位英格兰高级贵族组成的法庭判决玛莉亚·斯图亚特死刑,因为谋杀伊丽莎白女王的阴谋被揭露了,其实玛莉亚并未参加,她被错误地认定犯了同谋罪。看守人的侄儿,年轻的摩提墨尔,以改教者的身份从罗马和法国回来,表面上装作十分仇视玛莉亚,实际上对她极端崇拜。他想用武力解放她,玛莉亚却指示他去见莱色斯特伯爵,伯爵是伊丽莎白的宠臣,从前差一点成为玛莉亚的未婚夫。摩提墨尔十分勉强地完成了这一任务,莱色斯特果然促成两位女王一度私下会面,可是正是这次会面决定了玛莉亚的毁灭。因为伊丽莎白觉得自己的尊严受到深刻的屈辱,她被玛莉亚毫不留情地当面诋毁。摩提墨尔那种过急的热情,使玛莉亚对唯一可能的挽救方法感到担忧。有一次对伊丽莎白的谋杀失败,更加剧了玛莉亚生命受到的威胁。莱色斯特为了挽救自己,先冷酷地牺牲了摩提墨尔,随即转变到敌对一方。玛莉亚面临着不公正的死刑,却看出这是对她年轻时候所犯杀夫罪的公正处罚,于是她镇定地服从命运,领受死刑。伊丽莎白为了保证自己的权力地位,挽回受到损害的尊严,不得不签署判决书,然而她却玩弄一场滑稽的喜剧来推卸自己杀害血亲(而且是一位女王)的罪名。她声称自己是在人民的压力下签字,下臣未奉命令,抢先执行,于是财政大臣伯利被免职,国务秘书戴维森被投监,而主张宽恕的掌玺大臣达尔博伯爵则自动辞职,最后她心爱的宠臣莱色斯特伯爵也乘船逃亡到法国去了。伊丽莎白在政治上胜利了,但感情上却出乎意外地感到孤独和失意。中国历史传说,汉刘邦战胜以后,在战败者项羽的墓前洒泪,这也许是胜利者的悲哀吧。

思想内涵和人物性格　　剧情紧缩在主角被判处死刑和执行之间的三天中的遭遇,所以情节十分紧凑。剧情的中心是英格兰女王伊丽莎白与苏格兰女王玛莉亚之间的斗争,实际上,这种斗争反映出宗教改革与反改革、历史上进步与落后的斗争,也是新教的英国与天主教法国之间的对立和斗争。伊丽莎白是英国历史上杰出的女王,她坚持主张宗教改革,得到臣民的拥护,而且大权在握,政治上处于绝对的优势;玛莉亚则是苏格兰废黜的女王,逃到英格兰来寄人篱下,实际上是自投罗网,在政治上处于阶下囚的地位。就两人的个性来看,伊丽莎白虽然比玛莉亚年轻,但是她稳重、果断、富有权谋,而且心狠手辣;玛莉亚轻率、热情、缺乏智谋,外表温柔而又容易激怒,远非伊丽莎白的对手。在第三幕第四场中,两位女王会面时,伊丽莎白故意挫辱玛莉亚,让她激怒后说出心里的话。玛莉亚开始表示恭顺,竭力克制自己,委曲求全,后来终于被激怒了:

伊丽莎白:你终于承认自己被战胜了吗?你的阴谋破产了吗?
　　　　　再也派不出凶手来了吗?
　　　　　没有冒险者敢为你表现可怜的骑士精神了吗?
　　　　　——不错,你已经完了,玛莉亚女士,你再也引诱不去我的
　　　　　人了。世界要关心别的事情。
　　　　　再也没有男子贪图作你的第四个丈夫了,因为你杀害向你

> 求婚的人也像杀害你的丈夫一样!

在双方的言词交锋中,玛莉亚越来越激动,再也克制不住自己,胸中压制已久的仇恨之火,一发而不可收拾,终于说出了致命的话:

> "英格兰的王位被一个私生女①
> 亵渎了,不列颠的忠诚人民
> 被一个狡诈的女骗子欺骗了。
> ——如果法律还在统治,你们现在就应当跪在我面前的地上,我才是你们的君王。"②

伊丽莎白所要的就是对方的自我暴露,她听到了这些话后,就赶快离开,决心处死对方,不再迟缓了。

席勒通过《玛莉亚·斯图亚特》的写作,在现实主义历史剧的道路上又前进了一步,本剧的规模虽然只限于宫廷的小范围内,不及《瓦伦斯坦》的场面伟大,但情节紧凑,语言生动,颇能吸引观众。席勒笔下的正面人物,不是一切都好,也有其缺点;反面人物不是一切都坏,也有其优点,这正是他的现实主义成功的地方。可惜的是,剧中的伊丽莎白没有充分显示出她在历史上所起的进步作用。虽然她曾说:"上帝作证,我至今不是为自己,而是为人民的福利而生存。"(第四幕第九场)她在独白中坚决表示一定要斫下玛莉亚的头,因为玛莉亚既揭露她是私生女,又夺去她的未婚夫。(第四幕第十场)其实她与玛莉亚的斗争,不光是为了巩固自己的王位,也不是为了个人的恩怨,而主要是顺应历史的进步潮流,为了国家和人民的利益。玛莉亚比伊丽莎白年长十六岁,她于1587年2月8日服刑时,已届四十五岁,然而这位半老徐娘犹以她的风韵和姿色,引起青年摩提墨尔的热爱,唤醒莱色斯特的旧情,使得年轻的伊丽莎白产生嫉妒,而且她处在阶下囚绝对劣势,自认她本人实际上比她的名声好些,因而容易引起人们对弱者的同情。她在就刑前作最后忏悔,坦白出她决无谋害她的女敌人伊丽莎白的意图和行为,而把这次不应得的死刑,当作是上帝叫她用来抵偿过去的杀夫罪。她

---

① 指伊丽莎白。
② 根据阿布石编《席勒集》柏林建设出版社1959年版第四卷,第93—94页德文译出。

还原谅伊丽莎白,祝她的统治幸福。她吩咐后事完毕,就从容款步,引颈受刑,似乎她在良心上胜利了(第五幕第七、八场)。千秋功罪,谁与评说？这就要求我们用历史的进步观点作出正确的判断。

《奥尔良的姑娘》

——一部浪漫主义的悲剧——

半个世纪以前,我还是个青年学生,大约是1931年夏,我离开德国汉堡,到法国巴黎去参加暑期法语班学习。有一天我趁便去参观有名的"先贤祠",或称"万神堂"。那里的壁画是世界驰名的,可惜我对绘画是门外汉,不能真正欣赏,只是走马观花式地浏览一遍。不过其中有四幅壁画特别引起我的注意,至今还难以忘怀,那就是关于圣女贞德(法文名字汉译为让娜·达克)的巨型画像,现在只能模糊地回忆如下:

第一幅是一个十六七岁的牧羊少女,中等身材,布衣赤脚,手持牧杖,立在一株大树下,羊群离她身边不远。少女肌肤丰腴,体格健美,黑色秀发披在脑后,一对美丽的黑眼睛,奕奕有神,好像在凝视远方,又好像在内省。天空中有一位女天使飞来,手持宝剑,似将赠予少女,并唤起她去赴国难。

第二幅是少女身着戎装,英姿飒爽,手持军旗,率领健儿们奔赴战场,身先士卒,奋勇杀敌。

第三幅是这支军队屡战屡胜,所向无敌,凯旋归来,胜利的女将军受到人民夹道欢迎。

第四幅是少女成功后,反而被反动势力所陷害,诬她是巫女,在凄凉的月光照射下,她缟衣素裳,形容惨淡,已成为女囚,等候即将到来的处决。

以上只是留在我脑子里一个大体轮廓,翻查一下书籍看到:让娜·达克生于1412年1月6日,死于1431年5月30日,在世年龄仅十九岁。她深信自己是受神的号召,领导法国民族的抗英运动,于1429年解奥尔良之围,并帮助法国国王查理七世在兰斯加冕;后来落到英国人手里当俘虏,被教会法庭宣判为异教徒,于1431年在鲁昂被当作妖女烧死了。1456年,即二十五年后才得到平反昭雪;1920年,被天主教会宣称为圣女,法国人民尊称她为法兰西的民族女英雄。从莎士比亚、伏尔泰、席勒到法朗士、马克·吐温、萧伯纳等,都用戏剧、诗歌、小说等体裁,写过这个题材。不过莎士比亚在他的《亨利六世》历史剧中,还把贞德看作"地狱的魔女";伏尔泰在他的《奥尔良贞女》诙谐史诗中,只是藉以讽刺教会和暴政;从席勒起,才在文学上正面肯定这个光辉的爱国女英雄的形象。

写作经过 席勒于1795年出版了德译法国皮塔瓦尔发表的《奇异的诉讼案件集》,他从这里面第一次接触到让娜·达克这个形象。1800年7月1日,他开始着手这项写作。首先,他拟定计划,积极从事历史研究。8月2日,他从魏玛图书馆藉出十四本书,以供参考。实际上,计划实行得比预计的要慢些。翌年二月,他把已写的头几场读给歌德听。为了不受干扰,他迁回耶拿专心写作。全剧于4月16日终于告成。他把手稿寄给歌德,歌德读后大加赞赏,认为写得忠实、美好,找不到可以和它媲美的东西。

《奥尔良的姑娘》①于1801年9月11日在莱比锡首次演出,立即赢得广大观众的热烈同情。1801年9月17日,当第二次演出才演到第一场时,莱比锡剧场里的观众发现席勒在座,就齐声高呼"席勒万岁!"观众深感当时德国人民所处的可耻地位,与15世纪法国人民所处的地位相似。剧中表现出来的爱国主义感情和愿望,大大鼓舞他们团结起来反抗拿破仑的侵略。

席勒只是利用历史的人物和环境作为基础,在这上面自由发挥他的艺术构思。根据历史传说,少女让娜·达克最后被国王及她的朋友们所抛弃,于1430年引渡给英国人,1431年在鲁昂当作妖女被焚,已如上述。席勒剧中的约翰娜则是为了挽救法国的最后危机,挣脱镣铐,奋身投入战场,战败敌人,临死时还手执白色的百合花旗,表示人民在正义的战争中彻底战胜了英国侵略者。这一改动,不仅彻底表现出爱国少女领导人民解放祖国的正义理想,而且使剧情的结局显得更加悲壮动人了。

历史和剧情概要 自1337年以来,法国就同英国在所谓"百年战争"中互相对峙。查理七世(1422—1461)虽然被他的追随者拥戴为国王,然而实际上他始终只是一位太子,是未被公认的王位继承人,因为同他竞争王位的布根地公爵投到英国人那边去了。查理七世为王位而斗争,不光是为了自己个人的利益,同时也是为了在瓦卢瓦家族王权统治下的法兰西民族的团结。国王的权力建立在一支固定发饷的常备军上,它既要用来防卫外侮,也要用来平息内乱,例如挫败封建贵族的分离主义计划,迫使其服从国王的统治,长期缴纳货币税等。查理七世

---

① 根据德文版《席勒集》第四卷,并参看张天麟的中译本,人民文学出版社,1956年北京。

的另一个强有力的支柱,是发达城市的市民阶级,即已经当家作主的市民。然而对法国团结成为一个民族和一个统一国家的最大阻力,是英国的侵略战争。当时英国是法国的敌国,已占有整个法国北部及它的中心城市巴黎。英军连连打败查理的军队,不断向内地侵入,并且挑起查理与贵族之间的不和。

幕启时,半个法国都遭到与布根地结盟的英国军队的蹂躏。敌人入侵的恐怖气氛,连洛林区的平静村落也波及了。牧羊姑娘约翰娜与她的两个姊姊不同,很久以来,她就听到有神秘的声音召唤她起来解放祖国,于是她鄙弃结婚的幸福,戴着一顶偶然得到的头盔,悄悄离家出走了。在查理溃不成军的王家军营里,忽然传来一个出人意外的消息:一个姑娘赢得了战争的胜利。一会儿,约翰娜就来到这里,当众宣布她的使命,并用她那充满神秘的知识来加以证实。于是她义不容辞地率领法国军队,打败英国人,又把布根地公爵争取过来。她忠实于自己的誓言,拒绝法国将领拉伊尔和杜努瓦伯爵的求婚。可是在国王加冕的城门前,有个黑骑士的幻象向她警告。她在战场上碰到英军最后的一位统帅莱昂内尔,她已经把对方打倒在地,但是她看到对方的脸,就产生了爱情而饶恕了他。这种内心的负疚,沉重地压抑着她,把她在国王举行加冕典礼时从大教堂里赶出来。加以她自己的父亲铁保骂她是与魔鬼结盟的巫女。这时天上雷声大作,似乎证实铁保所说不虚,于是她的朋友一个接一个地离开了她。只有从前农村的朋友莱蒙留下来陪着她,尽管她曾为了自己的崇高任务而拒绝了他的爱情。约翰娜在寂寞的森林中又清醒过来,也恢复了战胜爱情的力量。当她发现莱蒙也认为她有罪时,就向他说明,她不过是为了尽自己的义务,服从上天的安排。太后伊莎白俘虏了这位在森林中迷失的少女。莱蒙逃走,把不幸的消息传达给法国军营,那儿的人正因为赶走了约翰娜而感到后悔。被俘的约翰娜拒斥莱昂内尔向她表示的爱情,于是莱昂内尔在法军迫近时叫人把她严密监管起来。但是当这位被捆缚的少女听到法国国王被俘了,就奋力扯断身上的重重锁链,夺取身旁兵士的宝剑,疾奔而出,解救了国王,打垮了英国人,自己也身负重伤。最后她手执自己的旗帜,站在被她解放和团结起来的人民当中死去。

思想内涵和人物性格　本剧是一部热情奔放、感人肺腑的爱国主义剧,是用浪漫主义手法写的现实主义剧。剧中的主角约翰娜是广大法国人民热爱祖国、抵抗外来侵略、维护民族团结的精神的化身。

在序幕第三场中,约翰娜表示她是多么热爱祖国:

这个国家该灭亡吗？这块光荣的国土，永恒太阳照耀下最美丽的地方；这是多少国家中的乐土，上帝爱它就像爱护自己的眼珠一样，难道它要受异族的桎梏吗？——要知道异教的势力以前就是在这儿失败的，就是在这儿高举起第一个十字架和圣像，圣路易王的陵墓就在这儿，军队也就是从这儿出发去收复耶路撒冷。

她不仅表示出杀敌的决心，而且还怀着必胜的信念。她说：

"绝不能谈和！绝不能投降！
救星即将到来，她正在准备战斗。
敌人的气运要在奥尔良面前溃败，
他已经恶贯满盈，像是成熟的庄稼等到收割。
姑娘就要拿着她的镰刀来了，
把他骄傲的麦穗割下来；
她要把他高高挂在星辰上的名誉从天上扯下来。
你们不要泄气！不要逃跑！
在麦子发黄以前，月亮未圆的时候，
就再也没有一匹英国的马，
在壮丽的罗亚尔河流的波浪中喝水了。"

　　然而这个天真的少女是多情的，在和故乡诀别时，表示出她多么爱恋这里的一切：山岳、河谷、草地、树木、清凉的泉水、山谷的回声，特别是那些小羊羔，这些都和她朝夕相处，难以割舍，现在却不得不和它们永别了！
　　约翰娜在橡树下祷告后，梦见圣母出现，也像她一样，是一个牧羊女子。圣母向她说："我是圣母，起来，约翰娜！丢开羊群吧，主在叫你去做另外一件事情！拿着这面旗！佩上这柄剑！用它去消灭人民的敌人，并且领导你主人的儿子到莱姆斯去，给他加上国王的王冠！"这是约翰娜来到查理的锡诺行宫，当着大主教说的话（第一幕第十场）。这由衷之言，自然是真实的，也是正确的。其实，究极说来，圣母的显圣就是约翰娜爱国主义精神的外化，圣母也就是牧羊女约翰娜本身。圣母对她说的话，就是她自己发出的心声。约翰娜如果以一个普通牧羊女的身份出现，就绝对不能感动国王，鼓舞将士，她只有而且必须以一个先知先觉者、上帝派来的预言人及法国人民的救星的姿态出现，才能达到预期的目的。

　　天主教的禁欲思想与男女爱情的矛盾，是造成悲剧的重要原因。在序幕第四场中，约翰娜自称得到圣灵的启示：

　　"你应当把肢体裹在坚硬的金属里面，用钢甲把你柔软的胸怀遮盖起来；对于男人们的爱不许动心，世俗虚荣的火焰也不会在你身内燃烧。新娘的花冠永远不会装饰你的鬈发，你也不会怀孕可爱的孩子；但是我要给你战斗的光荣，让你成为全世界妇女中最光荣的一人……"

　　要成为圣女，就不能有儿女之情和世俗之爱，然而约翰娜毕竟是人而不是神，而且是个富有感情的少女。由于15世纪宗教的神权桎梏，天主教禁欲主义在人民当中根深蒂固，人文主义思想尚未抬头，所以少女能抗拒法国爱国的伯爵杜努瓦及勇敢的将领拉伊尔向她求婚，放弃对她忠诚和爱护到底的男友莱蒙，然而一见被自己打倒在地的英国将领莱昂内尔的脸面，即由怜生爱，让他逃走，这也许就是如歌德所说的"亲和力"吧。在第四幕第一场中，可以看见约翰娜怎样在作思想斗争：她说："……我的纯洁的心里印上一个男人的影子吗？这颗充满上天光辉的心，能容许有尘世的爱情吗？我，是我祖国的女救星，是最高上帝的女战士，对于祖国的敌人可以动情吗？我如果向纯洁的太阳坦白这件事，那不羞死我吗？"可是接下去又说："唉，我看见过天国的门打开了，也看见过神的面貌！但是我的希望是在人间，而不是在天上！你必须把这种可怕的职务加在我身上吗？我能使天生具有感情的这颗心丝毫无动于衷吗？"最后，约翰娜在被俘以后，还是毅然拒绝莱昂内尔的求爱，这时爱国思想又与禁欲思想交融在一起了，终于导致悲壮的结局。这样一来，约翰娜成为可望而不可即、可敬而不可亲、可爱而不可狎、永远活在法国人民心中的爱国女英雄和圣女。

　　法国国王查理七世是个动摇、软弱、平庸、迷恋女色的人物，不过对人宽厚，还得到部分人的拥护，但他不敢抵抗英军的进攻，决定放弃奥尔良，后来他的情人索蕾尔夫人慷慨捐献财产以供军需，又经杜努瓦伯爵极力劝阻，都无济于事。直到约翰娜出现，才扭转战局，使他改变初衷。实际上，约翰娜所尊重的倒不是查理这个人，而是法国的国王，因为法国国王是法国民族团结的象征，是当时第三等级即市民与农民的保护者。所以约翰娜说："这个国王，正是他保护着神圣的耕耘，正是他保护着畜群，正是他使土地丰收，正是他带领着奴隶走向自由，把城市繁荣地建立在他王位的四周……"（序幕第三场）查理所处的时期，对于法国人民的历史来说，具有进步的意义，因为它导致在西欧地区建立第一个中央集权的民族国家,一百五十年后,再由国王亨利即波滂王朝的创立人来完成。

法国太后伊莎白是个厚颜无耻、顽抗到底、甘心出卖国家和民族利益的女人。她亲手扶持英国的哈里·兰开斯特登上法国国王的宝座,还说是在病树上接了新枝。(第一幕第五场)

阿妮丝·索蕾尔虽是国王的情妇,却深明大义,国难当头,慷慨解囊,并鼓起查理抗敌的勇气。

杜努瓦伯爵是坚定的爱国贵族,也是勇敢善战的将军。

布根地公爵后经约翰娜的挽救,才重回到法国的怀抱,仍不失为悬崖勒马的男子。

英军统帅塔尔伯特在剧中是侵略军的头子,扮演着不光彩的角色,虽然骁勇过人,自夸在二十次战役中把法国军队打得落花流水,但是最后还是战败身亡。他临死时说:"我们从生活的战斗中唯一可以带走的收获,就是看透了事物的虚无渺茫,而且从心里蔑视那一切对我们看来是崇高的和有希望的东西。"(第三幕第六场)这就是一个自负"英名满天下"的侵略者的下场。

莱昂内尔是勇敢的英国将军,是唯一打动约翰娜少女心的英俊男子。他本来很轻视约翰娜,后来由于她饶他不死,使他铭感在心。当约翰娜被俘虏后,他追求约翰娜,声言为了保护她,愿意与全世界为敌。(第五幕第九场)

富农铁保·达克是个深受天主教影响,并具有顽固的宗法思想的农民,女儿的婚姻要由他安排和决定。他当众痛骂女儿约翰娜是女巫,约翰娜所以默然忍受,是因为她认为父亲说的话,就等于上帝说的话,这是宗法思想与迷信的结果。

总的说来,剧中只有约翰娜这个主角,只有她的一言一行吸引观众的注意,激发观众的同情,其余的角色只是作为陪衬,使约翰娜的光辉壮丽形象浮雕似地显露出来,因而在这个意义上可以说,《奥尔良姑娘》是一出独脚戏。

艺术上的评价　歌德曾经极口称赞此剧,不过根据一般推测,歌德称许的不是本剧的浪漫化的特色,而是它具有民族风格的感情及明快和动人的语言。席勒把一部现实的爱国剧写成浪漫的悲剧,把人间的爱国主义精神裹上宗教的神秘外衣,把一个最一般、最平凡、最可爱的劳动人民的女儿,神化为云霞裹身、光芒万丈、令人膜拜的圣女。这在剧中就不可避免地暴露出奇迹与现实、宿命论的迷信与现代自由意识之间的矛盾,也显示出剧本艺术上的优点和缺点。

本剧共六幕:序幕包括四场,表明女主角的家庭出身,生活和性格及报国的热情和决心,可看作全剧的纲领;第一幕包括十一场,查理七世及其左右无力抵抗英军进逼,准备放弃奥尔良,忽得约翰娜到来扭转战局;第二幕包括十场,约翰娜率领法军反败为胜,打得侵略军四处溃散;第三幕包括十一场,布根地公爵经约翰娜的开导,回到法国国王这边来,合力御敌,使英军一败涂地。但波澜陡起,约翰娜对战败的英军将领莱昂内尔动了爱情,遂认为自己违悖对神的誓言,良心负疚;第四幕包括十三场,约翰娜一直在作思想斗争,查理七世终于胜利加冕;第五幕包括十四场,约翰娜终于恢复自信,取得最后胜利,以身殉难,成为圣女。

各幕之间脉络贯通,联系紧凑,这是艺术上成功的地方。但美中不足的有两点:一是约翰娜为什么一见莱昂内尔就动了爱情,未免显得太突然,没有足够的动因,也没有心理上的过渡和转变,难于自圆其说。其次,第三幕第九场中黑骑士的出现,劝约翰娜半途而止,来去突兀,也难以理解。至多这只能解释为约翰娜本身的思想动摇和怀疑,或者说,这是她下意识活动的产物,也是在她遇见莱昂内尔以前的不幸的预感吧。

读完《奥尔良的姑娘》以后,使我想起中国北朝后魏时期的《木兰诗》或称《木兰从军行》。两相对比,虽然体裁不同,一个是诗,一个是剧;性质不同,一是悲剧,一是喜剧,但是各擅胜场。木兰从军的故事比奥尔良姑娘的故事约早九百年。诗中着力描写一位代父从军的女英雄形象:木兰是个劳动人民的女儿,大半是少数民族汉化了的女子,估计年龄应当不超过十六七岁。她出于抵御外侮的爱国心,女扮男装,代父从军,苦战十年,凯旋而归,朝见天子,辞官不就,回转故乡与家人团聚,重新恢复女妆,出见战时的伙伴,他们大为惊惶,乃叹道:"同行十二年,不知木兰是女郎。"诗中充满乐观的气氛和积极浪漫主义的精神,对旧中国重男轻女的封建礼教是大胆的驳斥。明朝徐渭(1521—1593)据此编写杂剧《雌木兰替父从军》[①],剧只二出,可惜他用"替父行孝"代替了爱国主义的主题思想,而剧情亦嫌单调浅薄,不能与席勒的剧作相比。我国抗日战争时期,曾上演过木兰从军的电影和话剧,其中穿插一些木兰作战情形,如何智勇兼备,决战取胜,以及男女爱情等。但风格还不够高,反不如《木兰诗》风格自然明朗,语言朴素刚健,节奏鲜明,而且运用了重叠、排比、烘托、比喻等手法,焕发出独创的光辉,是中国现实主义叙事诗的杰作,其感人之深,与《奥尔良的姑娘》有异曲同工

---

① 参看《元明清戏曲选》,吉林人民出版社,1981年。

之妙。今天读报,得知上海歌剧院正在演出民族舞剧《木兰飘香》,表现质朴、粗犷、剽悍的古中国女英雄的风格,以激励当代的青年儿女,这可以看作当代中国艺术上新的努力[1]。

---

[1] 上海《文汇报》1983年9月17日报道。

《墨西拿的新娘或兄弟冤家》
——一部有合唱的悲剧——

写作经过　《墨西拿的新娘或兄弟冤家》[①](以下简称《墨西拿的新娘》),是席勒一部独具特色的仿古剧作。他以古希腊索福克勒斯的悲剧为榜样,想写出一部具有严格形式的悲剧,即把希腊悲剧的命运观点和合唱队搬上舞台,以便在诗歌创作问题上既反驳浪漫派作家,又反对浅薄的自然主义作家,而后者正是魏玛公爵和科策比当时在魏玛剧场上所奖掖提携的。席勒相信通过一部这样的悲剧,本着索福克勒斯的精神,重视古典形式,即质朴、简洁、自然、有力的风格和明快、优美的语言,可以丰富德国的民族文学。

席勒于1802年8月开始写作,1803年2月1日完成,3月19日在魏玛首次演出。《墨西拿的新娘》这部剧本,既不是取材于古代历史,也不是取材于同时代人的生活,而是诗人凭自己的自由艺术构思而写成的。背景放在10世纪中西西岛的墨西拿,剧中把古希腊神话、基督教和土人的迷信错综交织起来。

剧情概要　剧中所表现的是墨西拿一个侯爵家族的悲剧性的没落。这种没落似乎不是出于这一代的人为,而是由于一位上代祖先的诅咒和一种神谕的预言先就注定了的。墨西拿的女侯爵唐娜·伊莎贝拉有两个儿子:长子名唐·曼埃尔,次子名唐·塞萨尔,两兄弟不和,经过流血殴斗以后,由母亲出面调解。因为两兄弟互不知情,同时爱上了一个名叫比阿特丽丝的女子,哥哥唐·曼埃尔被嫉妒得发狂的弟弟唐·塞萨尔用匕首刺死了。可是比阿特丽丝不是别人,而是他们的亲妹妹。原来在她尚未出生以前,神谕就预言她会带来两位兄长的死亡,父亲想要杀死她,母亲只好把她送进一座修道院里去。后来唐·塞萨尔发现自己在盲目狂怒中杀害了哥哥,争夺的不是什么情人,而是自己的妹妹,于是他在羞惭与悔恨交织之下,也自杀了。

---

① 根据德文版《席勒集》第四卷,至今尚无中译本。

思想内涵和形式 构成戏剧冲突的是由于不相识的兄妹相爱而产生的兄弟仇杀。情节简单,人物不多,除女侯爵和二子一女外,只有仆人迭戈。女侯爵使得二子和解以后,就向他们宣布,还有一个妹妹,现在派仆人迭戈去接回来。唐·曼埃尔在打猎时追逐一只逃亡的牝鹿,鹿逃到修道院里去,躲在一位女修士脚下簌簌发抖,女修士就是比阿特丽丝,彼此一见钟情,唐·曼埃尔准备娶她。唐·塞萨尔在侯爵的葬礼上,偶然见到比阿特丽丝一面,惊为天人,也想娶她,一直派人追踪她的下落。于是他们也向母亲报告,就要接两位媳妇回来。比阿特丽丝与唐·曼埃尔相爱在前,唐·塞萨尔发现二人相爱,妒火中烧,把哥哥刺死,后来知道他们两人所爱的是自己的妹妹,于是也自杀了。女侯爵原来希望的大团圆的喜剧,结果是大不幸的悲剧。这似乎是祖先的诅咒和神谕的预言应验了,成了人力不可挽回的"命运悲剧",但是从唯物的观点看来,这是由于迷信,也就是由于愚昧无知所造成的过失。

贵族阶级的没落,是历史发展的必然。唐娜·伊莎贝拉侯爵家族的灭亡,正象征他们那个阶级的没落。二子之死,毫不足惜。他们既无功德于人民,又骄狂放纵,各不相下,兄弟俱自命为墨西拿的第一人。如果他们现在不为争夺女色而相残杀,将来也必为争夺权位而相残杀,就像索福克勒斯所著《安提戈涅》剧中的奥狄浦斯的二子那样。早死则为害于人民尚小,迟死则为害于人民更大。所以席勒这部剧应该看作是一部惩戒剧。

至于本剧的形式,完全模仿希腊古典悲剧,全部是诗体,不分场幕,剧中穿插合唱。席勒在本剧的序言《论合唱队在悲剧中的使用》中说:"合唱队因而对于现代的悲剧作家比对于古代的诗人起更大的作用。首先,因为它把现代的卑鄙恶浊的世界变成古代的富有诗意的世界,它把一切与诗歌相抵触的东西都变成无用的东西,而推动诗人采用最简单、最原始、最纯朴的题材。今天,王侯的宫殿关闭了,法院从城门口迁到了室内,文字排除了活生生的语言,而人民本身,即感性上生动活泼的群众,一旦不作为粗暴的力量而起作用时,就成为国家,也就是成为一种抽象的概念,神祇也回到人们的心里来了。可是诗人得把宫殿重新打开,得把法院搬到露天下来,他得重新部署神祇,他得把一切直接的、被现实生活的人工设施所取消了的东西重新建立起来,而把一切对于人以及为了人的、粗制滥造的东西统统抛弃掉,这些东西阻碍人的内在天性和原始性格的显现,就像雕塑家那样抛弃时髦服装,从一切外在的环境中拣选形式中最高的形式,即显示出人的形式,此外别无所取。"(德文版第四卷第316页)

以上说明席勒一方面对于自身所处的落后的德国不满,另一方面也对面临着由于资本主义的分工而日益暴露出来的人性的分裂感到不满。他藉助于古典的题材和形式,企图在卑鄙丑恶的资产阶级社会中复活古希腊的世界。席勒在剧中使用的合唱队有分有合。当合唱队作为真实的人和盲目的群众而共同活动时,就分为两队:一队属于哥哥唐·曼埃尔,一队属于弟弟唐·塞萨尔。当合唱队作为理想的人物而出现时,就合二为一。合唱队也批评作为统治者的贵族家族及其血腥的残杀。第一合唱队叹息说:生活的财物分配不均,贵族统治者的势力太强大了。第二合唱队叙述王侯们的孤独头脑闪闪发光,曙光女神用永恒的光线照射着他们,好比那是尘世上耸立的山峰,可是人民则受他们任意摆布。两个合唱队必须听从侯爵们的命令,互相敌对,他们分明知道,服从对于他们没有好处,然而他们是他的公民和子弟,实在迫不得已。他们希望的是和平,而不是互相残杀。在侯爵们狂热地杀得乌烟瘴气时,合唱队看出,只有在大自然中,在寂静的田野和山谷中,才有清白无辜可寻。席勒认为"合唱队可以摆脱剧情的拘束,纵论未来和过去,纵论遥远的时代和人民,纵论一般人性,从而得出人生的巨大结论,说出智慧的教义。"(德文版第317页)

席勒这部剧本不是以它的内容的思想性,而是以它的语言的节奏感和音乐性见长,它唤起听众的浪漫感觉,诚如他所说:"藉助于大胆的抒情自由,以神祇般的步伐,逍遥在人世的高峰上。"(同上)

中国地方戏如川剧,至今尚保留有所谓"帮腔",是由帮腔演员在幕后领唱或接唱剧中的唱词,可以是一人独唱,也可合唱,或是一人领,数人和。它的作用有三个:一是标示曲牌和定调,川剧高腔有几百种曲牌,唱什么牌子,得由帮腔领出。高腔的唱段,有时有音乐伴奏,有时没有,这就要靠帮腔定调了。二是帮演员说话,代替角色的内心独白。三是作为第三者出现,穿插剧情,引导观众,总的目的是加强演出的艺术效果[①]。这可以和西方古典剧中的合唱比较研究。

---

① 参看《文汇报》1983年10月30日:《帮腔的艺术》。

《威廉·退尔》

——戏剧——

写作经过　要弄清楚席勒写作此剧的经过,不能不提到歌德向席勒提供了素材和建议。1827年5月6日,艾克曼在《谈话录》中说:"歌德接着对我们讲,1797年他有一个计划,想用'退尔'的传说写一部六音步格诗行的史诗。"[①]

"他说:在前述的那年,我再次访问(瑞士)四林湖周围的几个小州,那里动人、壮丽而雄伟的大自然,再度给我以这样的印象,使我起了一个念头,想写一篇诗来描绘这么丰富多彩、无可比拟的自然风景。可是为了使这种描绘更富于魅力和生动有趣,我想最好用一些同样重要的人物形象来配合这引人入胜的场所和背景,于是我想起'退尔'的传说在这儿很合适。"

"我想象中的退尔是个粗豪健壮、优游自得、纯朴天真的英雄人物。他作为一个搬运夫,来往于各州之间,各处的人都认识他,喜爱他;他也慷慨助人,安心乐意地干他的行业,养老婆和孩子,不用操心去管谁是主子,谁是奴隶。"

"至于对立方面的葛斯勒,在我的想象中虽然是个暴君,不过他是那号贪图安逸的人,随他的高兴,有时做点好事,有时做点坏事,对人民的祸福漠不关心,好像他们压根儿就不存在似的。"

"与此相反,人性中那些较高尚和较善良的品质,如对故乡的热爱,对祖国法律保护下的自由和安全感,对受异国暴君所带来的枷锁和虐待的屈辱感,以及最后酝酿成熟、决定摆脱可恶桎梏的意志力——我把所有这些优良品质分配给瓦尔特·菲尔斯特、司陶法赫、温克利德等高尚人物。这些才是我要写的史诗中的真正英雄人物,代表自觉行动的崇高力量,至于退尔和葛斯勒,虽然有时也在情节当中出现,但是总的说来,却只是一些被动的人物。"

[①] 根据艾克曼《歌德谈话录》,柏林建设出版社1956年德文版;并对照朱光潜选译本,人民文学出版社1982年版。

"当时我专心致志地在这个美好题材上运思,而且有时哼出一些六音步格诗行。我瞧见幽静月光下的湖水,以及月光照射下的深山浓雾。我又瞧见在无比美丽的晨光照耀下,森林和草地充满生命和欢乐。然而我又在心中描绘出一阵雷电交加的暴风雨,从岩壑掠过湖面。同时也不乏深夜的寂静及小桥曲径的幽会。"

"我把这一切都告诉了席勒,在他的意匠经营中,我的一些自然风景和活动的人物就形成了一部戏剧。因为我有旁的工作,把写史诗的计划拖延下去,到最后我把我的题材完全让给席勒,他用这个题材写出了一部令人惊叹的杰作。"

从以上的谈话看来,是歌德提供了席勒以初步的题材和建议,然而这只能看作是对席勒的启发,而席勒惨淡经营,匠心独运,终于写成这部戏剧,实有重要的客观和主观的原因。

早自 1796 年起,拿破仑的侵略战争已波及席勒的故乡施瓦本,他的父母姊妹都生活在法国驻军的势力之下。1798 年,法国军队侵入了瑞士,宣布成立一个"统一的瑞士共和国",然而掩盖不了它的侵略性质,这不仅唤醒瑞士人民的民族意识,也引起欧洲其他国家的警惕。1801 年,德国皇帝佛朗兹二世与法国订立吕纳维尔和约,把莱茵河左岸土地及占全德人口七分之一左右的居民割让给法国。由于对祖国和自由的热爱,对武力侵略的痛恨,使席勒从康德唯心主义的哲学中摆脱出来,在完成《墨西拿的新娘》那部古典式的命运悲剧以后,又面对现实,回到伟大的时代问题上来。

他选用瑞士联邦农民反抗哈普斯堡政权而取得独立的故事来写此剧,藉以激发德国人民奋起反抗外来侵略。他相信人民有权利创造自己的幸福,有力量反抗暴力以自卫。所以本剧虽然歌颂的是历史上瑞士民族的解放运动,而且退尔不过是个传说中的人物,但德国人民却把这看作是具有高度现实主义的爱国剧。1803 年 10 月 27 日,席勒写信给威廉·沃尔左根说:"我正在努力写作《威廉·退尔》,想用它来把人们的头脑再激动一下。他们非常渴望这类群众性的题材,现在他们尤其爱谈瑞士的自由,因为它已经从世界上消失了。"

席勒在给其他友人的信中,一再强调本剧的"人民性",认为它符合广大观众的愿望,适宜于演出。席勒参看种种有关瑞士的地理、历史、风土、人情等资料,把这些完了然于胸以后,才开始动笔。从 1803 年 8 月 25 日开始,于 1804 年 2 月中旬完成。歌德曾讲过席勒写作《退尔》的情形:"他先在他的房间四壁贴上许多他所能找到的瑞士的地图,他还读瑞士的游记,甚至对于瑞士独立地区的一街一巷都能洞悉无遗。同时他研究瑞士历史,他把一切材料综合之后,开始工作。真可以说,他不到写完《退尔》不站起来。他疲倦的时候伏案睡觉,醒来以后,便索取浓咖啡——不是如后人所误传的香槟酒——来提起他的精神。于是《退尔》就在六星期里完成,真像一气呵成一般!"(所谓六星期,大约是从他于1804年1月读到第一幕算起。)1804年2月中旬全剧告成,3月中在魏玛首次演出,以后就经常出现在各地的舞台上。

可惜席勒于1805年去世,没有经历到德国民族1813—1814年的解放战争。但是他的剧本大大鼓舞了德国解放战争中的中青年战士。例如他的至友寇尔纳的儿子特奥多尔即是一名杰出的解放战争的战士。所以他的好友洪堡的夫人说:"席勒如果活到1813年而还有一点剩余的健康时,是一定会参军的。"

历史和剧情概要　瑞士的人民,特别是四林湖周围的三个古州:瑞兹、乌里和下林的居民,自古以来是很自由的民族。根据传说,他们为饥饿所迫,由北方迁来,披荆斩棘,驱除猛兽,以渔、猎、畜牧为生活。他们选举州长,经常集会,自己管理着公共事务。只有遇到发生血案这类大事,才用日耳曼民族神圣罗马帝国皇帝的名义来处理,由皇帝给他们指定一个州官管理这事。这位州官大都是由林区附近的一位伯爵来担任,他不住在州里,只有在血案发生时,人们才去请他来,他坐在露天下当众判断案情。他们自愿接受帝国的保护,并在战争中效力。当斐德烈二世(1194—1250)于1241年出征现在意大利的法芬兹时,瑞士曾出兵六百名相助,剧中的老年男爵阿廷豪森当时曾以十八岁的年龄参加此役。斐德烈二世为了酬报他们的芳绩,颁给各州人民"自由诏书",保证他们直属皇帝和帝国。以前作他们州官的都是伦兹堡的伯爵,后来因为这个家族没有后裔,这职务便落到哈普斯堡的伯爵鲁多夫一世身上。他于1273年即日耳曼民族神圣罗马帝国的皇位后,还一直宽待瑞士人民。到了他的儿子奥国公爵阿布雷希特于1298年即帝位,瑞士人民便吃起苦来。他一反旧例,不单要求瑞士人民向哈普斯堡家族臣服,还觊觎他们的土地财产。他派两个州官常驻该地,怙权弄势,鱼肉人民。

剧情的中心即是上述三州人民反对奥国公爵阿布雷希特及其派遣的州官的斗争。一名州官叫赫尔曼·葛斯勒,驻在屈斯纳特,统治乌里州和瑞兹州;另一名州官叫贝林格,驻在沙能堡,统治下林州。他们残酷地镇压当地人民,只要人民不甘心屈服于奥国的统治,就要遭受种种迫害,纵然向皇帝申诉,也丝毫无济于事。三州人民不堪其苦,不得不凭自己的力量来斗争。其中最优秀的男子有年老的瓦尔特·菲尔斯特、魏尔纳·司陶法赫、阿诺·封·梅希塔尔及其他三十多人,联合起来,在四林湖畔吕特丽的一片草地上,秘密恢复古老的自由联盟。他们愿意始终效忠于皇帝,但反对奥国。贵族也站在人民一边,带头的是老年伯爵阿廷豪森,他的侄儿鲁登兹原来站在敌人那方,后被女友贝妲争取到自由事业这方面来。但是踏上解放事业第一步的却是一位没有参加吕特丽结盟的男子,名叫威廉·退尔。他是全瑞士最优秀的射手,最能干的船夫。他在暴风雨中毅然不顾一切,搭救被州官骑兵追赶的鲍姆加登,驾船把他渡过湖去。

州官因而对退尔早怀敌意。退尔在古村被捕,因为他拒绝向挂在柱上的州官帽子致敬。州官葛斯勒强迫退尔从他儿子的头上射下一个苹果,他威胁地说:"要就射,不射,就同男孩一起死。"退尔把苹果射下来了;但是州官追问退尔,为什么他把第二支箭头藏在领袋里,并且答应保证退尔的性命,只要他说出实话。退尔坦白回答,如果他射着了自己的爱子,那末,他就要用第二支箭射中州官。州官认为死罪虽免,活罪难饶,叫人把退尔绑起来。用船押送到屈斯纳特的监狱里去。可是船到中途,湖上发生一场特大的暴风雨。船上的人给退尔松绑,让他来操舟。船果然得救,退尔也趁机逃走。后来州官骑马经过狭隘的路径回到屈斯纳特去,退尔隐身在山岩上,一箭洞穿州官的心窝,使他立即从马上跌下来死了。在这段时间,州官被杀的消息传遍远近,人民起义普遍爆发了,大小外来官吏都被驱逐出境,人民终于获得了自由。本剧的故事发生于1307年,从10月28日开始,于同年11月20日告终,前后不到一个月的时间。皇帝被刺是在1308年5月1日,席勒特意把事件移前了几个月,好使上述的解放运动告一圆满段落。

根据历史,后来瑞士其他各州也纷纷加入联盟,屡败奥军,终于获得独立,并成立瑞士联邦,这是后来的事情,不能全在剧中表现出来。今天的瑞士联邦是世界上永久中立的国家,不能不使人联想到它光荣的开国史。

思想内涵　戏剧标名《威廉·退尔》[①],但是究极说来,谁是剧中的主角呢?席勒写给伊夫兰德的信中说:"退尔在剧中差不多是独行其是的,他的事情始终是私事,直到最后才同公众的事业结合起来。"剧中出场的人物分为三类:第一类是瑞士的乡民,也即是劳动人民,占绝大多数;第二类是环绕阿廷豪森伯爵的

---

① 根据德文版《席勒集》第四卷,并参照张威廉的译本,上海译文出版社1981年版,及钱春绮的译本,人民文学出版社1978年版。

少数贵族;第三类是皇帝派遣的州官及其雇佣兵。公众事业的承担者当然是瑞士的乡民,他们不仅代表帝国反对哈普斯堡的家族政权,而且也代表市民和农民的自由要求。剧中一再强调帝国与哈普斯堡家族的对立,即奥国作为个别的封建政权与整个帝国的对立,这虽然与13世纪的历史情况不尽符合,但是在写作《退尔》时,对于形成一种反对各小邦利益的民族意识却具有重大意义。与此同样重要的是这种民族意识的社会内容。州官对瑞士乡民的百般刁难和折磨,就是要他们切身感到自己不自由。例如州官葛斯勒说:

"我在本地代理皇帝统治,
不愿发生这样的事情:
让农民亲手建造房屋,
好像他们自由生活得是本地的主人。"

乡民不仅痛恨异邦侵入的徭役官,对本地的贵族也抱着极大的怀疑,例如梅希塔尔和司陶法赫都一致认为乡民必须自助,无求于贵族。梅希塔尔说:

"何必要贵族?让咱们单独来完成!
但愿国内只有咱们自己人!
我认为咱们自己尽可以保卫自身。"

乡民们宣称自己是公众事业的代表,在吕特丽秘密宣誓,缔结解放联盟,就不让贵族知道。后来在形势压力之下,贵族承认乡民的主权,承认他们有权代表民族。垂死的老伯爵阿廷豪森自愿放弃在斗争中充当领袖,而且确信贵族已经过时了,他要对城市举行市民宣誓,认为诸侯和贵族们反对乡民,定遭失败。

本剧思想内涵的另一重要方面,在于它鼓吹民族联合起来反对外来统治。因此,第二幕第二场三州代表在吕特丽的秘密结盟,可看作剧情上升的顶点。他们从夜里开会直到拂晓霞光照耀山顶,最后勒塞满说:

"在这个光芒里,我们正好
对我们新的缔盟宣誓!
它照见我们,较先于那些

在我们底下城市烟雾里
呼吸困难的一切人士。
——我们要结成一个兄弟的民族,
在任何患难中决不分离。
(大家随声附和,同时举手伸出三指)
——我们要自由,和祖先一样,
宁愿死,也决不偷生做奴隶!
(同前)
——我们信赖最高的上帝,
不畏惧人间的权力。"
(同前。众乡民互相拥抱。)

席勒有意把在瑞士过去发生的事件用来对照当时德国人民的现状。德国人民的民族联合,是反对拿破仑侵略战争的先决条件。席勒号召贵族放弃特权,要求各阶级联合成为一个民族。剧中藉鲁登兹的口说出:"我宣布解放我所有的奴仆!"这对当时德国各邦不无影响。后来1807年,施坦因伯爵首先在普鲁士通过十月敕令废除农奴制和世袭隶属制,与容克地主的反动势力作斗争。这一措施也促使乡镇及军队进行改革,而在人民当中给1813年的爱国主义起义创造前提。

席勒对封建所有制是深恶痛绝的,这在第三幕第三场中,从退尔与儿子瓦特的问答中可以看出来:

瓦特:爸爸,也有无山的国家吗?
退尔:如果从咱们这高地,
向着河流一直往下走,
就可达到一块大平原;
那里林泉不再奔腾飞溅,
河水平静而和缓地下流,
那里可以自由地四下眺望,
谷物长满在美丽的长畴,
那地方看来真像座花园。

瓦特： 唉，爸爸，咱们怎么不赶快下去，
　　　　走进这美丽的国土，
　　　　却在这儿担忧受苦？

退尔： 那地方又美又好像天上，
　　　　可是那些耕田种地的人，
　　　　却享受不到他们耕种的果实。

瓦特： 他们不像你自由自在地
　　　　居住在自己祖传的产业上吗？

退尔： 那儿的田地属于主教和国王。

瓦特： 他们该可以自由地在森林里打猎吧？

退尔： 野兽和飞禽都属于主人。

瓦特： 他们总可以自由地在河里捕鱼吧？

退尔： 江河、大海、盐都属于国王。

瓦特： 这位使大家都害怕的国王到底是什么人呢？

退尔： 这是一个保卫和养育他们的人。

瓦特： 难道他们不能勇敢地自卫吗？

退尔： 那里邻居不敢和邻居亲近。

瓦特： 爸爸，那末，那块大地方对我也狭窄得很，我宁愿在冰雪地方安身。

退尔： 对呀，孩子，这样确是好些，
　　　　宁愿背后有冰山，不愿背后有恶人。

由于席勒这部剧本具有鲜明的反抗异族统治、打倒专制暴君、反对封建制度、宣扬人民起义的倾向性，不仅鼓舞了当代，也影响了后代，所以革命民主主义诗人海涅把席勒比作法国资产阶级革命中进行战斗的旗手，后来更有人称席勒为民主主义的自由英雄。

相信人民，依靠人民，相信人民有权打倒任何暴君，相信人民能够在民主的基础上实现民族的统一和自由，这就是从《威廉·退尔》中得出的思想总结，也是席勒对自己祖国的命运前途深思熟虑的总结。

人物性格 剧中的真正主角是全体瑞士人民，包括牧人、渔夫、猎人、手工匠人等。他们还不曾受过共同行动的训练，而是在反对压迫和屈辱的斗争中经受

锻炼,把命运掌握在自己手里的。这些人生活在贫瘠的土地上,不断和大自然作斗争。每个人都不得不从事艰苦的劳动,这就提高了他们不屈不挠的坚强力量;他们在山上和湖里常常冒着危险,这就锻炼出大无畏的精神;而共同的生活体验把人与人结合起来,从事亲如兄弟般的行动。他们受到大自然的局限,与大自然有割不断的联系,这就定下了他们的单纯生活方式的基调。他们的生活、思想和语言,都是简单和纯朴的;他们最关心的是日常的自然事件,如天气的好坏,幸与不幸的事故。动物成为人的伙伴,常常与人共命运。由于这种单纯生活,也使得他们的眼界狭隘,只有强大的外来压力才使得这些纯朴的自然居民振奋起来,看出共同行动的必要性。

威廉·退尔就是这些瑞士劳动人民当中的一员。他虽然性喜独来独往,自行其是,未参加三州代表的缔盟,但他明白表示,如果需要他干什么事,一听召唤,准定到场,这样看来,他和广大劳动人民是分不开的。有人说得好,他是瑞士人民的儿子,而不是瑞士人民的领袖。然而瑞士人民的美德,如纯朴、善良、勤劳、勇敢、憨直、热爱乡土、慷慨助人、爱慕自由等,都集中体现在退尔的身上。他虽不是剧中的中心主角,然而是剧中的主要线索人物,席勒用他来标名剧本是有深意的。

在第一幕第一场中,下林乡民鲍姆加登因为妻子受国王的守备官的侮辱,愤而将对方杀死,被州官派骑兵追赶,他逃到湖边,由于暴风雷雨,湖水翻腾,舟人不敢渡他过去。退尔就说:"勇士最后才想到自身。信赖上帝吧,救救这急难人!"舟人还是畏缩不前,退尔就亲自操舟渡他过去,在临行前,向岸边的牧人说:"老乡,请安慰我的妻子,万一我遭到了不测!我干的是我不能不干的事情。"这种豪侠精神,令人肃然起敬。

在第三幕第三场中,州官葛斯勒强迫退尔从孩子头上射下苹果,是极为惊心动魄的场面:退尔带着男孩瓦特来到古村,没有向木杆上挂的州官帽子致敬,被逮捕到州官面前。州官葛斯勒想用最残酷的方法折磨退尔,就说:

"听着,退尔,你能够在百步外
从树上射下苹果,那你一定得
当着我显一显你的本领——把弓拿起——
这就在你手里——做好准备,
从孩子头上射下一只苹果——

可是我劝你,好好地瞄准,
你得第一箭就把苹果射中;
射不准,你的脑袋也就不稳。"

退尔苦口求饶,州官不许,别人代为说情,州官也不许,退尔万般无奈,最后向州官说:

"免了我这一射吧!这里是我的心!
(他把胸襟撕开)
叫你的武士把我刺倒好了!"

葛斯勒:我不要你的命,我要你射箭。
　　——你一切都行,退尔,什么都不怕;
　　你既会操舵,也同样会扳弓,
　　只要为了救人,风暴也吓不倒你,
　　现在,救星,救你自己吧——你也救了大家!

剧中插入几句描写:退尔站着,心里在作激烈的斗争,双手抽搐着,睁大眼睛一会儿望望州官,一会儿望望天空——突然他从箭囊里抽出第二支箭,插在领袋上。州官注视着他这一切动作。

在众人与州官争论中,退尔发箭射下儿子瓦特头上的苹果。瓦特拿着苹果欢跳起来。这时退尔上身向前弯,好像要随着箭一起飞去——手中弩弓脱落——当他看见男孩跑来,急忙张开双臂迎上前去,无比热爱地把孩子抱在胸口,他就在这种姿势中无力地晕倒。大家都感动地站着。在这里,退尔的英雄侠气和慈父心肠交融在一起了。这一箭不仅射落了儿子头上的苹果,也射落了州官的鼠胆,长了人民的志气,灭了敌人的威风。

所以连州官的马厩长哈拉司都说:"射手退尔的大名将传诸后代,有如山冈屹立,万世长存。"后来狡诈的州官追问退尔第二支箭的用处,并保证他的生命安全。憨直的退尔回答:"好吧,哦,主公,因为您保证了我的生命安全,我愿把真情彻底告诉您。"这时他从领袋里抽出箭来,用可怕的目光对着州官:"如果我射中了我亲爱的孩子,我就用这第二箭射穿您,不错!我相信我不会射不中您。"州官气得咬牙切齿,叫人把退尔绑起来,用船押解到牢狱里去。船到中途,湖上风浪大作,州官为了保命,叫人给退尔松绑,让他操舵渡险,退尔乘机逃走。他埋伏在州官回屈斯纳特去的路上,这时葛斯勒正要马踏拦路喊冤的妇孺,宣布新的法令,话未说完,弩弓响处,退尔一箭洞穿他的心窝。葛斯勒临死前还认出:"这是退尔的箭。"这时退尔现身在高岩上,说:"你认得这射手,就不要寻找别人!屋舍解放了,良民安全了,你再也不能为害地方了。"(第四幕第三场)

这时退尔意识到,不是报私仇,而是为民除害,为民族争取自由。人民起义成功后,退尔回到乌里的家乡旧居,他没有发表什么豪言壮语,只有在最后一场中,乡民们站满退尔住屋的周围高呼:"退尔万岁!射手和救星万岁!"

退尔在平凡中显出伟大,在巨大的屈辱和压迫下表现刚强,在极端危险中发挥勇敢和果断的精神,这就是退尔的性格。他虽然不是瑞士人民的领袖,但是他是与瑞士人民血肉相连、呼吸与共的好儿子。

剧中其他人物各有鲜明的特色,而且各代表一种类型。瓦尔特·菲尔斯特是个明智的、胆小谨慎的老人;魏尔纳·司陶法赫是个考虑周到、勇于行动而精力充沛的男子;阿诺特·封·梅希塔尔是个感情热烈、行动敏捷的青年人。至于健谈的史退西,正直的鲍姆加登,牧人郭尼,猎人韦尼,渔夫罗第都是当地主要行业的代表人物;魏纳·阿廷豪森男爵是位理想化的贵族,年高望重,看明大势所趋,放弃贵族特权;他的侄儿乌利希·封·鲁登兹原来追随州官的身后,由于受到女友贝妲的影响,最后终于站到乡民这边来,并宣布解放他所有的奴仆;贝妲是个开明的贵族女子,富有正义感,自动放弃贵族权利,争取作自由的瑞士女公民;司陶法赫的妻子格特鲁热爱祖国,深明大义,助长了丈夫行动的勇气;退尔的妻子赫维希眼光比较狭隘和自私,然而她深爱丈夫和儿子。所有这些各式各样性格的人物,共同组成瑞士人民这个伟大的整体。

州官葛斯勒是凶狠残暴的化身,同时又胆小如鼠,害怕人民。他要彻底取消瑞士人民的自由,把整个乌里州变成牢狱。他的魔影到处出没,使得人人都感到惴惴不安。他悬帽示威,并说:

"我不是为了开玩笑,才把帽子悬挂在古村,
也不是测验民众的心,他们的心我早已看清。
我要把它树立,是叫他们学习对我弯下强直的头颈。
我拿点不愉快的东西,插在他们必经的路径,

使他们眼睛碰到时,就想起被忘了的主人。"

这是多么专横的语言! 多么残暴的措施! 他在临死前还说:

"我治理这民族过分宽仁——
那些人的舌头还在自由放任,
还没有完全受到应有的压制——
应该改变一下,我现在发誓:
我要粉碎这刚愎的心情,
我要压服这大胆的自由意志,
我要在这里再颁布一条
新的法令——我要……"(第四幕第三场)

语声未绝,他被退尔的弩箭射中了。一个遭受蹂躏的贫苦妇女抱孩子过来,说:"瞧,孩子们,一个恶人怎样死法!"可见人民对他的仇恨有多么深了!

艺术成就和影响 席勒是在身罹重病的情况下,集中精力在极短的时间内完成这部剧作的。一年以后,他就与世长辞了。因此,《退尔》这部剧本是席勒最后一部完整的剧本,也是他一生当中的代表作品,可以列入世界名剧之列而毫无逊色。席勒从未到过瑞士,也未亲身体验过瑞士居民的风俗习惯和生活方式,然而他利用自己手头所掌握的材料,驰骋自己的想象力,剧中展现出来的自然景色,出场的各种人物形象,使人如亲临其境,亲见其人,今天瑞士人还把《威廉·退尔》看作是他们自己的民族史诗。

本剧共五幕:第一幕包括四场,第二幕包括二场,第三幕包括三场,第四幕包括三场,第五幕包括三场。结构紧凑,环环相扣。幕启后,瑞士的湖光山色、牧场庄园,立即映入眼帘,渔童、牧人和猎人的歌声,令人神往。然而在和平气氛中波澜陡起,乡民鲍姆加登被州官的骑兵追赶,多亏退尔奋不顾身,渡他过湖,接下去,情节一步紧似一步。剧情发展的中心和顶点是第二幕第二场中三州代表在吕特丽的秘密结盟;然而剧中最精彩的场面,表现敌我双方的直接冲突,则是第三幕第三场古村草地上,退尔被迫箭射儿子头上的苹果,葛斯勒的凶残狡诈,退尔的忍辱负重,给人以永远难忘的印象。第四幕第三场中,退尔射杀州官,又是剧中掀起的第二次高潮。第五幕是高潮过后的余音和尾声,最后一场再把退尔与派利齐达作一对比：前者射杀州官的动机是为民除害，是为公；后者杀害皇帝——固然是个残忍的该杀的暴君——的动机是为了权力和皇位，是为私，以此更突出退尔品格的高尚。

本剧语言极其纯朴和自然，为席勒其他剧本所不及。席勒力求使语言个性化：退尔说话简短扼要，寥寥数语即切中要害；葛斯勒说话专横武断，蔑视人性；其他广大乡民的语言，各具有不同行业和身份的特点。席勒极其重视瑞士地方流行的语言和事物的名称，他特意藉用一些瑞士方言土语，以加强剧中台词的地方色彩。总的说来，由于剧中人物绝大多数是纯朴的乡民，所以诗人放弃古典的文雅词藻，而采用马丁·路德译《圣经》时所使用的通俗语言。

《退尔》剧本一经演出，立即风靡德国各地舞台，影响极大。在1848年德国三月革命前期，人们关心的倒不是退尔这个人物，而是要求资产阶级革命。《退尔》在卡尔斯鲁厄剧场首次演出时，正值巴登发生革命；1849年1月18日又在纽伦堡演出，以庆祝德国人民基本法的宣布。甚而连反动的《普鲁士汇报》在1848年度第85期上也报导："几天以前，可以看见我们歌剧院墙上有人用粉笔写的'明天上演《威廉·退尔》'。人民渴望在战斗和激动的头几天中，找到一个精神上的支点；在我们伟大民族诗人自由思想的崇高奋发中，寻求本身感情的表达。现在人民的愿望果然实现了。今天(1848年3月23日)《退尔》的演出成了人民的节日。"

从此以后，《威廉·退尔》不仅在德国舞台上演出，历久不衰，而且还搬上银幕，吸引德国内外更多的观众。五十多年前，笔者还是一个青年学生，曾在德国剧场观看《退尔》的演出：舞台上的退尔是个躯干魁梧、身着古代猎人装束、胡发绕颊的中年男子。他的儿子瓦特，是由一位年轻姑娘扮演的男孩。在古村射苹果那场，瓦特那种清脆的声音，明快的语言，灵敏的动作，勇敢的表态，与退尔那种沉着，质朴、内心交战的痛苦表情和令人敬爱的英雄气概，至今依然萦绕在我的脑际，还如耳闻其声，目睹其形。

《威廉·退尔》在各国均有译本，我国也有多种中文译本：最早有马君武的译本，已如前述。该剧曾在我国抗日战争时期由剧团改编上演，产生广大影响。解放以后，新的译本不断出现，足见它不朽的文艺价值。

结束语

席勒在二十余年的写作生涯中,在戏剧、诗歌、美学和历史方面,都有不少贡献,然而以戏剧上的成就为最大,尤其是悲剧。他的九部完整的名剧,除《威廉·退尔》可看作正剧或历史剧外,其余的八部剧本都属于悲剧。

就剧情内容看:《强盗》可看作是社会悲剧;《斐斯柯》是诗人自己定名为共和主义的悲剧,实即政治悲剧;《阴谋与爱情》是市民悲剧;《唐·卡洛斯》是政治悲剧;《瓦伦斯坦》是历史悲剧;《玛莉亚·斯图亚特》是宗教政治悲剧;《奥尔良的姑娘》是诗人定名为浪漫主义的悲剧;《墨西拿的新娘》是仿古的命运悲剧。就时间性质看:《强盗》和《阴谋与爱情》是时代剧,即反映诗人生活其中的18世纪的德国现实,其余七部包括《威廉·退尔》都是历史剧,然而亦寓有藉古讽今之意。

1805年,席勒还在写历史悲剧《狄默特纽斯》或名《莫斯科的血腥婚礼》①,可惜只写出两幕及简略提纲,就去世了。从这断片中可以看出,席勒取材于俄国专制主义形成的历史,主角是一个骗子,冒充俄皇伊凡的太子狄默特纽斯,逃到波兰,受波兰封建主的利用,进军俄国,声称夺回土地和皇位,终于失败。由于拿破仑在1804年称帝,席勒在这个假狄默特纽斯的侵略进军和失败事件中,看出类似的民族问题与社会问题的联系,看出类似的矛盾发生,自从拿破仑占领和分裂德国土地以后,这些就成为德国急待解决的问题。席勒是坚决反对拿破仑的,有人认为假狄默特纽斯在某些方面可能影射拿破仑,这一点不无理由。假狄默特纽斯在主观意识上,相信自己负有行动的使命,可是他不得不想到他的整个存在是建筑在谎言上。所以他说:"我是人的仇敌,我与真理是永远分离的!"拿破仑宣称自己是人民的解放者,然而实际上他成了反民族的侵略者。如果席勒能够写完全剧,这无疑将是他的最优秀的创作之一。

在席勒的遗稿中,还发现他有创作其他剧本的构思题材。例如他想写剧本

---

① 上引德文版《席勒集》第五卷。

《船》，反映不断前进的发现世界和统治世界的海洋剧；此外，还想写《警察喜剧》，表现人海城市巴黎的形形色色的现实生活。

席勒到死为止，一直孜孜不倦地工作。歌德曾说，每隔八天，就发现席勒是另外一个人。所谓"士别三日，当刮目相待"，也就是这个意思了。

席勒对德国的特殊贡献，是非常注意戏剧的舞台效果，这点连歌德也不及他。他对悲剧的理解也不断发展，后来他这样解释悲剧的精神："普罗米修斯，最美的悲剧之一的英雄人物，也就是悲剧本身的象征。"这与他以前在《论悲剧的艺术》一文所说已大不同了，那里面规定悲剧的目的在于唤起人对痛苦的怜悯，这只具有消极的意义。这里说，悲剧使人成为英雄，成为巨人，成为普罗米修斯，这才具有积极的意义。普罗米修斯敢于反抗火神宙斯，盗天火以赐福人类，纵受残酷的惩罚也不屈服。人们只要呼吸到这种精神，确可以使"贪夫廉，懦夫有立志"了。

海涅评论席勒的创作，说他是抱着对过去时代的憎恨开始，而怀着对未来时代的热爱告终（《论浪漫派》）。其实，席勒的思想是在曲折的道路上不断发展的，这在以上九部完整的剧作中表现出来了。从《强盗》到《威廉·退尔》，就是从争取个人的自由，提高到争取人民的自由，这是巨大的飞跃。今天无论联邦德国也好，或者民主德国也好，都同样在怀念和纪念席勒，而称他为德国的民族诗人。德国批判现实主义作家托马斯·曼早在1955年纪念席勒逝世一百五十周年时，就表达出如下的愿望①："两个分离的德国一反政治上的不自然状态，在席勒的名字上觉得自己是一个民族。时间的发展必将赋予我们的纪念以更大的意义，即按照席勒的崇高心灵的伟大榜样，号召人们置身在广泛的谅解和同情中，永远与大地——慈母的基础结合在一起；他那温和而又强大的意志力量，通过他的埋葬与复活的节日，定在我们心中唤起追求：这就是追求真、善、美，追求高风亮节，追求内心的自由，追求艺术，追求友爱，追求和平，追求尚待拯救的对人自身的崇敬。"

---

① 参看《托马斯·曼全集》（德文）第十卷《试论席勒》，柏林建设出版社1955年版，第798页。

席勒简表

生　平

年份

1759　约翰·克里斯托夫·弗利德利希·席勒于本年10月出生在内卡河畔符腾堡公国的马尔巴赫城,父亲是伤科医生。

1763　随家移居雷姆斯塔尔的罗尔赫,后又移居路德维希堡。1768年进入拉丁文学校。

1773　从本年至1780年,遵照符腾堡公爵卡尔·欧根的命令,毕业于军事植物学校。他在这里研究法律学和医学。学校的强迫教育及人身不自由,激发他写出他的处女作《强盗》。

1782　同朋友施特赖歇尔一起逃到曼海姆,因为公爵禁止他写"滑稽剧以及诸如此类的玩意儿"。封·沃尔左根夫人在她梅林根附近鲍尔巴赫田庄上,供这个无家可归者以避难所。他在7月离开这位慈母般的女友。

1783　从本年夏天到1785年3月,居住在曼海姆,作为剧场诗人,创作出剧本《斐斯柯》和《阴谋与爱情》。患病,陷入经济困境,由于新结识的几位朋友的敦促,于4月中离去此地。

1785　移居莱比锡,受到寇尔纳的热情欢迎。在德累斯顿完成剧本《唐·卡洛斯》。

1787　于7月21日到达魏玛。

1789　由于歌德的介绍,他于5月到耶拿担任大学的历史教授。一年以后,和夏绿蒂·封·伦格弗尔德结婚。

1791　身罹重病,丹麦友人帮助他解脱财政上的困难。

1792　被法兰西共和国授予荣誉公民衔。在耶拿从事康德哲学的研究。此外,还写了一系列有关美学和历史的论文。

1795　从本年到1798年,与歌德一起创作出许多谣曲和讽刺短诗。由于歌德的鼓励,他完成剧本《瓦伦斯坦》。

1799　于12月移居魏玛,与首都剧院保持极密切的联系,同歌德一起指导剧院排演,这时他完全致力于戏剧创作,陆续写出《玛莉亚·斯图亚特》、《奥尔良的姑娘》、《墨西拿的新娘或兄弟冤家》及《威廉·退尔》等剧本。《狄默特纽斯》悲剧只是断片。

1805　席勒于5月9日由于肋膜化脓而逝世。5月11日被秘密地安葬在雅各比教堂的墓穴,

1827 年迁葬至魏玛的公侯墓地。

著　　作

戏剧

《强盗》(1781);《斐斯柯在热那亚的谋叛》(1783);《阴谋与爱情》(1783);《唐·卡洛斯》(1787);《瓦伦斯坦》(1799);《玛莉亚·斯图亚特》(1801);《奥尔良的姑娘》(1802);《恨世者》(断片,1802);《墨西拿的新娘或兄弟冤家》(1803);《威廉·退尔》(1804);《狄默特纽斯》(断片,1805)。

中、长篇小说

《丧失了名誉的罪犯》(中篇小说,1786);《见鬼者》(长篇小说断片,1787)。

谣曲

《潜水者》,《手套》,《波利克拉特的戒指》,《到艾森海默去》,《伊俾库斯之鹤》等(1798);《保证》,《与龙战斗》(1799);《钟之歌》(1799)。

格言诗

《讽刺短诗》(1797)。

抒情诗

《1782 年诗选》(1782);《诗歌全集》(第一部分,1800;第二部分,1801)。

历史著作

《尼德兰独立史》(1788);《什么叫做世界史以及人们研究它的目的》(1789);《三十年战争史》(1792—1793)。

哲学和美学著作

《试论人的动物本性与精神本性的关系》(1780);《把舞台作为道德的学校看待》(1784);《论悲剧题材产生快感的原因》(1792);《论悲剧的艺术》(1793);《论美书简》(1793);《论秀美与尊严》(1793);《论人的审美教育》(1795);《论素朴的诗与感伤的诗》(1796)。

翻译和改编作品

《腓尼基女子》(译自欧利庇德斯,1789);《在奥利斯的伊菲格妮》(译自欧利庇德斯,1789);《著名的诉讼案件》(皮塔瓦尔著,1792—1794);《麦克白》(莎士比亚著,1801);《杜兰朵》(戈齐著,1802);《费德尔》(拉辛著,1805);《寄生虫》(皮卡尔著,1806);《以侄作叔》(皮卡尔著,1807)。

杂志

《塔莉亚》亦称《喜剧神女》(1785—1791);《新塔莉亚》(1792—1795);《季节女神》(1795—1797);《文艺年鉴》(1796—1800)。

书信

《席勒与歌德的通信——从 1794 到 1805 年》(1828);《席勒书信集,1773—1805》(1834)。

席勒集版本

寇尔纳编:席勒全集(1812—1815,12 卷);格德克编:席勒著作全集(1867—1876,15 卷);赫伦编:

席勒全集(一百周年纪念版,1904—1905,16卷);贡特与维科夫斯基合编:席勒全集(1910—1911,20卷);阿布施编:席勒集(1954—1955,8卷);佩特森及布卢门塔尔等编:席勒全集国家版(自1943年起陆续出版,约40卷)。

参考书目

Abusch, Alexander (Hrsg.): Schiller, Friedrich: Gesammelte Werke in 8 Bänden. (2. Aufl.) Berlin: Aufbau-Verlag 1959.

Buchwald, Reinhard: Schiller: Leben und Werk. Frankfurt a. M.: Insel 1966.

Günter, Albrecht; Mittenzwei, Johannes (Bearb. u. Red.): Klassik-Erläuterungen zur deutschen Literatur. Berlin: Volk und Wissen Volkseigener Verlag 1962, 1978.

Hinderer, Walter (Hrsg.): Schillers Dramen: Neue Interpretationen. Stuttgart: Reclam 1979.

Mann, Thomas: Versuch über Schiller. Seinem Andenken zum 150. Todestag in Liebe gewidmet. In: Gesammelte Werke in 12 Bänden. Bd. 10. Berlin: Aufbau Verlag 1955.

Middell, Eike: Friedrich Schiller: Leben und Werk. Leipzig: Reclam 1980.

Schiller-Komitee (Hrsg.): Schiller in unserer Zeit: Beiträge zum Schillerjahr 1955. Weimar: Volksverlag 1955.

Wiese, Benno von: Friedrich Schiller. Stuttgart: Metzler 1963.

附　　录

魏玛的东方知音——董问樵

魏育青

在魏玛的德意志民族剧院门前广场上,屹立着一座双人青铜雕像,手持桂冠者是被尊为文艺奥林帕斯神的歌德,而拿着一卷文稿的是与之齐名的大文豪席勒,他们的杰作大至《浮士德》、小如《欢乐颂》,体现出一种魏玛精神,它在这片德国文学圣地上产生,逐渐为全人类所拥有,所推崇,在中国也不乏真正的知音,其中最重要者之一,就是曾在复旦大学德文系任教多年的董问樵先生。

董问樵(1909—1993)是著名的德语文学研究者和翻译家,却不是"日耳曼学"正宗科班出身:他早年负笈西洋,求学异邦,于1932年完成研究财政学的论文后获得汉堡大学博士学位。后又赴美留学,1935年回国后被聘为四川大学、重庆大学教授,并在银行业任职,其专著《国防经济论》由商务印书馆出版。1945年为民主建国会发起人之一。

1950年起,董问樵任复旦大学教授,起初形格势禁,他主要译介原民主德国和捷克的无产阶级革命作家的作品:如约和的《从寂寞中走出来:一个家庭的历史》和《转变的标志》、郁尔根的《蓝鸟》、沃尔夫的《飞碟》、玛耶洛娃的《共和国广场》等长篇小说,均由新文艺出版社出版。到了上世纪八九十年代,科学和文艺界迎来新的春天,已入晚年的董问樵倾其多年之积累,佳作迭出:如专著《席勒》(复旦大学出版社,1984)、《〈浮士德〉研究》(复旦大学出版社,1987)。他还翻译出版了德语文学经典名著数百万字:主要有歌德的《浮士德》(复旦大学出版社,1982)、《亲和力》(与王佩莉、林伟中合译,上海译文出版社,1988)、《威廉·麦斯特的学习年代》(上海译文出版社,1993)、《威廉·麦斯特的漫游年代》(上海译文出版社,1995)、亨利希·曼的《亨利四世》(上、中、下,上海译文出版社,1980)。

1988年,德国总统授予董问樵先生一级十字勋章,表彰他在德语文学研究和翻译方面作出的毕生努力和卓越贡献。在中国日耳曼学界获此殊荣的,仅冯至等寥寥数位大家。

一

说起德语文学,巍巍然的高峰之一无疑是魏玛古典文学。董问樵的翻译和研究,主要集中在这段"影响当时"、"泽及后代"的辉煌时期,尤其聚焦于歌德、席勒这对最为璀璨耀眼的文坛双星。

在全面、系统地研究席勒方面,董问樵先生有首创之功,其专著《席勒》1984年由复旦大学出版社出版,分上下篇。上篇"生平·诗歌·美学观点",分析了席勒的各个发展阶段,叙述他是如何从青年时期、中年时期一路走来,直至在魏玛与歌德的十年精诚合作,成为德语文学史上并肩屹立的两位巨人。除了勾勒席勒的人生履印之外,董问樵还归纳了德国古典文学的几大重要特征,探讨了席勒"从《欢乐颂》到《钟之歌》"的诗歌创作,对一些名诗进行了阐释。上篇的最后部分是对席勒"论美育、诗的类型和悲剧"的思想观点的分析,主要涉及其名篇《论人的审美教育书简》、《论朴素的诗与感伤的诗》和《论悲剧的艺术》。

下篇的中心视域是席勒的主要成就——戏剧。董问樵分析和介绍了席勒的九部戏剧杰作(《强盗》、《菲斯柯在热那亚的谋叛》、《阴谋与爱情》、《唐·卡洛斯》、《瓦伦斯坦》三部曲、《玛莉亚·斯图亚特》、《奥尔良的姑娘》、《墨西拿的新娘》、《威廉·退尔》),从写作经过、历史背景和依据、剧情概要、思想内涵和人物性格、艺术结构和形式、评价和影响等方面一一予以评说,最后总结为"从《强盗》到《威廉·退尔》,就是从争取个人的自由,提高到争取人民的自由"。

另一部专著献给了歌德。基于已有的研究成果,董问樵1987年在复旦大学出版社出版了《〈浮士德〉研究》。这本专著二十余万字,亦分上下两篇。

上篇名为"从翻译到研究"。《歌德与〈浮士德〉》论述了歌德生平和著作,《浮士德》写作经过和剧情概要,政治观点和哲学思想,剧中的人道主义问题,艺术形式的特点。在《关于〈浮士德〉的翻译与解说》中,董问樵叙述了《浮士德》的翻译经过,介绍了自己"大胆尝试"的辅助手法如极富特色的题解和脚注,对西方《浮士德》研究中的各类方法(如"历史溯源法"、"象征解说法"、"心理分析法"等)也进行了点评。《浮士德精神》追溯了"问题的提出",探讨了"《浮士德》悲剧的思想内涵",以批判态度探讨了赫特涅、卢卡契、科尔夫等人关于"浮士德精神"的观点,指出"浮士德精神"的三个不可分割、相互制约的主要方面:即永不满足现状,不断追求真理,重视实践和现实。《从〈浮士德〉看歌德的文艺思想与世界观》探究的问题有人道主义、反封建反教会的基调,注重现实和实践的立场,现实主义和浪漫主义相结合的方法,泛神论思想,辩证的精神,收缩与扩张交替的原则,魔术,象征、比喻和影射,所谓"瞬间","具有目的活动的单子说","永恒的女性"等。在《〈浮士德〉诗剧中的诗歌品赏》中,董问樵一以贯之地轻形重神,不是按照艺术形式,而是"就其性质和思想内涵"划成七类(赞美诗或颂歌、哲理诗、抒情诗、讽刺诗、比喻诗、挽歌、思想抒情诗)并条分缕析。歌德本人关于《浮士德》的言论散见于其各类文字如自传、谈话录和书信等,《歌德论〈浮士德〉》将之收集整理,添加了小标题进行归纳,有助于读者更深刻地理解这部世界名著。《浮士德》写作年表及第一部与《初稿》和《片断》的内容比较,也是值得参考的资料。

下篇则介绍了"西方的《浮士德》研究":梳理西方学者关于《浮士德》的阐释、观点和争论,涉及浮士德题材历史的考察,浮士德、靡非斯陀、葛丽卿、瓦格纳、海伦等人物形象,《浮士德》戏剧的性质,《浮士德》剧本的统一性问题,《浮士德》戏剧的舞台史。董问樵最后的几句话,其实阐明了下篇的要旨:"根据作者在上篇中所得出的几点结论,以此衡量和比较当代西方的'浮学',包括研究和演出,或可不为一偏之见所囿,持实事求是的科学态度,继续进行批判的探讨和研究。"书末的附录《歌德与中德人民的文化交流》则论述了歌德对中国文学的了解和评价,以及中德两国在文学、文化领域的交流历史和现状。

二

董问樵最突出的贡献,应该是他翻译的《浮士德》(复旦大学出版社,1982)。他几十年的努力,使得中国读者得以吸收歌德这部旷世杰作中的精神营养,"沈浸浓郁,含英咀华"。杨武能在其《歌德与中国》一书中提到,文革期间董问樵整理自己的翻译片段,明知出版无望却仍然孜孜不倦地从事《浮士德》的翻译,据他自己说,只是出于对"四人帮"的"愤懑与抗议";他自己与浮士德一样是一位学者,认为知识分子"上天入地不懈追求的也是对于人生真谛的认识"[①]。董问樵认为《浮士德》"是一部乐观主义的悲剧,体现出歌德的进步思想,剧中闪烁着唯物的和辩证的思想火花,全剧贯穿着浮士德这个人物的自强不息、不断努力进取的精神。这是在译书过程中要牢牢把握的"。

然而,对"浮士德精神"这一复杂现象的阐释和评价,却免不了见仁见智。如盖尔(Ulrich Gaier)在2012年版的专著《歌德〈浮士德〉解读种种》中就归纳了宗

[①] 参见杨武能《歌德与中国》,三联书店,1991年,第232页。

教解读法、自然哲学解读法、神秘主义解读法、历史学解读法、社会学解读法、经济学解读法、人类学解读法、诗学解读法[1]。之前库尔提乌斯(Ernst Robert Curtius)在其1948年的名著《欧洲文学与拉丁中世纪》(*Europäische Literatur und lateinisches Mittelalter*)中将《浮士德》称为"一种在文学的世界过程中的万有回归"(eine Wiederbringung aller Dinge im Weltprozeß der Literatur)[2],如此博大精深的《浮士德》必然有多种解读可能性,纵向来看,《浮士德》在德国的接受和阐释也经历了各有特点的不同阶段[3]。

歌德的同时代人,如席勒、施莱格尔兄弟、谢林、黑格尔等,对《浮士德》均有好评。1820—1830年间的"寓意解读"(allegorische Deutung)则以黑格尔弟子为代表,如欣里希(Hermann Friedrich Wilhelm Hinrich)就依据《精神现象学》的模式对《浮士德》进行"辩证"解读。在哲学领域之外,也有种种解读在寻找这部"世界悲剧"所基于的某种理念,尽管歌德本人似乎并不主张将丰富多彩的《浮士德》简约成某个"理念",比如他在1827年5月6日与爱克曼的谈话中就表达了这样的立场[4]。如果说"寓意解读"疏于考察文本本身的特点,偏向非历史的观察方式,那么随着1830年前后语文学的专业地位在德国高校中得以确立,对《浮士德》的阐释中浪漫派和唯心主义历史哲学的影响清晰可见,对以浮士德为素材的创作史的研究兴趣大增。

19世纪"魏玛版"歌德全集之类大规模的编纂出版项目以及实证评注,为《浮士德》研究的深入和丰富奠定了基础。众说纷纭大概属于常态:如在《浮士德》是否统一整体的问题上,就有"整体派"("Unitarier",强调《浮士德》基于歌德世界观的整体性)和"碎片派"("Fragmentarier",认为《浮士德》各个创作阶段形成的片断只是通过主要人物而串联起来)之间的分歧;又如对浮士德这一人物的阐释,也有所谓"完美派"("Perfektibilisten",认为浮士德不断趋于完美)和"反完美派"("Antiperfektibilisten",断言这位主人公最后仍在迷途)之争。

1860年之后约七十年里,"浮士德精神"被意识形态化了。尤其1871年第二帝国建立后,冒出了不少民族主义色彩浓厚的阐释,认为《浮士德》体现了所谓

---

[1] Ulrich Gaier: Lesarten von Goethes Faust, Eggingen: Edition Klaus Isele, 2012.
[2] 同上,S. 9.
[3] Andreas Anglet: Faust-Rezeption. In: Bernd Witte u. a. (Hg.): Goethe Handbuch. Dd. 2. Stuttgart, Weimar: Metzler 1996, S. 478 - 521. 亦可参见高中甫《歌德接受史1773—1945》一书(北京:社会科学文献出版社,1993年)中的部分章节,尤其第167页起:浮士德学在威廉帝国。
[4] 爱克曼辑录,《歌德谈话录》,朱光潜译,安徽教育出版社,2006年,第150页。

"德意志精神"、"德意志特征"、"德意志本质"、"德意志使命"等,尼采思想在此也起了推波助澜的作用,斯宾格勒《西方的没落》中的相关表述中也有类似倾向。这段时期以狄尔泰生命哲学为取向的《浮士德》阐释也不可忽视。到了希特勒统治时期,《浮士德》更被曲解为"英雄的德意志神话",为纳粹极端民族主义的意识形态服务。但也有学者反对将浮士德神化为"超人",二战结束后,这种"反提坦式的接受"成为主流,与对纳粹时代的反思相结合,开始批判地看待"浮士德式的人"。此外有人从海德格尔存在本体论出发进行阐释,雅斯贝斯的解读则追思人道主义传统和价值。

总体而言,二战后传统流派和马克思主义流派并存。在1945年后的文本语文学取向的《浮士德》阐释中,瑞士著名日耳曼学家施泰格(Emil Staiger)、《歌德文集》十四卷"汉堡版"主编特伦茨(Erich Trunz)等名家起了重要作用。马克思主义阐释大体上始于卢卡契上世纪40年代初的《〈浮士德〉研究》[1],而布洛赫的阐释着眼于辩证运动和乌托邦精神,将歌德的《浮士德》和黑格尔的《精神现象学》两相对照[2]。在原民主德国的日耳曼学研究中,对歌德及其《浮士德》的评价和关于"文化遗产"的讨论和社会主义现实文学的原则关系紧密。此外还有一些心理分析范式的阐释以及关于《浮士德》接受史的研究等。

杨武能将《浮士德》在中国的接受史分为四个阶段:"'五四运动'以前:徐缓、典雅的序曲";"'五四'时代:浪漫、激越的宣泄调";"后'五四'时期:豪迈、沉雄的进行曲";"改革开放新时期:昂扬、嘹亮的奋进之歌"。他在对最后一个阶段进行总结时指出:"就《浮士德》而言,最值得注意的是董问樵先生由复旦大学出版社推出的《浮士德研究》,因为它不仅是我国学者出版的第一部有关专著,而且内容相当系统、丰富。"[3]董问樵对"浮士德精神"的阐释,可以说在我国是一种主流观点。从辜鸿铭以"自强不息"归纳"浮士德精神"开始,张闻天、郭沫若、陈铨、冯至的基本倾向均是如此。董问樵则更将"浮士德精神"分为三个不可分割、相互制约的主要方面:永不满足现状,不断追求真理,重视实践和现实。尤其在中国语境下,这种阐释是极具合理性和接受度的。

但近年来,国内也出现了对"浮士德精神"进行补充乃至修正的尝试。如杨

---

[1] 见《卢卡契文学论文选》(第一卷),范大灿译,人民文学出版社,1986年,第209—338页。
[2] 如在《希望原则》中,见 Ernst Bloch: Das Prinzip Hoffnung, In fünf Teilen. Kaiptel 43 - 55. Frankfurt a. M.: Suhrkamp 1998, S. 1194ff.
[3] 杨武能,百年回响的歌一曲:《浮士德》在中国之接受,《中国比较文学》,1999年第4期。

武能认为:"我国几代前辈学者仅以'自强不息'诠释浮士德精神,有意或无意忽视了'浮士德精神'的另一个重要方面,即它丰富的人道主义思想。这虽是历史语境使然,并在我国的不同历史时期发挥过积极、进步的作用,但仍然不能不说失之片面。"①吴建广则尖锐地指出,"悲剧的产生正是因为主人公浮士德试图突破这些神性(自然)所予的界限",这多少有点上述"非完美论"的影子。他"批评国内学界长期以来对歌德《浮士德》研究和解释现出局限。究其原因可能是出自一种'发展的'、'进步的'、'人本主义'的意识形态",反对以此对文学作品进行"削足适履的解读"②也有年青一代研究者从生态批评的视域反思"浮士德"精神,强调"浮士德精神有着明显的生态局限,其毫无顾忌地征服自然,满足人类自身欲望,是一种绝对人类中心主义,这将可能导致可怕的后果。因此,超越浮士德精神,走出人类中心主义的藩篱显得尤为迫切"③。

《浮士德》的翻译是一项极为艰辛的任务,恐怕也不会有最理想的解决方案。文学翻译本来就不可能"绝异道、持一统",比如形神之争就是绕不过去的问题。与关注在形式上"亦步亦趋"的钱春绮不尽相同,董问樵更重神似,首先力求忠实于思想内涵。但尽管他认为原诗独特的韵律和风格,"有的是无法翻译,也不必翻译的",但并非没有对形式移植的思考和努力,比如他说自己在翻译中"严格遵守诗行,但采用具有一定中国风格而为人们喜闻乐见的韵律"。孙瑜在其《〈浮士德〉汉译者主体性及主体间性研究》一书中尝试对《浮士德》中《献词》("飘摇的形象,你们又渐渐走近……")的诸多中译本进行比较研究,认为迄今为止的《浮士德》中译本可分为几类:以郭沫若、梁宗岱为代表的创作派,其译本体现了内容形式的完美结合,虽有部分意义不准之处,却能够达到译文的流畅合理,用词优美,复现原文的美感;绿原、周学普代表的形式为内容服务派,打破了原文的形式约束,首先注重意义的传递,原文的文学美感再现退居其次;钱春绮、樊修章、陆钰明为代表的文学严谨派与译文语言表达的流畅自然相比,更注重文学形式的再现并意义上尽可能忠实;董问樵与杨武能的译本各方面都体现得较为均衡④。张宽《三种〈浮士德〉译本》一文比较了郭沫若、董问樵、钱春绮三个译本,得出了

---

① 杨武能,何止"自强不息"!——"浮士德精神"的反思,《外国文学研究》,2004年第1期,第55页。
② 吴建广,人类的界限——歌德《浮士德》之"天上序曲"诠释,《德国研究》,2009年第1期,第58页及第62页注4。
③ 唐果,浮士德精神与生态批评刍议,《成都大学学报(教育科学版)》,2008年第2期,第101页。
④ 孙瑜,《〈浮士德〉汉译者主体性及主体间性研究》,上海译文出版社,2014年。

各有特点的结论:郭译本诗意盎然却又"偏于古奥",钱译本很好再现了原作的诗体风格,"忠实、准确而娴熟",而董译本体现了译者深厚的《浮士德》研究积累,用词也为大众"喜闻乐见"①。马庆发在《从〈浮士德〉翻译到〈浮士德〉研究》中高度赞扬董问樵的译本,同时强调了译者对于《浮士德》的精深研究②。长期致力于德诗汉译的林克,也对董问樵译本评价甚高:"我比较了几个译本,最好的译本无疑出自曾任四川大学、重庆大学教授的董问樵先生之手。所以有人指出,谈到歌德、席勒研究,董问樵的功力比起很多大师还要深厚。"③网上亦有不少积极评价,可见董问樵译本的影响至今不衰:"初读董问樵翻译的《浮士德》,翻译得真好,哲学诗的味道,语言风格典雅多变,加上题解注释,确能让人很快抓住作品的思路和本质。"④此言不虚,董问樵译本确实注重题解注释,据他自己说,此举旨在"提纲挈领,指出本场或本幕的中心思想,以及它与其他各场幕之间的联系脉络"。此外还有丰富的脚注,除了解释人名、地名、事物之外,也"阐发剧文的题外之意,弦外之音,偶尔也作中德的比较,或从今天的知识水平来补充说明,以启发读者的联想,也增加某种程度上的欣赏趣味"。

三

对以人道主义为徽标的魏玛精神的推崇,其实也在董问樵的其他译介工作中体现出来。除了《浮士德》之外,他还致力于将德语文学史上一流的经典作品完整地引入中国:如八十万字的歌德长篇小说《威廉·麦斯特的学习年代》和《威廉·麦斯特的漫游年代》。这两部作品是所谓"教养小说"无可争议的典范,对后世产生了巨大和深远的影响,无论是默里克的《画家诺尔顿》,施蒂弗特的《晚夏》,还是我国读者较为熟悉的凯勒的《绿衣亨利》或托马斯·曼的《魔山》,这些德语文学的经典作品都必须在歌德开创的传统中进行考察。

《威廉·麦斯特的学习年代》描述了主人公的学习和发展过程。董问樵在译本序中介绍了这部名作的创作过程、内容概要、思想内涵和人物性格、评价与影

---

① 张宽,三种《浮士德》译本,《读书》,1983 年第 7 期。
② 马庆发,从《浮士德》翻译到《浮士德》研究,《外国文学研究》,1983 年第 6 期。
③ 林克,《让德语诗意地栖居汉语里》,《成都日报》,2011 年 11 月 25 日,http://www.cnki.net/KCMS/detail/detail.aspx? QueryID = 7&CurRec = 1&dbcode = CCND&urlid = &yx = &filename = CDRB201112050170&dbname = CCNDLAST2011&v = MTEzMjNOSlY0WEppblpiTEc0SDlETnJZOUFaT29JREJOS3VoZGhuajk4VG5qcXF4ZEVlTU9VS3JpZlpl TnZGU3ZsVTdq
④ 董问樵《浮士德》初读小记,http://blog.sina.com.cn/s/blog_4a0b92240102uw3s.html

响,指出歌德和席勒都不希望经过法国式的暴力革命,而是"重视人民的审美教育,也就是文艺的移风易俗的作用"。"通过剧院教育人民,培养民族意识,以达到建立统一的民族国家的目的",这是歌德和席勒的追求。不过,富于人道主义精神的主人公后来告别剧院,进入了具有共济会性质的"塔楼会社",在实际生活中实现更高的追求。此外,董问樵还对小说中各个阶层、不同性格的人物进行了分析,帮助读者理解这幅众生相。《威廉·麦斯特的漫游年代》的译序介绍了写作过程、内容概要,分析了众多人物性格及其发展,也涉及思想内涵、评价与影响。在董问樵看来:"在从《学习年代》到《漫游年代》的道路上,歌德完成了一个飞跃……在意识形态上,就是从个人主义思想到集体主义思想的飞跃。""主角威廉在《学习年代》中还是一个为个人发展而不断摸索前进的人,在《漫游年代》中则不同了,这时他本着克己的精神,自觉地为团体而活动,要成为团体中的一个必要而有益的成员。"董问樵认为:"本书突出了克己思想和团体思想,即集体思想。克己正是为了有益于团体,为团体服务。人是社会的生物,人只有为了人,通过人,而且在人当中才成为真正有用的人。"而体现团体或集体思想的则是"教育省"和移民团。

1988年,由董问樵主译的19世纪初的长篇小说《亲和力》出版,歌德以这个当时的化学术语比喻书中四人关系的悲欢离合。在《译本序》中,董问樵介绍了这部名作的写作经过和内容概要,归纳了这部小说的艺术特点,批评德国学者关于歌德六十岁爱上明娜·赫茨利卜(Minna Herzlieb)便是小说人物奥蒂莉原型的看法"过于肤浅",认为"书中每句都是他经历过的,但又不是'这样'经历过的"。他认为歌德不限于个人之间的爱情关系,而是赋予这部小说以普遍的社会意义,象征性地表现了社会关系及其冲突,文本接受者从"侧面"和"字底"不难察觉讽刺和批判,看出本书"揭露资产阶级社会婚姻制度的问题及其危机","揭露资产阶级化的贵族分子及依附于他们的个人在财势婚姻与自由恋爱之间的斗争",可以归入社会小说的范畴,对后来社会批判小说的发展有开拓之功。董问樵作为他那个时代的学者,强调社会批判的维度是不难理解的。不过,和《浮士德》一样,《亲和力》也有多种解读的可能。董问樵自己也说世人对此书"有褒有贬,见仁见智,聚讼纷纭,莫衷一是,至今仍被德国学者认为是歌德所写书中最不易透视,含义最多的一部",认为"根据不同的时代,不同的立场和观点,不必也不可能强求一致"。

董问樵对德语文学翻译事业的另一重大贡献是《亨利四世》。亨利希·曼晚年的这部皇皇巨著百万余字,董译本分上、中、下三册出版。和他的弟弟托马斯·曼一样,亨利希·曼也是历史小说高手。《亨利四世》取材于16世纪法国宗教战争,塑造了一个作者所说的"完整的人",开明君王亨利身上体现出"善的力量",体现出理性、正义、仁爱和人道,和当时不可一世的纳粹元凶形成了鲜明对照,这点无疑也可视为德国"流亡文学"中历史小说的现实意义所在。科普曼(Helmut Koopmann)认为不应将《亨利四世》视为狭义的历史小说来评价,理由之一也是古为今用[1],用作家自己的话来说就是:"我们总是将历史的形象与我们的时代相联系"[2],在这部"既不是美化的历史,也不是善意的虚构,而只是真正的譬喻"[3]的历史小说中便为如此。董问樵撰文勾勒了亨利希·曼这位"德国批判现实主义文学的主要代表之一"的成就和变化,介绍了这部作品的意义和内容,认为作家"作为反法西斯的战士,作为热情的爱国主义者,不是简单地用艺术手腕再现一定的历史时代和历史人物,而是怀着炽热的感情,企图唤起德国和法国人民联合起来,向希特勒法西斯主义作坚决的斗争"。"虽然没有明确的阶级分析,然而他本着他固有的民主主义的立场,揭露出那个时代的矛盾,同时在新与旧、进步与落后、革命与反动的斗争中,显示出同情前者的鲜明倾向性。"董问樵认为,在这部小说中16世纪资产阶级的人文主义精神占有重要地位,但在亨利四世身上,还是有很大的局限和缺点。在勾勒这部世界名著的艺术特点,指出其艺术成就的同时,董问樵也不讳言自己的批评,认为"环绕和决定主角发展的客观环境似乎还表现得不够"。他评论作品总是与现实相结合,在此也不例外,或许当时也为了突出外国文学研究的合法性:"今天我们读这本书,不仅因为它具有一定的历史价值;从反帝反霸反殖的角度来看,它也具有一定的现实意义。"

这点在早先致力于无产阶级革命作家作品的译介时,体现得更为明显,恐怕与上世纪50年代的形势和热点(如知识分子改造等)密切相关。其实受当时价值取向左右的学者甚众,不唯董问樵独然,如张威廉曾花大力气将在艺术上并非一流的作家布莱德尔的多部小说译成中文。这个时期董问樵译介了德国反法西斯作家、《新德意志文学》主编沃尔夫冈·约和(Wolfgang Joho)的《从寂寞中走

---

[1] Helmut Koopmann: Der gute König und die böse Fee. In: Wulf Koepke, Michael Winkler (Hrsg): Exilliteratur 1933–1945. Darmstadt: Wissenschaftliche Buchgesellschaft 1989, S. 300ff.

[2] Gestaltung und Lehre. In: Michael Winkler (Hrsg.): Deutsche Literatur im Exil 1933–1945. Stuttgart: Reclam 1977, S. 323.

[3] 引自 Joseph Pischel: Zeitgeschichtsroman und Epochendarstellung. In: Sigrid Boch, Manfred Hahn (Hrsg.): Erfahrung Exil. Antifaschistische Romane 1933–1945. Berlin; Weimar 1981, S. 156.

出来：一个家庭的历史》(*Der Weg aus der Einsamkeit*)以及该书续集《转变的标志》(*Die Wendemarke*)，在这部"具有现实意义和重要的作品"的译后记中，董问樵介绍了作家的生平及其在创作方向上向社会主义现实主义的转变，指出"两书共同反映资产阶级知识分子托马士·拉木慈的转变和改造过程，前书注重反映他的生活和立场的转变，后书则注重反映他的思想和意识的改造"。弗里德利希·沃尔夫(Friedrich Wolf)是董问樵当年译介的另一位原民德著名作家，其《马门教授》是中国不少受众熟悉的名剧。长篇小说《飞碟》(*Menetekel oder Die fliegenden Untertassen*)"揭露出美国战争贩子，原子狂人处心积虑制造战争歇斯底里的种种丑态，同时真实地反映了以工人阶级为首的和平势力，如何对侵略势力进行着坚决的斗争"，这项译介工作或许也与当时的国际形势密切相关。董问樵50年代的译介工作还包括安娜·郁尔根(笔名 Anna Jürgen，即 Anna Müller-Tannewitz)的代表作，即描写18世纪中期印第安人生活的青少年小说《蓝鸟》，以及捷克社会主义现实主义女作家玛耶洛娃(Marie Majerová)的成名巨作《共和国广场》。

四

董问樵先生从不谈玄说虚，而是扎扎实实地工作，为我国日耳曼学尤其是歌德席勒的翻译与研究打下了基础，树立了榜样，在此意义上可谓功莫大焉。除此之外，一个应该提到的显著特点是，董问樵跨文化视野开阔，不乏打通中西的努力和时下在德语国家被称为"国外日耳曼学"的独特视角。

《席勒》一书即以"席勒与中国"为代序，其中从席勒的诗歌《孔夫子的箴言》开始，分析了席勒接触中国文化和文学的情况，指出席勒"对孔子思想或中国古代哲理的重视"，甚至可能"受了儒家的思想方式的影响"，并着重介绍了席勒的《杜兰朵，中国的公主》。文化交流不是单行道，董问樵也论述了席勒作品在中国的译介和接受，尤其是最为中国受众熟悉的《阴谋与爱情》和《威廉·退尔》，他以我国历史上对李白杜甫的褒贬抑扬，来言说歌德席勒的求同存异；甚至对照《水浒传》与《强盗》，在论及后者中的《赫克托耳的诀别》时，认为"这首拟古希腊的悲歌可以同古中国项羽和虞姬的《垓下曲》媲美"。

《〈浮士德〉研究》中也不乏类似例子：如谈到歌德的自由仿作《中德四季晨昏杂咏》十四首"通过欣赏中国的景色抒发出个人的感情"；移用杜牧评李贺诗的几句赞词，状写《浮士德》的多样性；以柳宗元《天对》中所言"天中无旁，乌际乎天则",对比悲剧第一部中的浮士德的"见不及此";葛丽卿独坐纺车边的吟唱,引起董问樵对李白《乌夜啼》的联想;认为悲剧第二部第二幕中描写"海之仙子"的诗歌,使人"如读《洛神赋》","不亚于湘灵鼓瑟,语音袅袅";以愚公移山的寓言,类比浮士德"为千百万人谋福利而填海垦荒"的"自强不息、精进不懈的精神";将《礼运》中"大道之行也,天下为公"的大同世界,与浮士德临死前的憧憬联系起来。

其他译作的脚注也常联系中国,仅以《威廉·麦斯特的学习年代》为例:如译本第 80 页认为小说对女子的描写使人"联想李白诗句:'越女脚如霜,不着鸦头袜'。点到为止,着色太多,则流于猥亵";第 86 页称迷娘"是书中的浪漫式的悲剧人物,身世和经历之凄惨,更甚于《红楼梦》中的香菱";第 132 页评论书中著名的《迷娘曲》时建议"中国读者读此诗,可比较《诗经》中《蒹葭》三章及古代名歌《鸟语》……虽然意义不同,而情绪低回婉转,一唱三叹,则有异曲同工之妙"。

以上种种,并非跨文化交际中常见的"郢书燕说",而是在视域广阔的基础上表达出了不无价值的感受和观点。董问樵深入研究西方学者的见解,并不是"述而不作"甚至"资料转贩",他参考了在当时条件下所能获得的国外资料,关注的却仍然是"从中国人的立场和观点来研究"。杨武能指出董问樵的特点是:"将研究和翻译结合在一起,在翻译中融进了自己研究的心得,他的《浮士德》译本的序言、题解、注释,都不乏个人独到的见解和新意。一个突出的例子:那在悲剧结尾时引导浮士德升天的'永恒的女性',他认为应该是指'人类历代积累而又促进人类发展的科学文化',而不是通常认为的慈爱、宽容、和平,是十分耐人寻味的。"①当然毋庸讳言,他的论著中也不时可见那个时代的特征、影响甚至限制,有些观点和见解未必能获得今人的认同,如叶隽就对董问樵关于席勒思想"从相信个人的力量,到相信人民群众的力量"的思想发展,提出了谨慎的质疑。

董问樵先生的翻译和研究,对中国日耳曼学后代学人有不少有益的启示。前贤的每一步脚印,验证着学术曲折的发展和进步,都是弥足珍贵,忽视不得的。即使不相信"崔颢题诗在上头",也不可能自诩平底起高楼。董问樵先生正如歌德《西东合集》中吟唱的那样,"悠游于东西方之间",与魏玛精神冥契相通,守望人文理想和人道主义,尤其在对以歌德、席勒为代表的魏玛古典文学的研究和翻译方面厥功甚伟,世所公认,其学术史意义自亦不可忽视,或许这也正是出版这一文集的意义所在。

---

① 杨武能,《歌德与中国》,三联书店,1991 年,第 231 页。

董问樵先生学术年表

魏育青

1908 年
出生于四川省成都市仁寿县文公镇,曾名董璧。

1915—1921 年
就读于仁寿县文公镇小学。

1922—1924 年
就读于成都私塾。

1925—1928 年
在上海同济大学附属中学学习,1927 年参加同济大学学生运动,曾任学生会书记,后受迫害。

1928—1929 年
德国柏林大学留学。在德国与廖承志、章文晋由谢唯进介绍加入国际共产党,回国后未登记在档案。1929 年在德国柏林参加国际反帝大同盟及德共语言组。

1929—1934 年
德国汉堡大学留学,以论文《中国财政学研究:以当代新秩序为特别关注视角》(Dung, Bi: Eine Studie über die chinesische Finanzwirtschaft mit besonderer Berücksichtigung ihrer gegenwärtigen Neuordnung. Hamburg, 1934)获该校政治经济系博士学位。

1931 年
在法国巴黎参加法共语言组。

1935—1936 年
在英国伦敦大学经济学院进修。

1935 年
在英国伦敦参加英共语言组。

1936 年

回国。

1937 年

四川大学法学院任教。译著鲁登道夫《全民战争》由商务印书馆出版。结识王伯英女士,婚后育有二女一子。

1938—1939 年

任重庆大学商学院教授,银行保险系主任。

1939—1940 年

任四川省银行香港办事处主任。

1940 年

专著《国防经济论》由商务印书馆出版,马寅初作序。

1940—1942 年

任四川省银行成都分行副理。

1942—1944 年

任四川省银行内江分行经理。

1944—1947 年

任四川省银行重庆总行业务部经理。

1945 年

民主建国会发起人之一。新中国成立后任第一届民建中央理事。

1946—1949 年

兼任重庆大学商学院教授,银行保险系主任。

1947 年

在成都参加民主同盟。

1947—1949 年

经商,筹办德源昌公司(上海)。

1950 年

在华东军政委员会联络局国际政治经济研究所学习和工作。

1951—1958 年

任复旦大学经济系教授。

1955 年

译著沃尔夫《飞碟》由新文艺出版社出版。

1956 年

译著玛耶洛娃《共和国广场》和郁尔根《蓝鸟》由新文艺出版社出版。

1958 年

译著约和《从寂寞中走出来：一个家庭的历史》由新文艺出版社出版。

1961 年

论文《从〈浮士德〉看歌德的文艺思想和世界观》发表于 10 月 18 日《文汇报》。

1962 年

译著约和《转变的标志》由新文艺出版社出版。

1958—1986 年

任复旦大学外文系教授。

1978 年

9 月 19 日复旦大学党委撤销"文革"中对董问樵审查的错误决定。

1979 年

任复旦大学外文系德文专业主任。历任中国德语文学研究会副会长，参加该会 1983 年北京会议、1985 年杭州会议、1987 年广州会议等学术活动。

1980 年

译著亨利希·曼《亨利四世》(上、中、下)由上海译文出版社出版。此前发表论文《亨利希·曼及其历史小说〈亨利四世〉》。应德意志联邦共和国学术交流中心邀请赴德进行为期三月的考察研究，在德国大学作学术报告。

1981 年

论文《浮士德精神简析》、《歌德与中德人民的文化交流》等陆续发表于上海文艺出版社《文艺论丛》第 13 期、第 16 期等。

1982 年

译著歌德《浮士德》由复旦大学出版社出版。

1984 年

专著《席勒》由复旦大学出版社出版。

1986 年

9 月 19 日离休。

1987 年

专著《浮士德研究》由复旦大学出版社出版。上海市文学艺术界联合会授予董问樵工作三十余年荣誉证书。

1988 年

译著歌德《亲和力》(合译)由上海译文出版社出版。9 月 26 日获德国总统颁发的德意志联邦共和国一级十字勋章。

1993 年

译著歌德《威廉·麦斯特的学习年代》由上海译文出版社出版。

11 月 5 日逝世,享年 86 岁。其译著歌德《威廉·麦斯特的漫游年代》1995 年由上海译文出版社出版。

复旦百年经典文库书目

第一辑

修辞学发凡　文法简论	陈望道著/宗廷虎、陈光磊编(已出)
宋诗话考	郭绍虞著/蒋　凡编(已出)
中国传叙文学之变迁　八代传叙文学述论	朱东润著/陈尚君编(已出)
诗经直解	陈子展著/徐志啸编(已出)
文献学讲义	王欣夫著/吴　格编(已出)
明清曲谈　戏曲笔谈	赵景深著/江巨荣编(已出)
中国土地关系史稿　中国土地制度史	陈守实著/姜义华编(已出)
中国经学史论著选编	周予同著/邓秉元编(已出)
西方史学史散论	耿淡如著/张广智编(已出)
中外历史论集	周谷城著/姜义华编(已出)
中国问题的分析　荒谬集	王造时著/章　清编(已出)
中国思想研究法　中国礼教思想史	蔡尚思著/吴瑞武、傅德华编(已出)
长水粹编	谭其骧著/葛剑雄编(已出)
古代研究的史料问题　五十年甲骨文发现的总结　五十年甲骨学论著目　殷墟发掘	胡厚宣著/胡振宇编(已出)
古史新探	杨　宽著/高智群编(即出)
《法显传》校注　我国古代的海上交通	章　巽著/芮传明编(已出)
滇缅边地摆夷的宗教仪式　中国帆船贸易与对外关系史论集　男权阴影与贞妇烈女：明清时期伦理观的比较研究	田汝康著/傅德华编(已出)
诸子学派要诠　秦史	王蘧常著/吴晓明编(即出)
西方哲学论译集	全增嘏著/黄颂杰编(即出)
哲学与中国古代社会论集	胡曲园著/孙承叔编(已出)
儒道佛思想散论	严北溟著/王雷泉编(即出)
《浮士德》研究　席勒	董问樵著/魏育青编(已出)

图书在版编目(CIP)数据

《浮士德》研究 席勒/董问樵著;魏育青编. —上海:复旦大学出版社,2015.8
(复旦百年经典文库)
ISBN 978-7-309-11374-7

Ⅰ.浮… Ⅱ.①董…②魏… Ⅲ.①《浮士德》-文学研究②席勒,J.C.F.(1759~1805)-文学研究 Ⅳ.I516.064

中国版本图书馆 CIP 数据核字(2015)第 069613 号

《浮士德》研究 席勒
董问樵 著 魏育青 编
责任编辑/唐 敏 朱莉芝
复旦大学出版社有限公司出版发行
上海市国权路 579 号 邮编:200433
网址:fupnet@fudanpress.com http://www.fudanpress.com
门市零售:86-21-65642857 团体订购:86-21-65118853
外埠邮购:86-21-65109143
山东鸿君杰文化发展有限公司

开本 787×1092 1/16 印张 23 字数 368 千
2015 年 8 月第 1 版第 1 次印刷

ISBN 978-7-309-11374-7/I·906
定价:68.00 元

如有印装质量问题,请向复旦大学出版社有限公司发行部调换。
版权所有 侵权必究